广西大学哲学社会科学文库

《石达开全集》校注

李寅生　校注

凤凰出版社

图书在版编目（CIP）数据

《石达开全集》校注 / 李寅生校注. -- 南京 : 凤凰出版社, 2023.5
ISBN 978-7-5506-3917-1

Ⅰ. ①石… Ⅱ. ①李… Ⅲ. ①中国文学－古典文学－作品综合集－清后期 Ⅳ. ①I215.22

中国国家版本馆CIP数据核字(2023)第051711号

书　　　名	《石达开全集》校注
著　　　者	李寅生 校注
责 任 编 辑	陈晓清
书 籍 设 计	徐　慧
责 任 监 制	程明娇
出 版 发 行	凤凰出版社(原江苏古籍出版社) 发行部电话025-83223462
出版社地址	江苏省南京市中央路165号,邮编:210009
照　　　排	南京凯建文化发展有限公司
印　　　刷	安徽省天长市千秋印务有限公司 安徽省天长市郑集镇向阳社区邱庄队真武南路168号
开　　　本	880毫米×1230毫米　1/32
印　　　张	12.75
字　　　数	320千字
版　　　次	2023年5月第1版
印　　　次	2023年5月第1次印刷
标 准 书 号	ISBN 978-7-5506-3917-1
定　　　价	128.00元 (本书凡印装错误可向承印厂调换,电话:0550-7964049)

目　录

前　言

1993年8月，我从陕西师范大学研究生毕业，来到位于广西宜州的河池高等师范专科学校（今河池学院）任教。宜州（今河池市宜州区）是有两千多年历史的古城，清代属于庆远府，古迹众多，风景秀丽，也是歌仙刘三姐的家乡。学校旁边有一个白龙公园，公园里有一天然溶洞“白龙洞”。洞中的景致，并不比桂林的溶洞差，只是名气不大。白龙洞口的石壁上镌刻有石达开《白龙洞题壁诗》，字体雄健，笔力遒劲，给我留下深刻印象。这首诗的“小序”说，此诗是咸丰九年（1859）石达开在庆远休整时游览白龙洞所作。诗成之后，刻于石壁，石达开麾下的几位将领也纷纷唱和，遂留下迄今为止发现的唯一一块太平天国诗文摩崖石刻。这处石刻现已被列为全国重点文物保护单位。

石达开（1831—1863）出生于广西贵县（今广西贵港），是太平天国名将，也是太平天国最具传奇色彩、悲剧色彩的人物，他转战千里，体恤百姓，英雄事迹为后世传颂。从那时开始，我对太平天国及石达开产生了浓厚的兴趣，并力所能及地收集一些与太平天国有关的资料，准备做进一步研究。1997年7月，我考入四川大学读博。

四川大学的所在地成都，是石达开被清政府俘获后就义之地。石达开的《入川题壁》诗就镌刻在春熙路，为繁华的闹市增添了一丝凄凉之意。三年读博期间，我尽可能地收集有关石达开的资料。2001年9月，我去南京师范大学做博士后研究。太平天国定都南京，位于长江路的天王府是太平天国的政治中心；位于瞻园路的太平天国历史博物馆是有关太平天国文物史料的专题博物馆，其中有不少关于石达开的文献资料。南京也是民国首都，民国时期有关石达开的一些轶闻也多成书于此。据说这些轶闻的编撰者动机不一，既有为民主革命而附会，也有为个人生计谋财路，还有为石达开的英雄末路而鸣不平。正是在这种情况下，《石达开日记》和《石达开全集》在市坊流出，有人对此信以为真，有人对此嗤之以鼻，还有人认为是真实与传说的杂糅。但无论怎样，《石达开日记》和《石达开全集》是距太平天国失败时间最近的记录，为研究太平天国提供了一些具有一定可信度的资料。从这个角度而言，对《石达开全集》进行整理、校注，也就具有了一定的学术意义。

正是由于这个原因，笔者申报了2018年度广西壮族自治区社会科学规划办研究项目“《石达开全集》校注”，获得重点立项资助。虽然有些学者对《石达开全集》的真伪持有不同看法，但“《石达开全集》校注”能够获得立项，体现出广西人民对这位优秀的儿子石达开的特殊感情。为了使读者全面了解石达开的事迹，笔者在书中以“附录”的形式，把十一条与石达开有关的书信、诗歌、轶事、传记以及后人对石达开的怀念诗文等收录其中。“附录”或许有一些不确定性，但却反映了后人对石达开的一种特殊感情，对于展现一位有血有肉的英雄人物，增加人们对石达开的全方位认识，有一定的作用。“附录”不同于历史事实，仅供参考，因目前有关石达开的历史资料比较稀缺，将“附录”列在其中，聊作对石达开研究资料的补充。

“《石达开全集》校注”获得立项之后，新冠疫情在全球爆发，许多田野调查无法进行，这也为《石达开全集》的校注带来一定困难。

即便如此，作为在石达开故乡居住、工作、生活三十年的笔者，仍然抱着极大的热情，力争把《石达开全集》校注好，为繁荣太平天国研究、坚定文化自信贡献自己的绵薄之力！

校注说明

1949年之后，《石达开全集》在大陆并无出版。目前能看到的《石达开全集》或《石达开日记》等，均为民国时期出版或后来在台湾地区出版。本校注以王成圣编《石达开全集》（台湾天声出版社1962年6月版）为底本（封面“石达开全集”五字为国民党元老于右任所题），全书错漏较少，在诸本《石达开全集》中比较完整，故选为底本。

同时参校以下诸本：

1.《石达开日记》（许指岩编，上海世界书局1928年3月第7版；以下简称“许指岩本”）。该本在“石达开日记”之前，有“杨洪党魁”字样，每一篇日记均有四个字的标题。

2.《石达开全集》（景钟书店1937年4月再版，钱书侯编；以下简称“钱书侯本”）。该本前有翼王石达开肖像，内容按“真像”、“传记”、“序文”、“日记”、“诗”、“文”、“书牍”顺序排列。

3.《石达开全集——附：太平天国简史》（重庆经纬书局1946年12月版，发行人王元规；以下简称“经纬本”）。书名前标有“太平天国秘闻·轶事·史料·文献”字样。分两部分，前一部分为“本传”、“逸事”、“异闻”、“供状”、“诗歌”、“书启”、“檄文”、“训谕”；后一部分为“石达开革命战时日记”。日记为“特辑”，按写作时间排列，并无小标题。日记之后附有“太平天国简史”。

4.《石达开全集》（重庆会文堂书局民国年间出版，时间不详；以下简称“会文堂本”）。封面“石达开全集”五字之前，标有“可歌可泣，民族英雄”字样，内容与“经纬本”大致相同，但无“太平天国简史”部分。

5.《石达开全集》（台湾大华出版社 1967 年 1 月版，以下简称“大华本”）。该书为“名人传记丛书”之一，扉页有“石达开全传”字样，内容与“经纬本”大同小异，最后附有“太平天国简史”。

6.《石达开全集》（台湾广文书局 1981 年 12 月初版，2012 年第 3 版；以下简称“广文本”）。扉页有“中华民国二十五年秋九月钱书侯识”，以及“中华民国二十五年秋九月钟吉宇序于上海”字样。

7.《石达开全集》（台湾普天出版社 1962 年 1 月再版，发行者常效普；以下简称“普天本”）。该书为“普天文库”二〇系列。正文分为三辑，第一辑分“本传”、“逸事”、“异闻”、“供状”、“诗歌”、“书启”、“檄文”、“训谕”；第二辑为“日记”；第三辑为“太平天国简史”。

李宾生

2023 年 1 月 1 日

《翼王石达开全集》卷头诗

卢冀野

铁蹄踏破石城月，博得红巾遮黑头。
七字诗吟人苦未，依然羸马巴陵秋。

横刀当亦仰天笑，碌碌营营世上名。
江左少年无侠骨，更谁人去问东平。

如许头颅空自惜，西川人过泪双垂。
至今嵋岭离离树，犹是猿啼月落时。

天涯落魄凄凉惯，燕影红泥又夕阳。
重向瓜棚豆架过，白头老妪说洪杨。

选自《石达开诗钞》

《石达开全集》：石达开传记

钱书侯

石达开，广西桂平白沙人也。貌奇伟，多才略。性慷慨，善赋诗。初，在浔州办理盐务。洪秀全愤满族祸华，谋革命，与冯云山组上帝会，假传教以结合民众。冯云山赴紫荆山传教，达开亦为信徒。未几秀全来紫荆山，遂与秀全结识。及秀全会合豪杰，起义金田村，达开亦起兵响应，屡败清军。克永安，建号太平天国，奉秀全为天王，晋封达开为翼王。遂围桂林，捣全州。各处民众蜂起响应，声势大振。长驱入湘湖，转战鄂赣皖诸省，所向披靡。于是太平军顺流而东下，直指金陵。达开以宿松太平俱为取金陵之要道，先后克之，遂破金陵，太平天国奠都改称天京。时清将胡林翼攻鄂，曾国藩图赣皖。达开统帅劲旅，驰驱皖赣湘鄂之间。与清军大小数百战，迭克名城，未尝小挫。卒以太平军诸领袖，因争权利而内讧。天王洪秀全与东王杨秀清有隙。北王韦昌辉杀秀清。达开不满昌辉所为，争之。鉴于自相残杀引为危惧，遂挥军北上，别图出路。其家族为昌辉迁怒尽行杀戮。达开怀冤，入川之志亦坚。秀全曾以书召之，达开报以沉痛之书，云“臣若再入是非之门，鸡肋不足供人刀俎。臣有老母，年已古稀，惨被菹醢”等语，卒不归。遂由黔入蜀，与清将骆秉章战。初颇得势，后因误入大渡河边迷途，军败被执死。或谓义女宝英之夫马德良貌酷类达开，被害者即马也，而达开实隐遁以终云。翼王为人足智多谋谙韬略，所到之处，颇多德政，因而深得人心。迨其灭后，太平天国之势愈益蹙耳。

民国二十五年秋九月钱书侯识

《石达开全集》序

钟吉宇

景钟主人既辑石达开之诗文，订为全集，而来乞序于余。比年来，以困于俗务，多病，荒于此道者，亦已久矣。三日不弹，手生荆棘。风云月露之文，乌足以彰石君之盛业。然愧以景钟主人拳拳之意，势不可无片言以塞责，则为之序曰：

世之论者，于洪杨诸子，多奖其民族革命之壮志，而斥其未能行以其道。或曰：胡人入主中华者二百余年。三藩以后，继起者何人？不有金田之变，黄炎志气，且颓丧尽矣！项楚虽覆，非战之罪。兴革之志，不可尽没。此奖之者之言也。或曰：兵以战兴，则义无不克；兵以利起，则功无可成。彼洪杨之徒，诚知夷夏之辩，则为义兴之师，民将箪食壶浆以迎之，而日望其来苏矣。乃有视生民如刍狗，而恣加杀戮者乎？谓曰民族革命，特好事者之辞而已。此斥之者之言也。解之者曰：发军[①]谬妄之处，诚为瑕瑜不相掩，然而非所论于李秀成、石达开诸人也。使洪如李而杨如石，则清社之覆，不自于武昌，而自于金田；清庙之毁，不在于光宣，而在于咸同矣。呜呼！理或然矣，而犹未足以知李、石诸子也。夫怀不世之才者，必希望不世之遇。使非道德之纯，足以驭其才气，则未有能蓬累而行者。千里之马，欲使其长负盐坂之车；五乘之珠，欲使屡作黄雀之弹。则弱者未有不披发而佯狂，强者未有不揭竿而兴起者矣。此英雄不甘沦落之说，所以常使天下有心人为之长恸不禁者也。夫李、石，奚得谓为不幸者哉？彼久屈者已得伸矣，彼久郁者已得嚏矣。不伸亦以屈死耳，则盍如伸而死；不嚏亦以郁死耳，则盍如嚏而死。彼李、石诸子，固已伸与嚏矣。较之彼披发行吟、投诗凭吊者，固已贤矣，尚奚得谓为不幸哉？吾尝读李、石之文矣，豪壮悲凉，固其本色，而蕴藉儒雅，如异常人，与提十万之师，遍战大江南北者，若非出于一人之身，则其为不世之才，尽益信矣！夫有才如此，而使沦落不偶，至于揭竿相逼，得谓非武氏所云"宰相之罪"乎！石氏已矣，吾愿后之执政者，苟有觉于斯文，当知天之生才，既如彼其不易，而士之求之，又如是其难也。虽存吐哺握发以待，犹有恐其不至者之至念，则屈者少而伸者多。才智之士皆得其位，岂惟英雄之幸，亦国家之幸也欤！

民国二十五年秋九月钟吉宇序于上海

【注释】

① 发军：清政府对太平军的蔑称。清军入关后，规定汉人必须遵从满人风俗，剃光前额的头发。太平军为表示反清决心，仍按汉族传统蓄发，故被称为"发军"、"发匪"。

日　记

太平天国轶闻谓:"洪秀全诸将,兼资文武者,洪大全[①]而外,惟翼王石达开。达开之入蜀也,意欲由川南入成都,闻宁远府[②]万山中有一鸟道,亘古榛芜[③],未通人迹,由此北行出山,即在成都南门外矣。达开侦得此路,轻骑驱之,会辎重[④]在后,迷路相失,士卒皆饿莫能兴,遂坐困,致为土司[⑤]所获。达开在狱中,述其生平事迹,及洪秀全作乱以来与官军相持始终,胜败之由,为日记四册,记载最详。"按今所留传之《石达开日记》,已残缺不全。且记中语涉清军之处甚少,而所叙年月日时、兵员数额与地名,亦有与事实不相符者,恐系曾经骆秉章[⑥]幕下士加以删汰或传抄错误使然也。

编者识

【注释】

① 洪大全(1823—1852),天地会首领。湖南兴宁(今郴州资兴市)人。早年屡试不第,后参加天地会,创立招军堂。1851 年与洪秀全联络,随太平军至永安(今广西蒙山县),次年被俘。清钦差大臣塞尚阿将其押解至北京杀害。

② 宁远府:清代四川的一个行政区,府治西昌(今四川西昌),1913 年废止。

③ 榛芜：杂草丛生。

④ 辎重：军械、粮草、被服等物资。

⑤ 土司：元、明、清各朝在少数民族地区授予少数民族首领的世袭官职。

⑥ 骆秉章（1793—1866），字籥门，号儒斋，广东花县人。晚清湘军重要将领。石达开入川时，骆秉章派重兵防守大渡河，后擒杀石达开。据传，石达开日记中的一些内容，或为骆秉章所删改。

一、离京渡江出走〔一〕

太平天国龙飞八年①，春王三月〔二〕②。予由天京③渡江，过江浦④，出含山⑤，得成天义黄某全⑥车，即夺之，趋庐州⑦。黄某亦粤西人也，本富家子，嗣为墨吏所厄⑧，乃举家求天军⑨保护。初隶东王⑩帐下，后于武汉立功⑪。东王欲以楚北一方相属，韦氏⑫意不然，恐东王党羽太盛，乃使带兵攻皖南。予于九袱洲⑬之役，与之缔交⑭。谈计颇相中，至是方守六安州⑮。闻北韦⑯残虐状，亦投袂裂眦⑰，自请以军助予，谓庐州方为魔官⑱所苦，不如取之，为立足地。予意亦欲西，立取其符发兵，席不暇暖⑲也。是日为三月十六日〔三〕，仅〔四〕在黄营中进食少许，作檄文告示数通⑳。（按本则所记年月与事实不全相符，恐系他人删改或传抄之误，以下数处亦然。）〔五〕

【校记】

〔一〕按：此标题在其他诸本中，许指岩本有两个小标题，分别作“出京渡江，得成天义黄某军”和“计攻庐州”；钱书侯本作“离京渡江”；经纬本无标题，只标有“【三月十六日】”；会文堂本与经纬本相同；大华本、广文本、普天本与钱书侯本相同。

〔二〕太平天国龙飞八年，春王三月：此句在经纬本、会文堂本、大华本、普天本皆标有“【三月十六】（按：此系太平天国龙飞八年春王三月十六日）”字样。春王三月：经纬本作“春王三月十六日”，钱书侯本作“春王三日”。

〔三〕为三月十六日：经纬本、会文堂本、大华本、普天本、钱书侯本无此句。

〔四〕仅：经纬本、会文堂本、大华本、普天本、钱书侯本无此字。

〔五〕括号内所记文字，为作者所加，不见于其他诸本。

【注释】

① 太平天国龙飞八年：1858 年。龙飞，太平天国年号。此年号不见于其他史料。太平天国以金田起义的 1851 年为太平天国元年，在太平天国内部，有时使用“龙飞”年号。

② 春王：指正月。按《春秋》体例，鲁十二公之元年均应书“春王正月公即位”，有些地方因故不书“正月”二字，后遂以春王指代正月。三月：按钱书侯本记载，应为“三日”；从前后文叙述的情况来看，“三日”之说较为合理。

③ 天京：这里指太平天国首都南京。

④ 江浦：地名，位于南京长江北岸，为“省会屏藩”。石达开率太平军离天京出走后，第一站便到达江浦。

⑤ 含山：今属安徽省马鞍山市。

⑥ 成天义：太平军的一种封号。黄某全：太平军下级军官，其人其事不详。

⑦ 庐州：即今合肥。

⑧ 嗣：后来。墨吏：即贪官污吏。厄：这里指处境困窘。

⑨ 天军：这里指太平军。

⑩ 隶：隶属于。东王：这里指太平军东王杨秀清。

⑪ 武汉立功：这里指太平军从广西永安建制后，攻取武汉时黄某的立功之事。

⑫ 韦氏：指北王韦昌辉。

⑬ 九袱洲：位于今南京浦口，是夹在天京和江浦、浦口之间的长江中的洲岛，位置极为重要。太平天国晚期，连接长江的水路已

被湘军水师控制，天京城非常孤立，只有九洑洲一线还能联通江北，把物资运进天京城。太平军在九洑洲之战中损失惨重，直接导致了太平天国的覆亡。

⑭ 缔交：结交，结盟。

⑮ 六安州：即今安徽六安。

⑯ 北韦：北王韦昌辉。

⑰ 投袂：甩袖表示立即行动。形容激动奋发。裂眦：因发怒而眼睛睁得极大，眼眶似乎要裂开。形容极其愤怒的神态。眦，眼角。

⑱ 魔官：这里指清朝的地方官员。

⑲ 席不暇暖：谓席子未及坐暖即离去。形容忙于奔走，无时间久留。

⑳ 通：量词，用于某些动作。

二、亲属被戮〔一〕

十七日〔二〕①，天黎明，予即令黄某之将佐，充先锋队，拔营起程。予策马出郭门②，朝瞰甫上③，春色可人，柳叶青青，向客如笑。惟乍经兵燹④，各处村庄时有赭垣⑤断瓦，此亦一时浩劫。彼魔官恣意朘削⑥，致激成兵祸。天心仁爱，当不使久罹水火之中。予誓扫荡中原⑦，功成不居，何忍多杀。特不知中朝诸兄弟⑧，能否体此意耳。即如今日见此春景，不觉感动满腔生意，恨不能立刻拯救黎庶，共享太平之福。尧天舜日⑨，士女嬉游⑩。予昨在某营所见古画中，有《清明上河图》⑪，写宋时京都恬熙⑫宴乐之状，历历如睹。不知他日天京，同有此乐否？马驰颇疾，且驰且思，已抵一村落曰周村。居民数百家，大半流亡，室宇空虚。噫！兵凶战危，何日得布天朝恩泽⑬也。士卒饥疲，即令打尖⑭造饭。予入一巨室小憩焉，因语诸同行者，不可戕杀良民，亦不必过事搜括，但稍借粮饷已足。多携财务，岂能久享？予甚不取也。予记室⑮陶君，裨将⑯陈某，均能知予意，遇之莫不感激。惜军中好恶各异，闻前此经过者，奸掳焚杀[17]，无所不至。故予来，尚多遁伏深山，不敢声。偶涉足后园，闻小亭中有呻吟声，往视之，一披发女子，狼藉卧[18]地上，面目皙泽而憔悴痛楚[19]，厥状[20]可惨，衣履亦不完，不问可知为乱兵蹂躏者。见予有惧色，予因询其是否此宅中人，则以语音扞格[21]，不能通邮[22]。时予方新得一书记吴某，亦含山人，亟令视之。则相见大哭，乃其妹也。遂委托焉，赠以养疴资十金，予心乃大慰。噫！予军中无必欲毁人家室之意，奈良莠难辨，玉石不分，亦情势应尔，但望早日太平耳。晚戌刻[23]，予方倾醮[24]浇愁，倚醉欲卧。忽亲随通告，言外帐传言："有一奇异之人，为逻者所疑，缚致门下。奴适过其前，彼呼奴名，视之，舅爷卢大人[25]也。亟报王爷，如何发落？"予乃立命解缚送之人，果卢某，予之长妾胞弟。问其所历，泪流满面。嗟乎！予妻妾子女十余人，无辜受屠割[26]，固已可惨。孰知予母以风烛残年，竟罹此厄哉！予大恸几晕，恨不能立时反戈，手戮仇雠[27]，以抒冤愤，否则亦当自诛，见老母于重泉〔三〕[28]。左右均来劝慰，予思苟得庐州、安庆、九江，席卷武汉，再与彼等一决雌雄耳。计既定，齿指自誓[29]。哭稍止，乃作诗二首自写：

狐鼠纵横[30]惯噬人，无端冲破一家春[31]。
夜阑试向城头望，何处妖星[32]巨如轮。
行行才过古昭关[33]，千古同嗟奸与顽。
泪洒九泉收不得，白云谁望太行山[34]。

吟毕，天已向明，遂亦不睡。

【校记】

〔一〕此标题许指岩本有"途中感想"、"抵周村"、"救一女子"、"石氏被戮"、"感怀诗二首"五个小标题；经纬本、会文堂本无小标题；钱书侯本作"全家被戮"。

〔二〕十七日:经纬本、会文堂本、大华本、普天本作均作“三月十七”。

〔三〕重泉:经纬本、会文堂本、大华本、普天本均作“黄泉”。

【注释】

① 十七日:指太平天国龙飞八年(1858)三月十七日。以下时间如无具体标识,均为三月。

② 郭门:外城的门。

③ 朝暾:初升的太阳。甫上:太阳刚刚升起。

④ 兵燹:因战乱而造成的焚烧破坏等灾害。

⑤ 赭垣:红褐色的矮墙。

⑥ 朘削:剥削、盘剥。

⑦ 中原:这里指清廷。

⑧ 中朝诸兄弟:这里指洪秀全朝中的其他太平天国诸王。

⑨ 尧天舜日:指尧、舜在位的时期。原用以称颂帝王的盛德,后也比喻天下太平的时候。

⑩ 士女嬉游:这里指太平盛世。士女,青年男女。嬉游,嬉戏玩耍。

⑪《清明上河图》:北宋画家张择端的名画,生动记录了都城汴京的城市面貌和社会各阶层的生活状况。

⑫ 恬熙:安乐。

⑬ 天朝:指太平天国。恩泽:帝王或朝廷给予臣民的恩惠。

⑭ 打尖:行路途中吃便饭。

⑮ 记室:这里指担任文秘工作的人。

⑯ 裨将:副将,副手。

⑰ 奸掳焚杀:这里指在石达开军队来此之前太平军的扰民行为。

⑱ 藉卧:困厄、窘迫;也有糟蹋折磨的意思。

⑲ 皙泽:面目白皙。憔悴痛楚:精神状态不佳。

⑳ 厥状:气闭,昏倒。

㉑ 扞格:抵触,格格不入。

㉒ 不能通邮：这里指受到惊吓，不能顺利回答问题。

㉓ 戌刻：即晚上十九时至二十一时。

㉔ 倾酿：这里指大碗喝酒。

㉕ 舅爷卢大人：这里指石达开妻舅卢某。

㉖ 受屠割：这里指在天京事变中，石达开一家被韦昌辉无辜杀戮之事。

㉗ 仇雠：冤家对头。

㉘ 重泉：犹九泉。旧指死者所归。

㉙ 齿指自誓：咬破手指发誓。

㉚ 狐鼠纵横：这里指清军和太平军中的敌对势力。

㉛ 一家春：这里指石达开一家原来的幸福生活。

㉜ 妖星：古代指预兆灾祸的星，如彗星等。

㉝ 行行：不停地前行。古昭关：在今安徽含山。相传春秋时伍子胥因受楚平王迫害，曾在过昭关时一夜愁白了头。

㉞ 太行山：山名。位于山西省与华北平原之间。这里并非实指。

三、攻克庐州〔一〕

十八日〔二〕，由昭关出小岘山①，予率兵约三千人而弱②，即日促庐州。时满守将③为湖南姓江者，闻其忠勇敢战，实官场不可多得人物。但据知者言："其人初本书生，读韬略即明兵法，自训练子弟，投效公家④，亦奇才也。幸不为异种⑤朝廷所喜，魔官更视若仇人，彼之志乃不得遂。"此予好机会也。闻彼守庐已二年，今为天兵某将围困已久，城中粮食将尽，他处绝无援兵前来。噫！彼虽死守，恐不日即破陷矣。予既出岘山，即见长围渐合⑥，营垒森然⑦。主将遣人迎予，盖皆受予优礼之旧恩也。闻予遭不幸事⑧，咸奋臂不平。予反劝止之，嘱其立功自见，予必相助。既而攻城兵大上，炮声隆隆，予饬先锋队拔刀继起，城中益惶急，然终不降。是夜，仍攻打不已，地雷轰发，城圮及半⑨，遂下令冒险夺入，杀人颇多。然犹巷战数刻，闻报江某已投水死矣，死时甚勇烈，左右劝其生者，悉为所逐，亦可谓一好汉矣！既入城，予〔三〕即居府署。盖予虽系新来之客军，而位分较高，俱欲推予为领袖故也。

【校记】

〔一〕此标题许指岩本有“满将江忠烈公战绩”、“攻陷庐州”两个小标题；钱书侯本作“攻入庐州”；经纬本、会文堂本、大华本、普天本无小标题。

〔二〕经纬本、会文堂本、大华本作“三月十八”；普天本作“三月十八日”。

〔三〕予：普天本无此字。

【注释】

① 小岘山：在今安徽肥东县东。

② 弱：不到。

③ 满守将：这里指守卫湖南的清军将领。

④ 公家：这里指清政府。

⑤ 异种：指满族统治者。

⑥ 长围渐合：指围困清军的包围圈在缩小。

⑦ 营垒森然：形容太平军阵容整齐。

⑧ 遭不幸事：指石达开全家被杀之事。

⑨ 城圮及半：城池被攻破一半。

四、噩耗频传〔一〕

十九日〔二〕，晓，寅刻①。予整队入庐州城，安插未定，忽又得某将差人送来专信。某亦予亲信人也，知其书中必有所言，未拆封，不觉泪下。及阅，果一封血泪书耳，爰手录其词：

王爷四表叔大人惠鉴〔三〕②：自大驾③出城后，北府④即有人来探望，闻王已去，惊愕愤恨。予恐覆巢无完卵⑤，即欲设法护送王太妃⑥等远行避祸。岂知北府又已探得，午后即有亲兵百人，蜂拥来府，谓须迎王太妃等入北府宴会。婉言却之，则汹汹不许，状益猛烈，竟逼太妃登舆。余均上马，世子⑦不肯行，数人挟持之，斗而败，卒为所缚，如捕叛逆矣。抵北府，人皆知无能幸免。予急报某将九门金吾⑧，欲要于途而劫之；岂知人情冷暖，世态炎凉。某见北府势盛，乃尽将王爷之恩德，付之东流矣。既欲保其地位，岂肯稍事干涉，且劝北府速下毒手，以免后祸。哀哉！王太妃等十三人入北府后，遂从此不复相见⑨，可怜骨肉尽饱贪狼之馋吻⑩。尚何言哉！尚何言哉！予亦弃家遁南城根某寺为僧，闻其后〔四〕捕得予辈与王爷有关系者，不论何人尽杀之，及有关系者既毕，则凡一语为王辨冤者，亦必置之死地。嗟乎！暗无天日，莫此为甚。闻王已克庐州，北府憾甚；不日派刺客过江，以遂其残杀之愿。幸王始终谨防之，惟珍爱不宣。某合十上言。

予读此书，酸楚⑪为生平第一遭；盖老母年七十二，妻氏贤淑，妾三人，皆有才色者。子六人，女二人。一家骨肉，天伦完聚⑫，竟为北韦草薙禽狝⑬。此仇不报，何以为人？心如辘轳⑭，几不能自持。旋念功名未建，又复振奋，誓必一雪此耻而后已。中夜起舞，引杯自浇块垒，夜不能寐，起走全署；自衙斋及堂陛，蹀躞⑮往来，殆数十百遍。从者有倦容，予独精神奕奕，犹如日中时，虽甚无谓，不顾也。又闻北韦遣英王陈玉成来追，亦殊不畏。盖陈兵力虽强，而与吾尚有感情，当不至逼人太甚。即反颜相向，亦必以死御之，何畏哉！

【校记】

〔一〕此标题许指岩本有“一封书信叙全家被戮状”、“谨防刺客”两个小标题；钱书侯本作“噩耗”、“谨防刺客”两个小标题。

〔二〕十九日：经纬本、会文堂本、大华本、普天本作“三月十九”。

〔三〕惠鉴：其他诸本皆作“宪鉴”，疑误。

〔四〕后：会文堂本作“复”。

【注释】

① 寅刻：凌晨的三点到五点。

② 惠鉴：旧时书信套语，表示请对方看信。

③ 大驾：这里是对石达开的尊称。

④ 北府：指北王韦昌辉。

⑤ 覆巢无完卵：翻倒的鸟窝里不会有完好的蛋。比喻灭门大祸，无一幸免。又比喻整体毁灭，个体不能幸存。语出《世说新语·言语》。

⑥ 王太妃：这里指石达开母亲。

⑦ 世子：这里指石达开长子。

⑧ 九门金吾：官职名，掌管京城主要门禁之事。

⑨ 不复相见：这里是对石达开之母遇害事的婉转说法。

⑩ 馋吻：馋嘴。

⑪ 酸楚：指石达开在母亲被杀之后内心的痛楚。

⑫ 天伦完聚：这里是说石达开全家原本生活幸福，可以享受天伦之乐了。

⑬ 草薙禽狝：如割除野草、捕杀禽兽般予以歼灭。比喻肆意屠戮，无所顾惜。语出韩愈《送郑尚书序》。薙，除草；狝，杀。

⑭ 辘轳：指内心不能平静。

⑮ 踯躅：往来徘徊。

五、天朝之福〔一〕

二十日〔二〕，晨起，发布安民告示数十通①，庐州城已完全反正②，天朝之福不浅也。惟念勠力同心，师武臣力③，固亦不乏其人，而何以同室操戈④？中朝无遏绝⑤之大力！彼奸人得志，横〔三〕梗⑥中怀。肢体纵勇建，何益于事？是日，遣裨将陈某往取舒城、六安、桐城⑦，务七日内通道安庆，直下九江，则予图鄂之志遂矣。派遣者为总天佐⑧赵如龙、黄盖忠、杨中服等。以赵为主帅，其人颇伟岸，勇猛绝伦，惟好色，不禁淫掠，且必令部下得妇女献其魁⑨，一御⑩即弃之。顾有异禀，妇女遭其〔四〕锋者，亦往往不能自活也。嗟夫！小民苦矣。然才可用，不能不略其末节也。午后，予忽腹痛甚剧，疑犯痧气⑪，诸军弁以药裹进，予笑谢之。惟持八段锦法⑫，想发火烧身，则邪自除而身渐泰，盖予本习此也。稍晚振作，黄天将劝予少饮酒，可养生，亦忠告也。但予自遭变⑬后，心绪恶劣，非酒无以浇愁，不惜违良友之箴规，甘以身试狂药⑭，予之过矣。作书请天王修德用贤，期集大事，但未知蒙见听否？予读屈原传，尝不胜为之扼腕裂眦。今予之身何如，但予已列五等⑮之上，不为不显达，固未可以屈原自觋⑯，孰知得祸乃惨于屈原乎？伍子胥报父仇，鞭平王尸三百，自谓快意⑰。然假外权以自重，未有不终至一败涂地者，吴亡于越，其明证也。而伍子胥之罪重矣！予性驽钝，万不及庐中一老，则当谨守绳尺⑱，不敢有二心，惟自望天王之悔悟耳。虽然，江浙奢靡，荡人心志，彼辈争权夺利，未始不由乎此。予欲矫以坚苦朴俭，予若得如诸葛辅蜀，保天国西隅，则私心怦怦⑲，以为较愈于屈氏之自沈⑳，并差强于伍胥之倒楚〔五〕，予之志如此。惜予不能获当世通人，持以就正，予惟自信此心之无他耳。约越三月出发，并有向城后大掳掠，不留鸡犬之谣，予心大惧。

二十日，卯刻㉑起，遣一兵赍书往天京讫，即拟颁令以黄盖忠留守庐州，而派队南行。记室陶大猷言："王师疲甚，似宜多息一二日，且舒城之消息未至，或待陆成梁得手后再行拔队何如？"予以为然，遂命暂驻。是日，某军官献一美女，谓王左右无人，以此姑侍巾栉㉒，慰寂寥。予意不然，谕之曰：尔等爱我诚切，然亦知予心不在家室之乐乎？我辈正益卧薪尝胆，以图寸进。若徒以美色为娱，上行下效，与彼等不义之人何异？况予老母发妻，甫遭毒害，予心哀痛正盛，又岂暇以色为欢？此尤为不可者也。若以为常论，则予亦不欲掳人子女，供己蹂躏，愿此后尔辈更勿为此。即尔辈亦当以救国救民存心，切勿多造淫孽。军官惭沮而退。予乃询此女之家世居处，则固绅富之女，家属均流离散失，无所依归，泣求庇护，其词凄婉动人。予乃为之另立一女馆，以前日破城时所获之妇女附之。然惧予南行后，此女终不免遭强暴，乃急为择配。旋得一文士，亦城中人，令女自相之，愿嫁此人否？则瞿然[23]似相识，士人惊呼此予中表妹李蕙英也。诘其详，则士人程殿玉，本女之未婚夫，特以家道中落，女父嫌其贫而思别嫁，故迄今未成婚。不意突遭兵祸，致离散耳。予为之鼓掌，亟令在署中成婚，二人皆感激流涕，呼予为义父。予受其一拜，自谓若一念贪淫，即破人婚姻，造孽匪浅。然此女遇合甚奇，若令好事文人为之点缀，岂非巧姻缘后案[24]哉？是夕，予饮酒乐甚，可知为人能行善，即是天下第一乐境。但一念全家遭难，不知苍苍[25]者能否鉴谅予心，资予母以冥福[26]也。哀哉！人各有幸有不幸，如予之遇北韦，此女之遇予，苦乐岂可道里[27]计耶？

【校记】

〔一〕此标题许指岩本有“已得庐州，出示安民”、“赵如龙好色”、“石氏用酒浇愁”、“石氏孤忠自誓”、“石氏图蜀之本意”、“记室陶大猷献计”、“石氏不纳姬妾”、“立一女馆”、“完人婚姻”、“孝思不匮”十个小标题。

〔二〕二十日：经纬本、会文堂本、大华本、普天本作“三月二十”。

〔三〕横：会文堂本作“桓”。

〔四〕其：经纬本、汇文堂本、大华本、普天本、钱书侯本皆作“为”。

〔五〕倒楚：许指岩本、钱书侯本、经纬本、会文堂本、大华本、普天本“倒楚”之后有一“也”字。

【注释】

① 通:次。

② 反正:这里指庐州城已完全被石达开的军队占领。

③ 师武臣力:军队威武,大臣卖力。

④ 同室操戈:自家人动刀枪。指兄弟争吵。这里指太平天国的内部斗争。同室,一家,指自己人。操,拿起。戈,古代的兵器。

⑤ 遏绝:阻止,禁绝。

⑥ 横梗:充塞,梗阻。

⑦ 舒城、六安、桐城:均为安徽地名,是石达开军队与清军交战的地方。

⑧ 总天佐:太平军的一种武官职位,具体级别不详。

⑨ 魁:魁首,这里指绝色女子。

⑩ 一御:陪侍一晚。

⑪ 痧气:感受时令不正之气,或秽浊邪毒及饮食不洁所引起的一种季节性病证。

⑫ 八段锦法:一套独立而完整的健身功法,起源于北宋,至今已有八百多年的历史。

⑬ 遭变:指石达开全家被杀的天京事变。

⑭ 狂药:这里指酒。

⑮ 五等:洪秀全在太平天国建制后,把爵位分成若干等,五等为其中较高的一级。

⑯ 自贶:自比。贶,通“况”。

⑰“伍子胥”三句:伍子胥(前559—前484),名员,字子胥,春秋末期吴国大夫、军事家。伍子胥之父伍奢因受费无极谗害,和其长子伍尚一同被楚平王杀害。伍子胥从楚国逃到吴国,成为阖闾重臣。前506年,伍子胥带兵攻入楚都,掘楚平王之墓,鞭尸三百,以报父兄之仇。

⑱ 绳尺:指做事的行为准则。

⑲ 私心怦怦：内心激动。

⑳ 屈氏之自沈：指屈原投湘水之事。沈，通“沉”。

㉑ 卯刻：早晨五点到六点。

㉒ 巾栉：毛巾和梳篦。引申为盥洗。

㉓ 瞿然：惊喜的样子。

㉔ 后案：后面所作的案语。

㉕ 苍苍：苍天，上天。鉴谅：体谅，理解。

㉖ 冥福：指逝者在阴间所享之福。

㉗ 道里：原指路程漫长；这里指事情的发展经过；或说清楚事情的经过。

六、回忆少年，致书忠王〔一〕

二十一日〔二〕，天雨。与程殿玉讲论古今史事兴亡，程所言颇有见①，意欲挽之入营佐军谋，悯其新婚，约至鄂后相邀，程亦欣然。观其一对璧人②，莺莺同命。令人回忆少年时代，中心惘惘③也。陆之消息仍不至，决计明日成行。下午开霁，后园桃花盛开，又不胜感触，欲哦小诗，忽闻苏省军情失败④，因阻兴，遂作一书告李秀成，勉以支持危局，未知得达与否。

【校记】

〔一〕此标题许指岩本有“石氏体贴人情”、“致书忠王李秀成”两个小标题。

〔二〕二十一日：经纬本、会文堂本、大华本、普天本作“三月二十一”。

【注释】

① 有见：有独到见解。

② 璧人：仪容美好的人。现引申为一对男女十分般配。语出

《世说新语·容止》。

③ 惘惘：遑遽而无所适从。

④ 苏省军情失败：这里指当时太平军与清军在江苏作战失利。

七、旧病复发〔一〕

二十二日〔二〕，早餐后予忽旧疾复作，盖前在长沙被创，遇困惫辄作恶。自遭北韦之难[①]，连日顿挫[②]，幸尚未大剧[③]。至此乃不支，身热头痛，力不能强起，亟觅医未得。程殿玉自言知医[④]，服其药，神志稍清〔三〕。自是南行又生一曲折矣。李蕙英介一媪，为予按摩扶持，颇惬意也。

【校记】

〔一〕此标题许指岩本有“石氏旧疾复作”的小标题。

〔二〕二十二日：经纬本、会文堂本、大华本、普天本作“三月二十二”。

〔三〕神志稍清：钱书侯本、经纬本、会文堂本、大华本、普天本作“神志果稍清”。

【注释】

① 北韦之难：这里指韦昌辉杀害石达开全家之事。

② 顿挫：不顺利。

③ 大剧：大的灾难。

④ 知医：通晓医术。

八、不离床褥

二十三日〔一〕，予疾稍愈。然肢体无力，仍不离床褥[①]，盼陆信[②]甚亟，心悬悬然[③]，晚卧颇适。

【校记】

〔一〕二十三日:经纬本、会文堂本、大华本作“三月二十三”;普天本作“三月二十三日”。

【注释】

① 床褥:床与被褥。这里指卧病在床。

② 陆信:这里指陆成梁的来信。

③ 悬悬然:内心焦虑,忐忑不安。

九、跃然而起〔一〕

二十四日〔二〕,陆某以卯刻[①]信至,已克舒城,进取桐城,不禁跃然而起,命即日成行。程殿玉夫妇来劝予再养一日,予言居此亦郁郁,不如借驰行以快意,盖予固天性好动也。伊等亦不更劝,但订后约,依依如家人妇子,予稍纾[②]无家之感矣。虽然,蓼莪[③]之思,岂可淡哉?

【校记】

〔一〕此标题许指岩本作“陆某已克舒城”。

〔二〕二十四日:经纬本、会文堂本、大华本作“三月二十四”。

【注释】

① 卯刻:早晨五点到六点。

② 纾:通“抒”,抒发。

③ 蓼莪:《诗经·小雅》中的篇名,抒发的是不能终养父母的痛极之情。

一〇、满军惨败〔一〕

二十五日〔二〕,早出郊,即见天柱山高矗云表[①],奇峰郁苍。循山坡行,村墟尚有居人,予前队已布谕不必惊惶,辎重车方饶足,万不宜扰及民间一草一木，人家颇有设香案迎予者。噫！予何德何能，不过稍稍存心，便得佳誉。足见仁政如时雨[2]，孔孟名言，不欺我也。予疾初愈，缓辔徐〔三〕行[3]，颇得春山之乐。忽前谍报有满兵从霍山[4]来，横冲而过，不免开仗。予命前锋队暂伏山侧，庶不使被截为二，先以中权[5]取攻势，胜则不追，败则前锋与后劲包围之，不患其横决[6]也。部署既定，尘嚣[7]乍上，杀战之声骤起。予自渡江至此〔四〕，方第二次恶战，而此次较庐州尤甚。盖庐州处客位[8]，助人垂成之势，此乃独当一面，且事起仓猝也。顾赵部下悉精锐，所向披靡，满兵已饥疲，直如虎入羊群，杀伤过当，生者亦溃逃。部下遵予之命，亦不恋战，遂收队前进。获衣物粮食甚多，足〔五〕资彼等三日饱矣。惟此战阅时[9]颇多，比〔六〕事[10]定，天色已昏黑，弥望[11]乱山旷野，绝少人烟，心颇犹豫。拟支帐为度宿计[12]，陶参军进言曰："此间荒漠，四周无险可扼，不若至前村黄石岭下，有民居寺宇，可以扼守。"予曰："距此几何里？君有把握否？"陶乃引一仆告予曰："此即黄石岭下人也，知其地势，即以彼为乡导[13]，当无不可。"因下令衔枚[14]疾走，约月上时，抵岭下，盖已二十余里矣。士卒甚疲，纷纷置锅造饭，喘息甫定，遽入睡乡。

予据一兰若[15]之方丈，倚榻阅书，朦胧欲寐，忽闻马蹄声，杂以山树作撼撼响，因疑骇自语曰："今日无风，胡有此变？"急呼从者出觇有风否，报以无。乃召陶君起，告以变态[16]，陶君亦惶恐，觅其仆，则已遁。知有变，传令赵等入帐，方集议间，前哨果警报敌军至矣。仓皇调发，则村前已纵火，光熊熊照人〔七〕。予遂急令前锋队出村后，自督中营马步御之。敌军殊出不意，锐气顿挫。战数合，杀伤相当。夜间黑暗，互相蹂躏者过半，居民之遭殃不可问矣！敌兵知已有备，渐退却〔八〕。前锋骤起蹙之，敌兵大惊，节节向前退却。予传令不追，盖恐士卒疲劳时，为人所算也。是役幸予早发觉，尚未至十分狼狈，然所失较前所得，已不足偿。惟村民无辜，大遭蹂躏，亦可谓不幸矣。陶君请罪，予恕慰之，但言古人谓细人[17]之言不可信，良训也。

终夜扰扰[18]，车殆马烦[19]，军士咸苦损失，啧有烦言[20]，俱归咎陶君。指其仆通款魔敌，予谆告诸弁以地势战胜之故，若在野更不堪设想，且兵家之守常以待变，众始释然。

【校记】

〔一〕此标题许指岩本有"石氏秋毫无犯"、"满兵从霍山来，石氏第二次恶战"、"满兵大败"、"计御袭营"、"石氏娴熟兵略"五个小标题。

〔二〕二十五日：经纬本、会文堂本、大华本、普天本作"三月二十五"。

〔三〕徐：普天本作"律"。

〔四〕予自渡江至此：经纬本、普天本作"予自渡江至北"。

〔五〕足：大华本作"并"。

〔六〕比：经纬本、大华本作"此"。

〔七〕光熊熊照人：经纬本、会文堂本、普天本作"火光熊熊照人"。

〔八〕渐退却：许指岩本、钱书侯本、经纬本、会文堂本、大华本、普天本作"亦渐退却"。

【注释】

① 天柱山：位于今安徽省安庆市潜山县西，为大别山余脉。云表：云外。

② 仁政如时雨：仁政如及时雨一样。语出《孟子·尽心上》："君子之所以教者五：有如时雨化之者，有成德者……此五者，君子之所以教也。"

③ 缓辔徐行：拉着马的笼头慢慢地走。

④ 霍山：在今安徽六安。

⑤ 中权：制定谋略。

⑥ 横决：比喻事态发展打破常规。

⑦ 尘嚣：原指喧哗纷乱。这里指战争气氛浓重。

⑧ 客位：原指宾客的位置，这里指次要地位。

⑨ 阅时：耗费时日。

⑩ 比事：排列比较史实。

⑪ 弥望：远望。

⑫ 宿计：一向采用的计策。

⑬ 乡导：带路的人。乡，通“向”，带路，引道。

⑭ 衔枚：古代行军时兵士口中衔着枚，以防出声。枚，兵士口中横衔着的像筷子的短木，防止说话，以免被敌人发觉。

⑮ 兰若：梵语“阿兰若”的省称。意为寂净无苦恼烦乱之处。这里指寺院。

⑯ 变态：事情变化发展情况。

⑰ 细人：见识短浅之人。

⑱ 扰扰：形容纷乱的样子。

⑲ 车殆马烦：形容旅途困乏。殆，通“怠”，懈怠，疲乏；烦，烦躁。

⑳ 啧有烦言：形容议论纷纷，抱怨责备。啧，争辩；烦言，气愤不满的话。语出《左传・定公四年》。

一一、戒绝女色，女鬼呼冤〔一〕

二十六日〔二〕，晨起，拔队行，检死伤兵士，约百之一。用抚循术，慰问一周，众心翕然①。午后，申刻②抵舒城，则陆某已迎于城外。予命军士环城为营③，仅携营务处及亲兵百人入城，城中颇破败，予心恻然④。予是夕安顿于楚王祠⑤中，因其屋宇较宽敞，陆某本欲以县署相让，后得祠趾⑥，予心契焉。祠中有园亭林石，幽秀为一城冠，斋馆清闲，花香馥郁，令人忘戎马倥偬之感也。予连日劳动⑦，至是睡甚酣适。陆君又以妇女进侍，予却之。且谆谆劝以整肃军纪，积德成名，陆唯唯退。然陶君有副记室孔君，年且五十余矣，竟拥一妖姬而眠，予后始察之，薄其为人，讽陶君遣去。予谓：“饮食男女，人之大欲存焉。圣贤所称，宁能自外。况兵戈之际，法纪无存，安怪人心之辄作侥幸耶？虽然，乘人之危，君子不取，正以此觇操守矣。”予好夜坐，啜茗构思，祠馆幽寂，更惬予心。至夜深卧醒复起，挑灯更坐，一小仆侍立，方俯仰自得，忽闻有声魑魑然[8]，仆色变曰：“鬼也！”予笑而不应，有顷，声益近，已迫窗外，仆骇极欲仆，以予在，尚能竭力支撑。予血战十年，所历怪异之事不可胜记，鬼何能为？遂笑而注视之，声亦卒不敢入室。方欲更卧，则声又作矣，呜呜咽咽，如有所诉。谛听之，似呼冤。予乃问：“若何为？若有冤，可诉我，当能为汝伸雪。”则言：“已为一守节孤孀，辛苦十年，抚育一子，忽遭兵寇，为陆部下某弁擒而缚之于榻，强污妾身，复辱予子，将又以强力使为龙阳君[9]。妾所望者此子，若一经堕落，门祚[10]何望？知公正人[11]，故敢诉冤，希以此子付姻戚某君，则妾戴德地下矣！”予慨然诺之，始称谢，遂寂然无声。语时其音细如蝇蚊[12]，幸夜深人静，尚能力辨[13]也。诘旦，予即传陆至，令交出某弁。讯之，知不可讳，立携孀妇子至，果眉目清秀，则已披饰更装，收为义子矣。予略诘之，忽堕泪述母惨死事甚悉，予乃立命缚某弁杀之，悬首祭某孀妇毕，其戚姻亦至，即以子畀[14]之，令其教以读书上进，后闻成名儒云。予此事颇快人意，舒城人莫不歌功颂德，实则一举手之劳耳。常语部下，宜体此意，庶不负吾辈吊民伐罪之本旨。奈军中及万人，不察予心何？予又命陶记室撰为笔记存之，亦以慰乃妇之灵于地下也。

【校记】

〔一〕此标题许指岩本有“抚慰士兵”、“入舒城住楚王祠中”、“石氏拒绝女色”、“闻女鬼呼冤”、“女鬼告状”、“吊民伐罪之本旨”六个小标题。

〔二〕二十六日：经纬本、会文堂本、大华本、普天本作“三月二十六”。

【注释】

① 翕然：安宁，和顺。

② 申刻：下午三点到五点。

③ 环城为营：在城的周边环绕扎营。

④ 恻然：哀怜、悲伤的样子。

⑤ 楚王祠：祭祀楚王的祠庙，位于今安徽省安庆市。

⑥ 祠趾：祠堂的后半部分。

⑦ 劳动：烦劳，劳累。

⑧ 魑魑然：哽咽抽泣。

⑨ 龙阳君：战国末期魏安釐王的男宠。

⑩ 门祚：家世，家运。

⑪ 正人：有正义感之人，刚正不阿之人。

⑫ 音细如蝇蚊：这里指寡妇说话的声音很小。

⑬ 力辨：这里指努力去辨别声音才能听得清楚。

⑭ 畀：使，把。

一二、桐城复得〔一〕

二十七日〔二〕，早起，又得桐城恢复之信，遂拔队起程。由舒至桐①，计八十八九里，午后申刻即至。本可未刻②至，因途中北峡山③下，有泛水④不可渡，斩竹木为筏，始登彼岸，多费一时半矣。是时，满败兵纵横山间，辄至各村落掳掠为患，见天兵⑤即鼠窜去，厥状可笑又可憾⑥焉。

【校记】

〔一〕此标题许指岩本作“又得桐城”。

〔二〕二十七日：经纬本、会文堂本、大华本、普天本作“三月二十七”。

【注释】

① 由舒至桐：由舒城至桐城。

② 未刻：下午一点至三点。

③ 北峡山：在今安徽安庆。

④ 泛水：这里指河水泛滥。

⑤ 天兵：太平军。

⑥ 厥状：那种状态。憾：失望，心中感到不满足。

一三、不喜颂扬〔一〕

二十八日〔二〕，予居桐城县署中，为陆部署一切，出示安民。此次满兵不战而溃，杀人亦不多，城中街市无焚毁者，人民颇安堵①。桐城文风甚好，予欲求得方氏、姚氏②子孙，与之谈论，惜多避去，来者殊虚声纯盗③，不足满人意，然以名誉故，亦礼貌而遣之，人皆知予好文矣。或有献诗文以颂扬予者，反觉其太无价值，盖人孰不好谀而恶直，但洞达④世情，则必恶其敷衍之无谓。况其专以虚伪欺人，人品尚可问乎？故孔子曰"今之愚也诈⑤"，文人尤甚。即如今日摧烧文字之浩劫，未始非若辈酿成之也。书毕，为之浩叹。城东南有菜子湖，小有风景，陆知予好游，乃具舟以待。予视案头文书充积，亟须勾当⑥，期以明日。晚少饮酒，仍批牍不辍。皖南北天兵所至，皆知予来此，争求指示机宜⑦，归予统辖矣。至夜深，犹持秃笔挥洒⑧，陶等亦助予，不能寐。闻陶已纳妾，殊辜负香衾也，至四鼓始就枕。

【校记】

〔一〕此标题许指岩本有"石氏不喜颂扬"、"石氏勤于吏治"两个小标题。

〔二〕二十八日：经纬本、会文堂本、大华本、普天本作"三月二十八"。

【注释】

① 安堵：安静地生活。

② 方氏、姚氏：指桐城派领袖方苞、姚鼐。

③ 虚声纯盗：纯盗虚声的倒装。指没有真才实学的人。

④ 洞达：理解得很透彻；看得很清楚。

⑤ 今之愚也诈：语出《论语·阳货》："古之愚也直，今之愚也诈而已矣。"古代的愚人直率一些，现在的愚人却是在玩心眼儿、耍手段。

⑥ 勾当：主管，料理。

⑦ 机宜：依据当时情况处理事务的方针、办法等。

⑧ 挥洒：这里指不停地批阅文件。

一四、游菜子湖〔一〕

二十九日〔二〕，晨卯①即起，泛舟游菜子湖。湖形如花瓣侧出，曲折有幽致，水涟漪可弄，柳阴渔艇，绝不知世界有兵争事，亦一角桃源②也。风日晴明，暖可御夹，予顾而乐之。宾僚俱以酒相属③，予遂酩酊④，作诗数首，醉后稿亦失去，此三月中无此乐久矣。然乐极悲生，又忽念及老母临年⑤被戮，不觉长号大恸，临流放声，四山皆若响应。渔人争来集视，闻予所由悲，有为之泣下者，足见人心有同然，不以异类视予。北韦何心？独残及异姓手足。嗟乎！坏汝万里长城，此檀公所以投帻大呼，目眦欲裂也⑥。夕阳西下，舍舟而骑，众皆以予醉，恐至倾跌〔三〕⑦，劝令乘舆。噫！予戎马半生，髀肉将长⑧，敢以荒嬉废本色乎？坦然挽辔，亦复无恙，返署犹纵谈，闻安庆亦得手⑨，拟明日往视师，不禁神为一旺。纵论戎机，至夜半始寝。

【校记】

〔一〕此标题许指岩本有"泛舟游菜子湖"、"石氏醉后悲感"两个小标题。

〔二〕二十九日:经纬本、会文堂本、大华本、普天本作“三月二十九”。

〔三〕恐至倾跌:普天本作“恐至倾倒”。

【注释】

① 晨卯:早晨五点至七点。

② 桃源:“桃花源”的略语,指理想中的社会。

③ 相属:相互劝酒,向人敬酒。

④ 酩酊:大醉。

⑤ 临年:到达一定的年纪。指老年。

⑥“此檀公”二句:檀公,即檀道济(?—436),高平金乡(今山东金乡县)人。东晋末年名将,南朝宋开国元勋。檀道济早年随刘裕率兵平定桓玄之乱,义熙十二年(416)随刘裕攻打后秦,灭之。宋文帝即位后,拜征北将军,封武陵郡公。元嘉十三年(436),檀道济被冤杀。他在被抓时,狠狠地把头巾拉下摔在地上说:“乃复坏汝万里之长城!”最后,檀道济与其子十一人等在建康被处死。帻:头巾。

⑦ 倾跌:突然跌倒。

⑧ 髀肉将长:形容长久过着安逸舒适的生活,大腿内侧已经长肉。髀,大腿。语出《三国志·蜀书·先主传》。

⑨ 得手:这里是指安庆已被攻下。

一五、不如勿往〔一〕

三十日〔二〕,忽急足报某天将已入安庆,干王①洪氏与之偕。予念彼皆北韦党也,相见恐有龃龉②,不如勿往。且彼既得手,予又何必贪天之功,遂决计取道西南,速赴鄂地。或道九江一视,以天将汪氏方围九江,一时不下,告急于予。予以九江长江孔道,鄂东门户,理当重视,乃命改道出潜山,不复作皖垣信宿③想矣。束装已就,而安庆有牍来,促予即往,措词极恳切。噫!古人所谓“币重言甘④”,

恐诱我也。掷书不视，拔队西行，遥望天柱支峰，苍翠欲滴，令我徘徊。策骑数十里，吟兴大发，然不能成句，因心有所注，遂致龉龃⑤。驻老河，安庆之不能往，亦其一也。顾转念入鄂，予心自有所急。蜀，天府金城之国，苟得志焉，予复何望哉？即命兼程前进，惟闻潜山为天将王某所据，满兵及捻兵⑥时相攻击，现状如何，殊难逆料。而王某之为人，介于东杨北韦之间，滑稽〔三〕突梯⑦，令人生畏。部下皆劝予慎重，予不谓然，即遣心腹秦某先往探视。午刻⑧，予命后队驻山下休息，谓山路崎岖，益养精锐而后行，实则留以待秦某之报告也。久之，秦某不至，予计其时亦不及往返，遂扎营为信宿计。众窃窃议，大有沙中聚语⑨之概。予乃出视诸营，谓今夕月晦⑩，不堪晚行，计程已不及潜山，故暂留此，且谋休息，绝无他意也〔四〕。众心稍定，予秉烛不寐，漏四下⑪，秦某飞骑驰回，谓王某望王爷如望岁⑫，如天之福，乃获贲临⑬，否则前满后捻⑭，孤城斗大，危在旦夕，幸王爷怜而援之。予虽不必深信其言，然予之志誓不返顾，亦复以为然。传令明晨拔营，今夕宜饱餐，军中皆以为好消息来也。秣马厉兵，生气百倍。予亦倚隐囊⑮作日间游记，此心坦然，假寐片时，天曙矣。

【校记】

〔一〕此标题许指岩本有“石氏决计舍安庆赴鄂”、“道出潜山”、“石氏出视诸营”三个小标题。

〔二〕三十日：经纬本、会文堂本、大华本、普天本作“三月三十”。

〔三〕稽：经纬本、会文堂本、钱书侯本作“脂”。

〔四〕也：普天本无此字。

【注释】

① 干王：即洪仁玕(1822—1864)，字益谦，号吉甫，广东花县(今广州市花都区)人。洪秀全族弟。1860 年 5 月，被洪秀全封为干王。1864 年 7 月，天京陷落，10 月兵败石城，11 月 23 日于南昌被杀。

② 龃龉:牙齿上下对不上,比喻意见不合。

③ 信宿:表示两夜。

④ 币重言甘:礼物丰厚,言辞好听。指为了达到某种目的而用财物诱惑。语出《左传·僖公十年》。币,指礼物;重,厚。

⑤ 龉龁:毁伤;陷害;倾轧。

⑥ 捻兵:捻军。时与太平军共同作战。

⑦ 滑稽突梯:委婉顺从,圆滑而随俗。

⑧ 午刻:正午,中午。

⑨ 沙中聚语:指人心浮动。语出《史记·留侯世家》。

⑩ 月晦:月色昏暗。

⑪ 漏四下:报更的鼓声敲了四次,古代一个更次敲一次鼓。四更相当于凌晨两点左右。

⑫ 望岁:祈望丰年。此处比喻急迫的希望之意。

⑬ 贲临:形容来者贲然盛饰,因称贵宾来到叫贲临,是请人光临的敬辞。

⑭ 前满后捻:前面有清政府的军队,后面有捻军。

⑮ 隐囊:一种软性靠垫。

一六、 握手谈军〔一〕

三十日〔二〕,黎明即拔队行,九时至离城十里。王某遣部下整队迎迓,旌旗麾开处,王某一骑驰来,伏于道左,态极卑顺。予假词色慰劳之,挽辔入城,见队伍严整,称赏不置①。王某肃予入署,礼节周至。予从者健儿数辈,佩刀戎服,仪容烨然②,大有樊哙裂眦③之概。王某始终恭顺,未尝一举动乖异④,予更示以坦率,露坐⑤庭阶,与之握手谈军略。惟至东杨北韦方面,则绝不涉圭角⑥,王亦虚与而委蛇之⑦。予乃告以立国之正道,行军之大义。王感激流涕,似良心发见,非苟为将顺也。是夕,予竟安然就寐,酣适达旦。王某亦卒无他异〔三〕，军心大定。

【校记】

〔一〕此标题许指岩本有“天将王某”、“整队迎石氏入潜山”、“石氏示人以坦率”三个小标题。

〔二〕三十日：经纬本、会文堂本、大华本、普天本作“三月三十”。

〔三〕王某亦卒无他异：在诸本中，原文内容均如此。但从文本内容、句式来看，此句正确的表述应是“王某卒亦无他异”。

【注释】

① 称赏不置：不住地赞美。形容对事物的喜爱。称赏，赞美；不置，不住地。

② 烨然：光彩鲜明的样子。

③ 樊哙裂眦：据《史记·项羽本纪》，鸿门宴上，项羽欲杀刘邦。刘邦卫士樊哙带剑拥盾入军门，交戟之卫士欲止不内，樊哙侧其盾以撞，卫士仆地，哙遂入，披帷西向立，瞋目视项王，头发上指，目眦尽裂。裂眦，瞪大眼睛，眼眶如同开裂。

④ 乖异：指人的性情特异反常。

⑤ 露坐：席地而坐，随意地坐着。

⑥ 圭角：痕迹，迹象。此处指言谈中避言东王杨秀清、北王韦昌辉。

⑦ 虚与而委蛇之：即“虚与委蛇”。指对人虚情假意，敷衍应付。语出《庄子·应帝王》。

一七、欢呼爱戴〔一〕

四月初一日〔二〕，予出金犒王某之军，财物有差，各欢呼爱戴，王某自言愿从之讨鄂，予晓以大义，谓：“朝廷命汝守土，不可擅离职守，幸自爱。”予方与之作别，王设盛筵饯之。酒半，忽有飞骑至，报：

“天京紧急事。”予色变不语。王某从容启封，则北韦命王要劫予于途中，缚以献，有五等之封者也。王某正色呈予阅之，且曰：“予知尽忠报国而已，若奸邪作乱，妨害忠良，予安能从其命哉？”予谓：“今日予在此，汝欲如何则如何耳，请勿因予夺君爵赏。”王肃然曰：“是何言欤？吾既以肺腑告王，王尚疑我耶？则请委此弹丸以从，鞭弭牧圉[①]惟所命。”予乃慰之：“且与约为[②]兄弟。”情话未终，飞骑又至，则天王诛戮韦氏全家之报也。顷刻之间，福祸变幻，有如梦境。白云苍狗[③]，时局尚可问哉？王某向予下拜，谢援救之恩。予与答拜，情谊益笃。订抵鄂后，调其师助战。予因发浩叹，又作诗数首〔三〕，意以北韦专擅，势若冰山[④]。匝月[⑤]之间，自相喋血，天道好还，人亦何苦而为恶哉？予此行拟入蜀，苟得如公孙跃马、诸葛卧龙[⑥]故事者，予必择贤自代，黄冠草履[⑦]，深入峨嵋[⑧]，不愿复与世人争闲气[⑨]也。是夕，宿于潜邨。

【校记】

〔一〕此标题许指岩本有“石氏能感人激发忠义”、“顷刻祸福有如梦境”二个小标题。

〔二〕日：经纬本、会文堂本、大华本、普天本无此字。

〔三〕作诗数首：诗作不见于《石达开全集》中，可能属即兴之作，作后无底稿留存。

【注释】

① 鞭弭牧圉：这里指所有的人和军队。鞭弭，马鞭和弓。牧圉，牛马。

② 约为：结拜为。

③ 白云苍狗：指浮云像白衣裳，顷刻又变得像灰色的狗。比喻世事变幻无常。语出杜甫《可叹》诗。

④ 冰山：冰冻形成的山。根据文意，应该是指石达开与韦昌辉关系已不可缓解，韦昌辉先杀其全家，此又令王某劫杀之，二人势若

水火,关系已至冰点。

⑤ 匝月:满一个月。

⑥ 公孙跃马:东汉初,蜀郡太守公孙述依恃地险众附,自立为帝。左思在《蜀都赋》中形象地称他“跃马而称帝”。诸葛卧龙:这里指诸葛亮被刘备三顾茅庐请出之后,辅佐刘备在蜀地称帝之事。

⑦ 黄冠草履:粗劣的衣着。有时指草野高逸。与“黄冠草服”意同。

⑧ 峨嵋:峨眉山。这里是说作者欲在事业成功之后,到峨眉山隐居。

⑨ 争闲气:指无谓的争执。

一八、移师太湖〔一〕

初二日〔二〕,移师向太湖宿松时,守将亦东杨①部下旧卒。闻予将临,先遣人敬迓于潜村,既入城,则安庆之报,及予所亲手之书,已在太湖署中矣。盖俱以北韦之伏诛,为予称庆也。虽然,予因之重有感。夫同志同德,成周②之所以兴;骨肉相残,嬴秦③之所以败。我天朝金田起义,同盟誓生死者,区区五六人而已。一旦因争权夺利之故,互相剸杀④,虽东杨专擅,北韦残暴,均祸由自取。天讨之彰,克伸大义,然如同室操戈,是以摧袍泽⑤之气,而长敌人之焰何!不持此也,元气既伤,人才凋敝,虽有贤者,无策以善其后。类于北韦者,正接踵而起,天王高拱深宫⑥,能一一觉察而铲除之乎?兴师十年⑦,大勋未集,黎庶何辜,沈此浩劫,予惟有东望秣陵⑧,潸然雪涕⑨耳!拟游白岳⑩以解此闷,不果,盖九江围急,正劳筹集援师先发也。军书旁午⑪,辄四鼓不能安寝,其冗忙乃至倍于庐州。予拟遣健将赵如龙由小池口出奇兵袭九江,又使黄盖忠等间道取田家镇,为犄角之势⑫。而予乃得从容入鄂,古人所谓“一劳永逸”,予敢图目前之晏安〔三〕⑬,而隳⑭日后之进步耶?陈留守供张⑮极丰,予以节俭却之。

【校记】

〔一〕此标题许指岩本有“移师向太湖宿松”、“石氏议论大局”、“袭九江取田家镇”三个小标题。

〔二〕初二日:经纬本、会文堂本、大华本、普天本作“四月初二”。

〔三〕予敢图目前之晏安:会文堂本、大华本、普天本作“予取图目前之晏安”,然从前后文内容来看,应以原文为准。

【注释】

① 东杨:东王杨秀清。

② 成周:地名,即西周的东都洛邑。故址在今河南洛阳。借指周公辅成王的兴盛时代。

③ 嬴秦:秦国或秦王朝。秦为嬴姓,故称嬴秦。

④ 剸杀:绞杀,残杀。

⑤ 袍泽:指军中的同事。袍,古代指外衣;泽,古代指内衣。

⑥ 高拱深宫:指洪秀全深居宫中,与外界处于隔绝的状态。

⑦ 兴师十年:指太平天国起义至今的十年。

⑧ 秣陵:南京的别称。

⑨ 潸然:流泪的样子。形容眼泪流下来。雪涕:擦拭眼泪。

⑩ 白岳:即白岳山,在安徽省休宁县。

⑪ 旁午:交错;纷繁。

⑫ 犄角之势:原指从两方面夹攻敌人。现比喻战争中互相配合、夹击敌人的态势,或分出一部分兵力以牵制敌人。语出《左传·襄公十四年》。

⑬ 晏安:安乐、安定。

⑭ 隳:毁坏。

⑮ 供张:亦作“供帐”,指陈设供宴会用的帷帐、用具、饮食等物,亦指举行宴会。

一九、认韩宝英为义女〔一〕

初三日〔二〕，晨起得报，闻英王陈玉成兵至田家镇〔三〕。予乃用急足①追黄盖忠，令其暂驻武穴，避冲突，且让功以悦英王之心也。王勇猛冠世②，战不返顾③，然好名，人或攘④其功，则切齿相报。前在京口⑤，几犯嫌疑⑥。今予为逋臣⑦，敢以此启衅？且予之于鄂，不过为通道⑧计，并无略地自利之心。予亦不愿以一身当众敌之冲，但为天朝得寸得尺，以自赎罪戾，予心无愧矣！何必复与人争短长。下午，由太湖城出发，留守以下皆送十里外。行三十里，驻宿皖鄂交界之韩家村。村倚山面湖，为入鄂孔道，时土匪肆扰，焚杀劫掠，无所不至。予为救民及通道计，不得不奋力剿除。乃因此得一奇女子，为予生平极快意、且极得力事。奇女子者何？韩氏宝英，后众皆称为四姑娘者也。予本有二女，三则幼殇，北韦一屠，双珠同碎⑨。故以宝英补其缺憾，而四之云尔。先是宝英父为老贡生⑩，笃学能文，教授乡里，门生多发科者。宝英生而敏慧〔四〕，甫免乳，父教以唐人诗，即琅琅上口。及髫龀⑪，已解吟咏，村人咸呼女神童。十四岁而遭军兴，鄂皖间戎马所经，此间无异战场。而土匪占据湖山，乘势窃发，为闾里患，当时流离荼毒之苦，有不可胜言者。韩氏一家，仓皇出走，方拟暂匿山中，岂知适与土寇遇，父母兄弟，尽遭杀戮。惟宝英自匿草间，得不死。忽为贼目所见，执而献其魁。正欲迫之入湖，予大队适至，遽舍⑫之遁去。去时已傍晚，卫兵见系幼女，呼冤路旁，乃引以见予。予视其面，虽多菜色，而清秀不类小家⑬。且酷似予第二女。异哉！予怦然心动〔五〕，乃详询家世，宝英稽首⑭马前，慷慨陈家难，声泪俱下，盖误以予为剿匪而来也。并述土匪根株⑮所在，乞为剿除，词气剀切⑯有度。予闻之，不禁怃然⑰良久，众将亦为动容。予念本不过假道一宿，不欲多所干涉。然感此女之请，不得不为之尽力。立传令以前锋及中队千人，分兜⑱湖面及山中，土匪不过百数十人，尽俘以来，无一漏网者。因一一而缚，使宝英自辨其仇，屠戮以祭父母。令具棺木更衣衾殡殓[19]其父母兄嫂，使卒三百人任土工[20]，即夕三鼓而冢成。宝英大感激，愿委身事予，婢妾惟命。众亦怂恿予纳之，盖以予之久虚眷属也。予不可，语众曰："予戎马中人也，兵以义动，若自犯之，部下必有缘为口实者，非所以两全也。且渠甫及笄[21]，而予年近半百，纵渠不计及此〔六〕，予独不愧于心乎？况其貌甚似吾女，吾念前祸[22]，心复何忍？无已，其即以父女称而留军中，俟他日择婿可乎？盖女既无家，去犹恐遭强暴，是予为德不卒矣〔七〕。"宝英敬诺，众亦称善不置。宝英能文善书，下笔敏捷[23]，可使助陶记室，予深幸天赐奇才。

【校记】

〔一〕此标题许指岩本有"石氏让功与英王陈玉成"、"宿韩家村"、"得一奇女子"、"四姑娘宝英履历"、"认宝英为义女"五个小标题。

〔二〕初三日：经纬本、会文堂本、大华本、普天本作"四月初三"。

〔三〕兵至田家镇：会文堂本、普天本作"兵主田家镇"。

〔四〕宝英生而敏慧：经纬本、会文堂本、大华本、普天本作"宝英出而敏慧"。

〔五〕予怦然心动：会文堂本作"予坪然心动"。

〔六〕不计及此：会文堂本作"不语及此"；大华本作"不可及此"。

〔七〕是予为德不卒矣：钱书侯本、经纬本、会文堂本、大华本、普天本作"是予为德不卒也"。

【注释】

① 急足：急行送信的人。

② 冠世：超人出众、天下一流。

③ 战不返顾：这里指作战时勇往直前，绝不后退。

④ 攘：同"让"，退让。

⑤ 京口：镇江。

⑥ 几犯嫌疑：几乎触犯英王的忌讳。

⑦ 逋臣：逃亡之臣。

⑧ 通道：打通道路，即借道。

⑨ 双珠同碎：指两个女儿同时遇害。

⑩ 贡生：俗称“明经”，指明清两朝秀才（又称生员）成绩优异者可入京师的国子监读书，称为贡生。意谓以人才贡献给皇帝。清代有恩贡、拔贡等。

⑪ 髫龀：幼年。

⑫ 遽舍：仓促的离开。

⑬ 小家：小户人家。

⑭ 稽首：古代跪拜礼，为九拜中最隆重的一种。

⑮ 根株：根基，基础。

⑯ 剀切：切实，恳切；切中事理。

⑰ 怃然：惊愕。

⑱ 分兜：分开环绕，围绕。

⑲ 殡殓：给尸体穿衣下棺。也叫“入殓”。

⑳ 土工：旧时专司殡葬的人。

㉑ 及笄：古代女子满十五岁结发，用笄贯之，因称女子满十五岁为“及笄”。也指到了可以结婚的年龄。

㉒ 前祸：这里指石达开全家被杀之事。

㉓ 敏捷：这里指写文章速度快。

二〇、纵谈半夜〔一〕

初四日〔二〕，因四姑娘事，又留韩村一天。摒挡①甫罢，令兵士休息半日，予与四姑娘纵谈夜。

【校记】

〔一〕许指岩本无此标题。

〔二〕初四日：经纬本、会文堂本、大华本、普天本作“四月初四”。

【注释】

① 摒挡：收拾料理；筹措。

二一、劝勉曹某〔一〕

初五日〔二〕，兵进黄梅，下午申刻抵城。兵驻城外，予与陶记室、四姑娘等联辔①入城。守将曹姓，曾在天京识予一面，意颇殷勤。惟此间正苦满兵时来攻夺，兵力单弱，无形势可守。兵燹之后，十室九空，亦无饷可筹，情形殊见竭蹶。予惟劝曹某勉力支持〔三〕，静待援兵而已。

【校记】

〔一〕此标题许指岩本作“兵进黄梅”。

〔二〕初五日：经纬本、会文堂本、大华本、普天本作“四月初五”。

〔三〕予惟劝曹某勉力支持：普天本作“予惟曹某勉力支持”，缺一“劝”字。

【注释】

① 联辔：指联骑，并马而行。

二二、视察武穴〔一〕

初六日〔二〕，由黄梅①出发，留三百人助曹姓，以前锋队进小池口，向九江。予自率后队往武穴②视察，然后赴浔③。午后，抵距武穴二十里之小砦④，黄盖忠等方与满兵恶战，予即观察小砦形势，当可信宿。略事部署，即遣精锐五百人赴武穴，助黄盖忠奋战，胜则与英王会师进蕲黄⑤，败则来浔，将由兴国⑥别道趋武昌。计既定，文檄四出⑦，皆出四姑娘笔墨。每一书当发，四姑娘中坐踞⑧案，运三寸不律[9]如风。左右几二〔三〕，各一书生伺焉。四姑娘手写而口左右授〔四〕，三牍[10]立时并成，顷刻千言，文不加点[11]，予时蹀躞窥觇[12]，不胜惊叹。盖予夙以文章自诩，至是亦深叹不及也。闻黄等击退满兵，将与英王会。酉刻[13]，捷书至，且派两弁[14]来迎。

【校记】

〔一〕此标题许指岩本有“往武穴视察”、“宝英才具优长”两个小标题。

〔二〕初六日：经纬本、会文堂本、大华本、普天本作“四月初六”。

〔三〕左右几二：会文堂本、大华本、普天本作“左右凡二”。

〔四〕口左右授：会文堂本、大华本、普天本作“口授左右”。

【注释】

① 黄梅：在今安徽。

② 武穴：地处鄂、皖、赣毗连地段的“三省七县通衢”。

③ 浔：浔阳。

④ 小砦：在武穴城边。

⑤ 蕲黄：蕲州、黄州一带，太平军曾在此与清军作战。

⑥ 兴国：今属江西赣州。

⑦ 文檄：晓谕或声讨的文书。四出：到各处去发布。

⑧ 踞：古人席地而坐把两腿像八字形分开。

⑨ 三寸：指舌头。不律：笔。

⑩ 三牍：三篇文章。

⑪ 文不加点：文章一气呵成，无需修改。形容文思敏捷，写作技巧纯熟。点，涂上一点，表示删去。

⑫ 蹀躞：小步行走。窥觇：暗中察看，探察。

⑬ 酉刻：十七时至十九时。

⑭ 弁：旧时称低级武官。

二三、英王好色〔一〕

初七日〔二〕，巳刻[①]，抵武穴。黄等方奏凯旋，相见大喜。午刻，英王陈玉成来会，玉成前在天京与予颇相得，北韦难作[②]时，彼已先由皖入鄂，故未牵涉，否则彼亦东杨一手拔擢之人也。北韦害予眷属后，亦有檄促玉成班师[③]，并命一面掳取其眷属，幸天王即正北韦之罪，竟得免祸。倘缓须臾，几何不与予同病[④]哉！握见后，悲喜交集，剧谈至夜深。予命四姑娘录其语，玉成时时顾四姑娘，问讯者再。盖玉成好色，闻予识为义女乃止。不然，定为彼讨索去矣。玉成计明日即上溯蕲黄，待予于武汉，予诺之，遂别去。

【校记】

〔一〕此标题许指岩本有"英王陈玉成来会"、"英王陈玉成好色"两个小标题。

〔二〕初七日：经纬本、会文堂本、大华本、普天本作"四月初七"。

【注释】

① 巳刻：上午的九时至十一时。

② 北韦难作：这里指北王韦昌辉在天京作乱时，大肆杀戮太平军之事。

③ 班师：调回出征的军队。

④ 与予同病：指和石达开一样遭到韦昌辉的杀戮。

二四、江流一曲〔一〕

初八日〔二〕，晨起，予偕四姑娘观察武穴形势。江流一曲，山势陡峻，西与田家镇辅车相依[①]，唇齿表里，洵重镇也。午饭后，即挈小队百人返小池口，与天将黄金标会。

【校记】

〔一〕此标题许指岩本为“返小池口与黄金标会”。

〔二〕初八日：经纬本、会文堂本、大华本、普天本作“四月初八”。

【注释】

① 辅车相依：像颊骨和牙床一样，互相依存，形容关系非常密切。辅，颊骨；车，牙床。语出《左传·僖公五年》。

二五、陆某骄奢〔一〕

初九日〔二〕，卯刻①渡江，抵浔阳。浔与武穴、田家二镇成犄角〔三〕，自古用兵所必争，盖武汉之门户，而皖赣之上游也。前天将陆某与满兵血战二年，今始归天朝统辖，有驻兵六千人，屹然称重镇焉。惟陆某功成后，颇事骄奢，好货及色，于百花洲设别馆②，藏娇满中③，金银重器积置甚夥，犹以为未足，日令其部下四出搜索，民不聊生。噫！予天朝吊民伐罪，而任将帅者不能宣布德意④，收拾人心，反聚敛民怨，一旦蹉跌，何堪设想？予视其所为，无异三国时董卓之郿坞⑤，因微讽⑥之。陆有惭色，然予固知未必悛改⑦也。予志在入蜀，亦不愿在此发难，他日过武汉晤陈玉成〔四〕，当恳切言之，令其留意，毋使天朝令名，为若辈所败，则幸甚。

【校记】

〔一〕此标题许指岩本有“渡江抵九江”、“陈某骄奢”、“石氏微讽陈某”三个小标题。

〔二〕初九日：经纬本、会文堂本、大华本、普天本作“四月初九”。

〔三〕浔与武穴、田家二镇成犄角：普天本作“与武穴、田家二镇成犄角”，无“浔”字。

〔四〕他日过武汉晤陈玉成：普天本作“他日过武浙晤陈玉成”。

【注释】

① 卯刻：早晨五时至七时。

② 别馆：行宫，别墅。

③ 骄：通“娇”，美女。满中：谓充满其中。

④ 宣布德意：传播道德之意。

⑤ 董卓（？—192）：东汉末年权臣。董卓专断朝政，为其亲信吕布所杀。郿坞：董卓在长安以西建的行宫。

⑥ 微讽：微言劝谏；暗中讽喻。

⑦ 悛改：悔改。

二六、徒增恶感〔一〕

初十日〔二〕，辰刻①，予仍渡江返小池口。盖予来浔，本拟作数日勾留，与陆某商榷本防守策。乃见其贪欲愎谏②，知无可进言，不如早为引去，免致徒增恶感。四姑娘密语予，亦以速去为是。故急返小池口，仍由武穴上溯蕲黄。午后至田家镇，与玉成部下华天将略谈即寝。

【校记】

〔一〕此标题许指岩本为“上溯蕲黄至田家镇”。

〔二〕初十日：经纬本、会文堂本、大华本、普天本作“四月初十”。

【注释】

① 辰刻：上午七时。

② 愎谏：坚持己见，不听规劝。语出《左传·昭公四年》。

二七、蕲州午餐〔一〕

十一日〔二〕，抵蕲州午饭，是时蕲黄一带无满州兵踪迹，盖方鏖集[①]武汉，与陈王决一死战故也。予因出城略觇地形，蕲东以田镇为屏蔽，田镇因山为垒，隔江与半壁山相犄角，势极陡峻，石壁上镌有“长江锁钥[②]”四字，江流至此顿窄，宽不过五里之一。天朝得此后，重兵云屯，锁以铁索，拦以木排，满兵不能越雷池一步[③]矣。蕲黄恃此以安，蕲春西有白马河入江，西北有石港〔三〕，商货出入要地也。策马半日，顾盼江山，意颇自得。一念中朝内讧，生灵涂炭，则又凄然不宁，潸然泪下。晚引壶自斟，不觉颓然。四姑娘发文书数通。

【校记】

〔一〕此标题许指岩本为“长江锁钥”。

〔二〕十一日：经纬本、会文堂本、大华本、普天本作“四月十一”。

〔三〕西北有石港：许指岩本、经纬本、会文堂本、大华本、普天本作“西北有黄石港”。

【注释】

① 麕集：成群地聚集在一起。麕，通“群”，成群。

② 锁钥：军事上的重要关卡。

③ 不能越雷池一步：比喻不敢越出一定的范围。雷池，古水名，在今安徽望江。东晋时庾亮写给温峤的信里有“足下无过雷池一步”的话，是叫温峤不要越过雷池到京城（今南京）来（见《晋书·庾亮传》）。

二八、抵黄州〔一〕

十二日〔二〕，抵黄州。黄州地名人古迹甚多〔三〕，苏东坡先生之所赋赤壁[①]在焉。考据家皆曰实非三国战时之赤壁，予亦以为然。但江流至此颇宽，名人学士泛舟遣兴[②]，遂成佳话，何必沾沾[③]考实哉？予乃挈四姑娘及陶记室等数人，效子瞻之所为，时满虏水兵未能援及此地，江中颇寂寥〔四〕，予掉舟至赤壁下观月出，洵二十年来难得之佳境也！浮三大白④，尽兴而归。

【校记】

〔一〕此标题许指岩本有“黄州古迹”、“赤壁考据”两个小标题；钱书侯本则无此标题。

〔二〕十二日：经纬本、会文堂本、大华本、普天本作“四月十二”。

〔三〕黄州地名人古迹甚多：许指岩本作“州地名人古迹甚多”。

〔四〕江中颇寂寥：许指岩本、钱书侯本、经纬本、会文堂本、大华本、普天本作“江中颇闲寂”。

【注释】

① 所赋赤壁：这里指苏轼所作的《赤壁赋》（亦称《前赤壁赋》）。事实上，真实的赤壁之战故址在今湖北省蒲圻县西北，长江南岸。

② 遣兴：抒发情怀，解闷散心。

③ 沾沾：执着；拘执。

④ 浮：罚人饮酒。三大白：三杯酒。

二九、直趋夏口〔一〕

十三日〔二〕，予提兵整队，直趋夏口，师行甚速。申刻已抵武湖口，距夏口仅十里，时时有满州溃兵过而窥伺。予或杀或俘，随时发落，闻报知陈王部下已得汉口、汉阳两镇，惟武昌未下，盖三镇为兵事要区，争取最烈。计自天朝克复后至今，已三得三失矣。此次陈王血战两昼夜，始克汉镇①，汗马之功，洵堪嘉尚也。惟武昌为满将胡某等死守，连战互有胜负，急切不能下。予既与陈王会于汉阳，愿以全力相助。计予麾下之兵，不过六千五六百人，死士②二十余人〔三〕，然皆精锐，无滥竽充数者。若以之突阵，可一当十，因期以明日渡江会战。

【校记】

〔一〕此标题许指岩本有"趋夏口抵五湖口"、"陈玉成克汉口"、"与陈玉成会师汉阳"三个小标题。

〔二〕十三日：经纬本、会文堂本、大华本、普天本作"四月十三"。

〔三〕死士二十余人：经纬本、会文堂本、大华本、普天本作"将士二十余人"。

【注释】

① 汉镇：指武汉。

② 死士：敢死的勇士。

三〇、编筏渡江〔一〕

十四日〔二〕，陈王先渡江督战，予乃令兵士编筏横江①，堵截水师，一面提精锐过江。予兵蓄锐已久，壮气百倍，指令先取蛇山②，满兵不知有援兵之突至也，均弃械而遁。予即得蛇山〔三〕，乃直可以炮击城中官署矣！一面分兵冒死登陴③，陈兵④见予兵已得手，喊杀大振。约自辰至酉⑤，武昌城又入天朝宇下⑥焉。是役予兵死三十人，伤百余人，陈兵之死伤倍之。俘满兵数百人，自言两年来未遇此血战也。陈王大喜，迎予入署，置酒高会⑦，愿以留守相让，己则反皖。予固辞不受，因予入川之志甚决，且武汉必争之区，万难固守，与予主意不合。予一逋臣，期得偏隅，展予素抱耳，岂愿与豪杰驰逐中原⑧哉？苟得如汉之隗嚣⑨，将来朝政清明⑩，必有还京之日。否则客死异乡，予无室家之累，情所甘也。遂托言力不胜任，性又好动不好静，能战不能守。愿西取荆州、宜昌，以助王张挞伐之威。若守土之责，予宁死不能任也。陈王乃止，但请少留，作平原十日之饮⑪。予允休息三日，犒赏兵士，晚大酺⑫。

【校记】

〔一〕此标题许指岩本有“近规武昌”、“克武昌”、“辞留守武昌之约”三个小标题。

〔二〕十四日:经纬本、会文堂本、大华本、普天本作“四月十四”。

〔三〕予即得蛇山:普天本作“即得蛇山”,无“予”字。

【注释】

① 横江:这里指把竹筏横铺在江上。

② 蛇山:位于武汉武昌长江边,与汉阳龟山隔江相望。

③ 陴:城上的矮墙,俗称“女墙”。

④ 陈兵:陈玉成的士兵。

⑤ 辰:上午七时至九时。酉:下午七时至九时。

⑥ 宇下:屋檐下。这里指被占领。

⑦ 置酒高会:设酒宴办盛会。

⑧ 驰逐:奔驰追赶。中原:这里泛指中央政权。

⑨ 隗嚣(? —33):王莽新朝末年地方割据军阀,后为刘秀所败。

⑩ 清明:天下太平,政治有法度。

⑪ 平原十日之饮:表示朋友之间的暂住欢宴。典出《史记·范雎蔡泽列传》。

⑫ 大酺:聚饮,大规模庆贺。

三一、讨论防务〔一〕

十五日〔二〕,予与陈王论防务,谓:“宜以田家镇、九江为第一重门户,加重兵驻守。黄州为第二重门户,宜防铜锣、隘门①等关,奇兵突入,更遣工兼采大冶铁矿②,以助军需。夏口、汉镇为内寝正门③,尤宜缄密,非亲信者不可托。”陈王亦然之。为之部署调度,羽檄④纷驰。下午,有报岳州之满兵,从嘉鱼⑤追逼者,陈王议撤黄州之防以援之,予不谓然,劝陈王自以心腹后队出屯嘉鱼,切勿调动东面三门户[⑥]。陈王意欲锢[⑦]武昌本位，不愿分兵，而以黄州为不足虑。予是日，出游鲇鱼套、梁子湖[⑧]，以避陈氏之询问，且全吾本性也，晚饮于村人家。

【校记】

〔一〕此标题许指岩本有“与陈玉成论防务”、“出游鲇鱼套梁子湖”两个小标题。

〔二〕十五日：经纬本、会文堂本、大华本、普天本作“四月十五”。

【注释】

① 铜锣、隘门：位于安徽的两个关口。

② 大冶铁矿：位于今湖北黄石，重要的工业原料基地，也是清政府重要的经济来源之一。

③ 内寝正门：原指寝室的正门；这里指关键的部位。

④ 羽檄：指往来的军事文书。

⑤ 嘉鱼：位于今湖北咸宁长江边。

⑥ 三门户：指位于武汉东面的三个重要城镇。

⑦ 锢：通“固”。坚固。

⑧ 鲇鱼套：位于今武汉武昌西南，长江入口处，现已消失。梁子湖：处于武汉、黄石、鄂州、咸宁之间。

三二、四姑娘之见地〔一〕

十六日〔二〕，予密戒部下束装，以是日夜间西行，且谓四姑娘曰：“武昌不出十日，必复陷落。”四姑娘因言：“陈王负功骄蹇[①]，其下多不用命。田家镇之守将某，实地痞也。欲辱儿，以畏王故不敢耳。今知三镇俱不足恃，王留必分其忧，诚不如速去之为愈。”予喜四姑娘之见地，与予略同，乃遣各队先发，然后入府与陈王言别〔三〕。是日，宿仙桃镇，闻武穴战信。

【校记】

〔一〕此标题许指岩本有"陈玉成负功骄蹇"、"宿仙桃镇"两个小标题。

〔二〕十六日:经纬本、会文堂本、大华本、普天本作"四月十六"。

〔三〕然后入府与陈王言别:普天本作"然后入府与王言别",无"陈"字。

【注释】

① 骄蹇:傲慢,不顺从。

三三、争一妇人〔一〕

十七日〔二〕,由仙桃镇渡江,至潜江。武昌来报武穴大败,已为满兵所夺,田家镇守将为部下小卒所杀,函其首①降满营。据云:"因争一妇人,致肇此祸。"果不出四姑娘所料,为之浩叹。

【校记】

〔一〕许指岩本无此标题。

〔二〕十七日:经纬本、会文堂本、大华本、普天本作"四月十七"。

【注释】

① 函其首:将他的首级放在盒子中。函,盒子。

三四、潜江起程〔一〕

十八日〔二〕,晨起,方自潜江启程,忽有满兵千余,自沔阳①窜至,截辎重队为两。予亟命分兵抄旁路捷行,而以中队迎战。满兵志在速胜,初颇猛锐,予之精兵,固守中营②,撼之不可动。满兵大窘③,欲向监利方面退却,予亦不追,检点战兵,绝无损伤,方盼先锋队报告〔三〕，乃历两时[4]不至。亟探之，则杀满兵过当，夺获粮食器械无算，方纷纷收拾运载〔四〕，故迟迟也。急令辎重队助之，奏凯而回，晚饮颇醉。感念旧事[5]，偶与四姑娘谈当日祸害状，因出手书示之："北韦以计诱杨氏[6]，伏甲骤起，杀之。围缚部下，无一免者。是役也，死者约万人，焚其第，火三日不熄。天王下诏数东杨罪恶，而嘉北韦之功，北韦气张甚，请天王大封将士，隐然有代杨执政意。越日[7]，大飨[8]将士，北韦且敦请予为之副，天王出宫颁赏焉，予欲不往。族弟承猷[9]劝予曰：'毋令韦氏生疑。'遂屈志[10]往。噫！承猷竟以予故殒[11]其生矣。宴既开，酒半[12]，韦氏起为寿，先以杯羹献天王，次乃及予。予觉其腥味有异，起问：'何羹？'韦瞪视而对曰：'羊羹也。蓄养数十年，肥甚矣。其味何如？'又遍飨军士，予心岂不知，盖即东杨之肉耳。一念惨然，不能自已。忆北韦残忍至此，今天王在前，不乘此时有所建白，更待何时？乃起而言曰：'敬谢北王盛意。以东王之肉饷天王及吾侪，但吾不能无言。夫吾侪以救世主义起兵，八载[13]于兹天下未宁，大功未定，方期兄弟勠力同心，讨灭妖逆[14]。不幸杨氏骄悍，中道毁盟，不得已而除之。方宜哀矜勿喜[15]，奈何多杀以逞[16]，食肉为快乎？愿自今以后吾兄弟谨慎自持，同心赴义，勿恃此一室操戈为功业也。'韦氏不待词毕，大声呼斥，且指予曰：'乃怀异志乎？'予方欲再辩，天王命和解之，韦氏始悻悻而止。酒罢，予即驰归，告家人亲属曰：'势不可留矣！姑避其锋，他日好相见也。'嗟乎！岂知从此不复相见耶！予既知韦氏将捕予，乃不敢复由城门出，暂匿僻隅，解衣置池边，若已投河者然。延至星夜，缒城[17]而出，夜伏渔船中。渡江浦，过含山，始得亲友告变。盖自予去，韦氏即令人召予，殆欲东王之事加予身也[18]。知予已去，顿足大恚[19]曰：'纵虎离山，予之罪也。顷若即席除之，如缚一家耳。'西向恨恨不已。越三日，竟遣部下健儿，劫予老母及妻妾子女十三人，尽杀之。更辗转探得予有关戚谊者，悉膏斧锧[20]，前后约数十人，其残忍若此！不一月，天王不堪其逼，又听干王等计，诱杀韦氏，灭其族。屠戮之惨，一如'东杨'〔五〕"。四姑娘阅至此,嗟叹泪下曰:"天朝其自此衰乎!何戾气之未消也?"

【校记】

〔一〕此标题许指岩本有"在潜江迎战满兵"、"东杨北韦互杀"、"石氏遇害脱险"三个小标题。

〔二〕十八日:经纬本、会文堂本、大华本、普天本作"四月十八"。

〔三〕方盼先锋队报告:钱书侯本作"万盼先锋队报告"。

〔四〕方纷纷收拾运载:会文堂本、大华本作"方纷纷收拾运转"。

〔五〕一如东杨:会文堂本作"如东杨",无"一"字。

【注释】

① 沔阳:即今湖北仙桃。

② 中营:这里指军队的主营。

③ 大窘:指作战不利。

④ 两时:这里指两个时辰,即四个小时。

⑤ 旧事:指天京事变。

⑥ 杨氏:指杨秀清。

⑦ 越日:明日、翌日、第二天。

⑧ 飨:用酒食款待客人。

⑨ 族弟承猷:同族之弟石承猷。

⑩ 屈志:曲意迁就,抑制意愿。

⑪ 殒:死亡,丧身。

⑫ 酒半:酒宴进行到一半。

⑬ 八载:指从太平天国起义至天京事变的八年时间。

⑭ 妖逆:这里指清朝统治者。

⑮ 哀矜勿喜:指对遭受灾祸的人要怜悯,不要幸灾乐祸。哀矜,怜悯。

⑯ 多杀以逞:过多地杀人,来实现某种愿望,使自己称心如意。

逞，称愿，满足某种心愿。

⑰ 缒城：由城上缘索而下。缒，绳索。

⑱ 殆欲东王之事加予身也：大概要用对付东王杨秀清那种方式来加害石达开。

⑲ 恚：怨恨，恼怒。

⑳ 膏：本指油脂。这里指把人杀死后，将其脂肪熬成膏状。斧锧：亦作“斧质”。斧子与铁椹，古代刑具。行刑时置人于椹上，以斧砍之。

三五、擒获刺客〔一〕

十九日〔二〕，又闻武汉失守之信。此次得而复失，仅乃三日，不知陈王今复何往？殆窜皖北耳。午后，出沙市，与满兵小战，满兵退却，予亦不复追。兵临荆州城下，宣言愿降者，保全一郡民命。予向以宣布天朝德意为事，决不诛求也。满将遣人奉降书，予兵整队入城。是晚，满将设宴招予，予辞不往。但令其将赋税印信等交出，方约晚刻来献，忽予室中有一人，短衣窄袖，自暗陬①跃出，持刀欲击予。予目力尚锐，急闪避出其后，猛掣其肘，呼卫兵入，举刀削其臂。臂落，始就捕，为满将遣人来刺予者也〔三〕。予乃立遣佐将擒满将至，数其罪而杀之，并告士民，此仅妖官之罪，与尔等毋与〔四〕，众心乃安。予取印信嘱将佐华兴汉为留守，部署略定。满兵降者千五百人，另编一队。自是予军有万人矣〔五〕。晚与四姑娘议入川之策。

【校记】

〔一〕此标题许指岩本有“武汉旋失守”、“兵临荆州”、“捕获刺客”、“议入四川策”四个小标题。

〔二〕十九日：经纬本、会文堂本、大华本、普天本作“四月十九”。

〔三〕为满将遣人来刺予者也：经纬本、会文堂本、大华本作“则满将遣人来刺予者也”。

〔四〕与尔等毋与：经纬本、会文堂本、大华本、普天本作“与尔等不涉”。

〔五〕自是予军有万人矣：经纬本、会文堂本、大华本、普天本作“自是予将有万人矣”。

【注释】

① 暗陬：黑暗的角落。

三六、计议入川〔一〕

二十日〔二〕，予命编制队伍，收拾粮饷，与四姑娘议，以兵分两路入川〔三〕。一从秭归巴东入峡①，溯江而上为正道。一从宜都走山中，出施南府越五龙关②，至川南石砫为间道③。正道防堵极严〔四〕，节节屯有重兵，且满官骆秉章甚谙兵略，冲破殊非易事。予乃自领正道兵六千人为三枝，精兵居中，满兵当先，赵如龙断后，黄盖忠领间道兵三千人，深山穷谷④，虽险阻艰难，而防兵不多，易于通过，两兵期约会于万县。是晚，四姑娘夜入寝室，密谓予曰：“儿意入蜀甚难，不如且踞荆州以观变。”予意犹豫。既而曰：“予入蜀之素愿不可违〔五〕，且留荆州一月，使将佐辈窥伺骆某⑤举动可也。”四姑娘知予意决，亦不复言，遂日夜计划攻川之法。

【校记】

〔一〕此标题许指岩本为“宝英报告”。

〔二〕二十日：经纬本、会文堂本、大华本、普天本作“四月二十”。

〔三〕以兵分两路入川：会文堂本作“以兵分路入川”，无“两”字。

〔四〕正道防堵极严：普天本作“正道防堵严”，无“极”字。

〔五〕予入蜀之素愿不可违：普天本、钱书侯本、大华本作“予入蜀之素原不可违”。

【注释】

① 入峡：这里指进入三峡地区。进入三峡之后，才有可能占据蜀中。

② 施南府：清代行政区划，地处湖北省西南部，雍正十三年(1735)设置，民国元年(1912)废除。五龙关：位于重庆市万州区白土坝东南约二公里，是白土坝与堡(铺，普)子岭之间山岭的一个垭口，明清时期，在此古道上曾设关卡，并在附近驻军专设衙门，管理周围五县(奉节、云阳、万县、利川、石砫)的部分乡村，故曰五龙关。

③ 石砫：位于今重庆东部、长江上游南岸。间道：小路。

④ 穷谷：深谷，幽谷。

⑤ 骆某：指骆秉章。

三七、制造巨舰〔一〕

廿一日〔二〕，在荆州阅操，并令设船工厂〔三〕，制造入川巨舰。派一枝出屯宜昌，为进行地步①。

【校记】

〔一〕此标题许指岩本作“在荆州阅操”。

〔二〕廿一日：经纬本、会文堂本、大华本、普天本作“四月二十一”。

〔三〕并令设船工厂：普天本、经纬本、作“并令设造船工厂”，多一“造”字。

【注释】

① 地步：地段，位置。

三八、马德良〔一〕

廿二日〔二〕，天雨，于荆州官署中得一少年书记曰马德良〔三〕，能作蝇头小楷，人极诚朴①。

【校记】

〔一〕许指岩本无此标题。

〔二〕廿二日：经纬本、会文堂本、大华本、普天本作“四月二十二”。

〔三〕于荆州官署中得一少年书记曰马德良：许指岩本作“于荆州官署中得一少年马书记曰马德良”；会文堂本作“于荆州官署中得一少年书生曰马德良”；大华本、普天本作“于荆州官署中得一少年书曰马德良”。

【注释】

① 诚朴：真诚而质朴。

三九、江浙连捷〔一〕

廿三日〔二〕，得江浙连捷之信，江南满营尽溃，东向额手①者再。愿天朝自此统一，扫灭妖氛②。

【校记】

〔一〕此标题许指岩本作“得江浙连捷之信”。

〔二〕廿三日：经纬本、会文堂本、大华本、普天本作“四月二十三”。

【注释】

① 额手：以手加额表示敬礼或庆幸。

② 妖氛：这里指清政府和清军。

四〇、策马游山〔一〕

廿四日〔二〕，午饭后，策骑往游荆门山，山势雄壮。是夕，予挈陶记室、四姑娘等宿山顶武圣①祠中，盖祀关羽也。像已毁，知天朝兵已曾过此。夜观月于万松岩，吟诗数首，四姑娘和焉，命马德良书之。予观马之面貌极似予〔三〕，惟略以年事故分老少耳。以语四姑娘，四姑娘视之而笑，马颇庄重，不敢仰视也。予骇四姑娘对男子夙严厉，胡忽垂注②马生，殆有缘分欤？

【校记】

〔一〕此标题许指岩本作“游荆门山”。

〔二〕廿四日：经纬本、会文堂本、大华本、普天本作“四月二十四”。

〔三〕予观马之面貌极似予：会文堂本作“予观之面貌极似予”，无“马”字。

【注释】

① 武圣：关羽被封为“武圣”。

② 垂注：指上对下关注，一般用做敬辞。

四一、入蜀之难〔一〕

廿五日〔二〕，予自荆门山归，方养静室中。四姑娘又来言入蜀之难，不如由襄河上溯①，驰骋中原，较为得策。予终不谓然，四姑娘又言〔三〕：“诸将皆皖鄂人，恐无入蜀志。溯江更非所长，此计恐成画饼也。”予谓：“然则不如取消正道之说，并力于施南一路，通款②石砫土司为乡导，事较有把握耳。”四姑娘曰：“夷狄之性狡狠③，设为所乘，奈何？”予笑曰：“小儿女不知用兵之道，此所谓抚其背扼其吭④也〔四〕。若得成都，则开放门户，事权在我，若不利尚可退守荆州，何不可之有？”四姑娘乃默然。是夜，予命四姑娘先作一檄书，通告石砫土司，派健儿某赍⑤往。

【校记】

〔一〕此标题许指岩本作“石氏志在入川”。

〔二〕廿五日：经纬本、会文堂本、大华本、普天本作“四月二十五”。

〔三〕四姑娘又言：经纬本作“四姑娘又来言”，多一“来”字。

〔四〕此所谓抚其背扼其吭也：许指岩本、钱书侯本、经纬本、会文堂本、大华本、普天本作“此所谓抚其背扼其吮也”。

【注释】

① 襄河：汉江（又称汉水）过了襄阳以后，襄阳境内下游又称“襄河”。溯：逆流而上。

② 通款：与敌方通和言好。语出《晋书·阳裕载记》。

③ 夷狄：这里指西南少数民族。狡狠：狡猾，狠毒。

④ 抚其背：抚摸他的后背，表示安慰之意。扼其吭：扼住他的喉咙，夺走吃的东西。比喻使人处于绝境。语出《元史·陈祖仁传》。扼，用力掐着。吭，喉咙。

⑤ 贲：通“奔”。急走。

四二、四姑娘嫁马德良〔一〕

廿六日〔二〕，予方坐室中为入川计划，四姑娘翩然①入，对予憨笑，欲言而又止者三。嗫嚅②之顷，红晕于颊。予知有隐情欲言，乃曰：“子第言之，予无不从，胡为此态乎？”四姑娘曰：“父以马生德良之人物为何如？”予曰：“笃谨③人也。能小楷，殊无大志，中驷④以下人物耳。”四姑娘曰：“儿愿嫁之，父心慨许否？”予不意其骤作此语，沉吟片晌曰：“儿既愿之，固无不可，但此一腐儒何能为，而竟赏识之耶？予军中不乏文武材士，属以军事仓猝，不暇议婚嫁。若何不早言，欲选婿奚难者，而必取此中驷以下？”四姑娘赧然⑤曰：“父言良是，然儿意固别有所在⑥，父他日或自知耳。”予知其用心深微，遂不更诘。乃立召马生告之，期以五月一日备礼成婚。马生固辞，予知其为贫也。一切许以摒挡⑦，不需尔过问⑧。马生闻之，洵知愿不及此矣〔三〕。

【校记】

〔一〕此标题许指岩本作“宝英嫁马德良始末”;钱书侯本作“宝英嫁德良”。

〔二〕廿六日:经纬本、会文堂本、大华本、普天本作“四月二十六”。

〔三〕洵知愿不及此矣:许指岩本作“洵始愿不及此矣”。

【注释】

① 翩然:动作轻松迅速的样子。

② 嗫嚅:想说话而又吞吞吐吐不敢说出来的样子。

③ 笃谨:纯厚谨慎。

④ 中驷:中等的马。这里指中等的人物。

⑤ 赧然:难为情的样子,羞愧的样子。

⑥ 别有所在:另有其他的想法。

⑦ 摒挡:收拾料理;筹措。

⑧ 过问:这里指嫁娶之间需要讨论的问题。

四三、兼供母职〔一〕

廿七日〔二〕,四姑娘将下嫁事,略为部署。予自笑前此儿女众多,绝不问家庭琐事。今爱一异姓女〔三〕,乃兼供母职,躬为料理嫁务,亦岂意中所及计哉?荆州地虽冲要①,然物产瘠薄,俗尚朴啬②,衣饰无所置办;武昌又陷落,东道③不通。若在天京,须为之装点,今则止宜苟有苟美④矣。四姑娘亦力请节俭,并却部署贺仪。予不谓然,谓不如听人自致,奚必矫情〔四〕。

【校记】

〔一〕此标题许指岩本作“为宝英备嫁事兼供母职”。

〔二〕廿七日:经纬本、会文堂本、大华本、普天本作“四月二十七”。

〔三〕今爱一异姓女:普天本作“今爱一异女”,缺一“姓”字。

〔四〕奚必矫情：普天本作“奚心矫情”。

【注释】

① 冲要：军事上或交通上重要的地方。意同“要冲”。

② 朴啬：朴素，简约。

③ 东道：这里指通往天京的道路。

④ 苛有苛美：有什么条件，就美（装扮）到什么程度。

四四、别树一帜〔一〕

廿八日〔二〕，予出巡荆州市廛①，抚慰居民，父老多感激流涕者。是晚，偶与四姑娘再论入川事，四姑娘因据日间景象为言，谓：“荆州可用为根据地，王即居此〔三〕，遣将东西出略地可也。”予疑其得婿图宴安②，即曰：“尔与婿居此留守，予自入川可乎？”四姑娘闻言色变，莹然③欲涕，谓：“儿实思尽忠于父王，非为一身计，奈何见疑？”予一笑置之。且曰：“此亦尔所能为之事，何必见疑？惜马生非其人④耳。”四姑娘不语。予乃告以联结土司之策。四姑娘从容谏曰：“夷性反覆，恐不足恃。且蜀道奇险，进退不易。钟邓之功⑤，未可悻也。”予曰：“是固然矣！但以穷年用兵，胜败得失，从无定局。近日中朝于我，猜忌既深⑥，君臣将佐，自相疑阻⑦，甚非佳象。吾与其从彼偕亡，不若别树一帜，冀获稍逞吾志。今故不与骆氏争夔巫门户，而聚精畜锐，并力疾走，过城不攻，仅须匝月，泸雅之隘⑧当为我有。敌兵虽至，庸有及哉？吾计决矣，然非挈子夫妇以行，吾心亦何以慰？前言戏之耳！”四姑娘知不可谏，乃转一说曰：“父王盍不先从初议，以正兵⑨攻夔巫门户，而自出奇兵入间道，倘正兵得天幸，姑尝试之，亦何不可？”予知其辞遁，漫颔⑩之。

【校记】

〔一〕此标题许指岩本有“宝英远见”、“别树一帜”两个小标题。

〔二〕廿八日：经纬本、会文堂本、大华本、普天本作“四月二十八”。

〔三〕王即居此：普天本作“王即居”，无“此”字。

【注释】

① 市廛：市中店铺。

② 宴安：安逸享受。

③ 莹然：光洁明亮的样子。

④ 非其人：不是有深谋远虑的人。

⑤ 钟邓之功：三国末期，钟会、邓艾灭蜀之功。

⑥ 猜忌既深：这里指洪秀全对石达开的不信任越来越重。

⑦ 疑阻：疑惑隔阂。语出《晋书·文帝纪》。

⑧ 泸雅：泸州、雅安。隘：关口，隘口。

⑨ 正兵：正规部队；主力部队。也指相对于“奇兵”而言，摆开阵势正面作战的军队。

⑩ 漫颔：随便答应，漫不经心地回答。

四五、诸将咸备礼物赠送〔一〕

廿九日〔二〕，晨起，诸将以明日为四姑娘下嫁之期，咸备礼赠送，五光十色，玉笑珠香①，居然于干戈戎马中，忽杂锦绣脂粉气矣！岂不大奇？而四姑娘奇甚，虽出阁在即，仍为予治军书如故，绝不修饰涂泽②，洵儿女英雄哉！不愧为吾女矣。马生转腼覥③如新嫁娘，或向之道贺，则羞涩憨笑，若不胜其惊喜！而又不敢出诸口者，是非奇之又奇哉？姻缘有数，信然。

【校记】

〔一〕许指岩本无此标题；钱书侯本作“咸备礼物”。

〔二〕廿九日：经纬本、会文堂本、大华本、普天本作“四月二十九”。

【注释】

① 玉笑珠香：这里指彩礼中的珠宝玉器很多，琳琅满目。

② 涂泽：修饰容貌，化妆。

③ 腼觍：亦作“腼腆”。羞愧的样子。

四六、韩马完婚〔一〕

五月初一日〔二〕，予女四姑娘与马书记德良成婚。予年来为国事撄心〔三〕①，辄愁困累日，至是始开笑口，为四姑娘祝夫妇齐眉②也。午后，赐军士大酺③一日，城中士绅市民，多有推其领袖贺喜，且来观礼者，予悉款以酒食，众皆欢呼畅饮，尽兴而退。或窃窃议马生殆为予子，因其貌肖予也。是晚，榴花④照眼，蒲酒盈樽⑤。既庆端阳已近，复喜佳耦⑥在前，四姑娘与马生同来伴予饮酒，奉觞上寿⑦，予乃大乐，罄无算爵⑧。命陶书记等送入洞房，予作小诗纪之。有“自是有情成眷属，敢云彩凤去随鸦⑨”之句，盖纪实也。众皆以为马生非耦，而四姑娘独欣然。

【校记】

〔一〕此标题许指岩本作“宝英婚期”。

〔二〕五月初一日：经纬本、会文堂本、大华本、普天本作“五月初一”。

〔三〕予年来为国事撄心：会文堂本、大华本、普天本作“予年来为国事攖心”。

【注释】

① 撄心：扰乱心神。

② 齐眉：达到人眉毛的高度。为“举案齐眉”的略语，比喻夫妇相敬如宾，事见《后汉书·梁鸿传》。

③ 大酺：大宴饮。古代帝王为表示欢庆，特许民间举行的大会饮。

④ 榴花：这里指石榴花，或类似石榴花之类的装饰品。

⑤ 蒲酒：一种用菖蒲酿造的酒。樽：酒杯。

⑥ 佳耦：亦作“佳偶”，好配偶，指美满幸福的夫妻。

⑦ 奉觞上寿：举酒杯祝寿。

⑧ 无算爵：不限定饮酒爵数的饮酒礼，至醉而止。

⑨ 彩凤去随鸦：彩凤追随着乌鸦。指四姑娘下嫁马生。

四七、予心甚惬〔一〕

初二日〔二〕，清晨，四姑娘偕马生入予室，问安侍膳，宛尽子妇之孝。事毕，即同治军书如故，予心甚惬。是日，赵如龙率领三千人向宜昌，黄盖忠以二千人略宜都、长阳①，姑卜孰得孰失〔三〕，始策进行，亦从四姑娘说也〔四〕。予又遣陆起蛰等领千人收当阳、荆门，以为荆州屏蔽。是时，俨然有蜀先主初据江陵气象，未尝不可取快一时，惟予终觉非入蜀不足自立耳。

【校记】

〔一〕此标题许指岩本作“调遣赵如龙向宜昌，黄盖忠向宜都、长阳，陆起蛰收当阳、荆门”。

〔二〕初二日：经纬本、会文堂本、大华本、普天本作“五月初二”。

〔三〕姑卜孰得孰失：普天本作“姑卜孰失”，无“孰得”二字。

〔四〕亦从四姑娘说也：普天本作“从四姑娘说也”，无“亦”字。

【注释】

① 宜都、长阳：均在今湖北省西南部。

四八、三路出发〔一〕

初三日〔二〕，诸将三路出发，予设坛①以礼送之，军容甚整。忽报荆门一路有满兵突至，陆氏因先行，下令衔枚疾走。予授以作战机宜，陆氏领命而去。赵如龙慷慨论进攻诸法，意颇自诩，予亦以为宿将，期望殊殷，但满营中胡、骆[②]相联，欲如愿亦非易易耳。

【校记】

〔一〕此标题许指岩本作“诸将三路出发”。

〔二〕初三日：经纬本、会文堂本、大华本、普天本作“五月初三”。

【注释】

① 设坛：设坛本是道教的一种仪式，这里是石达开为激励士兵斗志，鼓舞他们的士气而做的一种郑重送别仪式。

② 胡、骆：指胡林翼、骆秉章。

四九、鄂西之战〔一〕

初四日〔二〕，午后有报至，陆氏力战击退当阳敌兵。但满兵大队屯荆门，此战恐非数日所能了也。又探报公安、石首有满兵进窥[①]，予亟派兵五百人出沙市江口，正对虎渡口筑垒，以扼其冲。四姑娘又言：“宜守旗下新城，即满虏驻防原址也。”予亦分五百人守焉。

【校记】

〔一〕此标题许指岩本作“鄂西之战役”。

〔二〕初四日：经纬本、会文堂本、大华本、普天本作“五月初四”。

【注释】

① 进窥：进行窥探。指清军已接近石达开的军队。

五〇、得天王诏书〔一〕

初五日〔二〕，是日为端午佳节。予之居荆[①]，虽然燕幕〔三〕[②]，而妖氛暂未鸱张[③]。又遇四姑娘新婚燕尔，及时行乐，人情所不能免，乃置酒相庆。下午，饮未终席，忽得天王诏书，予自二月出京，迄未得中朝消息，至是天翰[④]忽颁，惊喜无似，乃备香案，跽[⑤]而读之。书曰：

> 朕[⑥]无辅弼，惟子[⑦]才德兼备，且忠诚出于天性，必能巩固天朝，共享万世无疆之福。今仇雠已诛，整理方亟，王其无复介意，速还京就正揆席[⑧]，朝夕启沃[⑨]以成朕功。

予读毕〔四〕，心怦然，念君德方隆，即欲遄[⑩]往从之，乃与四姑娘密商。四姑娘意："一奸[⑪]虽去，诸奸未尽，蔽幕[⑫]重重。恐一入牢笼[⑬]，难于自脱。"予亦念入川之志既决，何必复画蛇足〔五〕[⑭]，乃决计以书报之，令四姑娘属稿[⑮]焉。

【校记】

〔一〕此标题许指岩本作"天王来书"。

〔二〕初五日：经纬本、会文堂本、大华本、普天本作"五月初五"。

〔三〕虽然燕幕：许指岩本、钱书侯本、会文堂本、大华本、普天本作"虽为燕幕"。

〔四〕予读毕：许指岩本、钱书侯本、经纬本、会文堂本、普天本作"读毕"，无"予"字。

〔五〕何必复画蛇足：经纬本、会文堂本、大华本、普天本作"何必画蛇添足"。

【注释】

① 荆：荆州。

② 燕幕："燕巢于幕"的略语，燕子把窝做在帐幕上，比喻处境危险。

③ 鸱张：像鸱鸟张翼一样。比喻嚣张，凶暴。

④ 天翰：皇宫所藏翰墨。这里指洪秀全的诏书。

⑤ 跽：长跪。

⑥ 朕：这里是洪秀全的自称。

⑦ 子：指石达开。

⑧ 揆席：辅政的大臣。一般指宰相。

⑨ 启沃：竭诚开导、辅佐君王。典出《尚书·说命·上》。

⑩ 遄：快，疾速。

⑪ 一奸：这里指韦昌辉。

⑫ 蔽幕：遮蔽的帘幕。指太平天国内部的矛盾和斗争。

⑬ 牢笼：比喻被洪秀全囚禁之所。

⑭ 画蛇足：指按洪秀全要求回天京是多此一举。

⑮ 属稿：起草文稿。

五一、覆天王书

初六日〔一〕，四姑娘献《覆天王书》稿，予略事点窜①，即付原使赍还②。书略云：

臣本淡薄③，无志功名〔二〕，徒以受天王之特赏④，不敢不效驰驱。溯举义旗之初〔三〕，吾侪兄弟意气何等轩昂〔四〕！心志何等固结！自取金陵建都，稍得根据⑤。方期枕戈待旦〔五〕⑥，闻鸡起舞⑦，扫垂尽之虏⑧，奏统一之功。何意外侮未平，同室先相残害⑨，操戈执矛，自攻自杀，日寻不已⑩，喋血一庭。臣因此泣血椎心⑪，不忍再见。虽蒙天鉴圣明，昭恤冤抑，然从此元气大伤，十年未可即复。且此党彼党，寻仇又复未已，门户水火，意见益深。臣若再入是非之门，鸡肋不足以供人之刀俎也。嗟乎！臣之老母，年已古稀，惨被菹醢⑫；妻子无辜，并为鲸鲵⑬。东望⑭国门，心碎已久。尚复何颜生入〔六〕？要之臣虽西奔，仍为天朝勠力。苟得于川滇黔湘之间〔七〕，扬天朝之旗旌，宣太平之威德[八]，则哉身虽万里[九]，心犹咫尺。凡此区区，即所以报陛下之德于无穷也。西陲待罪，无任悚惶。”

（校注者按：此记《覆天王书》文字与《太平天国野史》所载稍有不同。又，洪秀全诛韦昌辉后，曾召石达开回京辅政，然鉴于杨韦前祸，不敢付以大权，石达开闲居天京不自安，乃出走。日记未记回京辅政，与史实不符。）

【校记】

〔一〕初六日：经纬本、会文堂本、大华本、普天本作“五月初六”。

〔二〕臣本淡薄，无志功名：许指岩本、钱书侯本、经纬本、会文堂本、大华本、普天本作“臣本无志功名”，无“淡薄”二字。

〔三〕溯举义旗之初：许指岩本、钱书侯本、经纬本、会文堂本、大华本、普天本作“方举义旗之时”。

〔四〕吾侪兄弟意气何等轩昂：许指岩本、钱书侯本、经纬本、会文堂本、大华本、普天本作“吾侪兄弟之血性何等激烈，意气何等轩昂”。

〔五〕方期枕戈待旦：许指岩本、钱书侯本、经纬本、会文堂本、大华本、普天本作“然处此之略地之未尽入版图者，不知几何也。方期枕戈待旦”。

〔六〕尚复何颜生入：许指岩本、钱书侯本、经纬本、会文堂本、大华本、普天本作“尚复何颜生入哉”，多一“哉”字。

〔七〕仍为天朝勠力。苟得于川滇黔湘之间：许指岩本、钱书侯本、经纬本、会文堂本、普天本作“仍为天朝勠力。今在荆楚，正待瓜代。不日即当于川滇黔湘之间”。

〔八〕扬天朝之旗旌，宣太平之威德：许指岩本、钱书侯本、经纬本、会文堂本、大华本、普天本作“扬天朝之旗旌，而宣太平之威德”。

〔九〕则哉身虽万里：许指岩本、钱书侯本、经纬本、会文堂本、大华本、普天本作“则身虽万里”，无“哉”字。

【注释】

① 点窜:修改。

② 赍还:付与,送与。

③ 淡薄:义同“淡泊”。

④ 特赏:特别的奖赏。这里指格外受到洪秀全的重视。

⑤ 根据:指稳定的地盘。

⑥ 枕戈待旦:以兵器为枕,以待天明。指时刻警惕,准备作战,连睡觉时也不放松戒备,随时准备着杀敌。典出《晋书·刘琨传》。

⑦ 闻鸡起舞:听到鸡鸣就起来舞剑,比喻有志报国的人即时奋起。典出《晋书·祖逖传》。

⑧ 垂尽之虏:指气数将尽的清政府。

⑨ 同室先相残害:指洪秀全、杨秀清、韦昌辉等人之间的内斗。

⑩ 日寻不已:天天看到的不止这些。

⑪ 泣血椎心:捶着胸脯,悲切得哭不出声音,就像眼中要充血一样,形容极度悲痛。典出李陵《答苏武书》。

⑫ 菹醢:古时的一种酷刑,把人剁成肉酱。

⑬ 鲸鲵:雄鲸曰鲸,雌鲸曰鲵。比喻无辜被杀之人。

⑭ 东望:时石达开在四川,洪秀全在天京,故称望天京为东望。

五二、旧部两卒携东王少子来见〔一〕

初七日〔二〕,午饭后,忽有旧部两卒自武昌逃归,踵门①请见。予命召入,则见携一少年,年龄不过十六七许,怪而问之。自言:“杨姓,由天京逃出,有不识谁何之将军,一路庇护至武昌,突遭敌兵大战,将军败亡,临难以予付此两人,今得提携至此耳。”两卒亦陈武昌再陷,天将苗姓以公子畀我等,嘱好护持,往见某王,请其抚育可也。某王即指予,而此杨姓少年,乃东王之少子无疑,状貌亦相似。噫!东王尚有嫡胤②,予敢不为之存孤以奉其祀哉!即命养为予子,与四姑娘等相见，晚与问答，性不甚慧。乃意致落落[3]，尚有父风。予乃叹四姑娘适先已成婚，不然，即以配之。东王与予兄弟，其子犹子也，岂不甚佳？凡事由天，不可强也。

【校记】

〔一〕此标题许指岩本作“东王子来留养之因名绍东”；钱书侯本作“东王之子”。

〔二〕初七日：经纬本、会文堂本、大华本、普天本作“五月初七”。

【注释】

① 踵门：亲自上门。

② 嫡胤：正妻所生的儿子。

③ 落落：犹磊落。形容人的气质、襟怀。

五三、荆门大胜〔一〕

初八日〔二〕，予命陶书记、马生教东王子读书，令裨将黄得功等教之骑射，令人呼为世子[1]，名曰绍东[2]，志不忘也。报闻赵如龙军大胜于荆门山，甚喜。晚饮，与绍东谈天京事，甚感慨。

【校记】

〔一〕此标题许指岩本作“部将赵如龙大胜于荆门山”。

〔二〕初八日：经纬本、会文堂本、大华本、普天本作“五月初八”。

【注释】

① 世子：明清两代为亲王嗣子的称谓。

② 绍东：指继承东王杨秀清之志。

五四、当阳被困〔一〕

初九日〔二〕，谍报陆起蛰军被困于当阳，为满兵所兜围[1]。予念起蛰勇将,设有蹉跌,如断臂指[②],亟遣风某领兵五百人往救之。是日,军事旁午,战报络绎,消息颇不佳,心怏怏然。

【校记】

〔一〕此标题许指岩本作“部将陆起蛰被困当阳”。

〔二〕初九日:经纬本、会文堂本、大华本、普天本作“五月初九”。

【注释】

① 兜围:包围。

② 臂指:本义指手臂和手指,这里比喻重要的部位。

五五、谍报连败〔一〕

初十日〔二〕,大雷雨,谍报赵如龙军大败,节节退屯[①],而宜都之黄盖忠,亦报不得手,心大蹙。

【校记】

〔一〕此标题许指岩本作“部将黄盖忠亦大败”。

〔二〕初十日:经纬本、会文堂本、大华本、普天本作“五月初十”。

【注释】

① 退屯:退守。

五六、欲回马首〔一〕

十一日〔二〕,晨起,予念诸军困难,颇感四姑娘语,欲回马首,以候机会。乃召各军官会议,有骁将梅其杰者,赣人也,极言赣之可取,荆州四战地,又当胡骆之冲,不易发展。予念军事当乘机,不可拘执一见,乃下令赵陆黄三军,即日返旆[①],并力攻岳州[②],由九宫山[③]入赣。

【校记】

〔一〕此标题许指岩本作“下令赵陆黄返旆并力入赣”。

〔二〕十一日：经纬本、会文堂本、大华本、普天本作“五月十一”。

【注释】

① 返旆：回师。旆，古代旌旗末端形如燕尾的垂旒飘带，代指旗帜。

② 岳州：今湖南省岳阳市。

③ 九宫山：山名，位于湖北省东南部通山县境内，横亘鄂赣两省交界处。

五七、渡江以待〔一〕

十二日〔二〕，予既定入赣之计，即拟弃荆州，下令收拾辎重，渡江以待。诸宾僚①俱莫明予意，颇欲谏诤②。惟四姑娘以为与其困守此间，不如乘势进取，况赣地东通浙闽，西控湘鄂，可战可守，自所当争，予亟呼此儿可人③。是日，大忙④，予竟夕⑤未寐，姑娘亦为予治军书。

【校记】

〔一〕此标题许指岩本作“收拾辎重弃荆州向赣”。

〔二〕十二日：经纬本、会文堂本、大华本、普天本作“五月十二”。

【注释】

① 宾僚：幕宾，僚属。这里指参谋人员。

② 谏诤：直言规劝，使人改正过错。

③ 可人：适合人的心意。

④ 大忙：特别忙。

⑤ 竟夕：通宵，整个晚上。

五八、猛攻岳州〔一〕

十三日〔二〕，赵、黄、陆三军皆会①，检点军籍，死伤三百余人，遂渡江。时岳州满兵驻屯虽多，皆出不意，所向披靡，予悉以精锐猛力攻之。是晚，已占城陵矶②，炮石之锋，咸向岳州矣。

【校记】

〔一〕此标题许指岩本作“猛力攻岳州”。

〔二〕十三日：经纬本、会文堂本、大华本、普天本作“五月十三”。

【注释】

① 赵、黄、陆：赵如龙、黄盖忠、陆起蛰。会：会合。

② 城陵矶：长江中游、湖南水路第一门户，位于今岳阳市。

五九、恶战满兵〔一〕

十四日〔二〕，与满兵大战，互有死伤，城中犹固守。即令赵军抄袭其后，相持一昼夜。

【校记】

〔一〕许指岩本无此标题。

〔二〕十四日：经纬本、会文堂本、大华本、普天本作“五月十四”。

六〇、亲督大军〔一〕

十五日〔二〕，岳州满兵大溃。予亲督大军，登阵突入〔三〕，悍卒犹巷战彻夜，杀伤过当①。予驻营一古庙中，衙署中恐有伏，未便辄入也。是役获粮食、辎重颇多，军士疲甚，令休息三日。

【校记】

〔一〕此标题许指岩本作“登陴突入岳州”。

〔二〕十五日：经纬本、会文堂本、大华本、普天本作“五月十五”。

〔三〕登阵突入：许指岩本、钱书侯本、经纬本、会文堂本、大华本、普天本作“登陴突入”。

【注释】

① 过当：超过相抵之数、超过适当的数目或限度。

六一、可树一功〔一〕

十六日〔二〕，绍东①、马生、四姑娘等入城，居府署中。闻满兵争趋荆州，虽空城，借此可树一功也。

【校记】

〔一〕许指岩本无此标题。

〔二〕十六日：经纬本、会文堂本、大华本、普天本作“五月十六”。

【注释】

① 绍东：东王杨秀清的儿子杨绍东。

六二、将弁奋勇〔一〕

十七日〔二〕，雨，驻岳州。议自九宫山入赣省事，诸军弁皆奋勇，愿效前驱。夜与四姑娘定谋。

【校记】

〔一〕许指岩本无此标题。

〔二〕十七日：经纬本、会文堂本、大华本、普天本作“五月十七”。

六三、乘其不防〔一〕

十八日〔二〕，赵军早发，从九宫山关隘直趋德安①，向吴城②。黄、陆③二军从瑞昌④取九江，予军由建昌直窥南昌省城〔三〕。时满将曾国藩等部下方踞湖口⑤，予密嘱赵军乘其不备，先毁营垒⑥，然后夺其水师舟舰。是夜，予仍在岳州检点辎重军实⑦，约较荆州时增粮饷千石⑧。

【校记】

〔一〕此标题许指岩本作"赵德安向吴城，直窥南昌省城"。

〔二〕十八日：经纬本、会文堂本、大华本、普天本作"五月十八"。

〔三〕直窥南昌省城：许指岩本、钱书侯本、经纬本、会文堂本、大华本作"直规南昌省城"；规，通"窥"。普天本作"窥南昌省城"，无"直"字。

【注释】

① 德安：地名，在今江西九江市。

② 吴城：位于今江西九江南。

③ 黄、陆：石达开的部将黄盖忠、陆起蛰。

④ 瑞昌：今属九江市。

⑤ 湖口：在鄱阳湖入长江口处，今属九江市。

⑥ 营垒：这里指曾国藩为防御石达开军队所修筑的堡垒。

⑦ 军实：指军队中的器械和粮食。

⑧ 石：容量单位，十斗等于一石。

六四、昼夜兼驰〔一〕

十九日〔二〕，予领亲兵队千人，发自岳州，昼夜兼驰，军士仅以干粮充饥〔三〕。入九宫山，据大关[①]，已夜深，始燃薪造饭。四姑娘等亦大饥疲，饱飧而眠，五鼓即起。山径熹微，雾气蒸滑〔四〕。

【校记】

〔一〕此标题许指岩本作"驰入九宫山"。

〔二〕十九日：经纬本、会文堂本、大华本、普天本作"五月十九"。

〔三〕军士仅以干粮充饥：许指岩本、钱书侯本、经纬本、会文堂本、大华本作"军士仅以干糇充饥"。

〔四〕雾气蒸滑：普天本无此句。

【注释】

① 大关：地名，在今湖北荆州。

六五、始得平地〔一〕

二十日〔二〕，出九宫山，始得平地。下午，抵建昌，得卒报："赵军已入吴城，利捷如风"。洵虎将也。晚酉刻[①]，亦得黄、陆军入瑞昌之信，陆即分军趋南康、星子[②]，军行不三日，已迭得占领要塞之信。可谓神速之至，亦诸兄弟奋勇之功所致耳！予何能为？回念此行舍命出天京，只身西奔，绝无一军一骑。乃三月之间，集同志十许，麾下竟万人。予何德何能，而得人心归向若此？亦惟曰天朝之义名未坠，而满政不纲，妖魔遍地，有以为驱除难耳，不禁神旺〔三〕。

【校记】

〔一〕此标题许指岩本有"抵建昌"、"迭得占领要塞之信"两个小标题。

〔二〕二十日：经纬本、会文堂本、普天本作"五月二十"；大华本作"五月二十日"。

〔三〕不禁神旺：经纬本、会文堂本、大华本、普天本作"不禁神往"。

【注释】

① 酉刻：十七时至十九时。

② 南康：位于今江西南部。星子：位于今江西九江南。

六六、为治安计〔一〕

廿一日〔二〕，由建昌拔队行，予本无守土责，同志中有愿留为治安计者，亦听之。然军行未定，双方交绥①甚烈，即有治法，亦无所施也。且十室九空，非天下大定后，渐与以休养生息不可。予惟求天威普播，瑕秽早除，则徐布维新之治，始有着手地耳！晚迫南昌，驻营城外，时满守将撄城自固，不敢外出一窥。予乃得坐待赵、陆师至，然后合围，诚笑满将愚怯也。

【校记】

〔一〕许指岩本无此标题。

〔二〕廿一日：经纬本、会文堂本、普天本作“五月二十一”。

【注释】

① 交绥：谓敌对双方军队刚接触即各自撤退。

六七、劝其归顺〔一〕

廿二日〔二〕，雨。未坚壁深沟，迄予攻战，与四姑娘商发诸州县檄文，劝其归顺，颇有兴。

【校记】

〔一〕许指岩本无此标题。

〔二〕廿二日：经纬本、会文堂本、普天本作“五月二十二”。

六八、精神百倍〔一〕

廿三日〔二〕,下午,赵军自吴城来,旗甲鲜明,精神百倍,满将已成釜底之鱼矣!予又亟布檄文,令城中人投降。至夜半,黄、陆军皆会,乃合围。城中粮食尽,益窘急,予意明日必克矣。

【校记】

〔一〕此标题许指岩本作“南昌得手”。

〔二〕廿三日:经纬本、会文堂本、普天本作“五月二十三”。

六九、击退曾某〔一〕

廿四日〔二〕,清晨,城中有通款者,约降表下午即出。至日中,忽传有满兵大队自湖口来,初尚以为谣惑也。杀数人止之,无何,谍者至,则曾某确派健将彭某①奋跃而来。予知此系劲旅,未可轻视。乃星夜派赵出吴城,陆、黄出鄱阳,迎头击之。予亲率精锐督战。盖三月以来,未有如此血战。予与诸兄弟设誓,义不返顾,务于一昼夜间,奋力击退。是夜,时放烽燧②,彻夜未眠。彭见仗伍严整,亦未敢犯。四鼓③后,四姑娘忽献计〔三〕,请袭攻。予从之,果大胜,彭某折回。

【校记】

〔一〕此标题许指岩本作“曾文正、彭刚直之威名”;钱书侯本作“曾彭威仪”。

〔二〕廿四日:经纬本、会文堂本、普天本作“五月二十四”。

〔三〕四姑娘忽献计:会文堂本作“四姑娘来献计”。

【注释】

① 曾某:曾国藩。彭某:彭玉麟。

② 烽燧:古代边防报警的两种信号,白天放烟叫烽,夜间举火叫燧。

③ 四鼓：报更的鼓声敲了四次，古代一个更次敲一次鼓。四更大致相当于现在的后半夜两点左右。

七〇、争献金银〔一〕

廿五日〔二〕，南昌城中闻彭某败退，亦已弃城遁[1]矣。予乃整兵入城，即出[2]布告，谓："父老苦兵革[3]已久，此来戒部下秋毫毋犯[4]，勿劫勿杀，市井安堵，亦无三日封刀之例[5]。如有犯禁夺杀者，尽可来辕[6]呼告。"分别立示惩儆[7]。众皆感服[8]，争献金银、食物犒赏[9]，军士咸乐[10]温饱。予乃与赵、黄等议次第收略[11]，广信、袁州、临江、抚州、赣州[12]等府。分兵四出，檄书山积[13]，四姑娘事大忙，予亦不自知精神何以能百倍也。诸将大会于滕王阁[14]，各言韬略[15]，英姿飒爽[16]，予乐甚[17]。

【校记】

〔一〕此标题许指岩本有"南昌满将败退"、"收略广信、袁州、临江、抚州、赣州"、"大会滕王阁"三个小标题。

〔二〕廿五日：经纬本、会文堂本、普天本作"五月二十五"。

【注释】

① 遁：逃跑。

② 出：发布。

③ 兵革：指战争。

④ 戒：约束。秋毫毋犯：指军纪严明，丝毫不侵犯百姓的利益。秋毫，鸟兽秋天新换的绒毛，比喻极细微的东西。犯，侵犯。

⑤ 三日封刀之例：古代战争陋习，打下一座城市之后，士兵可以任意劫掠三天。三天之后，便要严守军纪，不能再抢夺百姓财物，俗称"三日封刀"。

⑥ 辕：辕门，即军营的大门，这里指石达开的衙署。

⑦ 惩儆：儆戒，鉴戒。惩罚之以示警戒。

⑧ 感服：感动，佩服。

⑨ 犒赏：犒劳赏赐。

⑩ 咸乐：都感到快乐、愉悦。

⑪ 次第：按照顺序或以一定顺序，一个接一个地。收略：收复占领。

⑫ 广信、袁州、临江、抚州、赣州：均为江西地名。

⑬ 山积：像山一样堆积。形容很多。

⑭ 滕王阁：阁名，在今江西南昌，为唐代高祖李渊第二十二子滕王李元婴所建。

⑮ 韬略：意指“文韬武略”。又指《六韬》《三略》，为古代兵书，引申为战斗用兵的计谋。

⑯ 英姿飒爽：形容英俊威武、精神焕发的样子。英姿，英勇威武的姿态。飒爽，豪迈矫健。

⑰ 乐甚：非常高兴。

七一、置酒纵谈〔一〕

廿六日〔二〕，在南昌。赵军赴上饶①，探入浙之路。是时予心血之注集，忽又移向东南，入川之念，不知消归何处也。偶与四姑娘置酒纵谈，辄自笑反覆。虽然，予以浙闽海疆，争者多而不易守，他日终当以西川为归墟②地耳！四姑娘闻予自语自嘲，乃含笑不语，予亦不置诘。

【校记】

〔一〕此标题许指岩本有“探入浙路”、“石氏拘执己见”两个小标题。

〔二〕廿六日：经纬本、会文堂本、普天本作“五月二十六”。

【注释】

① 上饶:位于今江西东北部。

② 归墟:亦作"归虚"。传说为海中无底之谷,谓众水汇集之处。语出《列子·汤问》。后喻事物的终结、归宿。

七二、更置眷属〔一〕

廿七日〔二〕,雨。与黄盖忠纵谈旧事,黄忽劝予更置眷属①,且以媒妁自任②,谓:"赣绅某武职有女,兼文武才,年三十矣,犹未嫁人,才德堪为匹偶③。"予笑不置答,黄以为默认也。谓:"明日即当议大礼④。"予亟辩曰〔三〕:"子勿孟浪⑤,予誓不复受家室之养⑥,尔宁⑦不知耶?尚强聒⑧何为者?"黄犹振振有词⑨。予曰:"子勿复言。予若有家室之好⑩,宁待今兹⑪。如天之福,则四海乂安,军书一统,此其时乎?"黄自知失言⑫,唯唯⑬而已。予帐触⑭旧愁,不胜感愤⑮,乃成数首⑯,稿随手掷去。四姑娘为予存之箧⑰中,不知他日何人取以覆瓿⑱耳!晚饮颇酣,忽念西湖佳胜⑲,跃跃⑳欲往,夜有梦㉑。

二十八日〔四〕,晴。

二十九日,天气颇炎热。

三十日,雷雨,俱居南昌署中。

(校注者注:自六月初一至七月卅日遗缺)

【校记】

〔一〕此标题许指岩本作"石氏不愿受家室之累"。

〔二〕廿七日:经纬本、会文堂本、普天本作"五月二十七"。

〔三〕予亟辩曰:钱书侯本作"予亟辨曰"。

〔四〕二十八日:经纬本、会文堂本、大华本、普天本作"五月二十八日"。

【注释】

① 眷属:通常指家眷、亲属或夫妻。这里指娶妻再婚。

② 媒妁:即媒人。媒,指男方的媒人;妁,指女方的媒人。自任:当作自身的职责。

③ 匹偶:配偶。

④ 大礼:这里特指婚礼。

⑤ 孟浪:鲁莽;轻率。

⑥ 养:奉养;抚育。

⑦ 尔:你。宁:难道。

⑧ 强聒:唠叨不休。

⑨ 振振有词:意思是理直气壮的样子,形容自以为理由很充分,说个不休。

⑩ 好:喜好。

⑪ 兹:现在,此时。

⑫ 失言:说了不该说的话。

⑬ 唯唯:恭敬的应答声。

⑭ 枨触:触犯,触动。

⑮ 感愤:有所感触而愤慨。

⑯ 数首:这里指数首诗。

⑰ 箧:小箱子。

⑱ 覆瓿:比喻著作毫无价值或不被人重视。亦用以表示自谦。

⑲ 佳胜:优美。

⑳ 跃跃:因急切期待或心情欢乐而激动的样子。

㉑ 梦:做梦。

七三、巡行景德镇〔一〕

八月初一日〔二〕,予巡行景德镇[①],观瓷器窑。此等工艺,通行全国,器用之利[②],令人惊羡[③]。及观御用窑[④],穷奢极欲,以奉一人[⑤]。且异种建虏[⑥],享尽人间奇福,岂非天数浩劫[⑦]耶?吾民膏血尽矣[⑧]!此后要当力崇正道[⑨],以我民膏血,还之我民。奇技淫巧[⑩],勿荡[⑪]上心,则天下太平矣!

【校记】

〔一〕此标题许指岩本作“参观景德镇磁窑”。

〔二〕八月初一日:经纬本、会文堂本、大华本、普天本作“八月初一”。

【注释】

① 景德镇:江西景德镇,闻名世界的瓷都。

② 利:利润。

③ 惊羡:既惊讶又羡慕。

④ 御用窑:指专门为皇帝和皇家烧制瓷器的窑。

⑤ 奉:奉献给。一人:这里指皇帝。

⑥ 异种:这里指清朝统治者。建虏:建州(女真)的鞑虏。也是指清朝统治者。

⑦ 浩劫:大灾难。

⑧ 膏血:脂肪和血液,比喻用血汗换来的劳动成果。尽矣:这里是说老百姓已经走投无路了。

⑨ 正道:正确的道路。

⑩ 奇技淫巧:指过度新奇而无大用的技艺和作品。

⑪ 荡:诱惑,迷惑。

七四、还鄱阳大营〔一〕

初二日〔二〕,予还鄱阳大营[①],闻赵如龙败于吉安,心怦怦[②]不宁。幸黄盖忠消息大佳,已度仙霞岭[③],克复江山、常山[④],且言侍王、汪世贤[⑤]闻予在南昌，极愿联合。予大喜，命四姑娘以书报之。

【校记】

〔一〕此标题许指岩本有“鄱阳大营”、“赵黄入浙情况”两个小标题。

〔二〕初二日：经纬本、会文堂本、大华本、普天本作“八月初二”。

【注释】

① 大营：这里指军队的指挥中心。

② 怦怦：心跳的声音。

③ 仙霞岭：山名，在浙、闽之间。

④ 江山、常山：地名，均在浙江省。

⑤ 侍王：李世贤，忠王李秀成堂弟。汪世贤：太平军将领。

七五、闷坐斋中〔一〕

初三日〔二〕，雨。予方闷坐斋中，欲驰书[①]问皖南消息，盖陆起蛰由婺源趋徽、歙[②]，初颇锋利[③]。后为祁门妖帅曾氏所扼[④]，死伤颇多。予曾驰书劝其返赣，亟援赵军，不知彼会否接洽，或有所意见否？当即命某弁专使[⑤]入皖，赍书劝陆即班师[⑥]。一面派兵援赵，拟并力图浙。书即发。

【校记】

〔一〕此标题许指岩本作“皖南消息”。

〔二〕初三日：经纬本、会文堂本、大华本、普天本作“八月初三日”。

【注释】

① 驰书：急速送信。

② 婺源：地名，古徽州六县之一，今属江西省上饶市下辖县。位于江西省东北部，赣、浙、皖三省交界处。徽、歙：地名，即今安徽

省徽州、歙县。

③ 锋利:原形容锋刃尖而快,这里指陆起蛰的军队进军的速度很快。

④ 祁门:地名,在今安徽省南部。曾氏:这里指曾国藩。扼:围困。

⑤ 专使:这里指负责专门传达重要信息的特使。

⑥ 赍书:送信。赍:送,付。班师:调回在外打仗的军队。

七六、富春山水〔一〕

初四日〔二〕,晨得江山①谍信,黄盖忠已拔队由东江出建德〔三〕②,向桐江③,饱看富春山④水矣!予不觉神往,决计待赵如龙还,以南昌相属。予挈一军追踪黄氏⑤,务至杭州一游。四姑娘闻予将往西湖,大喜,谓:"幼时即慕三竺六桥⑥,欲往未能,果得一往,不虚此生矣!"予曰:"将为儿作骅骝⑦,开道路以待,最迟至冬日,正可往观断桥残雪⑧矣!"四姑娘笑谢天恩,予东望跃跃。

【校记】

〔一〕此标题许指岩本作"石氏拟游杭州"。

〔二〕初四日:经纬本、会文堂本、大华本、普天本作"八月初四日"。

〔三〕由东江出建德:许指岩本、钱书侯本、会文堂本作"由东阳出建德"。从当时石达开与曾国藩军队交战的情况来看,底本疑误,应为"东阳"。

【注释】

① 江山:地名,位于浙闽赣三省交界处,是浙江的西南门户。

② 建德:地名,位于浙江省西部。

③ 桐江:即钱塘江流经桐庐—富阳的一段,为富春江的上游。

④ 富春山：泛指富春江沿岸的群山，并非特指某座山。

⑤ 黄氏：这里指黄盖忠。

⑥ 三竺六桥：杭州西湖的著名景点。灵隐寺飞来峰东南的天竺山，有上天竺、中天竺、下天竺三座寺院，合称“三天竺”，简称“三竺”。杭州西湖外湖苏堤上有六桥：映波、锁澜、望山、压堤、东浦、跨虹，相传为宋代苏轼所建。

⑦ 骅骝：指赤红色的骏马，周穆王的“八骏”之一。常指代骏马。

⑧ 断桥残雪：西湖十景之一，以冬雪时远观桥面若隐若现于湖面而著称。

七七、战中被创〔一〕

初五日〔二〕，又至鄱阳、乐平[①]规画防务，满兵猛扑湖口，势颇不支[②]。予亟率精锐援之，奋战一昼夜。予被小创[③]，畀[④]回营中。有旌阳观[⑤]跛足道人，善治各伤，延[⑥]之入营，裹药良佳。顾是夕[⑦]颇苦痛，不能成寐。令四卒舁胡床[⑧]环行室中，又饮酒数杯，痛始减[⑨]，年余无此灾厄[⑩]矣！

【校记】

〔一〕此标题许指岩本作“至鄱阳、乐平规画防务”。

〔二〕初五日：经纬本、会文堂本、大华本、普天本作“八月初五日”。

【注释】

① 鄱阳：地名，在今江西省，位于江西省东北部、鄱阳湖东岸。乐平：地名，位于江西省赣东北地区，地处江西省东北部。因南临乐安河，北接平林而得名。

② 不支：支撑不住。

③ 小创：小的损伤。

④ 畀:使。

⑤ 旌阳观:道观,在今浙江温州。

⑥ 延:请。

⑦ 是夕:这个晚上。

⑧ 舁:共同抬东西。胡床:一种可以折叠的轻便坐具。又称交床。

⑨ 减:减轻。

⑩ 灾厄:灾难。

七八、遄返南昌〔一〕

初六日〔二〕,返南昌。四姑娘闻予病,亲侍汤药,衣不解带①,目不交睫②者累日。自是予废笔札③,约十余日始恢复,然又阻碍予赴杭之愿矣!幸赵如龙已返南昌,朝夕剧谈④,甚畅。

【校记】

〔一〕此标题许指岩本作"返南昌"。

〔二〕初六日:经纬本、会文堂本、大华本、普天本作"八月初六日"。

【注释】

① 衣不解带:因事过度操劳,以致不能脱衣安睡。顾不得解开衣服睡觉,常形容看护病人或做事十分辛劳(多指对长辈)。

② 目不交睫:意思是没有合上眼皮。形容夜间不睡觉或睡不着。累日:连日,数日;多日。

③ 废笔札:这里指停止与文字书写有关的活动。

④ 剧谈:指畅谈。

七九、养创七日〔一〕

自初七至十三日，皆养创①无可记〔二〕。惟闻②黄盖忠已达富阳，与杭州汪世贤接近③矣。

【校记】

〔一〕此标题许指岩本作“七日养创”。

〔二〕皆养创无可记：会文堂本作“余皆养创无可记”，多一“余”字；大华本、普天本作“皆因养创无可记”，多一“因”字。

【注释】

① 养创：疗养创伤。

② 惟闻：只听说。

③ 接近：这里是指两路军队逐渐靠拢会合。

八〇、中秋节近〔一〕

十四日〔二〕，四姑娘以中秋节近①，欲予病中欢畅②，乃为予设备于百花洲③，颇费经营〔三〕④。

【校记】

〔一〕许指岩本无此标题。

〔二〕十四日：经纬本、会文堂本、大华本、普天本作“八月十四日”。

〔三〕颇费经营：会文堂本作“颇费经历”；普天本作“颇费精神”。

【注释】

① 近：临近，靠近。

② 欢畅：欢乐舒畅。

③ 设备：设立具备；设置、布置。百花洲：南昌名胜，位于南昌

市东湖区。

④ 经营：筹划、谋划、管理。

八一、移帐百花洲〔一〕

十五日〔二〕，是日为中秋佳节。予从四姑娘等之请①，移帐②驻百花洲之仙乐堂，清歌妙舞③，旨酒④嘉肴，备极一时之盛。赣省自迭⑤遭战祸，满兵出入所必争⑥，居民苦干戈⑦久矣！又太平诸将⑧，亦多戎马倥偬⑨，无暇为赏心乐事⑩，坐使名胜堙废⑪。而每经一度战事，多一番蹂躏⑫。满兵破坏性尤烈⑬，乃至古迹名区，无不以摧陷⑭为快。百花洲亦颓毁⑮十之七八矣！予至此，渐事修葺⑯，几复旧观⑰。今日至此，湖光山色，照耀墙宇⑱，疾眼为之顿舒⑲。四姑娘乃靓妆炫服⑳，与马生并肩携手，拜于坐前，黄某、绍东等亦各携其妇拜祝佳节，予意酣适，未饮酒而心已醉矣〔三〕！晚后，月光如画，湖光澄澈㉑如琉璃世界，予几忘此身之饱经患难㉒，且在金戈铁马㉓间矣！

【校记】

〔一〕此标题许指岩本作“仙乐堂盛宴赏中秋”。

〔二〕十五日：经纬本、会文堂本、大华本、普天本作“八月十五日”。

〔三〕未饮酒而心已醉矣：经纬本作“未饮酒心已醉矣”，少一“而”字。

【注释】

① 请：邀请。

② 移帐：指迁徙篷帐。

③ 清歌妙舞：是指清亮的歌声，美妙的舞蹈。形容歌舞悦目动听。

④ 旨酒：美酒。

⑤ 迭：屡次，多次。

⑥ 必争：这里是说江西战略位置重要，所以成为了兵家必争之地。

⑦ 苦干戈：以干戈（战争、战乱）为苦。

⑧ 太平诸将：这里指太平军的各位将领。

⑨ 戎马倥偬：形容军务繁忙。

⑩ 赏心乐事：欢畅的心情、快乐的事情。赏心，心情欢畅。

⑪ 堙废：荒废；淤塞。

⑫ 蹂躏：这里指受到战争破坏。

⑬ 烈：剧烈，严重。

⑭ 摧陷：攻破；陷落。

⑮ 颓毁：坍塌毁坏或衰落败坏。

⑯ 修葺：指修理（建筑物）。

⑰ 旧观：指旧时的样子。

⑱ 墙宇：指房屋。

⑲ 疾眼：生病的眼睛。舒：缓解。

⑳ 靓妆炫服：形容服饰打扮十分艳丽。靓妆，美丽的装饰；炫服，华丽的服装。

㉑ 澄澈：清澈透明。

㉒ 饱经患难：经历足够多的困苦患难。

㉓ 金戈铁马：指战事。也用以形容战士的雄姿。金戈，铁马，金属制作的戈。铁马，披着铁甲的战马。

八二、收拾东行〔一〕

十六日〔二〕，赵如龙以予体既健，请以一军向德兴、玉山〔三〕①，予自率大军殿其后②。予允之。黄盖忠亦驰书至，谓“其军已屯湖墅，与汪王③分境而治”。亟盼予往，可与汪王接洽定约④。予遂与四姑娘商榷,委[5]南昌与新自皖来之大将邓某,而收拾重器[6]东行。是时,全军约五千人。

【校记】

〔一〕此标题许指岩本作“与汪王接洽定约”。

〔二〕十六日:经纬本、会文堂本、大华本、普天本作“八月十六日”。

〔三〕请以一军向德兴、玉山:许指岩本、钱书侯本、经纬本、会文堂本、大华本、普天本作“先请以一军向德兴、玉山”,多一“先”字。

【注释】

① 德兴:地名,在江西省东北部。玉山:地名,在今江西上饶。

② 殿其后:行军时走在他们的最后。

③ 汪王:这里指汪世贤。

④ 定约:约定、商定。

⑤ 委:派,把事交给别人办。

⑥ 重器:指重要的器物、财物。

八三、不忍加害〔一〕

十七日〔二〕,抵德兴,宿距城三十里之萧村。满兵惮[1]予威名,相遇辄溃匿[2],或且冒功以报其上。盖妖官之积弊[3],非尽杀不足以湔涤[4]也。是地本有满守将郭某,闻予至,避匿山中。知予信宿即去〔三〕,不喜留守。乃伺[5]予去后,潜入城署,诬报[6]如何拒敌,如何取胜,如何击败,居然受上赏[7],擢显宦[8]矣!嗟乎!此等妖魔[9],至死不悟[10],虽尽食其肉,岂得谓之过酷[11]哉?途中遇一官,翎顶恶态[12],自谓显赫[13],予举枪刺杀之。然其眷属老稚〔四〕[14],则不忍加害[15],反令兵送之出境乃已[16]。

【校记】

〔一〕此标题许指岩本有"抵德兴"、"满官丑态"两个小标题。

〔二〕十七日:经纬本、会文堂本、大华本、普天本作"八月十七日"。

〔三〕知予信宿即去:经纬本、会文堂本、大华本、普天本作"知予迅速即去"。

〔四〕然其眷属老稚:普天本作"然其眷属老幼"。

【注释】

① 惮:忌惮,害怕。

② 溃匿:溃逃,隐匿。

③ 上:上级。妖官:指清朝官员。积弊:积久相沿的弊病。

④ 湔涤:洗涤,清除。

⑤ 伺:等待机会。

⑥ 诬报:谎报。

⑦ 上赏:最高的奖赏。

⑧ 擢:提拔。显宦:高官,大官。

⑨ 妖魔:指清守将郭某。

⑩ 至死不悟:到死也不醒悟。至:到。悟,醒悟。

⑪ 过酷:过于残酷。

⑫ 翎顶:顶戴花翎。恶态:凶恶的样子。

⑬ 自谓:自认为。显赫:身份地位高贵。

⑭ 老稚:老年妇女。

⑮ 加害:使人受到损害或陷害。

⑯ 反:反而。已:完成,约束。

八四、抚慰居民〔一〕

十八日〔二〕,疾走①至晚。月上时,始抵玉山②。本拟宿城外,乃城中官守闻予大队至，自相惊扰[③]，逃避一空。予反不得不亟切入城，抚慰居民，令其各返所居。市人惊魂[④]始定，灯火大明，各出粮食犒赠[⑤]予军，互相劳问[⑥]。此役不杀一人，已得其官府署库[⑦]，惜予非占地主义[⑧]，否则全省十一府[⑨]，不匝月而属予治下[⑩]矣！满官之失人心，良有以也[⑪]。深夜煮酒，引杯[⑫]相庆。

【校记】

〔一〕许指岩本有"抵玉山"、"石氏多名士气"两个小标题。

〔二〕十八日：经纬本、会文堂本、大华本、普天本作"八月十八日"。

【注释】

① 疾走：这里指急速行军。

② 玉山：地名，位于江西省东北部，属上饶市。

③ 自相惊扰：自己人互相惊动，引起骚乱。

④ 惊魂：惊慌失措的神态。

⑤ 赠：赠给。

⑥ 劳问：慰问。

⑦ 署库：地方政府存放重要物资的仓库。

⑧ 占地主义：攻占一地之后，成为该地的统治者。

⑨ 全省十一府：清代江西的行政区划，大约相当于现在的地级行政单位。

⑩ 治下：所管辖的范围以及属下的吏民；统治之下。

⑪ 良有以也：指某种事情的产生是的确有原因的。良，的确，诚然。以，所以，原因。

⑫ 引杯：举杯。

八五、香案相送〔一〕

十九日〔二〕，由玉山东入江山境，居民皆设香案[①]相送。元元黎庶[2]，各有天良[3]，而为妖官所苦，可悯[4]哉！过衢州，侍王部下将戚某，赠予一姬[5]。予却之不得，乃询其里[6]居姓氏，送还其家。明日，即将入富春江矣。欲求一图画或地志[7]不可得，与四姑娘纵谈至夜半，始就寝。

【校记】

〔一〕此标题许指岩本有“入江山境”、“过衢州”两个小标题。

〔二〕十九日：经纬本、会文堂本、大华本、普天本作“八月十九日”。

【注释】

① 香案：香几，用来放香炉、供品的长方形桌子。

② 元元：平民，老百姓。黎庶：黎民百姓。

③ 天良：指人的良心。

④ 可悯：令人怜悯。

⑤ 姬：美女。

⑥ 里：家乡，故里。

⑦ 地志：地方志。

八六、入天目山〔一〕

二十日〔二〕，抵桐庐。予欲一观天目山水之胜[1]，且避满兵之防御，免耗[2]军力，乃由分水岭走於潜、临安[3]，突入杭州，较为人所不注意，密札赵如龙待于江干[4]，予乃率四姑娘等登岸，以轻骑疾驰入山，乡民多有围绕而观者。予此次粮饷饶足[5]，绝不扰及民间一草一木，反为惩治土匪，捕获盗贼，一般山村僻户[6]，颇有诵[7]予之德者。予非好行小惠[8]，亦分所应[9]尔也。

【校记】

〔一〕此标题许指岩本作“抵桐庐”。

〔二〕二十日：经纬本、会文堂本、大华本、普天本作"八月二十日"。

【注释】

① 胜：胜境，美景。

② 耗：消耗。

③ 於潜：在今杭州市临安区。临安：位于杭州市。

④ 江干：今杭州市江干区。

⑤ 饶足：富足。

⑥ 僻户：地处偏僻的住户。

⑦ 诵：传诵。

⑧ 小惠：小的恩惠。

⑨ 分：分内。应：相应。

八七、大惩土匪〔一〕

二十一日〔二〕，予在於潜小石山大惩土匪。先是山中多盗窟[1]，劫掠行人，椎埋[2]焚杀，无所不至。至是又与满溃兵联合，为乡人患[3]。乡人之遭某蹂躏[4]者，冤无可诉，乃结团筑垒[5]为保卫计，行旅[6]出入，须受检查。予兵队欲假宿[7]其村，彼等见势力浩大，不敢显拒[8]，乃告以所苦[9]。谓："如能代予等驱除者，愿竭棉力[10]报效。"予询[11]其道路所经，及窟穴所在，立命部下往剿[12]。绍东尤告奋勇，予戒[13]之曰："积贼[14]成匪，虽小敌，未可轻视。"既而为贼困于砦[15]中，予遣健儿黄某率死士五人冲其砦，诸军鼓噪[16]从之，遂破其穴，夺获金银衣物无算[17]，以其半畀乡人，偿其供帐之劳。乡人咸歌诵不置，夜置酒为予饯行，并求留一衣帽为纪念品，供祠堂[18]中。

【校记】

〔一〕此标题许指岩本有"在於潜小石山大惩土匪"、"土人颂德”两个小标题。

〔二〕二十一日：经纬本、会文堂本、大华本、普天本作“八月二十一日”。

【注释】

① 盗窟：山中土匪的巢穴。

② 椎埋：劫杀人而埋之。泛指杀人。

③ 患：祸害。

④ 蹂躏：用暴力欺压、侮辱、侵害、凌辱。

⑤ 结团：结成互助团体。筑垒：构筑防御堡垒。

⑥ 行旅：指旅客；出行。

⑦ 假宿：借宿。

⑧ 显拒：公开的抗拒、抵制。

⑨ 所苦：所遭受的痛苦。

⑩ 棉力：微薄之力。

⑪ 询：问询。

⑫ 剿：讨伐，消灭。

⑬ 戒：同“诫”，告诫。

⑭ 积贼：犯案多次的贼。

⑮ 砦：同“寨”。守卫用的栅栏、营垒。

⑯ 鼓噪：出战时擂鼓呐喊，以壮声势。

⑰ 无算：无法计算。

⑱ 祠堂：族人祭祀祖先或先贤的场所。

八八、路遇不平〔一〕

二十二日〔二〕，予出小石山，过诸村。村有处女为土豪所劫者，其父母号泣①于道，众心不平，而力不敌②，不敢置喙③。予下骑询得其详④，乃遣健儿往索⑤之，盗横刀⑥出战，其党数十人颇骁悍⑦，健儿被创[⑧]。予亲往督战，诸健儿争为先锋，生擒盗魁[⑨]，降[⑩]之。编为前锋弁目[⑪]，以村女还村人。盗深服[⑫]予之义勇，竟改行为善。后从予入川，为土司所戕[⑬]，念之殊耿耿[⑭]也。〔三〕

【校记】

〔一〕此标题许指岩本有“过诸村”、“路遇不平相助”两个小标题。

〔二〕二十二日：经纬本、会文堂本、大华本、普天本作“八月二十二日”。

〔三〕“后从予入川”三句，疑为作者在写完这篇日记之后的补记，非为当时之作。

【注释】

① 号泣：大哭。

② 不敌：不能对抗，不能抵抗。

③ 置喙：插嘴，参与议论。

④ 详：详细的结果。

⑤ 索：索要，讨要。

⑥ 横刀：横陈佩刀。

⑦ 党：同党，同伙。骁悍：勇猛强悍。

⑧ 创：使受损伤。

⑨ 盗魁：强盗首领。

⑩ 降：投降。

⑪ 弁目：清代低级武官的通称。

⑫ 深服：深为佩服。

⑬ 戕：杀害，残害。

⑭ 殊：特别。耿耿：老想着，心情不安。

八九、 逆子殴母〔一〕

二十三日〔二〕，上午过一村，近临安矣。有逆子殴①其母，村人不平②，反为所殴，且率党刦毁③人家器皿，村人畏之如虎。予见其母哭于道，闻其始末④，即得逆子所在，杀而枭其首于竿⑤。以母托村人之谨愿⑥者，即举逆子所掠得金赐之。四姑娘笑曰："安得父王走遍天下，为人平不平如包老⑦也！"下午，入苕溪⑧，展玩⑨风景，流连久之。有土人⑩朱钦〔三〕，题诗于壁，写其牢骚。予即延之入幕⑪，朱上言劝予："即据杭州为京都⑫，与天王对角⑬。"予笑置之，谓："姑⑭俟他日，今非其时〔四〕⑮。"然其才可用，惜聋聩⑯，遣⑰之。

【校记】

〔一〕此标题许指岩本有"过临安惩逆子"、"士人朱钦大言"两个小标题。

〔二〕二十三日：经纬本、会文堂本、大华本、普天本作"八月二十三日"。

〔三〕有土人朱钦：许指岩本、钱书侯本、经纬本、会文堂本、大华本、普天本作"有士人朱钦"。

〔四〕今非其时：经纬本、会文堂本、大华本作"今非其词"。

【注释】

① 殴：殴打。

② 不平：由不公平的事引起的愤怒和不满。

③ 刦毁：打劫焚毁。

④ 始末：事情的经过、原委。

⑤ 枭：古代刑罚，把头割下来悬挂在木上。竿：做动词，指把人头割下来挂在竹竿上。

⑥ 谨愿：谨慎；诚实。

⑦ 平:治理,镇压。包老:即包公,民间称为“包青天”,宋代著名的清官。

⑧ 苕溪:河流名,在浙江省北部,浙江八大水系之一,是太湖流域的重要支流。由于流域内沿河各地盛长芦苇,进入秋天,芦花飘散水上如飞雪,引人注目,当地居民称芦花为“苕”,故名苕溪。

⑨ 展玩:赏玩。

⑩ 土人:指土著,本地人。

⑪ 延:引进,请。幕:幕僚。即担任文秘之类的工作。

⑫ 据:占据。京都:都城。

⑬ 对角:原指处于对立的位置。这里是说与洪秀全所在的天京成对角之势,互为呼应,形成比较稳固的太平天国两京模式,借以巩固太平天国政权。

⑭ 姑:姑且。

⑮ 非其时:不是时候。

⑯ 聋聩:耳聋或天生的聋子。

⑰ 遣:派,送,打发的意思。

九〇、抵杭州〔一〕

二十四日〔二〕,抵杭州,于江干与赵如龙相见。赵语予以侍王骄蹇状①,予遂不复入城,驻兵江干,而自逍遥天竺②石屋间。夜宿山寺中。僧人与予谈经典,不知予为提兵戡乱之人也。汪侍王亦仅知赵天将在此,予令部下严守秘密,不愿与之争体面,且葛巾野服③,徜徉④湖山,甚自适⑤也。是日,满兵与侍兵⑥大战于塘栖镇,互有胜负。闻赵如龙有袭而取之之意。

【校记】

〔一〕此标题许指岩本有“抵杭州”、“驻兵江干,游天竺石屋,与僧人谈经典”两个小标题。

〔二〕二十四日:经纬本、会文堂本、大华本、普天本作“八月二十四日”。

【注释】

① 骄蹇:傲慢,不顺从。状:样子。

② 天竺:杭州天竺山。

③ 葛巾:用葛布制成的头巾。一般为道士的装束。野服:村野平民服装。

④ 徜徉:闲游;安闲自在地步行。

⑤ 自适:自我安适。

⑥ 侍兵:侍王的部队。

九一、决意避之〔一〕

二十五日〔二〕,侍王倾城出兵御满①,赵如龙即率轻骑②入城据之。时黄盖忠已赴宁波,遥为声援③。侍王不敢恋战,乃退走萧山、诸暨④。赵如龙请予入主杭州,予以杭州非创业地⑤,却之。且言:“三日后即渡江至宁波,将游天台、雁荡以入武夷⑥,然后归赣视诸守将,不愿久羁⑦于此,与人争短长⑧也。”予盖恶侍王之扰乱,而又不欲同室操戈,故决意避之他所⑨,诸将不知也。

【校记】

〔一〕此标题许指岩本作“石氏不愿驻杭州”。

〔二〕二十五日:经纬本、会文堂本、大华本、普天本作“八月二十五日”。

【注释】

① 倾城:全城。御满:抵御清廷的军队。

② 轻骑:装备轻便而行动快速的骑兵。

③ 声援:遥作支援。本用于军事。

④ 退走:这里指败退。萧山:地名,今杭州市萧山区。诸暨:地名,位于今绍兴市。

⑤ 创业地:这里指成就石达开事业之地。

⑥ 天台:山名,位于浙江台州。雁荡:山名,主体在浙江温州。武夷:山名,在福建武夷山市西南,相传汉有武夷君居此山,故名。

⑦ 羁:停留,居住。

⑧ 短长:优劣;是非;短处和长处。

⑨ 他所:其他的地方,别处。

九二、 夜月松风〔一〕

二十六〔二〕日,予宿西湖之云栖寺①。夜月松风,令人有出尘想②。与老僧夜话,颇得禅悟③,寝甚迟。

【校记】

〔一〕此标题许指岩本作"宿云栖寺"。

〔二〕二十六日:经纬本、会文堂本、大华本、普天本作"八月二十六日"。

【注释】

① 云栖寺:在今浙江绍兴,始建于五代后晋时期,现已无存。

② 出尘想:超出世俗之想。

③ 禅悟:洞达禅理。

九三、 乐而忘返〔一〕

二十七日〔二〕,居石屋烟霞洞①,与四姑娘等品茗持斋②,乐而忘返。僧寮③下榻,不知有兵革事矣!

【校记】

〔一〕此标题许指岩本作“居烟霞洞”。

〔二〕二十七日：经纬本、会文堂本、大华本、普天本作“八月二十七日”。

【注释】

① 烟霞洞：位于杭州烟霞岭上。

② 持斋：遵行戒律不茹荤食。

③ 寮：小屋。

九四、此心湛然〔一〕

二十八日〔二〕，又游西溪①，独宿秋雪庐，夜间万籁俱寂，此心湛然。即欲弃军为僧，惟入川之志未遂，尚不能放下屠刀，予之罪也。引壶自倾②，且浇块垒，颓然入梦。比醒，已红日满窗矣。

【校记】

〔一〕此标题许指岩本作“游西溪”。

〔二〕二十八日：经纬本、会文堂本、大华本、普天本作“八月二十八日”。

【注释】

① 西溪：在杭州西。

② 引壶：举起酒壶。自倾：自己给自己倒酒。

九五、木樨盛开〔一〕

二十九日〔二〕，游满觉珑①，木樨②盛开〔三〕，天香馥郁。证以前日禅语，言下觉悟，不自知其惺惺也。

【校记】

〔一〕此标题许指岩本作“游满觉珑”。

〔二〕二十九日：经纬本、会文堂本、大华本、普天本作“八月二十九日”。

〔三〕游满觉珑，木樨盛开：会文堂本、大华本、普天本作“游满觉，珑木樨盛开”。

【注释】

① 满觉珑：亦称满陇、满家弄，位于杭州西湖南的山谷。满觉陇因桂花而闻名。

② 木樨：指桂花。

九六、驰入绍兴〔一〕

九月初一日，予留谕①诸军，期旬日②会于温州之永嘉。予乃自率轻骑渡江，过萧山，驰入③绍兴境。闻侍王部将方据此，不愿见之周旋，乃微行谒大禹陵④，登兰亭山⑤，望鉴湖⑥，守将莫知予为某王也。有问者，予以某天将名代之。晚宿山阴胜处小兰若中，旨酒作伴，其乐无涯。

【校记】

〔一〕此标题许指岩本作“入绍兴”。

【注释】

① 留谕：留下口谕。

② 旬日：十天。

③ 驰入：快速进入。

④ 微行：微服出行。大禹陵：古称禹穴，是大禹的葬地。位于绍兴会稽山麓。

⑤ 兰亭山：山名，在绍兴西南。

⑥ 鉴湖：湖名，在绍兴西南。

九七、宿四明山〔一〕

初二日〔二〕，予渡曹娥江①，出上虞，入余姚，骑行绝驶。夜宿四明山寺中，距甬②东半日程矣。

【校记】

〔一〕此标题许指岩本作“渡曹娥江”。

〔二〕初二日：经纬本、会文堂本、大华本、普天本作“九月初二日”。

【注释】

① 曹娥江：位于绍兴上虞，钱塘江的最大支流，因东汉少女曹娥入江救父而得名。

② 甬：宁波的简称。

九八、抵宁波

初三日〔一〕，抵鄞①之南门。时江东已为夷人开设商埠②，检查行人甚严。而干王之党某天将，方主③宁波城。予不愿久留，纵骑入四明山中，略一徜徉，即向南行。军士皆惫，乃宿山寺。

【校记】

〔一〕初三日：经纬本、会文堂本、大华本、普天本作“九月初三日”。

【注释】

① 鄞：古地名，春秋时属越，即今宁波市鄞州区。

② 夷人：指宁波开埠之后来此经商的外国人。商埠：指与外国通商的城市，另指商业发达的城市。

③ 主：主政，主持。

九九、经奉化入天台〔一〕

初四日〔二〕，由奉化入天台山，崎岖险阻。从予者虽惫而绝不言苦，驱之不去也。予不遵大道，循山脉升降至临海界。石梁[①]仙洞，往往迷路，得樵夫山僧为乡导，始得出。凡三日〔三〕，乃至括苍[②]、雁荡。道中土匪横行，强者即与之酣战[③]，弱者晓以大义，或屈服之。殊有兴味，了无苦。

【校记】

〔一〕此标题许指岩本作"由奉化入天台山"。

〔二〕初四日：经纬本、会文堂本、大华本、普天本作"九月初四日"。

〔三〕凡三日：经纬本、会文堂本、大华本、普天本作"凡五日"。

【注释】

① 石梁：地名，地处天台山东北。

② 括苍：古县名，治所在今浙江丽水。

③ 酣战：相持而长时间的激战。

一〇〇、我生不凡〔一〕

初九日〔二〕，是日为重九佳节。予携四姑娘等登雁宕绝顶[①]，天风浪浪[②]，海山苍苍[③]，便觉我生不凡[④]。古人谓"太华峰头作重九[⑤]"，予自在雁荡最高峰，何异芙蓉[⑥]绝顶？南北遥想，心目[⑦]为开。士卒为予持酒榼[⑧]一，即在磐石上倾杯畅饮，四姑娘颜亦为之酡[⑨]矣。惜觅不得一枝黄花，盖此间高旷〔三〕[⑩]，绝少杂葩[⑪]，仅有长松翠柏耳！暮色苍然[⑫]，遂策杖[⑬]而下。比[⑭]山半，村人有编篱艺菊[⑮]者，黄花[16]半吐，乞得一枝归，以慰相思焉！四姑娘簪花[17]满头，马生注视而笑，憨态可掬[18]也。

【校记】

〔一〕此标题许指岩本作“重九登雁宕绝顶”。

〔二〕初九日：经纬本、会文堂本、大华本、普天本作“九月初九日”。

〔三〕盖此间高旷：许指岩本、钱书侯本、经纬本、大华本、普天本作“盖此间地高旷”。

【注释】

① 绝顶：山之最高峰。

② 浪浪：流动的样子。

③ 苍苍：深蓝色。

④ 不凡：与众不同。

⑤ 太华峰头作重九：这是苏轼《送杨杰》诗中的一句，石达开引用此诗，表达了一种愉悦之情。

⑥ 芙蓉：荷花的别称。

⑦ 心目：心和眼。泛指记忆，眼前。

⑧ 榼：古代盛酒或贮水的器具。

⑨ 酡：喝了酒脸色发红。

⑩ 高旷：高而开阔。

⑪ 杂葩：杂色的花。

⑫ 苍然：灰白色。

⑬ 策杖：拄杖。

⑭ 比：等到。

⑮ 艺菊：即盆景菊。

⑯ 黄花：这里指菊花。

⑰ 簪花：戴花。

⑱ 憨态可掬:形容人和动物天真可爱、单纯的样子。

一〇一、樵夫遇仙〔一〕

初十日〔二〕,予在永嘉城外之某寺,与寺僧谈台荡①故事,于"刘阮遇仙"又得一谈助②焉。

黄岩有樵夫③某者,无家室,苦力自给④,夜宿岩中,朝担市⑤以为常〔三〕。一日,入山愈深,迷路不得出,遥见隔溪有女子,靓妆⑥独立,美艳无伦⑦。意⑧此间安有妇女,必仙也,欲往从⑨之,而中隔一涧〔四〕,深且千寻⑩,大呼求救。女郎笑解其带,展而掷⑪之,忽如桥梁,樵夫竟⑫得度。从女郎返,岩洞温和,花香馥郁,遂留宿焉。数日,樵夫忽念市中有薪金未偿⑬,问途径⑭欲往,女郎愀然⑮曰〔五〕:"缘何短也?"樵夫愿挈女偕归⑯,女不应,出一金色橘授之⑰,且曰:"子以此核种于某岭间,橘成林,则予可至矣!"樵夫果怀橘而归,剥而食之,味异常橘⑱,取核种岭下,仍日以薪入市自给。十余年,橘果成林,每岁⑲可获数百金,遂致富。人劝其置家室⑳,辄以仙女有约为辞㉑,众笑其愚㉒,年垂垂老矣㉓,自分亦无望,然念之不释㉔。一夕,橘方熟,防守林下,忽睹倩影㉕,仿佛㉖一女子。趋㉗就之,果洞中故剑㉘也。手抱一儿,谓此汝之嫡胤㉙,樵夫大喜,携归室中,遂为夫妇。橘林日益繁茂,天台蜜桔,名驰遐迩㉚,生子数人,咸登第称世家㉛焉!今黄岩某巨绅,即其后也。乐善好施㉜,尤与佛们有缘焉。

予喜闻里巷琐屑事㉝,因为录之如右㉞,四姑娘掉首答曰:"《齐东野语》㉟耳!"

【校记】

〔一〕此标题许指岩本作“苦力遇仙故事”。

〔二〕初十日:经纬本、会文堂本、大华本、普天本作“九月初十日”。

〔三〕朝担市以为常:许指岩本、钱书侯本、经纬本、会文堂本、大华本、普天本作“朝担市上以为常”。

〔四〕而中隔一涧:会文堂本作“曲中隔一涧”。

【注释】

① 台荡:天台山、雁荡山。

② 刘阮遇仙:传说刘晨、阮肇入山,遇仙结为夫妇。故事没有怪异色彩,洋溢着浓厚的人情味,叙述细致动人、委婉入情。谈助:聊天或谈话的内容或材料。

③ 樵夫:砍柴的人。

④ 苦力自给:以做苦力自己养活自己。

⑤ 朝:早晨。担市:挑担上市。

⑥ 靓妆:浓妆艳抹。指妆饰华美的女子。

⑦ 无伦:无与伦比。

⑧ 意:想。

⑨ 从:跟随,跟从。

⑩ 千寻:古以八尺为一寻。“千寻”,形容极高或极长。

⑪ 展:打开。掷:抛开。

⑫ 竟:终于。

⑬ 念:想起。偿:偿还。

⑭ 途径:路径。

⑮ 愀然:形容神色变得严肃或不愉快。

⑯ 偕归:一起回去。

⑰ 授之:给他。

⑱ 味异常橘:味道不同于一般的橘子。

⑲ 每岁:每年。

⑳ 置:设立。家室:家眷。

㉑ 辞:托辞,借口。

㉒ 愚:愚笨。

㉓ 垂垂老矣:渐渐老了。垂垂,渐渐。

㉔ 不释:不能忘却。

㉕ 倩影:形容人长得好看,影子都美。

㉖ 仿佛:好像。

㉗ 趋:靠近,走近。

㉘ 故剑:汉宣帝即位前,曾娶许广汉之女君平,及即位,封为婕妤。时公卿议立霍光之女为皇后,宣帝乃"诏求微时故剑"。群臣知其意,乃议立许氏为皇后。见《汉书·外戚传上·孝宣许皇后》。后因以"故剑"指元配之妻。

㉙ 嫡胤:正妻所生的孩子。

㉚ 遐迩:远近。

㉛ 咸:都。登第:登科。第,科举考试录取列榜的次第。世家:门第高贵、世代为官的人家。

㉜ 乐善好施:乐于行善、施舍、做善事。

㉝ 里巷:街巷。琐屑事:细小、琐碎的事。

㉞ 如右:如上。

㉟《齐东野语》:南宋周密撰,共二十卷。书中所记,多宋元之交的朝廷大事,很多可补史籍之不足。四姑娘这里所说,是指石达开讲的故事不靠谱,属于野语之类,不足信。

一〇二、虎啸狼嗥〔一〕

十一日〔二〕,由永嘉西行达处州①,万山环抱,鸟道径回。众或苦登陟之难,予贪幽胜,乐此不疲也。过松阳、遂昌②境,夜宿山岩中,虎啸狼嗥，怵人心意。幸健儿皆斗胆，且持猎枪出，立毙两虎，食肉寝皮，称快不已。山村贫瘠，绝无佳酿，予乃出所制之面饼酒干，水沦以饮[3]焉。

【校记】

〔一〕此标题许指岩本作“过松阳、遂昌，宿山岩中”。

〔二〕十一日：经纬本、会文堂本、大华本、普天本作“九月十一日”。

【注释】

① 处州：浙江丽水的古称。太平军曾三进处州。

② 松阳：地名，位于浙江省西南部。遂昌：地名，位于浙江省西南部。

③ 水沦以饮：像喝水一样饮酒。

一〇三、洵仙境也

十二日〔一〕，雨。闲行山中，采野果食之，其味甘美，山花烂然，非桃非李，洵仙境也。晚宿山寺。

【校记】

〔一〕十二日：经纬本、会文堂本、大华本、普天本作“九月十二日”。

一〇四、抵仙霞关〔一〕

十三日〔二〕，抵仙霞关[1]，过此即入闽之浦城[2]境矣。忆自前月由玉山出仙霞关，环浙一行，倏已匝月。今当复归赣，视诸将近况。然予生平未至闽，必欲乘此一行。马生家上饶，拟挈四姑娘返里一视亲族，予许之。订“一月后予返赣，当至广信迎四姑娘而后西行也”。夜宿杨岭下之留仙村，骤不睹四姑娘来问安，心殊念念。乃知人生爱憎〔三〕,如此其不易解脱。

【校记】

〔一〕此标题许指岩本有“抵仙霞关”、“宝英携马生返家”两个小标题。

〔二〕十三日:经纬本、会文堂本、大华本、普天本作“九月十三日”。

〔三〕乃知人生爱憎:许指岩本、钱书侯本、大华本、普天本作“乃至人生爱憎”。

【注释】

① 仙霞关:地当闽、浙往来要冲,以雄伟险峻驰名,素称“两浙之锁钥,入闽之咽喉”,历来为兵家必争之地。

② 浦城:地名,位于闽、浙、赣三省交界处,是福建的“北大门”。

一〇五、横行四出〔一〕

十四日〔二〕,予拔队由枫岭渡南浦溪①,入浦城境。此地满朝不设重兵,予以千人横行四出,如入无人之境矣!疾驰至晚,入建宁城据之,颇苦卑湿②,食物亦不甚适口,夜饮早睡。

【校记】

〔一〕此标题许指岩本作“由枫岭渡南浦溪”。

〔二〕十四日:经纬本、会文堂本、大华本、普天本作“九月十四日”。

【注释】

① 枫岭:地名,位于浙江江山南,为浙、闽分界处。南浦溪:河流名,是建溪的主流。

② 卑湿:低下潮湿的地方。

一〇六、谒郑成功故宅〔一〕

十五日〔二〕，抵延平[①]，过郑成功故宅[②]。郑王力战满虏，志甚瑰玮，不蒙天佑，挫败金陵[③]，遂入台湾自立，三世而国除[④]。然其高风亮节，予颇慕之。谒其祠，遗像犹存。闻满官时欲毁斥〔三〕，幸其子孙托言蛇神庙，始保守焉。呜呼！建虏汉奴[⑤]，岂能以一手蔽尽天下耳目哉！题诗于壁而出，夜宿古寺中。守将某愿降，予受其印信财物，即委城东行。燕雀安知鸿鹄之志[⑥]！可哂[⑦]。

【校记】

〔一〕此标题许指岩本作“抵延平谒郑成功故宅”。

〔二〕十五日：经纬本、会文堂本、大华本、普天本作“九月十五日”。

〔三〕闻满官时欲毁斥：经纬本、大华本、普天本作“闻满官时欲毁拆”。

【注释】

① 延平：地名，位于福建省中部偏北，今属南平市。

② 郑成功故宅：位于南安石井草埔尾，延平或许有郑成功其他住宅，当时尚不能得到确认。

③ 挫败金陵：这里指清顺治十四年(1657)四月到顺治十六年(1659)六月，在东南沿海抗清的郑成功联合南明永历政权和东部的张煌言一起北伐抗清的军事行动。郑成功兵败后退守厦门。

④ 三世：这里指郑成功、郑经、郑克塽祖孙三代。国除：郑成功祖孙三代共经营台湾二十三年，清军收复台湾后，郑氏政权灭亡。

⑤ 汉奴：这里指清统治者的汉族帮凶。

⑥ 燕雀安知鸿鹄之志：燕雀怎么能知道鸿鹄的远大志向，比喻平凡的人哪里知道英雄人物的志向。语出《史记·陈涉世家》。

⑦ 可哂：可爱。

一〇七、求见领事〔一〕

十六日〔二〕，予抵闽清[①]境，观覆鼎山[②]。下午，至福州省城外。时南台已为外夷租界[③]，兵不得通过。然予在天京时，会与夷人往来酬酢[④]，夷人赠予以证书，谓："他日如过各互市[⑤]场，可持此得优等待遇。"予在宁波，忘此一事。今在此〔三〕，予意不欲入城与侍王派冲突。不如借此与南台夷人一谈，且可观其布置一切。遂入领事署求见，领事立出迎迓，延予入署。款以洋酒番菜[⑥]，意极殷渥[⑦]。遂并辔而出，绍东儿亦从焉。拜谒天主堂[⑧]，规模壮丽，教徒整肃[⑨]。其教主一神，以天为人之祖，耶稣[⑩]为天之子，与太平国教[⑪]吻合。天王之教化，殆得自西方宗传也。晤[⑫]其教师某君，为予大开会场，集教徒数百人，请予宣告意旨[⑬]，谓之演说。予于教理实不深邃[⑭]，且予幼读孔孟[⑮]书，彼教反对孔孟，予何能言？但既承优礼[⑯]，予乃以与人为善之旨，略事发挥而已。教徒拍手欢呼，称予为天使，赠予花朵盈[⑰]袖，以马车送予归营，绍东儿亦如之，此为予外交[⑱]第一步。予以为夷人极讲感情，将来如有外事，当先以联络感情为务也。

【校记】

〔一〕此标题许指岩本作"抵闽清境，观覆鼎山，至福州省城"。

〔二〕十六日：经纬本、会文堂本、大华本、普天本作"九月十六日"。

〔三〕今在此：经纬本、会文堂本、大华本、普天本作"今至此"。

【注释】

① 闽清：地名，位于福建省东部、闽江中下游。

② 覆鼎山：位于福建漳平南。明嘉靖《漳平县志》卷二记载：覆鼎山"在县南四十里。林深谷邃，相传多产宝物。以形如覆鼎，故名"。

③ 南台:山名,即钓台山,在福州南闽江中,故亦曰南台山。外夷租界:清末,英、美、德、法、西班牙、丹麦、荷兰、瑞挪联盟、日本等九国分别在福州设立租界和领事馆,石达开日记中所说的租界具体是哪一个国家的租界,尚不十分清楚。

④ 酬酢:宾主互相敬酒。泛指交际应酬。酬,向客人敬酒;酢,向主人敬酒。

⑤ 互市:指国与国之间或不同民族之间的通商贸易。

⑥ 款:款待。番菜:指外国菜。

⑦ 殷渥:真诚,恳切。殷,殷切;渥,深厚。

⑧ 天主堂:天主教的教堂。

⑨ 整肃:整饬、肃清。形容纪律整齐。

⑩ 耶稣:前 4—33,基督教的核心人物。

⑪ 太平国教:这里指太平天国的拜上帝会教义。

⑫ 晤:会晤。

⑬ 意旨:意之所在。多指尊者的意向。

⑭ 深邃:精深;深奥。

⑮ 孔孟:这里指孔孟之道。

⑯ 优礼:优待礼遇。

⑰ 盈:满。

⑱ 外交:这里指与外国人打交道。

一〇八、欲予援助〔一〕

十七日〔二〕,侍王部下守将颜某,方为满兵所困,福州城外三面皆满兵所包围。予初至南台,即与夷人接洽,故未知其详。盖南台一面,满兵亦不得少越雷池[①]也。颜某知予领有千余精锐,驻闽江南岸,特遣心腹假道南台,来营商榷,欲予援助,并言事成当奉予为城主。予谓:“同袍[②]之谊,既至此自不容坐视[③],若以利相诱,则非予之志矣!”来使极道诚恳,予允之。

【校记】

〔一〕此标题许指岩本作“满兵围福州”。

〔二〕十七日:经纬本、会文堂本、大华本、普天本作“九月十七日”。

【注释】

① 雷池:“不敢越雷池一步”的略语。雷池,古地名,位于今安徽省望江县雷池乡境内的龙感湖水域。这里比喻不敢越过某一界限。越,跨过。语出《晋书·庾亮传》。

② 同袍:指战友、兄弟、朋友等。

③ 坐视:坐着观看。对该管的事故意不管或漠不关心。

一〇九、登鼎山观战〔一〕

十八日〔二〕,予以五百人出战〔三〕。绍东愿为先锋①,予以其年幼,乃令戚天将朝栋为统领②,而绍东副③之,予自登鼎山支峰观战。是日,满兵殊悍④,荡决⑤良久,胜负未分。予以暗号令绍东伪退⑥,诱其先锋入山坳⑦,即以后队伏兵冲出截⑧之,满兵果中计,纷纷败退,弃置衣物无算⑨。先锋奋勇前追,西城一角之围军⑩,不知虚实,以为援军大至〔四〕,兵心动摇,予军队冲破其一角,城内天兵已得消息,复开门拥出助战,满兵遂退驻三十里外,予军遂入城。

【校记】

〔一〕此标题许指岩本作“登鼎山支峰观战”。

〔二〕十八日:经纬本、会文堂本、大华本、普天本作“九月十八日”。

〔三〕予以五百人出战:许指岩本、钱书侯本、经纬本、会文堂本、大华本、普天本作“予率五百人出福省之西门”。

〔四〕以为援军大至：经纬本、会文堂本、大华本、普天本作“以我援军大至”。

【注释】

① 先锋：行军或作战时的先遣将领或先头部队。

② 统领：统帅。

③ 副：副手，副将。

④ 殊悍：特别强悍。

⑤ 荡决：冲杀突击。

⑥ 伪退：假装退却。

⑦ 山坳：两山间的低下处。

⑧ 截：拦截。

⑨ 无算：无法计算，难以统计。

⑩ 围军：这里指在山下准备围歼石达开部的清军。

一一〇、反守为攻〔一〕

十八日〔二〕，予军与颜守将兵既联合，反守为攻。满兵节节①退守，天军大振②，各外县有来通款③者，颜某请予入城，署曰王府④。予不允，仅略至城内周视⑤形势而已。盖予自出天京以来，转战皖鄂浙赣，俱得而不守⑥，予志以众所共争之地，不免同室操戈，守亦何益⑦？故以攻略徇地为游历⑧计，逮各地既遍，然后入蜀得一息壤⑨，则予生平之愿足矣！今在闽虽获全胜，犹此志也。颜某闻予不欲久居闽，心益喜〔三〕，盖功成而让之，彼袖手享受，宁非幸事！

【校记】

〔一〕此标题许指岩本作“石氏豁达之胸襟”。

〔二〕十八日：经纬本、会文堂本、大华本、普天本作“九月十八日”。

〔三〕心益喜:大华本作“益喜”,无“心”字。

【注释】

① 节节:逐次、逐一。

② 大振:这里指因打了胜仗而士气振奋。

③ 通款:表达友好之情。

④ 署曰王府:这里指给石达开的住所挂上“王府”的招牌。

⑤ 周视:四周环视。

⑥ 得而不守:攻下城池但没有据守。

⑦ 何益:有什么好处。

⑧ 徇地:掠取土地。游历:泛指从一个地方到另一个遥远的地方。

⑨ 息壤:古代传说中的一种能自生长、永不减耗的土壤。

一一一、必使满兵创败〔一〕

十九日〔二〕,晨,满兵忽以轻骑[①]夜袭颜防营,并及予城外所驻先锋队,仓猝御敌[②],颇多死伤。予亟驰往指挥,满兵已退,检点[③]军士器械〔三〕,颜营损十之四[④],予营损十之一[⑤]。予欲即日返延平,仍入赣视师[⑥],颜求予帮助〔四〕,长跽[⑦]泣下,予乃许留三日,必使满兵创败[⑧]出百里外始已。

【校记】

〔一〕此标题许指岩本作“满兵反袭取胜”。

〔二〕十九日:经纬本、会文堂本、大华本、普天本作“九月十九日”。

〔三〕检点军士器械:经纬本、大华本、普天本作“查点军士器械”。

〔四〕颜求予帮助:许指岩本、钱书侯本、经纬本、大华本、普天本作“颜求予臂助”。

【注释】

① 轻骑：装备轻便而行动快速的骑兵。

② 御敌：抵御敌人。

③ 检点：查点。

④ 十之四：十分之四。

⑤ 十之一：十分之一。

⑥ 视师：检阅部队。

⑦ 长跽：长跪。

⑧ 创败：重创，打败。

一一二、计歼满兵〔一〕

二十日〔二〕，予令谍骑①探满兵中坚所在，知主帅②在霞浦，而重兵在双髻山之支麓③。即遣死士饰④为樵夫，入双髻山采樵⑤，为游兵⑥所捕，问此间富室⑦所在，盖妖兵志在抢掠也。樵夫告以外山谷中有富室藏金，妖兵大喜，陈明⑧统领，全队往取〔三〕。果见巨厦云连⑨，众皆争先恐后〔四〕，入门则皆空室，而伏兵四围骤起⑩，全队六百余人歼焉。盖予先使富人避匿⑪以诱之也，此役杀戮过甚⑫，予亦知悔，然不得已。自是满兵大惧，悉⑬移回霞浦，不敢窥闽垣⑭者三月余。

【校记】

〔一〕此标题许指岩本作“双髻山计歼满兵”。

〔二〕二十日：经纬本、会文堂本、大华本、普天本作“九月二十日”。

〔三〕全队往取：许指岩本作“全队往取金”。

〔四〕众皆争先恐后：经纬本、会文堂本、大华本、普天本作“皆争先恐后”，无“众”字。

【注释】

① 谍骑:骑兵间谍。

② 主帅:统帅。

③ 重兵:这里指军队的主力。麓:山脚下。

④ 饰:这里指伪装,假扮。

⑤ 采樵:这里指砍柴。

⑥ 游兵:这里指流动作战的小股部队。

⑦ 富室:富家,大户。

⑧ 陈明:陈述,禀告。

⑨ 云连:这里指高耸入云。形容房屋很高。

⑩ 骤起:迅疾,很快地起来。

⑪ 避匿:躲避,藏匿。

⑫ 过甚:这里指杀戮过多。

⑬ 悉:全部。

⑭ 垣:本义为矮墙,后引申指城市。这里指边境。

一一三、令军士休息〔一〕

二十一日〔二〕,雨。予令军士休息游宴①,颜某出库帑②大犒之,予营始丰饶③,非在赣时比④矣。

【校记】

〔一〕此标题许指岩本作"军饷始丰饶"。

〔二〕二十一日:经纬本、会文堂本、大华本、普天本作"九月二十一日"。

【注释】

① 游宴:游乐宴饮。

② 库帑:官库所藏的钱财。

③ 丰饶：丰裕富饶；丰足充实。

④ 比：比拟。

一一四、戒军士束装待发

二十二日〔一〕，予戒①军士束装，以明日向延平。颜某饯②予于南台，座中有某教士，酬酢尽欢。

【校记】

〔一〕二十二日：经纬本、会文堂本、大华本、普天本作“九月二十二日”。

【注释】

① 戒：准备。

② 饯：设酒食送行。

一一五、缘闽江上溯〔一〕

二十三日〔二〕，予缘闽江上溯①，夜宿覆鼎山下之高村②。村人闻予为大败满兵者，争来瞻视③。

【校记】

〔一〕此标题许指岩本作“宿高村”。

〔二〕二十三日：经纬本、会文堂本、大华本、普天本作“九月二十三日”。

【注释】

① 缘：沿着，顺着。上溯：逆流而上。

② 高村：地名，位于福建省南平市。

③ 瞻视：观看，顾盼。

一一六、居郑王祠〔一〕

二十四日〔二〕，下午，抵延平，仍居郑王祠[①]内。郑子孙有贫乏不能存[②]者〔三〕，予令军士每人捐一金赡济[③]之。予独捐三百金，嘱其族长修祠宇。盖亦古人铸金师事[④]意也，令陶记室为文祭之[⑤]。

【校记】

〔一〕此标题许指岩本作“返延平”。

〔二〕二十四日：经纬本、会文堂本、大华本、普天本作“九月二十四日”。

〔三〕郑子孙有贫乏不能存者：许指岩本、钱书侯本、经纬本、会文堂本、大华本、普天本作“郑子孙有贫乏不能自存者”。

【注释】

① 郑王祠：这里指郑成功祠堂。

② 不能存：难以生存下去。

③ 赡济：资助，救济。

④ 铸金师事：这里指石达开捐钱修葺郑成功祠堂，以郑成功为师或以师礼相待。

⑤ 祭之：写祭文祭祀郑成功。

一一七、置酒高会〔一〕

二十五日〔二〕，返建宁，健儿戚朝栋辈[①]迎入署，置酒高会。予乃召其邑人之素有乡誉者[②]，委[③]以城守事。众历[④]诉前此满官之贪污，及军兴后满军之残暴，留予镇此〔三〕[⑤]，予叹息不已。

【校记】

〔一〕此标题许指岩本作“返建宁”。

〔二〕二十五日：经纬本、会文堂本、大华本、普天本作“九月二十五日”。

〔三〕留予镇此：会文堂本、大华本、普天本作“欲留予镇此”。

【注释】

① 辈：等人。

② 邑人：同县之人。乡誉者：在乡里有一定声誉的人。

③ 委：委托。

④ 历：一个一个地。

⑤ 镇此：镇守此地。

一一八、身入仙境〔一〕

二十六日〔二〕，予西行入建阳，过而不留。傍晚，见奇峰异壑，嵚崎[①]入画，知已入武夷山矣！乃令全军驻山口，而自策杖挈绍东、陶记室辈五六人入山，曲折幽邃[②]，兰香郁然[③]，几疑身入仙境〔三〕，夜宿朱文公[④]故宅。陶记室作祭告文，惜四姑娘不及见也。敬致瓣香[⑤]，族人赠予文公语录[⑥]一集，予因与绍东儿等讲论竟夕[⑦]，内圣外王[⑧]之学，仿佛如可见。景行高山[⑨]，洵可乐也！予以金嘱族人刊石[⑩]焉。

【校记】

〔一〕此标题许指岩本有“入建阳”、“登武夷”两个小标题。

〔二〕二十六日：经纬本、会文堂本、大华本、普天本作“九月二十六日”。

〔三〕几疑身入仙境：普天本作“底疑身入仙境”。

【注释】

① 嵚崎：险峻。

② 幽邃：幽深；深远。

③ 郁然：树木等繁盛的样子。

④ 朱文公：这里指朱熹。

⑤ 瓣香：佛教语，犹言一瓣香。表示一种崇敬的心情。

⑥ 文公语录：这里指《晦庵先生朱文公语录》，是记载朱熹思想的一部著作。

⑦ 竟夕：终夜，通宵。

⑧ 内圣外王：指内具有圣人的才德，对外施行王道。语出《庄子·天下篇》。

⑨ 景行高山："高山景行"的倒装句。指值得效仿的崇高德行。语出《诗经·小雅·车辖》：高山仰止，景行行止。高山，比喻道德崇高；景行，大路，比喻行为正大光明。

⑩ 嘱：叮嘱，嘱托。刊石：刻石。

一一九、奇景万状〔一〕

二十七日〔二〕，晓行九曲涧①中，奇景万状，徘徊俯仰②不能去。因山上下，足力③为疲，三越高岭。比④晚，已抵云际关⑤门，则全队已驻关下候予一日矣。出关即赣之资溪县⑥，陶记室发书数通，告南昌、广信、临江、赣州诸守将〔三〕，并致书上饶四姑娘及马生。予本拟一临⑦四姑娘之宅，因闻满兵围南昌甚急，遂令四姑娘夫妇即日来会南昌，并力退敌，然后入湘。

【校记】

〔一〕此标题许指岩本作"行九曲涧中"。

〔二〕二十七日：经纬本、会文堂本、大华本、普天本作"九月二十七日"。

〔三〕告南昌、广信、临江、赣州诸守将：许指岩本、钱书侯本、经纬本、大华本作"告南昌、广信、袁、抚、临江、赣州诸守将"；会文堂本作"告南昌、广信、袁、抚、临江、予州诸守将"。

【注释】

① 晓行:拂晓赶路。九曲涧:武夷山脉主峰黄岗山西南麓九曲溪的别称,位于武夷山峰岩幽谷之中。因武夷山有三十六峰,九十九岩,峰岩交错,溪流纵横,九曲溪贯穿其中,蜿蜒十五里。

② 俯仰:低头与抬头。

③ 足力:两腿的力气;脚力。

④ 比:及,等到。

⑤ 云际关:关名,在福建省光泽县北云际岭的垭口上,以"高与云齐"之意命名。关口海拔780米,始建于五代,重建于明弘治十四年(1501)。

⑥ 资溪县:地名,隶属今江西省抚州市,位于江西省中部偏东,抚州市东部。

⑦ 临:来到。

一二〇、疾驰一日〔一〕

二十八日〔二〕,予由金溪、进贤①,直趋南昌,疾驰②一日夜。赵军方与满将杨某酣战③,闻予至,气益奋④,遂大胜。逐杨某入湖中,此二十九、三十日事也。此三日中,予惫甚⑤,而四姑娘以三十日至。

【校记】

〔一〕此标题许指岩本作"由金溪、进贤直趋南昌"。

〔二〕二十八日:经纬本、会文堂本、大华本、普天本作"九月二十八日"。

【注释】

① 金溪:即今金溪县,隶属抚州市,位于江西东部、抚河中游。进贤:即今进贤县,隶属于江西省南昌市,位于江西省中部、鄱阳湖南岸。

② 疾驰：急速行进。

③ 酣战：相持而长时间的激战。

④ 气：气势。益奋：更加振奋。

⑤ 惫甚：非常疲惫。惫，疲惫。

一二一、曹某阵亡〔一〕

十月初一日，予居南昌署中，为四姑娘谈武夷九曲[①]之胜，四姑娘扼腕[②]不置，以目视[③]马生，马生俯首若不胜其惭[④]者。予笑问何为[⑤]？马生不敢仰视，四姑娘乃言："儿本拟以二十五、六日至仙霞关探视，想父王必爱武夷之胜也，岂知彼乃竭力阻挠[⑥]，至于泣下[⑦]，而渠[⑧]家兄嫂又不听儿独行，是以至接父王书后，始克[⑨]成行也。"予视马生而笑，盖以庸才而获美妻，安得不倍[⑩]其恋爱哉？予乃慰解[⑪]之曰："此亦难怪，予新婚时亦然[⑫]。"四姑娘含睇[⑬]不语，红晕于颊[⑭]。方聚语[⑮]时，忽侍者遽入[⑯]急报，赣州失守〔二〕，天将曹某阵亡之警耗[⑰]也，予投袂[⑱]起。（以下缺〔三〕）

【校记】

〔一〕此标题许指岩本作"宝英与马生之恋爱"。

〔二〕赣州失守：会文堂本、大华本、普天本作"则赣州失守"。

〔三〕以下缺：经纬本、会文堂本、大华本、普天本作"自十月初二以下缺至翌年三月十二日"。

【注释】

① 九曲：即九曲溪。

② 扼腕：自己以一手握持另一手腕部。形容思虑、愤怒、激动等心理活动。

③ 视：注释，看。

④ 惭：惭愧。

⑤ 何为：为什么，何故。

⑥ 阻挠：暗中破坏，使某件事不顺利或不成功。

⑦ 泣下：流下眼泪。

⑧ 渠：他，她。

⑨ 始克：才能够。始，才，方才。克，能够。

⑩ 倍：加倍。

⑪ 慰解：安慰劝解。

⑫ 亦然：也是这样的。

⑬ 含睇：含情而视。睇，微微斜视的样子。

⑭ 颊：脸两侧从眼到下颌的部分。

⑮ 聚语：聚集在一起谈话。

⑯ 遽入：急入。

⑰ 警耗：犹警报。关于情况紧急的音信。

⑱ 投袂：挥袖，甩袖，表示立即行动。

一二二、不忍卒视〔一〕

十三日〔二〕（按此太平天国九年之三月十三日），予既展庐基〔三〕①，自黄县北行出桂平②。桂平虽为予兄弟辈发祥之地③，然北伐④而后，凋敝已甚。满兵既来去不常⑤，即天兵之镇守者，亦殊了无情采〔四〕⑥。土匪横行，居民抱痛⑦，予实不忍卒视⑧，此行亦不过展视庐墓⑨而已，顾令人无穷愤慨。予即趱程⑩趋桂林〔五〕，时黄盖忠方任桂林主将，与满兵相持，予以旧部五千人助之，满兵退守梧州⑪。予与黄别，出屯灵川⑫。黄追而送之，予约至长沙，始相邀偕行⑬，黄亦以为然。是夕，黄饯⑭予于城外之九奇山。予大醉，为卫兵所扶持，始克⑮归营，黄因留予三日。

十四日、十五日、十六日，俱在桂林城外。予性好动，不耐束缚⑯，中心耿耿⑰，无奈何也。

【校记】

〔一〕此标题许指岩本作“在广西自黄县北行出桂平”。

〔二〕十三日：经纬本、会文堂本、大华本、普天本作“三月十三日”。

〔三〕予既展庐基：经纬本、大华本、普天本作“予既展视庐墓”；许指岩本、钱书侯本作“予既展庐墓”。

〔四〕亦殊了无情采：许指岩本、钱书侯本、经纬本、会文堂本、大华本、普天本作“亦殊了无精采”。

〔五〕予即趱程趋桂林：普天本作“予即兼程趋桂林”。

【注释】

① 展庐基：拓展地基。这里指扩大地盘，壮大自己的根据地。庐，居室。基，地基。

② 黄县：地名，从日记的记载来看，黄县应该在广东、福建一带，但具体指哪里尚不十分清楚。桂平：地名，位于今广西东部。

③ 发祥之地：指民族、历史、文化、运动、思潮等起源的地方。太平天国发源于广西桂平，故有此说。

④ 北伐：这里指太平军向北进行的军事行动。

⑤ 不常：无常，没有规律。

⑥ 殊：不同。情采：这里指安抚百姓的形式。

⑦ 抱痛：心怀伤痛。

⑧ 不忍卒视：不忍心全部看到，用来形容某人某事某物惨不忍睹。卒，尽，完。

⑨ 庐墓：这里指石达开的祖坟。

⑩ 趱程：赶路。

⑪ 梧州：地名，在广西东部。

⑫ 灵川：地名，在广西北部。

⑬ 偕行：一同前往。

⑭ 饯：设酒食送行。

⑮ 始克：才能够。始，才，方才；克，能够。

⑯ 束缚：捆绑，指约束限制。

⑰ 中心：内心。耿耿：心中挂怀，烦躁不安的样子。

一二三、军容整肃〔一〕

十七日〔二〕，予率所部渡越城岭①，左右偏裨②凡五千人。时粤西③非兵革所萃，盗匪出没，形势④涣散，见五千人军容整肃，士绅莫不异之，颇愿引为保障⑤。予以赵如龙方告急于湘南，却之。是晚，衔枚登山〔三〕，众绝无倦容，过山即湖南界矣。予自新年⑥入粤西，至是春深⑦，感叹不已。

【校记】

〔一〕此标题许指岩本作“度越城岭入湘”。

〔二〕十七日：经纬本、会文堂本、大华本、普天本作“三月十七日”。

〔三〕衔枚登山：普天本作“衔杖登山”。

【注释】

① 越城岭：指云贵高原的东南端、五岭山系的西北支，跨越广西桂林，湖南邵阳、永州等地。

② 偏裨：偏将，裨将。将佐的通称。古代佐助大将的将领称偏裨，亦称副将。

③ 粤西：这里指广西东部地区，因在广东西部，因此被称为“粤西”。

④ 形势：事物发展的状况。

⑤ 保障：起保护防卫作用的事物。

⑥ 新年：这里指1859年的新年。

⑦ 春深：晚春。

一二四、 几忘军旅之苦〔一〕

十八日〔二〕，晨起，渡五岭，此为越城①，实五岭之一也。单骑②走山中，虽终身行役③，而此间几忘军旅之苦，意致颇欣欣④。若在梅花开遍⑤之时，风景更不侔⑥矣！策骑间行⑦，大有秀才风味，自笑亦复自怜。是夕，四姑娘忽病晕眩⑧，予恐其感瘴气⑨。闻全县有良医，使急足厚币⑩求之。

【校记】

〔一〕此标题许指岩本作"领略五岭风景"。

〔二〕十八日：经纬本、会文堂本、大华本、普天本作"三月十八日"。

【注释】

① 越城：即越城岭，为五岭之一。

② 单骑：一人一马；独自骑行。

③ 行役：旧指因服兵役、劳役或公务而出外跋涉。

④ 欣欣：喜乐的样子。

⑤ 遍：普遍，遍及。

⑥ 侔：相等，齐等。

⑦ 间行：抄小路、走捷径。

⑧ 晕眩：眩晕。感觉本身或周围的东西在旋转。

⑨ 瘴气：山林间湿热的致病之气。

⑩ 急足：指急行送信的人。厚币：丰厚的礼物。

一二五、 至新宁〔一〕

十九日〔二〕，居越城岭之某庙中。午刻，四姑娘忽汗出疾愈①，逮申刻医来，实已愈矣。赠以币而遗[②]之，未服其药也。山中亦无药可备[③]，四姑娘且持不服药为中医之义[④]，予笑谓："医药备诊治之用[三]，儿安可得鱼忘筌[⑤]哉！"四姑娘亦狂笑不已。下午，疾驱至新宁[⑥]，距武冈[⑦]七十里，因驻宿山村。时予从者粮食悉备[⑧]，不扰民间鸡犬。而此间健儿[⑨]闻予名，争来请见，愿从之北征者以数百计，予收录其半，向隅者犹怏怏[⑩]也。有自武冈来迎予者，予深致感谢。

【校记】

〔一〕此标题许指岩本作"至新宁"。

〔二〕十九日：经纬本、会文堂本、大华本、普天本作"三月十九日"。

〔三〕谓医药备诊治之用：经纬本、会文堂本、大华本、普天本作"谓医药备诊愈之用"。

【注释】

① 疾愈：身体康复。

② 遗：送给。

③ 备：准备。

④ 义：要义。

⑤ 得鱼忘筌：捕到了鱼，忘掉了鱼篓。比喻事情成功以后就忘了本来依靠的东西。语出《庄子》外物。筌，捕鱼的竹器。

⑥ 新宁：地名，位于湖南省西南部，南与广西接壤。

⑦ 武冈：地名，位于湖南省西南部，雪峰山东麓，南岭北缘，资水上游。

⑧ 悉备：全部备齐。

⑨ 健儿：这里指年轻人。

⑩ 向隅：面对着屋子的一个角落。比喻孤独失意或不得机遇而失望。怏怏：不服气或闷闷不乐的神情。

一二六、入据常德〔一〕

二十日〔二〕,抵武冈午饭,顿增①新兵千人,予为约束部署②,训以大义③,励以勤朴④。乃循资江北行,一日二百里,三日达桃源⑤,距常德三十里强,窥察⑥形势,将进攻。时满将某素有知兵⑦名者,顾震⑧于予名,竟弃城遁入长沙,予亦不复追〔三〕,即入据常德,为西拓鄂蜀地步⑨。移檄⑩赣省诸军,相机⑪会师,以立根基。盖予以为转战倾轧⑫,终非久计也,惟四姑娘意劝予久驻常德。

【校记】

〔一〕此标题许指岩本有"抵武冈"、"达桃源,入常德"两个小标题。

〔二〕二十日:经纬本、会文堂本、大华本、普天本作"三月二十日"。

〔三〕予亦不复追:普天本作"予不复追",缺一"亦"字。

【注释】

① 顿增:突然增加。

② 部署:指安排,布置。

③ 大义:大道理。代表正义的道理。

④ 励:激励。勤朴:勤恳,朴实。

⑤ 桃源:地名,位于湖南省西北部,隶属于常德市,西与沅陵县、张家界市的慈利县、永定区交界,东与常德市的临澧县、鼎城区接壤,北枕石门县,南抵益阳市的安化县。

⑥ 窥察:偷偷地察看;窥探。

⑦ 知兵:通晓兵法。

⑧ 顾:文言连词。震:威势;威严。

⑨ 拓:开拓,拓展。地步:地段;位置。

⑩ 移檄：古代官方文书移和檄的并称。多用于征召、晓谕和声讨。

⑪ 相机：寻找机会。

⑫ 转战：这里指石达开在各地的行军作战。倾轧：在同一组织中排挤打击不同派系的人。这里指太平天国的内乱。

一二七、与予为难〔一〕

二十三日〔二〕，得赣中来书，知天王遣护王①等专援赣城，兵势震荡②。虽不明言讨③予之罪，似死力④与予为难，欲牵掣予部下以制⑤予命。幸予部下皆生死不渝⑥之兄弟〔三〕，决不以浮言变惑⑦。但同类相残⑧，互攻不已，则敌人乘势反攻，其失败可立待⑨。慨⑩予自金田起义，从天王向北⑪，丹心耿耿⑫，原期⑬为国为民，不幸东杨之变⑭，遂生猜忌⑮。予出亡已年余⑯，本拟为天朝拓张⑰威力，乃得此失彼，奸佞者有意梗阻⑱，往往不击敌人，倒戈相向⑲。予何惜以地相让，但一入城即屠戮⑳劫掠，似泄愤以示余者。则予之心迹㉑终不明，功业终不就㉒，徒多杀良民何为？因此予决心规㉓一众所不争之地，为予菟裘㉔之营。是夕，予与四姑娘深谈，不禁泣下沾襟㉕，四姑娘亦汛澜雪涕㉖，楚囚相对㉗，无限伤心。既而跃然㉘起舞剑曰："天下之大，大丈夫何患无容足地㉙。予计决㉚矣，甘走险地，虽死不悔。"乃令四姑娘作密书数十通告赣中诸将，毋狃㉛常态。

【校记】

〔一〕此标题许指岩本作"护王援赣省，石氏避之"。

〔二〕二十三日：经纬本、会文堂本、大华本、普天本作"三月二十三日"。

〔三〕皆生死不渝之兄弟：许指岩本作"皆死生不渝之兄弟"。

【注释】

① 护王:陈坤书(? —1864),广西桂平(今平南县)人,诨号“陈斜眼”,因军功封护王。1864 年 4 月,在坚守常州的战役中,为清军所败。5 月城陷,被俘牺牲。

② 震荡:震动;动荡。

③ 讨:声讨。

④ 死力:用最大的力量。

⑤ 牵掣:牵制。制:用强力约束;限定;管束。

⑥ 生死不渝:无论活着还是死去都不会改变。渝,改变。

⑦ 浮言:无根据的话。惑:迷惑,蛊惑。

⑧ 同类相残:这里指太平天国内部互相残杀之事。

⑨ 立待:立即见分晓。

⑩ 慨:感慨,慨叹。

⑪ 向北:这里指金田起义后,石达开随洪秀全从广西一路向北进军之事。

⑫ 丹心耿耿:形容非常忠诚。丹心,忠心。耿耿,忠诚的样子。

⑬ 期:期望,希望。

⑭ 东杨之变:这里指因东王杨秀清之故而发生的天京事变。

⑮ 猜忌:猜疑妒忌。

⑯ 出亡:这里指因天京事变而出走之事。年余:这里指从天京事变出走到现在的时间。

⑰ 拓张:拓展,扩张。

⑱ 梗阻:阻拦、阻挡。

⑲ 倒戈相向:比喻帮助敌人反对自己。倒,对调;戈,古代的兵器;向,对着。

⑳ 屠戮:屠杀。

㉑ 心迹:心里的真实想法。

㉒ 就:成功。

㉓ 规：规划，谋划。

㉔ 菟裘：古邑名，春秋鲁地，在今山东泰安东南楼德镇。后世因称士大夫告老退隐的处所为“菟裘”。

㉕ 泣下沾襟：眼泪打湿了衣襟。形容极度伤心。

㉖ 汛澜：小的消息。雪涕：擦拭眼泪。

㉗ 楚囚相对：形容人们遭遇国难或其他变故，相对无策，徒然悲伤。语出《世说新语·言语》。楚囚，本指春秋时被俘到晋国的楚国人钟仪，后用来借指囚犯、战俘，也比喻处境窘迫、无计可施的人。

㉘ 跃然：逼真而活跃地出现的样子。

㉙ 容足地：形容勉强能够安身的地方。

㉚ 决：决定。

㉛ 毋狃：不要习以为常，不要经常反复地做。

一二八、决计入川〔一〕

二十四日〔二〕，驻常德。长沙满将与予来通好①，却之，盖予计②在入川，不欲与妖魅③争光也。

【校记】

〔一〕此标题许指岩本作“石氏决计入川”。

〔二〕二十四日：经纬本、会文堂本、大华本、普天本作“三月二十四日”。

【注释】

① 通好：往来交好。

② 计：计划。

③ 妖魅：这里指清军。

一二九、马生爱乡若命〔一〕

二十五日〔二〕,雨。在常德规画入川途径①,议决由鄂之施南②度五龙关,走石硂万山中,抚成都之背。出其不意,满官骆某③当无能为也。四姑娘亦然之④,惟马生有忧色。盖渠胆小如鼷⑤,爱乡若命,闻川地险,又距赣乡益远,故戚戚然⑥不敢言。四姑娘睨视⑦而笑,阴阳易位⑧矣。

二十六日〔三〕,予又作书促赣将⑨来归,且云如不愿从予者亦听之。是日,赵书⑩来,期后日至〔四〕。

【校记】

〔一〕此标题许指岩本作“在常德规画入川途径”。

〔二〕二十五日:经纬本、会文堂本、大华本、普天本作“三月二十五日”。

〔三〕二十六日:经纬本、会文堂本、大华本、普天本作“三月二十六日”。

〔四〕“二十六日”这一段,许指岩本、经纬本、会文堂本、大华本、普天本均分为两段。

【注释】

① 途径:行进的路线。

② 施南:即施南府,清代行政区划,地处湖北省西南部,雍正十三年(1735)设置,民国元年(1912)废除。

③ 骆某:骆秉璋。

④ 然之:以之为然。

⑤ 鼷:一种小老鼠,亦称“耳鼠”。一说就是小家鼠。

⑥ 戚戚然:忧惧;忧伤的样子。

⑦ 睨视:斜视;旁观。

⑧ 阴阳易位：比喻地位截然不同的人物互换其位。这里指四姑娘性格果敢决绝，像男子一样，而马生性格柔弱，如同女子一样。

⑨ 赣将：这里指黄盖中。

⑩ 赵书：赵如龙来信。

一三〇、夜饮湖中〔一〕

二十七日〔二〕，予以赣军之集，尚须时日，乃率小队出游洞庭[①]，夺舟楫[②]数十，连樯[③]并进。满守官大惊，以为予进攻也。亟调兵屯湖壖[④]，又不敢进战，予乃令先锋堵截其后，予遍游君山[⑤]石城诸胜，夜饮湖中，至二十八日午后始归。满兵皆遥望注视，未尝一举手[⑥]，如司马懿之于武乡侯[⑦]，徒听城楼上之琴声也[⑧]。满官胆怯至此，真不值一笑。然劳民伤财，而民心尚未一致离叛[⑨]，诚天幸哉！实则东杨北韦有大罪焉。非然者[⑩]，今日尚有满官逍遥此间，吾不信也。

【校记】

〔一〕此标题许指岩本有“出游洞庭”、“夜饮湖中”两个小标题。

〔二〕二十七日：经纬本、会文堂本、大华本、普天本作“三月二十七日”。

【注释】

① 洞庭：这里指洞庭湖。

② 舟楫：泛指船只。

③ 连樯：桅杆相连。形容船多。

④ 湖壖：湖边的空地或田地。

⑤ 君山：位于湖南省岳阳市西南洞庭湖中，名胜古迹较多。

⑥ 举手：“举手之劳”的略语，意思是办事情轻而易举，毫不费力。

⑦ 司马懿(179—251)：字仲达，河内郡温县孝敬里(今河南省

焦作市温县)人。三国时期政治家、军事家、权臣,西晋王朝的奠基人之一。武乡侯:诸葛亮(181—234)在世时的爵位。诸葛亮,字孔明,号卧龙,琅琊阳都(今山东临沂)人,三国时期蜀汉丞相,杰出的政治家、军事家。

⑧ 徒听城楼上之琴声也:这里引用“空城计”的故事。三国时,司马懿攻蜀,诸葛亮因军士数量极少,于是他利用司马懿多疑的心理,摆下空城计,成功地摆脱了危机。

⑨ 离叛:离心,背叛。

⑩ 非然者:如果不是这样的话。

一三一、天朝之亡殆不可免〔一〕

二十九日〔二〕,黄盖忠以赣师自衡山①绕道而至,兼遵予命,不欲取道长沙,致启争端也。凡省会之地,既为满兵所注目②,惹起无谓之恐慌,又为中朝③所闻,疑忌④纷起,奸佞乘间⑤进谗,谓予与天王争权对垒⑥,于是引起同类相残之恶感,此又何苦乃尔⑦。故予自此多走边地⑧,避去省会注目之地,所以免内讧之火药线⑨也。嗟乎!吾知天朝之亡,殆不可免,但少一次挑拨,即可延长若干时,予不欲逞予私见⑩,犹以舞弄⑪为能事。予书至此,予心碎矣。

【校记】

〔一〕此标题许指岩本作“黄盖忠自衡山至”。

〔二〕二十九日:经纬本、会文堂本、大华本、普天本作“三月二十九日”。

【注释】

① 衡山:山名,又名南岳,“五岳”之一,位于湖南省中部偏东南部,主体部分位于衡阳市南岳区衡山县和衡阳县东部。

② 注目:这里指特别关注。

③ 中朝:这里指太平天国朝廷。

④ 疑忌:怀疑,猜忌。

⑤ 奸佞:奸邪谄媚的人。乘间:乘着机会。

⑥ 对垒:相持,抗衡。

⑦ 何苦乃尔:何苦到这种地步呢？用反问的语气,表示不值得,没有必要。

⑧ 边地:这里指西南偏僻之地。

⑨ 火药线:又称引火线,用以引爆雷管或黑火药的绳索。这里是指引起争端的内在因素。

⑩ 私见:个人的看法。

⑪ 舞弄:耍花样。

一三二、人各有志〔一〕

四月初一〔二〕,赵如龙亦由岳州逻迤[①]而来,相见后颇有意见陈述,予谆谆晓谕[②]之,乃悟。渠等皆忠恳[③]赤心爱予,故数[④]加劝谏〔三〕,奈不知予之别有怀抱[⑤]也。虽然,予力劝[⑥]彼等不必从予,人各有志,不可相强[⑦],则又涕泣誓死[⑧],此亦命也。但惜为予牵入绝地[⑨]埋没英雄耳!

【校记】

〔一〕此标题许指岩本作“赵如龙由岳州来”。

〔二〕四月初一:许指岩本、钱书侯本作“四月初一日”。

〔三〕故数加劝谏:钱书侯本、经纬本、会文堂本、大华本、普天本作“故时加劝谏”。

【注释】

① 逻迤:疑作“逶迤”,曲折绵延。

② 晓谕:明白地告诉,告知。

③ 忠恳：忠贞诚恳。

④ 数：多次。

⑤ 别有怀抱：另外一种心情。

⑥ 力劝：极力劝阻。

⑦ 强：强迫，勉强。

⑧ 誓死：立下誓言，表示至死不变。

⑨ 绝地：极险恶的地方。

一三三、众乃释然〔一〕

初二日〔二〕，陆起蛰、陆成梁亦自湘潭至，兄弟也。入门即哭诉某王争赣之无理可喻①，“吾等功败垂成，委弃②全赣，冤狱几如岳家军③。”予乃慰藉④之。谓：“既不能手刃⑤奸佞，又不能上格君心⑥，奔走穷荒⑦，将来亡国破家，同付一炬⑧，此之不惜而又何惜？若得边隅一席地⑨，借存大汉衣冠⑩，此郑延平⑪之志也，予窃慕⑫之！”赵、陆等乃释然，精神极奋〔三〕⑬，生气又勃勃⑭矣。午后，复有自浙赣来归者。

【校记】

〔一〕此标题许指岩本作“陆起蛰自湘潭至”。

〔二〕初二日：经纬本、会文堂本、大华本、普天本作“四月初二日”。

〔三〕精神极奋：许指岩本作“精神倍奋”。

【注释】

① 无理可喻：不能用常理使那个人明白，没法跟他讲道理。形容蛮横或固执。

② 委弃：弃置；丢弃。

③ 冤狱：指受人冤枉、诬告而定的罪。岳家军：南宋初年由岳

飞领导的抗金军队，这支军队纪律严明，训练有素。在抗金取得初步胜利之后，由于岳飞被冤杀，岳家军受到了不公正的待遇。

④ 慰藉：着意安慰、抚慰。

⑤ 手刃：亲手杀死。

⑥ 格：感通。君心：这里指洪秀全内心的想法。

⑦ 穷荒：偏僻、蛮荒之地。

⑧ 同付一炬：一同被烧毁。这里指太平天国的各项事业一起被毁掉。

⑨ 一席地：即“一席之地”，形容非常狭窄的地方。

⑩ 借存：希望保存。大汉衣冠：汉族的衣冠服饰。这里指恢复以汉族为主体的封建政权。

⑪ 郑延平：即郑成功，曾被封为“延平郡王”，故称“郑延平”。

⑫ 窃慕：私下羡慕。

⑬ 极奋：极度振奋。

⑭ 勃勃：旺盛的样子。

一三四、忽感腹疾〔一〕

初三日〔二〕，予即欲戎装由慈利[①]西行，忽感腹疾[②]。四姑娘劝予调养数日，乃止。常德地利丰饶，舟车辐辏[③]，民情亦纯良[④]而含有坚韧气，可感以忠义。惜予无志中原，殊深恋恋[⑤]也。

【校记】

〔一〕此标题许指岩本作“将由慈利西行忽患疾”。

〔二〕初三日：经纬本、会文堂本、大华本、普天本作“四月初三日”。

【注释】

① 慈利：地名，地处湖南省西北部，张家界市东部，武陵山脉东

部边缘，澧水中游，隶属于湖南省张家界市。

② 腹疾：腹泻等肠胃病。

③ 舟车辐辏：形容人或物聚集像车辐集中于车毂一样。辐辏，集中；聚集。

④ 纯良：纯正善良，多用于形容人的品行。纯，单纯，不复杂。良，良好、善良。

⑤ 恋恋：恋恋不舍，难以忘怀。

一三五、人安可貌取哉〔一〕

初四日〔二〕，复有浙赣旧部来集①，亦各有所陈诉，大都不外某王之出死力以倾轧，予不胜慨然。病体稍瘥②，忽加愤懑③，未免又生一阻力。顾予尔后静坐，忽觉人生万事泡影④，创业垂统⑤，未必即可万年⑥。凡事随遇而安⑦，最为自适之道。否则纷纷与鸡鹜争食⑧，何时了局⑨耶？心转坦然，精神亦遂不恶。军中惟陶记室所荐之黄某知医，观其人一村学究⑩耳，然颇精脉理⑪，服其药，一剂而骤获⑫大效，人安可貌取哉。晚睡甚早，颇能酣适，谅亦黄氏立方⑬之功也。

【校记】

〔一〕此标题许指岩本作“浙赣旧部毕集”。

〔二〕初四日：经纬本、会文堂本、大华本、普天本作“四月初四日”。

【注释】

① 集：聚集，汇集。

② 瘥：病愈。

③ 愤懑：气愤，心中抑郁不平。

④ 万事泡影：佛经中“万事如泡影”的略语，谓人生变化无常，

如梦如幻。

⑤ 垂统：把基业留传下去。

⑥ 万年：这里指永久的基业。

⑦ 随遇而安：能顺应环境，在任何境遇中都能满足。

⑧ 鸡鹜争食：鸡鹜争抢食物。旧指小人互争名利。鸡鹜，比喻平庸的人。

⑨ 了局：结局。

⑩ 学究：读书人的通称。亦指迂腐浅陋的读书人。

⑪ 脉理：脉搏的状态，也指中医医理。

⑫ 骤获：突然见效。

⑬ 谅：料想。立方：这里指黄氏开出的药方。

一三六、病已霍然〔一〕

初五日〔二〕，病已霍然①，惟肢体稍弱耳，遣赵如龙等率先锋队由慈利前进。午后，陆起蛰继之，各有兵约二千，颇精锐。然予示以密意②，谓不得已而战，否则疾趋入川，仅通过假道而已。予拟体健即自率死士数百人，探龙山、鹤峰③之道，与赵、陆辈会师施南，盖予性喜探边陲隙地④，为他人所不及设防者。以为虽劳苦而损失兵械⑤较少，且人弃我取，亦表示我不愿多争权利之一端也。更有一义⑥，予自谓存心颇善，则以边地少所贪欲，无以动兵士掳掠之念，似保全道义为多。老子云："不见可欲，其心不乱⑦。"予之甘蹈⑧荒僻，此物此志也。

【校记】

〔一〕此标题许指岩本作"石氏病愈进兵"。

〔二〕初五日：经纬本、会文堂本、大华本、普天本作"四月初五日"。

【注释】

① 霍然：快速、突然。

② 密意：隐秘的含义。

③ 龙山：地名，位于湖南省湘西土家族苗族自治州，湘西州北部。鹤峰：古称拓溪、容米、容阳，位于湖北省西南部，鄂西土家族苗族自治州东南角。

④ 隙地：空着的地方；空隙地带。

⑤ 兵械：指兵器。

⑥ 一义：一个要义。

⑦ 不见可欲，其心不乱：不看见足以引起欲望的事物，使心思不被扰乱。体现的是道家“无为”、“无欲”的主张，语出《老子》第三章。

⑧ 甘蹈：甘心踏入。蹈，践踏，踩。

一三七、往游桃源〔一〕

初六日〔二〕，病已若失①。予率小队往游桃源，借资②疏散，县西即武陵渔人获奇境③处，洞壑深美④，自亦佳胜。然为求豁然开朗⑤，良田美地，以证实靖节先生⑥之寓言，亦未免穿凿⑦。后人因遗迹而事事造作⑧，以合文字所载，反失之陋⑨矣。然到此者莫不心想神仙佳趣，太平乐事，则又令我心怦然也。傍晚驰回，吟诗数首，四姑娘及马生、陶记室均有和章，可谓军中乐事。

【校记】

〔一〕此标题许指岩本作“游桃源县”。

〔二〕初六日：经纬本、会文堂本、大华本、普天本作“四月初六日”。

【注释】

① 若失：好像失去了。

② 借资：借以。

③ 武陵渔人：陶渊明在《桃花源记》中塑造的人物。奇境：这里指《桃花源记》中描写的世外桃源。

④ 深美：绝美。

⑤ 豁然开朗：原形容由狭窄幽暗一变而为开阔明亮。语出《桃花源记》。

⑥ 靖节先生：陶渊明的私谥之号。

⑦ 穿凿：非常牵强地解释，硬说成具有某种意思。

⑧ 造作：指动作、表情、腔调等不自然。

⑨ 陋：粗糙，简陋。

一三八、不从其言〔一〕

初七日〔二〕，晨起。全军二千人，束装待发，忽浙军主将信天福戚朝栋率千余人驰来，予相见大喜，特因之留常①，休息一日。彼兵远来，粮食不足，予命当事人②分给口粮器械，麾下皆欢声雷动③。近城商民，多有来献银米者，戚意欲予以此为根据地，居中指挥，大旨如赵陆意。予因行计已决，不从其言。是夕，与戚纵谈至夜深，戚意亦言天国危如累卵④也。

【校记】

〔一〕此标题许指岩本有"浙军主将信天福戚朝栋来"、"与戚朝栋纵谈，戚意欲石氏以常德为根据地"两个小标题。

〔二〕初七日：经纬本、会文堂本、大华本、普天本作"四月初七日"。

【注释】

① 常：常德。

② 当事人：这里指负责后勤保障的人。

③ 欢声雷动：欢呼的声音很大，如同打雷一般。

④ 累卵：把蛋重叠起来，形容极其危险。

一三九、抵大庯县〔一〕

初八日〔二〕，辰刻。戚兵先行，亦由慈利，予分军千人与之，乃率死士二十六人〔三〕，及四姑娘等走青龙山，越登高岭〔四〕，路颇崎岖。幸有乡导数十人，不致迷歧①。日晡②始抵大庯，此地古庯国③地〔五〕，民生不甚富裕，又经兵燹，城郭④萧条。予驻营城外，不令军士入城滋扰〔六〕⑤。时满守吏已逃，人民颇有奉酒食迎予者。予略觇其衙置⑥仓库，标以封志〔七〕⑦，即轻骑返营。是日，大雷雨，帷帐尽湿，闻土人言："恐山洪将至。"予乃急择高阜⑧移营。夜果闻水声，漂没牲产⑨庐舍颇多，幸予营尚高于水平数尺，得无恙⑩。然一时去路不通，又闻须分度分水岭〔八〕，军士颇有忧色。夜深，谍者返报，前途无水，分水岭不甚峻⑪，过岭即永顺县⑫地，平原百里，人烟颇密。予乃谓："明晨亟觅道进行，虽冒雨非所愿，盖惧淫霖⑬为灾，山洪且致复发，则跋涉更不易也。"

【校记】

〔一〕此标题许指岩本有"走青龙山，抵大庯县"、"遇雷雨防山洪将至"两个小标题。

〔二〕初八日：经纬本、会文堂本、大华本、普天本作"四月初八日"。

〔三〕乃率死士二十六人：许指岩本、钱书侯本、经纬本、会文堂本、大华本、普天本作"乃自率死士二十六人"，多一"自"字。

〔四〕越登高岭：会文堂本作"登高岭"，少一"越"字。

〔五〕此地古庯国地：许指岩本、钱书侯本作"此地为古庯国地"，多一"为"字。

〔六〕不令军士入城滋扰：经纬本、会文堂本、大华本、普天本作

“不令军士入市滋扰”。

〔七〕标以封志：会文堂本作“标以封诰”；大华本、普天本作“标以封注”。

〔八〕又闻须分度分水岭：大华本作“又闻须度分水岭”，少一“分”字。

【注释】

① 迷歧：迷路与歧途。

② 日晡：指申时，即下午三点至五点。

③ 古庸国：春秋时巴、秦、楚三国间的一个较大的国家，建都上庸（今湖北竹山）。公元前611年，该国被楚、秦、巴三国所灭。

④ 城郭：古义是指内城和外城，现在泛指城或城市。

⑤ 滋扰：制造事端进行扰乱；使不安宁。

⑥ 衙置：衙署的位置。

⑦ 封志：封缄并加标记。

⑧ 高阜：高的土山。

⑨ 牲产：这里指牲畜之类的财产。

⑩ 无恙：平安，没有危险。

⑪ 峻：高大的山。

⑫ 永顺县：地名，位于湖南省湘西土家族苗族自治州，湘西西北部。

⑬ 淫霖：大雨。

一四〇、渐见晴云披絮〔一〕

初九日〔二〕，寅刻即拔队，雨声尚淙淙[①]然。比登岭，雨已止，且渐见晴云披絮[②]，少顷日光现矣！军士莫不喜形于色[③]，行倍奋[④]，申刻即抵永顺。满守吏颇有坚拒[⑤]意，闭城不纳[⑥]，予欲仅就高地驻扎，听其负嵎[⑦]。戚不以为然，谓：“军心跃跃，强遏恐变[⑧]，不如许之，而严戒纵杀[⑨]，如有内应逐[⑩]满吏者，尤免屠戮。”予知军士所希望者固别有在，亦未宜过拂[⑪]，遂颔[⑫]之。而特提不杀良民，不劫商贾[⑬]，为最要[⑭]条约。戚力言决不蹈英王等部下覆辙[三][⑮]，乃下令攻城，不三时，满吏微服遁去，民众开城迎予军。予与戚整队入城，戚欲让予居署中，予不允，仍宿古岭军中。

【校记】

〔一〕此标题许指岩本有“登分水岭”、“抵永顺”、“攻破永顺，不杀良民，不劫商贾”、“石氏不住署中”四个小标题。

〔二〕初九日：经纬本、会文堂本、大华本、普天本作“四月初九日”。

〔三〕戚力言决不蹈英王等部下覆辙：经纬本、大华本、普天本作“戚力任决不蹈英王等部下覆辙”。

【注释】

① 淙淙：流水发出的轻柔的声音。

② 晴云披絮：山岭积聚着白云，如同披着一床棉絮。

③ 喜形于色：形容抑制不住内心的喜悦，十分高兴，喜悦之情表现在脸上。形，表现；色，脸色。

④ 倍奋：格外兴奋。

⑤ 坚拒：坚决拒绝。

⑥ 纳：接纳。

⑦ 负嵎：同“负隅”。倚靠险要的地势（抵抗）。

⑧ 强遏：强行遏制。变：发生激变。

⑨ 纵杀：放纵杀人。

⑩ 逐：驱逐。

⑪ 过拂：过分地违逆。

⑫ 颔：点头，表示同意。

⑬ 商贾：古代对商人的称呼。行走贩卖货物为商，坐着出售货

物为贾，二字连用，泛指做买卖的人。

⑭ 最要：主要的，重要的。

⑮ 英王：陈玉成。覆辙：翻过车的道路，比喻过去失败的做法或前人失败的教训。

一四一、满兵秽史〔一〕

初十日〔二〕，予在永顺，见城于兵燹后，颇多憔悴困苦状。问之，知去此一月前满兵溃退，四出劫掠〔三〕，任意焚扰①奸淫，被害者不计其数。晚间往往闻鬼哭，厥声②极惨〔四〕，若天阴雨，则白昼③亦闻之。予军帐在古岭之楚王庙④中，庙颇宏敞⑤，即前魔兵⑥曾占据者，奸杀人亦于此行之。予固⑦亲闻哭声，冤魂⑧所聚，自能为厉⑨，在理固无足异⑩也。陶记室夙持⑪无鬼论〔五〕，至是亲睹青燐碧血⑫，其说不能自圆，则谓乱世又当别论。乃《易》系辞游魂⑬为变之义也，予亦笑颔之。

【校记】

〔一〕此标题许指岩本有“满兵秽史”、“楚王庙中闻冤鬼哭声”两个小标题。

〔二〕初十日：经纬本、会文堂本、大华本、普天本作“四月初十日”。

〔三〕四出劫掠：普天本作“四出抢掠”。

〔四〕厥声极惨：普天本作“厥极惨”，少一“声”字。

〔五〕陶记室夙持无鬼论：普天本作“陶记室主无鬼论”。

【注释】

① 焚扰：焚烧，扰略。

② 厥声：憋气发力地大喊。

③ 白昼：白天。

④ 楚王庙:永顺县曾经是楚国的故地,这里指在永顺县为纪念楚王而建立的庙。

⑤ 宏敞:宏大宽敞。

⑥ 魔兵:这里指清军。

⑦ 固:本来,原来。

⑧ 冤魂:按迷信的说法,通常指冤屈而死的人的鬼魂。

⑨ 厉:恐怖的意思。

⑩ 足异:完全不同。

⑪ 夙持:一贯坚持。

⑫ 青燐:这里指人死之后尸体腐烂时,会分解出磷化氢,常在夜间自燃,发出青绿色的光焰,古称“青燐”,俗称鬼火。碧血:传说周敬王时大臣刘文公的所属大夫苌弘,因忠于刘氏,在蜀被人所杀。《庄子·外物》说他的血三年后化为碧玉。后来多用碧血形容为正义事业而流的鲜血。

⑬ 游魂:《易》系辞中的卦名,西汉京房八宫卦术语。指西汉京房八宫卦中一、二、三、五爻变动之卦,即:晋、大过、明夷、中孚、需、颐、讼、小过八卦。因第四爻恢复本宫卦中第四卦爻象,但未回到内卦之位,而是居于外卦四位,像灵魂一样游荡,故称“游魂”。

一四二、四姑有孕〔一〕

十一日〔二〕,戚因收拾降军[①],改编队伍,拟留永顺四五日,予则拔队先行。四姑娘因有孕,连日劳动,致感胎气[②]。妇人迁徙[③]军中,诚非所宜[④]。然予一日无伊[⑤],即如断右臂,因不得不挈之偕行。然既感疾[⑥],不能无所静养。访得龙山麓有富家郁某,颇饶[⑦]庭园之胜,房室亦幽邃,乃由邑人介绍,入居旬日。留马生及亲随卫士数十人保护,以安其心。约至施南后派兵迎迓,四姑娘亦体予意,不复固辞。予自认四姑娘为女后,离左右者此为第二次,虽小别,予心怏怏然〔三〕。乃知父子天性，虽未属毛离里[⑧]，而名称既定[⑨]，情感即随之。况天伦一家，骤遭惨祸[⑩]，使予永久不复相见，能无泪下乎！予书至此[四]，予笔几不能下[⑪]，驻马不欲行矣。顾以陆赵所期，万不可不赴，施南一带，虏势[⑫]正衰，机会又万不可失，惟有拂袖[⑬]而行，舍弃一切耳！

【校记】

〔一〕此标题许指岩本有“石氏拔队先行”、“宝英留龙山麓养病”、“感想往事”三个小标题。

〔二〕十一日：经纬本、会文堂本、大华本、普天本作“四月十一日”。

〔三〕予心怏怏然：普天本作“予心惘惘然”。

〔四〕予书至此：大华本作“予会至此”。

【注释】

① 降军：这里指投降太平军的清军。

② 胎气：孕妇出现恶心、呕吐和腿部肿胀等反应。

③ 迁徙：这里指往来行军。

④ 宜：合适。

⑤ 伊：她，这里指四姑娘。

⑥ 感疾：这里指四姑娘怀孕期间的反应。

⑦ 饶：富足，多。

⑧ 属毛离里：比喻子女与父母关系密切。语出《诗经·小雅·小弁》。

⑨ 名称既定：这里指作者与四姑娘原本为陌生人，但后来成了义父、义女的关系，父女的名分便已确定了下来。

⑩ 骤遭：突然遭受到。惨祸：这里指天京事变时，石达开全家被杀之事。

⑪ 几不能下：这里是指内心忧愤，几乎不能下笔。

⑫ 虏势：这里指清军的军事势头。

⑬ 拂袖：因不悦而离去。

一四三、令人凄恻〔一〕

十二日〔二〕，大军度岭，抵龙山。山不甚高，而峭险如不可攀跻①。深林密箐〔三〕②，蔽亏③天日，其中狼嗥猿啸，令人凄恻心怖④。山径迫狭⑤，止可单骑只身，亦绝无往来者。下临深涧，一失足即有粉碎之虞⑥。军士睹此，似动思乡之念⑦，乃急以建业避地〔四〕，与将求干净土各立勋名⑧之意，谆谆告戒之，军士稍奋。然有逃归者⑨，予悉置不问，其多数从予久，苦劝⑩他去，彼固⑪不允。噫！吾辈忠义，虽赴汤蹈火⑫，决无二心⑬。岂区区⑭跋涉，足以间改初心⑮哉！是夜，宿山神庙中，枕戈达旦⑯。

【校记】

〔一〕此标题许指岩本有"抵龙山"、"宿山神庙中"两个小标题。

〔二〕十二日：经纬本、会文堂本、大华本、普天本作"四月十二日"。

〔三〕深林密箐：普天本作"深林密丛"。

〔四〕乃急以建业避地：经纬本、会文堂本、大华本、普天本作"乃急以建业开地"。

【注释】

① 峭险：陡峭险峻的山路。攀跻：攀登。

② 密箐：茂密的竹林。

③ 蔽亏：因遮蔽而半隐半现。

④ 心怖：心中感到恐怖。

⑤ 迫狭：险要狭窄。

⑥ 粉碎：粉身碎骨。虞：忧虑。

⑦ 念：念头，想法。

⑧ 勋名：美名，功名。

⑨ 逃归者:逃跑之后又回来的人。

⑩ 苦劝:极力劝导。

⑪ 固:坚决。

⑫ 赴汤蹈火:比喻不避艰险,奋勇向前。赴,走往;汤,热水;蹈,踩。

⑬ 二心:其他的想法。

⑭ 区区:(数量)少;(人或事物)不重要。

⑮ 初心:最初的想法和打算。

⑯ 枕戈达旦:枕着兵器,等待天亮。形容杀敌报国心切。

一四四、毒箭猛烈〔一〕

十三日〔二〕,晨起趱程,方策骑行山径中,忽闻鸣镝①声,据土人云:"山中多盗,往往劫人财物,千百成群,大都系苗峒族裔②,旷悍③绝伦,为患已久。今更因世乱之故,时复④团结四出,截击经过军队,掠夺辎重。前当满军过境时,大遭蹂躏,盖彼宗旨⑤惟在劫掠,不问忠于何方。即吾太平天国以正义责之⑥,彼亦有所不受也。闻其毒箭最猛烈⑦,着人肤即肿溃⑧致死,无能免者,且医治无从着手⑨。"予闻之,颇为踌躇⑩,设不预筹抵御之策⑪,仓猝相遇,鲜不遭伊⑫毒手。遂传令设⑬有盗来,宜悉避入林下,及山峦障翳⑭之处,待其毒箭尽发,始从后抄击⑮之。彼等蠢鲁⑯,不知用计,则必入彀⑰无疑。计划甫定⑱,令以盾牌队⑲为先锋,向前进发,果又闻镝数声,则盗之大队已至。予麾军士悉避入林中,或岩峒深处,而令盾牌队当⑳其箭,皆伏地自蔽㉑,矢下如雨,无一着体㉒,或多挂树叶上。既而盗众以为毒矢㉓既尽,予众悉毙㉔,必积尸林中,争前走视〔三〕㉕,将携取财物。忽伏兵骤发㉖,围而攻之,枪炮矢刃㉗,刹那间㉘杀数百人。血流出径㉙,澌澌㉚有声,予自谓用兵以来,未尝若此残忍也。但予不杀彼,彼早杀予,为自卫计,亦不得不尔㉛。天道好还,彼等挟毒矢伎俩,杀人多矣！今日之役，所以报[32]也。万不意彼等于毒矢而外，竟绝[33]无能至此〔四〕。彼等赤裸雕题[34]，状可怖异[35]，而见杀时怯懦乞怜[36]，与其犷悍之故态，适成反比例[37]。当时予亦垂悯[38]，因留数人，（此数人于旬日后，忽窃卫士之佩刀，突入帐中杀人，予几为所戕[39]。赖健儿毕集，卒缚[40]而杀之。圣人谓："鸟兽不可与同群[41]。"信然。）以其哀鸣尤甚也。其人能上山采樵，步履如飞[42]，苟得其忠忱[43]，则探路作乡导，或登山取物，亦有用之人矣！是夕，众兵咸疲乏，因搜盗窟所藏，悉以犒之[44]，野酿山肴[45]，可供大酺。军士饮啖[46]甚乐，又得妇女数十人，悉放还家，军士或匿[47]其一，予知之，立置其人于死〔五〕[48]，仍放妇女令去[49]，纪律肃然。远近村落来犒军[50]者颇多，咸颂予等为彼除害。夜宿一富绅家，子女妻妾俱出拜，献金三千，予令派给军士，私人不受其分文也。又欲赠予一婢[51]，予却之。

【校记】

〔一〕此标题许指岩本有"龙山径中遇土匪"、"毒箭猛烈"、"杀盗事略"、"释放妇女"四个小标题。

〔二〕十三日：经纬本、会文堂本、大华本、普天本作"四月十三日"。

〔三〕争前走视：会文堂本、大华本作"争前来视"。

〔四〕竟绝无能至此：许指岩本作"竟绝无能力至此"，多一"力"字。

〔五〕立置其人于死：许指岩本、钱书侯本、会文堂本、大华本作"立置其人于法"。

【注释】

① 鸣镝：古代一种射出后有响声的箭。镝，箭头。

② 苗：苗族。峒：旧时对南方少数民族的泛称。族裔：后代。

③ 旷悍：粗犷彪悍。

④ 复：再次。

⑤ 宗旨:主要的意图。

⑥ 责之:问责于他们。

⑦ 猛烈:凶猛。

⑧ 肿溃:痈肿溃烂。

⑨ 无从着手:没有办法下手医治。

⑩ 踌躇:犹豫不决。

⑪ 预筹:预先谋划。策:策略。

⑫ 鲜:很少。伊:那些人。这里指当地苗族等少数民族。

⑬ 设:假设。

⑭ 障翳:遮蔽。

⑮ 抄击:包抄袭击。

⑯ 蠢鲁:愚蠢,粗笨。

⑰ 入彀:进牢笼,入圈套。彀,箭能射及的范围。

⑱ 甫定:刚刚安定。

⑲ 盾牌队:拿着盾牌的军队。

⑳ 当:抵挡,挡住。

㉑ 自蔽:自我隐蔽。

㉒ 着体:射中身体。

㉓ 毒矢:毒箭。

㉔ 毙:倒下去,这里指死亡。

㉕ 走视:跑过来看。

㉖ 骤发:突发,突起。

㉗ 枪炮矢刃:形容枪林弹雨齐发。

㉘ 刹那间:形容时间极短。

㉙ 径:这里指山间的小路。

㉚ 澌澌:象声词,形容风雪雨水声。

㉛ 不得不尔:不得不如此。

㉜ 报:报应。

㉝ 绝:断绝。

㉞ 雕题:古代南方少数民族的一种习俗,泛指额上刺花纹。

㉟ 怖异:恐怖怪异。

㊱ 怯懦:胆小怕事。乞怜:求人怜悯、帮助。

㊲ 反比例:相反的例子。

㊳ 垂悯:赐予怜悯。

㊴ 戕:杀害。

㊵ 卒:最终。缚:捆绑。

㊶ 鸟兽不可与同群:出自《论语·微子》,意思是人不能与鸟兽为伍;这里是说,自己的部队与当地少数民族不可能有共同的理念。

㊷ 步履如飞:形容脚步轻盈,走路快速如飞。

㊸ 忠忱:忠诚。

㊹ 犒之:这里指犒赏参战的士兵。

㊺ 野酿:山野人家酿的酒。山肴:用山间猎得的鸟兽做成的菜。

㊻ 饮啖:吃喝。

㊼ 匿:藏匿,隐匿。

㊽ 死:这里指处以死刑。

㊾ 令去:让她回去。

㊿ 犒军:犒赏军队。

51 婢:婢女,丫环。

一四五、度长韵岭〔一〕

十四日〔二〕,军辰刻度长韵岭〔三〕①,即入鄂西境。午刻,抵来凤②,弹丸③小邑,居民数百家,颇多困窭④,种薯蓣麻苎⑤以自给。满守吏闻予兵过,已遁入邻邑,士民开城纳予军〔四〕。予令戚领一营略取鹤峰,以补粮饷。又以半⑥驻城外,而率三百人入城。传见父老,慰谕抚循[⑦]。出于诚恳,士民感德爱戴,请留兵守卫。予告以入川意,则皆叹惋固请[⑧],予婉辞焉。晚间供张甚盛,献酬[⑨]尽礼,称予为王。予谢贤主人之惠[⑩],乃许留健儿三人,军士百五十人为之守城。约川局[⑪]定后,更为善后[⑫]计。父老大悦,纵谈至夜深始散。予虽向以保民为心[⑬],然宾主欢洽[⑭],前未有也。

【校记】

〔一〕此标题许指岩本有“度长韶岭,入鄂西境,入来凤”、“市民爱戴石氏”两个小标题;此标题在钱书侯本作“度长韶岭”。

〔二〕十四日:经纬本、会文堂本、大华本、普天本作“四月十四日”。

〔三〕军辰刻度长韵岭:许指岩本、钱书侯本、经纬本、会文堂本、大华本、普天本作“予军辰刻度长韶岭”。

〔四〕士民开城纳予军:大华本作“士市开城纳予军”。

【注释】

① 长韵岭:地名,在湖北省西部。

② 来凤:地名,隶属今恩施土家族苗族自治州,位于湖北省西南部,酉水上游,西南邻重庆市酉阳县,处鄂、湘、渝三省市交界处,是重要的物资集散地。

③ 弹丸:形容狭小的地方。

④ 困窭:贫困,贫苦。

⑤ 薯蓣:即山药。麻苎:大麻与苎麻。泛指麻。

⑥ 半:这里指一半的队伍。

⑦ 慰谕:宽慰晓谕。抚循:安抚,慰问。

⑧ 叹惋:嗟叹惋惜。固请:力请、再三邀请。

⑨ 献酬:谓饮酒时主客互相敬酒。

⑩ 惠:恩惠。

⑪ 川局:这里指入川之后的局势。

⑫ 善后:妥善处理事情发生后的遗留问题。

⑬ 为心：为中心。

⑭ 欢洽：欢乐和洽。

一四六、 健儿捕虎〔一〕

十五日〔二〕，予戒备晓行①，邑人士竞请祖饯②，攀辕③甚切，不获隙④，驻马北郊以待。士绅设筵山亭间，杯酒相属，予受而饮之，酬酢既阑⑤，逾午晷⑥矣。旋从谷口度虎鹞岭，土人言："山多虎，宜侵晓亟度⑦，逾日中可出谷。若午后入山，则或至傍晚始出，危险难言⑧矣。"劝予暂驻北郊，勿冒大险。予笑曰："虎有若干⑨？"土人曰："不详其数，但前后山或多至十余头。"予掉首曰："然则予以强兵千余，乃畏⑩十余头之虎耶？速行毋馁⑪。虎虽猛，当不及苗匪之毒箭也。"遂以未刻入谷，期酉戌⑫出谷，幸道尚平坦，衔枚疾驰，了无他异。方哂⑬土人之徒事欺吓，陡闻丛薄间⑭呼呼有风声〔三〕，谍者探报曰："山石间有白额巨虎二，取负嵎势。"予顾健儿蒋彪、黄猛二人跃起曰："请往缚⑮之！"于是健儿十余人皆攘臂⑯起，请从之，军士咸持弓矢助威。予疾驰往视，虎果巨倍⑰于牛，一蹲踞石上，一徘徊路间。军士欲发矢围攻之，黄猛呼止，挺身而前，挈铁棒试击之。路间之虎跃高丈余来扑，黄猛铁棒挑其腹〔四〕，用力掷之，抛数丈外，虎负痛腹向上，足不能翻起，军士争前刺之，血殁⑱草间，狂吼不止，逾时而毙。同时石上之虎，直扑蒋彪。蒋彪以铜锤击其股〔五〕⑲，虎大吼，又跃起，蒋斜出其前，又以锤连击其额，虎爪伤蒋臂，军士前发矢十余，悉中创。虎始伏不能动，蒋又锤其腹背。既毙，蒋乃负之而归，遂举两虎剥其皮，煮肉以享军士，人不及一脔⑳。方欲更觅虎，已无踪影矣。疾行五十里，林薄间㉑时时见虎迹，或闻啸声，顾终未一见。及谷口，已夕阳在山，暮色苍然，四山作怪响，怖人㉒者殆不仅虎豹而已。

【校记】

〔一〕此标题许指岩本有"度虎鹞岭"、"健儿捕虎"两个小标题。

〔二〕十五日：经纬本、会文堂本、大华本、普天本作“四月十五日”。

〔三〕陡闻丛薄间呼呼有风声：许指岩本、经纬本、会文堂本作“徒闻丛薄间呼呼有风声”。

〔四〕黄猛铁棒挑其腹：许指岩本作“黄猛树铁棒挑其腹”，多一“树”字；经纬本、会文堂本、大华本作“黄猛竖铁棒挑其腹”。

〔五〕蒋彪以铜锤击其股：许指岩本、经纬本作“蒋以铜锤击其股”，少一“彪”字。

【注释】

① 晓行：天亮出发。

② 祖饯：古代饯行的一种隆重仪式，祭路神后，在路上设宴为人送行。义同“祖道”。

③ 攀辕：拉住车辕，不让车走。旧时用作挽留好官的谀词。

④ 隙：空闲的时间。

⑤ 阑：尽，晚。

⑥ 逾：超过。午晷：午时的日影。这里指中午。

⑦ 侵晓：天色渐明之时。亟度：快速通过。

⑧ 难言：不容易说。

⑨ 若干：多少。

⑩ 畏：害怕，畏惧。

⑪ 毋馁：不要气馁，不要害怕。

⑫ 酉戌：下午的五点至九点。

⑬ 哂：嘲笑。

⑭ 陡闻：突然听见。丛薄间：这里指矮草间。

⑮ 缚：捆绑。

⑯ 攘臂：举起手臂。

⑰ 巨倍：数倍。

⑱ 血殁：流血死去。

⑲ 锤：捶打。股：自胯至脚腕的部分。

⑳ 脔：小块肉。

㉑ 薄间：空隙之间。

㉒ 怖人：吓人。

一四七、一望无际〔一〕

十六日〔二〕，巳刻抵宣恩①。邑无城郭，点茅②白苇〔三〕，一望无际。居民仅三四百家，满官吏未尝一至③，土豪为主治其事④，已数年矣。中有河流一，颇饶鱼藻⑤之利，即清江上源也。初土司欲聚众拒予，继由土人导健儿宗某往，晓⑥以利害，告以宗旨，土司大悦，愿助军饷若干，以表欢迎诚意，予笑而受之，许⑦土司入见，其人约四十余〔四〕，貌甚寝⑧，而勇悍见于眉宇⑨，不甚谙礼节，而性质直⑩。甫见之下，即以邑中虚实尽告⑪，且曰："观君状貌非常，实当居至贵极尊⑫之位，不卜枉莅僻壤⑬，是何意也？"予乃以喜走边陲，为人之所不欲为，且避与人竞争为言⑭，而不及入川事，恐其狡而漏言⑮也。土司感予优礼，愿出乡导二人，送予抵施南，并历述施南之地势风俗。夜，土司出酒食邀予，饮啖间谈论风生⑯，谓："满官吏贪如豺狼，初土人拒而不纳，乃用卑鄙法求乞得入，既入则任情敲剥⑰，靡⑱所不至。予（土司自称）不忍族人之困苦，故驱此瘟官去⑲之，今已四年。闻太平天国成立，满官将尽驱除，未知确否？大王为天国上爵⑳，当必知其内容。今满官不再至，而大王来此，是天国殆已代满奴㉑而兴矣。"予颔之，谓："吊民伐罪，予之天职㉒，爱贤推善㉓，亦予之本忱㉔。天国统一，不久当可实现。今日之满庭㉕，如燕巢风烛㉖耳，何能为？君等保守疆土，为民造福，予返京时〔五〕，必为代奏天王，赏以殊荣㉗，以永世泽㉘，幸勿自菲薄㉙也。"土司唯唯而退，予命将所献金犒将士，军士又大酺，七时始散归寝〔六〕。

【校记】

〔一〕此标题许指岩本有“抵宣恩”、“宣恩土司入见”、“土司输诚天国”三个小标题。

〔二〕十六日：经纬本、会文堂本、大华本、普天本作“四月十六日”。

〔三〕点茅白苇：许指岩本、钱书侯本、经纬本、会文堂本、大华本、普天本作“黄茅白苇”，从前后文意思来看，这种说法较为正确。

〔四〕其人约四十余：许指岩本、钱书侯本、经纬本、会文堂本、普天本作“其人年约四十余”，多一“年”字。

〔五〕予返京时：经纬本、会文堂本、普天本作“予返京师”。

〔六〕七时始散归寝：许指岩本、钱书侯本、经纬本、会文堂本、大华本、普天本作“七时始各散归寝”。

【注释】

① 宣恩：地名，湖北恩施土家族苗族自治州辖县，地处湖北省西南，东接鹤峰，西邻咸丰，东北、西北及北部与恩施交界，西南同来凤毗连，东南与湖南省龙山、桑植等县接壤。

② 点茅：幼小的白茅。白苇：白色的芦苇。

③ 至：到。

④ 主治：这里指统治这个地方。

⑤ 鱼藻：这里指水产。

⑥ 晓：晓谕，告知。

⑦ 许：允许，同意。

⑧ 寝：丑陋。

⑨ 勇悍：勇敢彪悍。眉宇：两眉之上，泛指容貌。

⑩ 质直：朴实正直。

⑪ 尽告：全部告诉。

⑫ 至贵极尊：极其尊贵。

⑬ 不卜：没想到。僻壤：偏僻的地方。这里是谦辞。

⑭ 为言:为说词。

⑮ 漏言:失言,漏口风。

⑯ 谈论风生:言谈、议论活跃,有风趣。

⑰ 任情:随意,任意。敲剥:敲诈剥削。

⑱ 靡:没有。

⑲ 瘟官:这里指清朝官吏。去:使……离开。

⑳ 上爵:上等爵位。这里是对石达开的一种客气的称呼。

㉑ 满奴:这里是对清统治者的蔑称。

㉒ 天职:应该承担的责任。

㉓ 推善:推荐善良优秀的人。

㉔ 本忱:本人真诚的情意。

㉕ 满庭:清朝廷。

㉖ 燕巢:"燕巢飞幕"的略语,燕子把巢做在飞幕之上,比喻非常危险的处境。风烛:风中的蜡烛。比喻处境危险。

㉗ 殊荣:非同一般的荣誉。

㉘ 世泽:祖先的恩惠。

㉙ 菲薄:轻视,瞧不起。

一四八、 筏渡清江〔一〕

十七日〔二〕,予命伐山中竹木,作筏①浮清江,出施南,而分军士六百人遵②陆行,互相呼应,又互均劳逸③。盖水程虽逸④,河身狭小,不能容巨筏,恐多延时日,故水陆并进。而间日⑤一轮番,劳逸既均⑥,程期且速,此四姑娘所献策也〔三〕。是晚筏成,入水试之,颇有泛舟之乐,置酒贺⑦焉。

【校记】

〔一〕此标题许指岩本作"作筏渡清江"。

〔二〕十七日:经纬本、会文堂本、大华本、普天本作"四月十七日"。

〔三〕此四姑娘所献策也：会文堂本作“如四姑娘所献策也”。

【注释】

① 筏：竹筏。

② 遵：沿着。

③ 互均劳逸：这里指在路上行军和乘竹筏的士兵互相轮换，交替休息。

④ 逸：安逸，舒服。

⑤ 间日：隔日。

⑥ 均：均衡。

⑦ 贺：祝贺，庆贺。

一四九、筏上设帐〔一〕

十八日〔二〕，分军士为两部，一登筏，一陆行。予与四姑娘等登筏，于筏上设帐房，浑如[①]家屋，寝处坐卧皆适，较之策骑驰烈日中，劳逸悬殊。两岸多土山，人家穴居[②]，依然太古[③]民风也。予先令宣恩之乡导告以予军实情，决不侵扰，故绝无惊恐。或有扶老携幼，升阜[④]而观者，皆曰：“天国之军，果与满兵不同。”或云：“此君子军也！”事虽愧不敢当〔三〕，然民情亦大可见矣。

【校记】

〔一〕此标题许指岩本作“分军士为两部，一登筏，一陆行”。

〔二〕十八日：经纬本、会文堂本、大华本、普天本作“四月十八日”。

〔三〕事虽愧不敢当：许指岩本、钱书侯本、经纬本、大华本、普天本作“予虽愧不敢当”。

【注释】

① 浑如：完全像，很像。

② 穴居：居住在山洞中。

③ 太古：上古，远古。

④ 升阜：登上土山。阜，土山。

一五〇、遂倾壶觞[一]

十九日[二]，自筏中晨起，晓露绮丽[①]，山光如沐[②]。连日风尘鞅掌[③]，得此消遣世虑[④]，便自谓富春江上矣。间[⑤]与四姑娘谈浙中名胜，欣然命酌[⑥]，遂倾壶觞[⑦]。忽隐隐闻炮声自北来，即日施南有战事，必陆、赵先至矣。急遣谍者探之，果然，旋由某弁获得一魔官，并眷属数人，予以其携赃物甚多，知为贪墨吏，命即斩之以正其罪，释其眷属使去[⑧]，不愿多杀无辜。后搜其行箧中，得一书，乃英王部下某将所私致[⑨]者，略谓[⑩]："子如纳土归降[⑪]，当有爵赏，切勿徘徊。近来鄂湖一带，多有流寇[⑫]冒称太平天国旗帜者。子如遇此等人，要当慎之，否则为王[⑬]所闻，必且以汝为叛逆，则身败名裂，悔无及矣！"等语。予乃知此魔官私通英部[⑭]，不忠于满[⑮]，其罪状确凿，即并其眷属屠之[⑯]，亦不为过。今侥幸漏网，在予为忠厚，而在彼且为失出[⑰]之刑矣。

【校记】

〔一〕此标题许指岩本有"将至施南闻炮声自北来"、"斩贪墨吏"、"满官通敌私书发觉"三个小标题。

〔二〕十九日：经纬本、会文堂本、大华本、普天本作"四月十九日"。

【注释】

① 晓露：早晨的露水。绮丽：美丽，漂亮。

② 沐：润泽。

③ 鞅掌：职事纷扰繁忙。

④ 世虑：俗念。

⑤ 间：间隙，空闲。

⑥ 酌：饮酒。

⑦ 壶觞：酒器。

⑧ 使去：使之离开。

⑨ 私致：私下写信。

⑩ 略谓：简要地说。

⑪ 纳土：献纳土地。谓归附。归降：投降。

⑫ 流寇：到处流窜的盗匪，流动不定的叛乱者。

⑬ 王：这里指英王陈玉成。

⑭ 英部：英王部队。

⑮ 满：指清政府。

⑯ 屠之：屠杀他们。

⑰ 失出：谓重罪轻判或应判刑而未判刑。

一五一、满兵诡计失败〔一〕

二十日〔二〕，辰刻，已附施南城下。陆、赵先闻予至，派部下来迎，予遂舍筏而骑[①]，陆、赵并辔而来，互道辛苦。陆因言："魔官魏氏，初闻予等至，开城迎降；予等骇其归顺之速，颇滋[②]疑虑，嗣[③]与之语，支离闪烁[④]，神色亦有异，遂相戒为之备[⑤]。既而彼设筵为予等洗尘[⑥]，方酬酢间，忽仆人仓皇投密函[⑦]，魏变色不语，旋托[⑧]更衣入室，予等方令弁卒出探，则知魏已飞骑出城，有所接洽。而城外旗鼓方张〔三〕[⑨]，不知其所自来，予辈乃亟披衣出署，署前已有荷枪[⑩]者见阻，予等立杀之，飞骑出城，则城围已作戒备。门且闭矣，又杀数人乃出。入营，急下令严阵以待，谍者始言来者系英王部将，本系一家人，今设阱[⑪]陷害〔四〕，愤懑不已。无何，彼营中竟开枪发矢[⑫]，向予辈突攻[⑬]。幸予辈于炊许[⑭]时间，立知戒备，乃亦开枪还击，血战半日，未分胜负，互有死伤，寻赵如龙伪败[15]，突围而出，向西奔逃。某将遂以全力对予，予恐赵军果败，未明其意，即亦引退[16]。某将指挥猛追，转至城西角，突有伏兵起击，将其兵截为二。予知为赵兵设奇[17]，亟前接战，成夹攻势。某将大败，向东狂窜，余兵降者三百余人，夺获粮械颇多，魏某亦不知下落矣。整队入城，出示安民，无意中得此城池，魏某可谓弄巧反拙[18]也。”予曰：“吾闻炮声，即知有战事，今果成功。非二兄之力，安能有此？”陆、赵咸谦逊[19]未遑，皆曰：“此乃我王洪福〔五〕。”予不喜谀言[20]，亟止之。联骑入城，见市廛尚殷盛[21]，如未经兵燹者，知某将并未入城之故。予骇时机之巧，若有天助。乃入署料理[22]，传召父老，共商善后之策。时已晚，期明日会署中。夜设宴与陆、赵痛饮，令四姑娘遍酌诸将，俱乐甚。予又草条教[23]数则，始就寝。

【校记】

〔一〕此标题许指岩本有“陆、赵迎石氏入施南”、“满官诡计败”、“召父老商善后之策”三个小标题。

〔二〕二十日：经纬本、会文堂本、大华本、普天本作“四月二十日”。

〔三〕而城外旗鼓方张：许指岩本、钱书侯本、经纬本、会文堂本、大华本、普天本在这句之后，有“兵士密布”四字，底本无。

〔四〕今设阱陷害：许指岩本、钱书侯本、经纬本、会文堂本、大华本作“今乃设阱陷害”，多一“乃”字。

〔五〕此乃我王洪福：许指岩本、钱书侯本、经纬本、会文堂本作“此实我王洪福”。

【注释】

① 骑：这里指骑马。

② 滋：生出，长。

③ 嗣：接着，接续。

④ 支离：散乱没有条理。闪烁：稍微露出一点想法，但不肯说明。

⑤ 备：防备。

⑥ 洗尘：指设宴欢迎远道来的客人。是接待亲友的一种礼仪。

⑦ 密函：密信。

⑧ 旋：不久。托：借口。

⑨ 方张：这里指开始准备开战之意。

⑩ 荷枪：持枪。

⑪ 设阱：设置陷阱，设置圈套。

⑫ 发矢：放箭。

⑬ 突攻：突然发起进攻。

⑭ 炊许：做一顿饭的时间，大概是半个时辰。

⑮ 寻：不一会儿。伪败：假装失败。

⑯ 引退：退兵。

⑰ 设奇：设置奇计。

⑱ 弄巧反拙：本想要弄聪明，结果做了蠢事。

⑲ 谦逊：谦虚，不浮夸，为人低调，不自满。

⑳ 谀言：阿谀奉承之词。

㉑ 殷盛：繁荣昌盛。

㉒ 料理：这里指处理政务。

㉓ 条教：法规，教令。

一五二、进窥川南〔一〕

二十一日〔二〕，郡中父老于巳刻渐集①，予乃语以经过之历史，及地方防卫整顿之方②，父老咸感激流涕，相见恨晚。因道魔官魏某之贪鄙③，引狼入室，几④酿巨祸，非大帅至此，予辈将深陷水火⑤中矣。又言："向不知太平天国之仁政如此，予等断不愿沦胥⑥异族，今而后请惟命是从。"予命各赐以酒食，令各筹安顿闾阎⑦之计，切勿妄动浮言，父老唯唯。既而彼等醵⑧千金献予犒师〔三〕，予以衅⑨阵亡者家属，及给劳苦养伤者之费。诸军分驻各门，与民间秋毫无犯。此地四面多山[四]，物产硗瘠[10]，惟为川鄂交通之要道，川中米盐药材等，轮[11]入湘桂[五]，必由此道，稍稍因之沾润[六][12]。客商云集，其北三十里有五龙关，即青龙山脉绵延之谷口，出关北渡江为蜀之万县，西南达石硅厅，形势利便。予蓄怀此念已久[七]，今如愿以偿，蜀疆[13]在望，喜何如之。予因决议先派戚朝栋、杨绍东、黄盖忠、赵如龙四人，率兵至石硅厅等土司处接洽，令为乡导，招定[14]川南。然后由西陲[15]东向，而抚成都之背，扼巴渝之吭[16]，全蜀不难定[17]也。众向惟予马首是瞻[八][18]，即亦不生异议。定明日四人分道出发，期十五日至一月归报，然后西征[19]。

【校记】

〔一〕此标题许指岩本有“父老感戴仁政”、“施南风土人情”、“五龙关为入蜀之要隘”、“联合石硅等进规川南”四个小标题。

〔二〕二十一日：经纬本、会文堂本、大华本、普天本作“四月二十一日”。

〔三〕既而彼等醵千金献予犒师：普天本作“既而彼等献千金献予犒师”。

〔四〕此地四面多山：许指岩本、钱书侯本、经纬本、普天本作“施地四面多山”。

〔五〕轮入湘桂：许指岩本、钱书侯本、经纬本、会文堂本作“输入湘桂”，当是。

〔六〕稍稍因之沾润：经纬本、会文堂本、大华本、普天本作“稍稍因人沾润”。

〔七〕予蓄怀此念已久：许指岩本、钱书侯本、经纬本作“予怀蓄此念已久”。

〔八〕众向惟予马首是瞻：经纬本、会文堂本作“众惟向予马首是瞻”。

【注释】

① 渐集:逐渐聚集。

② 方:方法。

③ 道:告诉。贪鄙:贪婪卑鄙。

④ 几:几乎。

⑤ 水火:比喻灾难、艰险。

⑥ 沦胥:是指相率牵连,泛指沦陷、沦丧。

⑦ 闾阎:平民居住地,借指民间。

⑧ 醵:凑;聚集(钱)。

⑨ 衅:杀牲以祭。这里指祭奠阵亡者。

⑩ 硗瘠:土地瘠薄。

⑪ 轮:这里指运输。

⑫ 沾润:浸湿,滋润。这里比喻受益。

⑬ 蜀疆:四川的边界。

⑭ 招定:招抚安定。

⑮ 西陲:西部边界。

⑯ 扼:扼守。吭:喉咙。

⑰ 定:这里指占据。

⑱ 马首是瞻:原指作战时士卒看主将的马头行事,后比喻服从指挥或依附某人。

⑲ 西征:这里指向四川进军。

一五三、 分骑四出〔一〕

二十二日〔二〕,晨起,予为四使者饯行,挈四姑娘等策马出北门,四使者已整装①严阵,鹄候驿亭皇华馆②外。予与陆起蛰先注酒③酹赵如龙,次黄盖忠,次杨绍东,次戚朝栋,各示以机宜数语。又设誓相约。饮啖既罢,乃定如龙向万县〔三〕,黄盖忠向石砫,杨绍东向黔江西阳[④]，戚朝栋向涪陵南川[⑤]，各以兵三百人为卫[⑥]，宣明宗旨，游说结纳，而绝不开衅挑战。有野人[⑦]相犯，退屯自卫，晓以利害，即万不得已而战，亦限于自卫而止，不贪其土地财货。且首先赞助[⑧]者，则与以特别利权，以为招徕[⑨]地步，四人皆领命而去，予辈同袍同泽[⑩]，会甫数日，即遽分离，人生聚散无常，洵足感慨系之。晚倾尊自酌，借浇块垒，颓然而卧，不知东方之既白[⑪]。

【校记】

〔一〕此标题许指岩本有“为戚、杨、董、赵四人饯行”、“石氏对待土司之德义”两个小标题。

〔二〕二十二日：经纬本、会文堂本、大华本、普天本作“四月二十二日”。

〔三〕乃定如龙向万县：普天本作“乃定赵如龙向万县”，多一“赵”字。

【注释】

① 整装：这里指准备好行装。

② 鹄候：像鹄一样等候。取义为直立等候；恭候。鹄，即天鹅，其站立时直立翘首。驿亭：驿站，供行旅止息的处所。皇华馆：对宾馆的美称。皇华，为称颂使臣之词。语出《诗经·小雅·皇皇者华》，意谓君遣使臣，以礼乐相送，表明远而有光华。

③ 注酒：把酒壶里的酒倒在酒杯里。

④ 酉阳：地名，位于重庆市东南部，地处武陵山区腹地，是出渝达鄂、湘、黔的重要门户。

⑤ 南川：地名，位于重庆市南部，地处渝、黔交汇点。

⑥ 卫：护卫。

⑦ 野人：这里指当地少数民族武装。

⑧ 赞助：这里指首先与太平军合作，给予太平军帮助的人。

⑨ 招徕：这里指招来安抚当地少数民族首领。

⑩ 同袍同泽:原形容士兵互相友爱,同仇敌忾。这里比喻共事的关系(多指军人)。袍,长衣服的通称;泽,内衣。

⑪ 白:这里指天亮。

一五四、每日课程〔一〕

二十三日〔二〕,予居施郡,为屯粮①度夏计,以待四将之消息。因察视施②之地利,虽僻居③万山中,而有清江上源大沙河、小沙河等各支流之灌溉,颇可获桑麻之利④。惜土人蠢惰⑤,不知农山各业之方法〔三〕,惟种山薯、玉蜀黍⑥以图糊口耳。予因选得军中浙人⑦数名,又湘人⑧若干,令条陈⑨种桑植麻诸法,即日按法试行之。予亦自定课程,每晨起,周视⑩郊外一处,三四里或五七里不等,返署阅兵书数页。下午阅《齐民要术》⑪等农工专门书数页〔四〕,手写大字数纸⑫,傍晚阅操⑬半时〔五〕,灯下读诗文集,或自作小诗数首,及写日记一则。如是者以为常,用自振励⑭。

【校记】

〔一〕此标题许指岩本有"居施郡,为屯粮度夏计"、"施地宜兴农工实业"、"石氏自定课程"三个小标题。

〔二〕二十三日:经纬本、会文堂本、大华本、普天本作"四月二十三日"。

〔三〕不知农山各业之方法:许指岩本作"不知农工各业之方法",底本似误。

〔四〕等农工专门书数页:会文堂本作"等农工专门数页",少一"书"字。

〔五〕傍晚阅操半时:会文堂本作"阅操半时",无"傍晚"二字。

【注释】

① 屯粮:囤积粮食。

② 施:这里指施南地区。

③ 僻居:居住在偏僻之地。

④ 桑麻之利:这里指种植桑麻带来的利益。

⑤ 蠢惰:愚蠢而懒惰。

⑥ 玉蜀黍:中药名,具有开胃、利尿消肿之功效,常用于食欲不振等疾病的治疗。

⑦ 浙人:浙江人。因浙江人长于养蚕,故石达开让他们教当地人养蚕。

⑧ 湘人:湖南人。因湖南人善于种植桑麻,石达开让他们教当地人种植。

⑨ 条陈:分条陈述。

⑩ 周视:指巡视。

⑪《齐民要术》:北魏农学家贾思勰所著的一部综合性农书,是世界农学史上最早的专著之一,也是中国现存最早的一部完整的农书。

⑫ 数纸:这里指数张纸。

⑬ 阅操:检阅军事操练。

⑭ 振励:奋勉;振作。

一五五、 水泽肥沃〔一〕

二十四日〔二〕,予晨七时即策骑行城北隅①,适当大沙河与蒲浮溪②会合而入流清江之处,水泽肥沃,筑圩③设闸〔三〕,可得有数百顷。土人不知,但收蒲苇④之利而已。且有鱼鸟而不知猎取,有才干而不知制作〔四〕,坐弃地利⑤,甚为惋惜。因思先用兵农法⑥,于此间着手,以佃以渔⑦,以耕以耨⑧。乡导谓予曰:“泽中多毒蛇,又时有匪徒恶人出没其间，故无人过问。”予笑应之曰：“看孤家[⑨]手段如何？不出三月，富利之效已可睹矣！”归与陶记室计划分兵屯垦[⑩]法，颇有把握〔五〕。

【校记】

〔一〕此标题许指岩本作“城北筑圩设闸之布置”。

〔二〕二十四日：经纬本、会文堂本、大华本、普天本作“四月二十四日”。

〔三〕筑圩设闸：普天本作“筑圩闸”，少一“设”字。

〔四〕有才干而不知制作：许指岩本、钱书侯本、经纬本、会文堂本、大华本、普天本“有材干而不知制作”。

〔五〕颇有把握：许指岩本、钱书侯本、经纬本、会文堂本、大华本、普天本作“有把握”，少一“颇”字。

【注释】

① 隅：墙角。

② 大沙河、蒲浮溪：均为河流名，在重庆境内。

③ 圩：防水护田的堤岸。

④ 蒲苇：蒲草与芦苇。

⑤ 坐弃地利：这里指当地有非常好的自然条件，却不会利用，白白浪费了资源。

⑥ 兵农法：即兵农之法，战时为兵，闲时为农，这样可以耕战结合，两方面兼顾。

⑦ 佃：种田。渔：打鱼。

⑧ 耕：耕地。耨：除草。

⑨ 孤家：这里是石达开的自称。

⑩ 屯垦：驻扎下来开垦田地。

一五六、郡北工程〔一〕

二十五日〔二〕，予又往郡北，一方面令军士先运石灰干土备用，一方面则饬各军人用长矛铦钩斩刈荒秽①，杀蛇诛蝎，使不得逞。萑苇②倒入水中，倾石灰使朽腐，上覆干土，先后浅渚③为之。一面又设渔猎队，得水鸟野兔多甚，肥鲜可充庖厨〔三〕④。鱼类亦甚繁，有一种似武昌丙穴嘉鱼⑤而大者，味甚美，惜不能转运他方，以获厚利。然土人之口腹，亦蒙⑥其福矣。遂派定屯垦军为四队，一开辟⑦，二填筑⑧，三耘耨⑨，四渔猎⑩。而渔猎又各自分三支队，一取鱼，二捕鸟，三围兽。军士皆精神勃勃，兴趣充分，似较之焚杀掳抢⑪为胜也。

【校记】

〔一〕此标题许指岩本有“郡北工程”、“屯垦军分四队”两个小标题。

〔二〕二十五日：经纬本、会文堂本、大华本、普天本作“四月二十五日”。

〔三〕肥鲜可充庖厨：许指岩本、大华本在此句之后，有“又伐蛟取鼍，登龟取鼋”之句；钱书侯本、经纬本、会文堂本、普天本作“又伐蛇取鼍，登龟取鼋”。

【注释】

① 饬：整顿。铦钩：锋利的钓钩。斩刈：砍伐。荒秽：荒芜。

② 萑苇：两种芦类植物。蒹长成后为萑，葭长成后为苇。语出《诗经·豳风·七月》：“七月流火，八月萑苇。”这里用如动词，表示“收割萑苇”之意。

③ 渚：水中小块陆地。

④ 庖厨：厨房；引申为肴馔。

⑤ 丙穴嘉鱼：一种洞穴与河流相通、群鱼生存其间的现象被古

人誉为“丙穴嘉鱼”。

⑥ 蒙:受到。

⑦ 开辟:这里指开垦土地。

⑧ 填筑:这里是指在河边填土筑堤,扩大农田面积。

⑨ 耘耨:耕耘。耕,耕地;耨,除草。

⑩ 渔猎:捕鱼打猎。

⑪ 焚杀掳抢:这里指在战争中出现的野蛮行为。

一五七、风景清淑,有似江南〔一〕

二十六日〔二〕,改往城东隅,则蒲浮溪回抱处,风景清淑①,有似江南。予拟辟②为果园,兼莳③花木,与陶记室等相度④规画久之,施地向产桃梅榛栗⑤,茭芦⑥菱藕。然人工不修⑦,往往听其自生自落,种⑧遂不佳。予亦拟选浙赣湘人,研究树艺⑨,使之繁植佳良。又清江纳众溪灌注⑩,夏秋必暴涨,颇伤禾稼⑪。冬夏则涸竭⑫无润,又苦燥烈⑬。予意先从宣泄⑭之法下手,建筑堤闸,以尽水利。俗称“天无三日晴,地无三尺高”,盖指四季多雨,及地近沮洳⑮,气候卑湿,山峦郁蒸⑯之气,又易化雨⑰之故。予计先从近郊起始,改填浅渚〔三〕,建筑圩岸。他年⑱或能改变气候,未可知也。

【校记】

〔一〕此标题许指岩本有“城东辟果园”、“宣泄水利”两个小标题。

〔二〕二十六日:经纬本、会文堂本、大华本、普天本作“四月二十六日”。

〔三〕改填浅渚:普天本作“改填江渚”;会文堂本作“改填沟渚”。

【注释】

① 清淑:清美,秀美。

② 辟:开辟。

③ 莳:栽种。

④ 相度:观察估量。

⑤ 榛栗:榛子和板栗。

⑥ 芰芦:菱角和芦苇。

⑦ 人工不修:这里指不能进行栽培种植。

⑧ 种:这里指品种。

⑨ 树艺:种植栽培树木的技艺。

⑩ 灌注:这里指水流汇集。

⑪ 禾稼:谷类作物的统称。

⑫ 涸竭:干涸枯竭。

⑬ 燥烈:燥热猛烈。

⑭ 宣泄:使积水流出去。

⑮ 沮洳:低湿之地。

⑯ 郁蒸:湿度大,气温高。

⑰ 化雨:这里指形成降雨。

⑱ 他年:将来的某一年或某个时候;将来,以后。

一五八、伐木开山〔一〕

二十七日〔二〕,轮视南郊,地较东北稍高,有山坡绕[①]之,宜植木材竹箭[②]。因命一队伐木开山[③],并渔猎队分班从之。部署既定,归帐与四姑娘详谈。四姑娘因言:“山中物产,但知取而不加工作[④],则非积存朽腐,或致不适于用。今宜兼设兵工[⑤]处所,竹木可以制器,皮毛可以织衣,薪炭[⑥]可以烹煮,下至土石,无不可以人力改变之,使为我用。”予大然[⑦]其说,乃与陶记室等商定办法,拟先选聪颖巧慧[⑧]之兵士百人,于城中敦聘[⑨]外来各工十人为教师,暂设木工、石工、织工[⑩]三部,拨饷项若干作经常[⑪]费用。又郡中土民有愿来学者,亦可附设一班，以百人为额[12]。是晚，手订章程，与陶记室再三商榷始定，拟明日宣告缙绅[13]父老，以便合力实行。

【校记】

〔一〕此标题许指岩本有“城南伐木开山，宜植竹木”、“宝英议设兵工处所”两个小标题。

〔二〕二十七日：经纬本、会文堂本、大华本、普天本作“四月二十七日”。

【注释】

① 绕：环绕。

② 竹箭：即篠。细竹。

③ 开山：开垦荒山。指在一定时期开放已封的山地，可进行放牧、采伐等活动。

④ 加工作：这里指对农作物的深加工。

⑤ 兵工：这里指与军事、战争有关的工作。

⑥ 薪炭：伐薪烧炭。

⑦ 大然：非常赞同。

⑧ 巧慧：灵巧聪慧。

⑨ 敦聘：恭敬地聘请。

⑩ 织工：纺织工人。

⑪ 经常：这里是指日常。

⑫ 额：限额。

⑬ 缙绅：旧时官宦的装束，转用为官宦的代称。缙，插。绅，束在衣服外面的大带子。

一五九、设闸蓄水〔一〕

二十八日〔二〕，折至西郊，大沙河自上源来，至此三折[1]，地势与北郊略同〔三〕，夏秋泛滥尤甚。因拟辟为潴泽[②]，设闸以蓄水。旱则放，涝则闭[③]。则东南各村宇[④]，可不病[⑤]水旱矣。既归，即使士兵分为二队往视。一开濬[⑥]，二填筑。闸口工程浩大，幸予麾下夙勤敏[⑦]，又服从命令，故不致有阻挠，然亦非一时可观厥成[⑧]也。午后，与邑人父老谈兵工厂事，邑绅似以设学校、助文化为当务之急[⑨]，其意以施南风气闭塞，科名寥落[⑩]，得贤有司[⑪]提倡之，地方福也。予谓："议固未尝[⑫]不是，但夫子不云乎：既庶而富，既富而教[⑬]。今施南受地势沮洳[⑭]之累，又经兵燹，生计萧条，即施教亦谁能容受[⑮]？自当亟为设法，以人力改变地产[⑯]，减除疾苦，增加物产，养生[⑰]之事，日以大备[⑱]，民知有室家、长子孙[⑲]之乐，然后及庠序[⑳]学校，自易为功[㉑]。否则徒骛[㉒]虚名，毫无实益[㉓]，即使多得科名，受虏廷[㉔]爵禄，于地方人民，果奚益[㉕]哉？"父老闻言，亦似觉悟，欣然领命而退。

【校记】

〔一〕此标题许指岩本有"城西开闸蓄水"、"闸口工程浩大"、"郡中父老犹拘科举成见"、"石氏富国伟论"四个小标题。

〔二〕二十八日：经纬本、会文堂本、大华本、普天本作"四月二十八日"。

〔三〕地势与北郊略同：许指岩本、钱书侯本、经纬本、会文堂、大华本、普天本作"地味与北郊略同"。

【注释】

① 三折：这里指转了三个弯。

② 潴泽：水停积聚集的地方。

③ 闭：这里指关闭水闸。

④ 村宇：村舍。

⑤ 病：损害，祸害。

⑥ 开濬：开通水道。

⑦ 夙：一直。勤敏：勤快敏捷。

⑧ 厥成：其成、乃成。

⑨ 邑绅：乡间绅士。当务之急：当前急切应办的要事。

⑩ 科名：科举的名次。寥落：稀少。

⑪ 贤：对石达开的尊称。有司：指主管某部门的官吏；泛指官吏。

⑫ 未尝：加在否定词前面，构成双重否定，意思跟“不是（不、没）”相同，但口气比较委婉。

⑬ 既庶而富，既富而教：出自《论语·子路》：“子曰：‘庶矣哉！’冉有曰：‘既庶矣，又何加焉？’曰：‘富之。’曰：‘既富矣，又何加焉？’曰：‘教之。’”庶：众多。教：教育，教养。

⑭ 沮洳：腐烂植物埋在地下而形成的泥沼。

⑮ 容受：容纳接受。

⑯ 地产：这里指土地的亩产量。

⑰ 养生：维持生计。

⑱ 大备：一切具备，完备。

⑲ 长子孙：使子孙成长。

⑳ 庠序：古代地方的学校，后也泛称学校或教育事业。

㉑ 易：容易。功：成功。

㉒ 骛：追求。

㉓ 实益：实际的效果。

㉔ 虏廷：指清廷。

㉕ 果：果然，确实。奚：什么。益：好处。

一六〇、获二巨蛇〔一〕

二十九日〔二〕，予往察北部沮洳工程，见诸兵获巨蛇二，黄质黑章①，粗逾人股②，长且丈余，吐毒雾使兵士眩晕③者三人。予出所藏雄精化毒丹④，外敷内服⑤，半日乃苏⑥。蛇已为枪刃所毙〔三〕⑦，土人言可治疯湿拘挛[四][8]，乃命腊其肉[9]而存之。陶记室云："君如周处[10]，三害已除其一，自此沮洳中可化为坦途。"予四顾山泽绵亘[11]，叹曰："区区之程，不及铢寸[12]，彼中皆龙蛇窟宅处也，安得尽开辟乎？予不过治一时之标[13]而已，若数载失修，蒙茸[14]复障，则巨蛇恶蜇[15]，又相偪[16]而来矣，不知我去后有能继志者否？"陶记室曰："王如在川建节[17]，此间威力所及，当无不可保存丰沛[18]遗迹，何虑为？"予曰："世间事正未可知，或数年后又为魔官所蹂躏[19]耳，相与喟然[20]。"

【校记】

〔一〕此标题许指岩本有"城北沮洳工程进行"、"获巨蛇二"两个小标题。

〔二〕二十九日：经纬本、会文堂本、大华本、普天本作"四月二十九日"。

〔三〕蛇已为枪刃所毙：会文堂本作"蛇已为枪刀所毙"。

〔四〕土人言可治疯湿拘挛：经纬本作"士人言可治疯湿拘挛"。

【注释】

① 黄质黑章：（蛇）黄色的身子黑色的花纹。质，质地、底子。章，花纹。

② 股：大腿。

③ 眩晕：眩指头昏眼花，晕指头旋。

④ 雄精化毒丹：一种可解蛇毒的药。

⑤ 外敷：把药涂敷在体表病变处。内服：把药吃下去。

⑥ 苏：苏醒，死而复生。

⑦ 毙：击毙，打死。

⑧ 疯湿：即风湿。

⑨ 腊其肉：把蛇肉腌制后再经过烘烤。

⑩ 周处：字子隐，三国时吴郡阳羡（今江苏宜兴）人。周处少时纵情肆欲，为祸乡里，与南山猛虎、长河蛟龙并称为"三害"。后来浪

子回头,改过自新,遂成为忠臣孝子。这里所说的"三害除其一",是指斩杀了巨蛇如同周处除掉了蛟龙一样。

⑪ 绵亘:这里指连绵起伏。

⑫ 铢寸:一铢一寸。比喻微小。

⑬ 标:树木的末端,引申为表面的,非根本的。

⑭ 蒙茸:蓬松;杂乱的样子。

⑮ 鳖:古书上说的一种水生动物。

⑯ 偪:通"逼",靠近。

⑰ 建节:执持符节。古代使臣受命,必建节以为凭信。

⑱ 丰沛:汉高祖刘邦,沛县丰邑人,因以丰沛称高祖故乡。这里借指帝王故乡。

⑲ 蹂躏:这里指破坏。

⑳ 喟然:形容叹气的样子。

一六一、炼制炸药〔一〕

五月初一日,予卯饮蒲觞[①],诸兵弁皆走贺[②],予各赐一卮[③],云:"祛毒[④]也。"旋往南郊视察,有探地[⑤]一兵,云为虎所伤,今方谋设阱[⑥]捕虎。予诘其详,则南山有一峰如屏障[⑦],中开岩穴[⑧],恶木阴雾[⑨],虎狼据之。故当夏日草木茂时,往往南门不启[⑩]。予谓:"此捕一二毒虫无益,为正本清源[⑪]计,宜毁其窟穴,扫穴犁庭[⑫],方为一劳永逸。然则用猛烈之火炸药,以轰破其峰可乎〔二〕。"军中有湘人王某,能装[⑬]火药〔三〕,即与商榷,令购置硝磺等各引火材料,试制之。王某言:"制炸药甚易,但用木炭硝石多量[⑭],即可造成。"予大喜,特辟一静室[⑮],令其炼制,药成告我可也。

【校记】

〔一〕此标题许指岩本有"南郊捕虎"、"湘人王某能制炸药"两个小标题。

〔二〕以轰破其峰可乎:普天本作“以轰破其屯可乎”。

〔三〕能装火药:许指岩本作“能制火药”。

【注释】

① 卯饮:早晨饮酒。蒲觞:原指在端午喝菖蒲酒以去除瘟疫。后为端午节的代称。

② 走贺:跑来祝贺。

③ 卮:古代盛酒的器皿。

④ 祛毒:去毒。祛,除去,驱逐。

⑤ 探地:这里指去侦察的人。

⑥ 阱:捕野兽用的陷坑。

⑦ 屏障:这里指像屏风一样的东西。

⑧ 中开岩穴:山的中间开着一个洞穴。

⑨ 恶木:贱劣的树。阴雾:这里指长久不散的雾。

⑩ 启:开启。

⑪ 正本清源:从根本上整顿,从源头上清理。比喻彻底解决问题。

⑫ 扫穴犁庭:犁平敌人的大本营,扫荡他的巢穴。比喻彻底摧毁敌方。语出《汉书·匈奴传下》。庭,龙庭,古代匈奴祭祀天神的地方,指匈奴的军政中心。

⑬ 装:这里指制造。

⑭ 多量:即数量多。

⑮ 静室:安静的房间。

一六二、东郊视工〔一〕

初二日〔二〕,予过东郊视工,剔除榛莽①,敷设②土台,此间较易。盖濒溪本有土人村落及果园,予为整理其颓废③者,而拓斥④其未治者,数日间已耳目一新⑤,惟种植培壅⑥,尚需时日耳。又向于江中泛筏[7]以渡，予来时之旧筏，尚有在此济人[8]者。予因江之东岸有镇曰东通，为荆州从长阳入山之孔道，行旅颇多，跋涉匪[9]便，不如筑一大桥，借[10]通车马。且此间石材甚多，苟施以工程，何惮[11]不为？乃相度[12]作图，以授军弁，令即日经营始事[13]。桥成，两岸植柳，他日游观[14]盛事，何减[15]江南都会？予理想中之太平景象，不禁跃跃[16]目前，人疑予将以此为丰沛矣。

【校记】

〔一〕此标题许指岩本有“东郊视工”、“东通筑大桥”两个小标题。

〔二〕初二日：经纬本、会文堂本、大华本、普天本作“五月初二日”。

【注释】

① 榛莽：丛生的草木。

② 敷设：铺设。

③ 颓废：这里指荒废。

④ 拓斥：开拓。

⑤ 耳目一新：听到的、看到的跟以前完全不同，令人感觉到很新鲜。形容事物的面貌有了显著的变化。

⑥ 培壅：于植物根部堆土以保护其根系，促其生长。

⑦ 泛筏：乘坐竹筏。

⑧ 济人：帮助人。

⑨ 匪：假借为“非”，表示否定。

⑩ 借：凭借。

⑪ 惮：害怕。

⑫ 相度：观察估量。

⑬ 始事：开始做事。

⑭ 游观：旅游观光。

⑮ 减:降低;衰退。

⑯ 跃跃:形象生动,活现眼前。

一六三、四姑娘产女〔一〕

初三日〔二〕,予至北郊,近城处芦苇已尽除[①],河流荡漾,眼界豁然[②]。筑堤丁丁[③]之声,与邪许[④]声相应答,顾而乐之。予乃于女墙上设胡床踞坐[⑤],观览工作,诸兵士甚勤且速[⑥],半日间已筑成石堤数丈。诸土民争来饷予以酒食,情如家人父子,予感其诚为之醉饱[⑦]。午后,忽阴云微雨,犹张盖兀坐[⑧]不去,忽侍者报四姑娘免身[⑨],已临蓐[⑩]矣!予始归视,举[⑪]一女,幸平安无恙。

【校记】

〔一〕此标题许指岩本有"北郊视工"、"宝英产女"两个小标题;钱书侯本作"宝英产女"。

〔二〕初三日:经纬本、会文堂本、大华本、普天本作"五月初三日"。

【注释】

① 尽除:这里指清除干净。

② 豁然:开阔的样子。

③ 丁丁:这里指筑堤时工具敲打时发出的声音。

④ 邪许:这里指劳动时众人一齐用力发出的呼声,即号子声。

⑤ 女墙:建在城墙顶部内外沿上的薄型挡墙。其与大城相比,极为卑小,故称女墙。踞坐:坐时两脚底和臀部着地,两膝上耸。

⑥ 速:这里指干活的速度快。

⑦ 醉饱:这里指酒足饭饱之意。

⑧ 兀坐:指危坐,端坐。

⑨ 免身:分娩;生育。

⑩ 临蓐：临产。

⑪ 举：生（孩子）。

一六四、静待炸药制造〔一〕

初四日〔二〕，予过南郊，访王某制炸药成否？王言："尚须[①]三日，便可一试。若大举轰裂[②]，须俟半月后。盖一人所制，料量有限，若假[③]人手，此危险物，又恐肇祸[④]，请王稍安毋躁[⑤]。"予颔之。

【校记】

〔一〕此标题许指岩本中无标题；钱书侯本作"予颔置之"。

〔二〕初四日：经纬本、会文堂本、大华本、普天本作"五月初四日"。

【注释】

① 尚须：还需要。

② 轰裂：这里指炸药的威力。

③ 假：凭借。

④ 肇祸：闯祸；制造祸端。

⑤ 稍安毋躁：暂且耐心等待一下，不要急躁。

一六五、诸将皆会，置酒结欢〔一〕

初五日〔二〕，是日系端午令节[①]，又系四姑娘产女之汤饼良辰[②]，诸将皆会，置酒结欢。予今乃得一孙女矣！作诗一首示马生。午后，赵如龙来报："与满军大战于万县城下，急攻不能得手[③]，惟磨刀溪[④]畔诸土司，颇有肯负橐[⑤]以从者，今因徒伤师旅无益，已拟退驻酆都[⑥]。因酆都空虚，满官无力支持，业已入袭而有之，与石砫仅一江之隔，探闻黄君[⑦]方与接洽，俟得要领[⑧]，即当合师[⑨]西行，与各土司联络矣！请示机宜，幸勿廑念⑩。”云云。予即复书，令其：“专力注意石砫西南各土司，不必斤斤⑪于有土有财〔三〕。但以假道联交为事⑫，万县一役，绝不必介意。”

【校记】

〔一〕此标题许指岩本有“赵如龙报告万县之败”、“谕赵如龙假道联交”两个小标题；钱书倓本无标题。

〔二〕初五日：经纬本、会文堂本、大华本、普天本作“五月初五日”。

〔三〕不必斤斤于有土有财：普天本作“不必斤斤于有土财”，少一“有”字。

【注释】

① 令节：佳节。

② 汤饼：即面片汤。良辰：美好的日子。

③ 得手：这里指取得成功。

④ 磨刀溪：河流名，发源于石砫县东部，属于长江上游右岸水系，是长江的一级支流。

⑤ 负橐：背负口袋。橐，口袋。

⑥ 酆都：即丰都，地名，位于长江上游、重庆市东部。

⑦ 黄君：即黄盖中。

⑧ 要领：要点，关键；主要内容；关键部位。

⑨ 合师：会师。

⑩ 廑念：殷切关注。

⑪ 斤斤：过分计较。

⑫ 假道：借道。联交：联络交往。为事：指办事；成事。

一六六、得黄盖忠书〔一〕

初六日〔二〕，晨起。得黄盖忠书，谓：“石砫土司秦氏，即明季女将秦良玉[①]之嫡胤，传世[②]不论子女，已垂[③]二百年。平素本不以服从满虏为然，闻太平天国起义，甚表同情。今蒙优待，愿介绍通聘[④]附近各土州土县，以资联络，方遣使进行。一得好音[⑤]，即可前进。"又闻赵君[⑥]万县不得手，退入酆都，不日即将来此云云。予复书嘱其："谨慎详察[⑦]，结[⑧]以信义，审[⑨]其虚实，一有把握，予即将亲率大军西行。"等语。是日雨甚，未往视工[⑩]，但闻新筑堤有为山水冲坍[⑪]者，不禁怃然[⑫]。因手谕多树水椿[⑬]，以防意外。此间水势湍急[⑭]，而兵工又多不谙土木手术[⑮]，致有此损失耳。

初七日〔三〕，予往北郊视堤工，幸所坍塌尚不甚多，山洪亦未大发。亟抢钉椿木，加工赶筑，尚无重大损失。约十日内蒲浮溪一带之堤工，均可告成，计延袤十六里有奇[⑯]，岸边均植柳槐，外则辟为平畴[⑰]，试种稻麦。据老农云："必饶沃[⑱]如江浙。"盖淤泥多肥土也〔四〕。一月后此间当顿改旧观矣！午后，王某言炸药已造成，明日当试验，请临观焉。予闻之，喜而不寐。

【校记】

〔一〕此标题许指岩本有"得黄盖忠书，知石砫土司秦氏历史"、"堤工为雨损坏"、"北郊堤工之计划"三个小标题；许指岩本的标题作"土司历史"。

〔二〕初六日：经纬本、会文堂本、大华本、普天本作"五月初六日"。

〔三〕初七日：经纬本、会文堂本、大华本、普天本作"五月初七日"。

〔四〕盖淤泥多肥土也：钱书侯本作"盖于泥多肥土也"。

【注释】

① 秦良玉(1574—1648)：字贞素，四川忠州(今重庆忠县)人，抗清名将。官至明光禄大夫、忠贞侯等。秦良玉自幼从父习文练武，一生戎马，足迹遍及长城内外、大江南北，是中国历史上唯一单

独载入正史的巾帼英雄,也是唯一凭战功封侯的女将军。

② 传世:这里指传承爵位。

③ 垂:将近。

④ 通聘:互相遣使交好。

⑤ 好音:好消息。

⑥ 赵君:赵如龙。

⑦ 详察:详细考察。

⑧ 结:结交。

⑨ 审:审察。

⑩ 视工:这里指到工地巡视。

⑪ 坍:指水冲岸塌;引申为倒塌。

⑫ 怃然:怅然失意的样子。

⑬ 椿:臭椿。

⑭ 湍急:水流急速。

⑮ 土木手术:这里指有关土木建筑的技术。

⑯ 延袤:扩大长度。袤,泛指长度。奇:余数,零头。

⑰ 平畴:指平坦的田地。

⑱ 饶沃:肥沃。

一六七、炸药开山〔一〕

初八日〔二〕,予晨餐后即往南郊,王某已先在,乃将炸药置放妥帖①。予登陴②遥望,初闻声殷殷③然,继而隆隆④然,已睹浓烟四冒。忽霹雳⑤一声,天崩地裂⑥,声闻数里外〔三〕。则山峰一小部分,已纷然⑦下坠。树木拔根飞舞,野兽狂奔乱掷⑧,不辨其为虎豹豺狼也。一树枝直打城楼,几掠予顶⑨。予夙负胆壮,虽尚兀立⑩,然已不免色变矣。少顷,出城详视,王某已狂驰⑪入村舍,山峦仅揭去⑫一片,尚未及五分之一也。予知此仅为试验〔四〕,然轰力⑬已不弱〔五〕,火攻诚可畏哉！予乃悟地震及火山爆裂，殆必有此等物质，为之作用，特非人力之所能操纵耳。少顷，闻声来观者，络绎于涂[14]。四姑娘等亦驰至，指点骇诧[15]，王某言："此特最小之炸力耳，半月后尚当用大炸力，去其全部分[16]，可令此间变为坦途，直通后山，而猛兽毒蛇之窟，一旦扫除尽净矣！"

【校记】

〔一〕此标题许指岩本有"王某炸药开山"、"炸药之作用"两个小标题；钱书侯本无标题。

〔二〕初八日：经纬本、会文堂本、大华本、普天本作"五月初八日"。

〔三〕声闻数里外：会文堂本作"所闻数里外"。

〔四〕予知此仅为试验：普天本作"予知仅为试验"，少一"此"字。

〔五〕然轰力已不弱：会文堂本、普天本、大华本作"然炸力已不弱"。

【注释】

① 妥帖：恰当，十分合适。

② 陴：从属的土墙。

③ 殷殷：象声词，低沉的声音。

④ 隆隆：拟声词，沉重的震动声。

⑤ 霹雳：又急又响的雷。

⑥ 天崩地裂：形容声响强烈或变化巨大，像天塌下、地裂开一样。

⑦ 纷然：杂乱的样子。

⑧ 狂奔乱掷：这里是指野兽受到惊吓后，胡乱奔跑的样子。

⑨ 掠：掠过。顶：头顶。

⑩ 兀立：直立。

⑪ 狂驰：飞奔，疾驰。

⑫ 揭去：这里指被炸掉。

⑬ 轰力：爆炸力。

⑭ 络绎于涂：形容人、马、车、船等连续往来途中不断。涂，通“途”，道路。

⑮ 骇诧：惊异。

⑯ 去：这里指炸掉。全部分：这里指炸掉整个山头。

一六八、西郊开濬〔一〕

初九日〔二〕，予往西郊督开濬湖荡。此间纯为受水不流①，将以三面众溪之水，全潴②于此间，设闸其口。闸有三级，旱则尽开其闸，使三面仰受潴水，涝则泄水入湖，尽闭其闸。欲有小量之水，则放闸一级，以是为出入多寡之准③。予与陶记室等作图为范④，以付工人，大约明日即可兴工⑤。既归午膳，方欲再往北郊，忽谍报：“有满兵大队入境，将与主公为决雌雄一战⑥之说。后探知即川督骆氏之所为，欲斩芟⑦吾辈以成功名，且忌吾据而有之也，特追击至此。”云云。予闻骆氏善用兵，宜格外注意，乃亟派兵迎敌。山径羊肠⑧，仅容单骑侧身，与平原旷野，可以作战者不同。予惟坚壁清野⑨，严取守势，彼亦无由飞渡⑩，或冒死进攻。予麾下有千余人，尚足御之⑪，但惜经营农工业，颇因此生波折⑫耳。（自五月初十以下残缺，至翌年正月初五日）

【校记】

〔一〕此标题许指岩本有“西郊开濬蓄水湖荡”、“满兵大队入境”两个小标题。

〔二〕初九日：经纬本、会文堂本、大华本、普天本作“五月初九日”。

【注释】

① 受水不流:这里指水能够流进来,但排不出去。

② 潴:水积聚的地方。

③ 准:标准,基准。

④ 范:范本。

⑤ 兴工:动工。

⑥ 雌雄一战:这里指一战决定胜负。

⑦ 斩芟:斩除。

⑧ 羊肠:这里指羊肠小道。比喻极为狭窄的道路。

⑨ 坚壁清野:对付强敌入侵的一种方法。使敌人既攻不下据点,又抢不到物资。壁,营垒。

⑩ 飞渡:指在上空越过,指很快地越过江河。

⑪ 御之:抵抗他们。

⑫ 波折:指事情进行中的曲折。

一六九、土司斗富〔一〕

初六日〔二〕(按:此系太平天国十年正月初六日;即同治元年正月初六日),予偕秦公亮(按:此系石砫土司之弟)等,及四姑娘、马生俱往娘娘庙[①]观剧。娘娘虽本系山神,然土人啧啧称即良玉死而灵[②]也〔三〕。庙貌颇壮丽,居大碛山顶,山为平岭,不甚高。甃石[③]成级,步武[④]分明。是日士女云集,香火甚盛〔四〕。予因欲一瞻[⑤]土司风俗,且闻有邻近土司之达官贵人,咸来礼拜[⑥]。秦君愿为介绍相见,故不得不一往也。土司公即委公亮为代表治[⑦]宾客,凡交邻[⑧]对外事悉属之。所置宾馆极华美,诸土司又互相斗富,行李焕然[⑨],侍卫姬妾如云,衣冠瑰彬[⑩],颇足览观。是日,秦君所一一傧相[⑪]而得见者,为乌江、彭水、黔江、紫岩、酉中、酉阳、藤峪、涪陵、蓉西[⑫]诸土司之知州县务或其代表。彼中例得男女同见,履舄一堂[⑬],予亦携四姑娘往焉。彼等皆骇为得未曾有，盖彼夙稔中土[14]无此风也，且疑四姑娘为“姬侍[15]”，予告以“父女”，皆交相致颂。则彼俗以爱其子女为人道应尔[16]，且谓教女有方[17]，渐谈及身世阅历，予因举满虏之贪官虐政[18]，痛陈其弊害以探之[19]。彼等果亦言受苛政[20]之累，致有愤形于色[21]者，语极投机。谈入深际〔五〕[22]，乃相见恨晚，始约明日集议于宾馆中。是时，剧始登场[23]，予实无心观玩〔六〕，特借是为酬应[24]联络计〔七〕，不得不虚与而委蛇之。及剧终，又登筵[25]畅饮，主宾尽欢而散，归寓已午夜矣。

【校记】

〔一〕此标题许指岩本有“新年在石砫出游、观剧”、“土司斗富”、“各土司交相致颂”三个小标题。

〔二〕初六日：经纬本、会文堂本、大华本、普天本作“正月初六日”。

〔三〕称即良玉死而灵也：会文堂本、大华本作“称即良玉死而为灵也”，多一“为”字。

〔四〕香火甚盛：大华本作“香火甚”，少一“盛”字。

〔五〕谈入深际：普天本作“谈入深处际”，多一“处”字。

〔六〕予实无心观玩：普天本作“予实实无心观玩”，多一“实”字。

〔七〕特借是为酬应联络计：钱书侯本、经纬本作“持借是为酬应联络计”。

【注释】

① 娘娘庙：这里指祭祀秦良玉的庙。

② 啧啧：叹词。表示赞叹、叹息、惊异等。灵：有灵。

③ 甃石：砌石；垒石为壁。

④ 步武：古时以六尺为步，半步为武。这里指不远的距离。

⑤ 瞻：观看，了解。

⑥ 礼拜：行礼叩拜。

⑦ 治：管理。

⑧ 交邻：这里指与土司的交往之事。

⑨ 焕然：形容有光彩。

⑩ 瑰彬：华丽大气。

⑪ 傧相：古时称替主人接引宾客和赞礼的人。

⑫ 乌江、彭水、黔江、紫岩、酉中、酉阳、藤峪、涪陵、蓉西：均为地名，为少数民族土司的领地。

⑬ 履舄一堂：鞋子放在一起。形容宾客很多。履舄，泛指鞋子。

⑭ 夙稔：一直熟悉。中土：中原地区。

⑮ 姬侍：侍妾。

⑯ 应尔：应该如此。

⑰ 有方：有道；得法。

⑱ 虐政：暴政。

⑲ 探之：这里指试探土司的态度。

⑳ 苛政：这里指清廷的暴政。累：拖累，连累。

㉑ 色：脸色。

㉒ 深际：深层次的问题。

㉓ 登场：这里指开始演出。

㉔ 酬应：应酬。

㉕ 登筵：这里指宴会开始。

一七〇、进大碛山〔一〕

初七日〔二〕，早得赵如龙书，已由娄山出桐梓[①]，诸土司亦愿出兵饷相助，兵势复振[②]。惜黄盖忠不及见耳，否则川南不难刻日定也。予遵昨约，亟驰往大碛山，为时尚早，周游宾馆四围山景，雄奇峻峭[③]，变化万状。曩[④]在桂林赏岩洞之奇，谓甲天下，但与是较，尚觉刻削[5]虽胜，而雄拔[6]不逮耳。日旁午，宾馆候人[7]始邀入舍，诸土司毕会[8]，秦大训亦在焉。(即石硅土司厅官)推大训为主席，议对付满官及出兵助天国事，或言[9]先取重庆，或言直指成都，最后涪陵土司阙某言："宜由泸溪[10]缘江上溯，至宁远。潜师[11]走万山中，直出深谷，则已在成都南门外〔三〕，此道昔年载予先祖从征方略中。清初某王[12]曾由云南出奇兵一枝窥蜀，不出十日而得手者也。"诸土司亦言是法较捷[13]，免为清军官所注目[14]，既得成都，抚慰自易。此所谓擒贼擒王[15]，不烦枝枝节节[16]而为者，骆氏虽用兵如神，此计亦未必防也。众皆一致赞成，予乃陈述赵如龙在黔边，戚朝栋、杨绍东在滇边金沙江畔，如会师宁远，可得二千人，皆精锐可用。诸土司喜甚，均言愿助军饷，予当即请示彼等报名额数，总计约得兵五千，饷支三月，并订[17]何日出发。诸土司商榷之下，须缓一月，始能设备完成，予颇不耐[18]，因赵、戚等已在黔滇之处，望大师如望岁[19]。予安得逍遥此间也？顾[20]诸土司持之甚坚，遂听之。是日，有七八分结果。

【校记】

〔一〕此标题许指岩本有"诸土司亦愿出兵饷相助"、"驰往大碛山"、"涪陵土司阙某言擒贼擒王"三个小标题。

〔二〕初七日：经纬本、会文堂本、大华本、普天本作"正月初七日"。

〔三〕则已在成都南门外：许指岩本、会文堂本作"则已在成都南门外矣"，多一"矣"字。

【注释】

① 娄山：山名，位于贵州省北部，为东北—西南走向，呈现向东南凸出的弧形。桐梓：贵州省遵义市辖县。位于贵州省北部，北与重庆市接壤，南接汇川区、仁怀市，西连习水县和重庆市綦江区，北抵重庆南川区、万盛区。

② 复振：再次得到振兴。

③ 峻峭:高耸,陡峭。形容山势高峻陡峭。

④ 曩:从前。

⑤ 刻削:形容山石棱角分明。

⑥ 雄拔:雄奇挺拔。

⑦ 候人:迎送宾客的官员。

⑧ 毕会:会议结束。

⑨ 或言:有人说。

⑩ 泸溪:地名,位于湖南省西部。

⑪ 潜师:秘密出兵。

⑫ 某王:这里指清初盘踞在云南的平西王吴三桂。

⑬ 捷:便捷。

⑭ 注目:这里指被清军发现后,进而遭到追剿。

⑮ 擒贼擒王:比喻先要抓首恶或主要的敌手。语出杜甫《前出塞》诗。

⑯ 枝枝节节:形容琐碎、不重要。

⑰ 订:商定。

⑱ 不耐:不耐烦。

⑲ 大师:这里指石达开的主力部队。望岁:盼望过年。

⑳ 顾:照管;注意。

一七一、 阅兵〔一〕

初八日〔二〕,予投覆函[1]于赵、戚等,告以会议情形。日中无事,于山下射堂[2]阅兵操,公亮与焉。

【校记】

〔一〕许指岩本无标题。

〔二〕初八日:经纬本、会文堂本、大华本、普天本作“正月初八日”。

【注释】

① 覆函:复信。

② 射堂:古时习射的场所。

一七二、谍报满军运饷助湘鄂〔一〕

初九日〔二〕,得谍者报:"有大宗饷银①,由重庆浮江②往助湘鄂。"忽心动曰:"彼可取③而有也。"乃托言赵如龙在合江④相待,予须一往,或者有所图谋⑤,未可知也。公亮意犹豫,谓:"君胡躁急⑥?待诸土司的实⑦消息来后,始行举动为便。"予力辩⑧:"不违前约,此系私交行动,与公议事项,绝无关系,幸勿见疑。"并请以四姑娘等为质⑨。公亮往告大训,大训谆谆以后约为言。予诺之。即日予率精锐死士二百余人,向涪陵假道西行,兼程前进,俱易服如商贾状⑩,刀械藏箧中,外间绝无人知觉,夜宿江边渔舍⑪中,满虏有遣人踪迹〔三〕⑫,俱不得要领而去,予伪⑬有疾。

【校记】

〔一〕此标题许指岩本作"拟截取重庆之大宗饷银";钱书侯本将"初九日"、"初十日"两篇日记合并在一起,题为"劫饷十六万两"。

〔二〕初九日:经纬本、会文堂本、大华本、普天本作"正月初九日"。

〔三〕满虏有遣人踪迹:许指岩本、钱书侯本、经纬本、会文堂本、普天本作"满虏有遣人踪迹者",多一"者"字。

【注释】

① 大宗:数量大。饷银:旧指军饷。

② 浮江:地名,位于重庆市。

③ 取:这里指截取、抢夺。

④ 合江:地名,位于重庆市。

⑤ 图谋：图财谋利。

⑥ 躁急：急躁。

⑦ 的实：确实。

⑧ 力辩：极力辩白。

⑨ 为质：作为人质。

⑩ 如商贾状：这里指伪装成商人的样子。

⑪ 渔舍：这里指渔夫居住的地方。

⑫ 遣人：派人。踪迹：这里指寻找可疑的线索。

⑬ 伪：假装。

一七三、获饷银十六万〔一〕

初十日〔二〕，清晨疾行，比午①，抵重庆对江之夹江镇②，立遣③机警者四五人，渡江入城探动静，知饷银犹存库中〔三〕，须至明日解发④。予伪足疾，卧木板上，命二人畀入城〔四〕，直谒某先生处就医，医家与库密迩⑤也，遂自库起。密布予党死士至江边，凡巷口城闉⑥要道，俱有五七人、十余人不等，库前则选力大者二十余人，专司负银⑦。至九时，库门启，银尽发，约半时，装置甫毕⑧。保镖者六人〔五〕，雁行⑨立道左，车且发，忽小礮訇然⑩，众擎齐举〔六〕，二十余人者，突挟银桶大步行，人各二桶，五十桶立尽。镖师急发矢⑪狂追，予与五健儿齐放连枝枪⑫，镖师死其一，余怯懦⑬不敢前。二十余人者，已以银桶授巷口之人，巷口之人又以授城闉⑭之人，过江疾驰矣。予等且战且退，有裨将率兵猛追，一面闭城大索⑮，不知予辈早已出城矣，无一漏落者。抵江边，予命以三十人殿后⑯路，予自渡江遄归⑰，检视库银，约十六万有奇。秦土司始悉⑱其情，公亮来贺，因谓："此次满官必不甘心，大军压境，公将何以教我？"予谓："赖⑲君兄弟之盛德，许庇宇下⑳，敢以是为累哉！今将以此财招生力军㉑万人，半为贵境防卫，半归鄙人挟以西征。满虏虽来，必无患也。"公亮颔之。后队三十人者亦归,知为满兵所伤者七人,死者一人,并言彼已探得攫行[22]寄此。明日,当有大军来报复也。予乃请于公亮,即夜以兵千人驻城外。

【校记】

〔一〕此标题许指岩本有“抵夹江镇”、“劫饷布置”、“检视库银约十六万有奇”、“招生力军万人”四个小标题。

〔二〕初十日:经纬本、会文堂本、大华本、普天本作“正月初十日”。

〔三〕知饷银犹存库中:普天本作“知饷犹存库中”,少一“银”字。

〔四〕命二人畀入城:普天本作“命二人畀以入城”,多一“以”字;许指岩本、钱书侯本、经纬本、大华本、会文堂本作“命二人舁以入城”,疑底本有误,此数本正确。

〔五〕保镖者六人:普天本作“保镖六人”,多一“者”字。

〔六〕众擎齐举:普天本作“众擎齐集”。

【注释】

① 比午:到了中午。比,及,等到。

② 夹江镇:地名,位于今乐山市。

③ 遣:派遣。

④ 解发:解押,发送。

⑤ 迩:近。

⑥ 城闉:城内重门。

⑦ 负银:背着银子。

⑧ 甫毕:刚刚完毕。

⑨ 雁行:排成像大雁飞行时的“人”字形。

⑩ 訇然:形容大声、惊叫声。

⑪ 发矢:像射出弓箭一样,比喻速度快。

⑫ 连枝枪:这里指可以打连发子弹的枪。

⑬ 怯懦:害怕。

⑭ 城间：这里指城中人口密集处。

⑮ 大索：大肆搜刮。

⑯ 殿后：部队运动时位于最后。

⑰ 遄归：快速回来。

⑱ 始悉：开始知道。

⑲ 赖：多亏，依赖。

⑳ 庇：庇护。宇下：比喻在他人庇覆之下或治下。

㉑ 生力军：指新投入作战的战斗力很强的队伍。

㉒ 攫行：抓取后拿走。

一七四、奏凯入城〔一〕

十一日〔二〕，予在石砫城外、石溪流入大江之口，背水而阵①，以候满虏来攻。午后，满兵来者约五六百人，利在速战，突前②猛击，予初不动，及兵刃已接③，乘锐④进攻，所当皆披靡⑤，满兵大溃，杀获三百余人。予奏凯⑥入城，料其不敢再至，盖满中主兵者，无一人非虚骄之气⑦也。予于是日始，设垒⑧在城外招兵，每兵加饷每月五金，土人苗族，咸奋勇争来投附⑨，即日已得千余人。又得赵如龙书，谓："在桐梓一带，与土司合纵⑩，渐有成效，频日⑪往来合江、桐梓间。"

【校记】

〔一〕此标题许指岩本有"背水阵击溃满兵"、"设垒城外招兵千余人"两个小标题。

〔二〕十一日：经纬本、会文堂本、大华本、普天本作"正月十一日"。

【注释】

① 背水而阵：把军队排列在水边，切断自己的后路，以表示决一死战的决心。

② 突前：突击进攻之前。

③ 兵刃已接：这里指开始了白刃战。

④ 锐：锐气。

⑤ 披靡：倒下去，这里指清军被打败。

⑥ 奏凯：高奏凯歌，这里指得胜归来。

⑦ 虚骄之气：虚妄骄傲之气。

⑧ 设坐：设置高台。

⑨ 投附：投奔依附。这里指参加石达开的军队。

⑩ 合纵：这里指联合在一起。

⑪ 频日：连续多天。

一七五、书生来营从征〔一〕

十二日〔二〕，杨绍东有书来，谓："大文土司爱其勇武有才，强妻以女①，且称出兵相助。为笼络计，似宜②允彼，请示遵行③。"予即复言："果有图〔三〕④，自当权宜⑤从事，但勿以富贵儿女⑥，移易壮志为盼"⑦等语。是日，有一书生来营请从征⑧，自言："浙人，父曾官此为吏目⑨。"问其姓名，则张士敬也。试作文⑩，下笔千言，貌亦英伟⑪，予乃受之。令助⑫陶恭甫，司⑬文檄，暇⑭则与论古今，颇谙韬略⑮。予庆⑯得人，立署⑰为参军，位仅亚于⑱陶。陶亦佩其才，与之沆瀣⑲，并四姑娘鼎足而三⑳焉。设四姑娘不自请偶㉑马生，岂非良缘佳配，惜乎时会之相左㉒也，以语四姑娘，四姑娘掉首微哂㉓而已。

【校记】

〔一〕此标题许指岩本有"杨绍东娶大文土司之女为妻"、"文士张文敬来营请从征"两个小标题。

〔二〕十二日：经纬本、会文堂本、大华本、普天本作"正月十二日"。

〔三〕果有图：经纬本、会文堂本、普天本作“果有可图”，多一“可”字。

【注释】

① 强妻以女：强行把自己的女儿嫁给他为妻。妻，以……为妻。

② 似宜：似乎可以。

③ 遵行：遵照实行。

④ 有图：有所图谋。

⑤ 权宜：指因事而变通办法。

⑥ 儿女：这里指儿女情长之事。

⑦ 移易壮志：轻易地改变自己的志向。为盼：比较礼貌地、期待地、委婉地表示希望对方能够满足自己的要求。

⑧ 从征：这里指参军。

⑨ 吏目：儒学提举司及各州设吏目为参佐官。清唯太医院、五城兵马司及各州置之。其职除太医院吏目与医士类似外，其余或掌文书，或佐理刑狱及官署事务。

⑩ 试：尝试。作文：写文章。

⑪ 英伟：英朗俊伟。

⑫ 助：辅助。

⑬ 司：掌管。

⑭ 暇：空闲时间。

⑮ 谙：熟悉。韬略：意指“文韬武略”。又指《六韬》《三略》，为古代兵书，引申为用兵的计谋。

⑯ 庆：庆幸。

⑰ 署：安排。

⑱ 亚于：次于。

⑲ 佩：佩服。沆瀣：“沆瀣一气”的略语，比喻气味相投的人勾结在一起。

⑳ 鼎足而三：三足鼎立之意。

㉑ 设：假如。请偶：请求婚配求偶。

㉒ 相左：不相遇；彼此错过。

㉓ 微哂：微笑。

一七六、事必躬亲〔一〕

十三日〔二〕，予晨稽①兵籍册，又续得二千人，乃分派健儿②训练，且略授以速成之文法③，国家君臣大义④。一面编满俘⑤百余人入队，而死伤者为之埋葬抚养，军士咸腾颂声⑥。予不敢自满，每事必躬亲⑦，秦大训亦信予诚恳。有所谋，必就予营求教。予恶⑧其客气，然闻其亲信言⑨，彼退后无不称道王德⑩，彼谓王必将为蜀主，予闻言，始知其所以倾信之故，不禁哑然⑪。

【校记】

〔一〕此标题许指岩本有“稽兵籍册又续得二千人”、“恶文石土司秦大训之客气”两个小标题。

〔二〕十三日：经纬本、会文堂本、大华本、普天本作“正月十三日”。

【注释】

① 稽：核查，考核。

② 健儿：这里指军中的勇健者。

③ 文法：这里指军队的纪律、规矩。

④ 大义：这里指做人做事的一些准则。

⑤ 满俘：被俘的清军士兵。

⑥ 腾：反复、连续。颂声：赞颂之声。

⑦ 躬亲：亲自做。

⑧ 恶：讨厌。

⑨ 言：告诉，说。

⑩ 王德：这里指石达开的品德。

⑪ 哑然：形容笑声。

一七七、绍东完姻〔一〕

十四日〔二〕，复[①]得绍东书，谓："已与土司女行合卺礼[②]，女亦勇武有才，意甚足惬[③]。"云云。戚朝栋附书亦云："堪为两美[④]致贺。"又言："大文土司为金沙江南之土地广漠，势力雄厚者，得其力可以号召诸蛮[⑤]，及周围五百以内土司，联合为助。"且言："不日当往赤水[⑥]入黔境，与赵如龙联为一气。"云。予复："以养精蓄锐[⑦]，共图川南，但得隙[⑧]即可动，即成都老魔[⑨]，不难取而代也。"

【校记】

〔一〕此标题许指岩本作"共图川南"。

〔二〕十四日：经纬本、会文堂本、大华本、普天本作"正月十四日"。

【注释】

① 复：再次。

② 合卺礼：古代婚礼中的重要仪式，演变为"交杯酒"，这个仪式完成之后，才标志着男女正式结为夫妻。

③ 足惬：非常满足、开心。

④ 两美：这里指杨绍东夫妇。

⑤ 诸蛮：这里指金沙江地区的少数民族苗族部落。

⑥ 赤水：河流名，为中国长江上游支流，因含沙量高、水色赤黄而得名，在云、贵、川三省接壤地区。

⑦ 养精蓄锐：指养足精神，积蓄力量。也指保存部队的战斗力，准备新的战斗。

⑧ 得隙：寻找机会。

⑨ 成都老魔：这里指四川总督骆秉璋。

一七八、太平景象〔一〕

十五日〔二〕，所招募兵籍又得千名，是日为元宵①，城中颇有赛灯②之胜，士女游观③，犹太平景象也。

【校记】

〔一〕此标题许指岩本作“元宵赛灯”。

〔二〕十五日：经纬本、会文堂本、大华本、普天本作“正月十五日”。

【注释】

① 元宵：这里指正月十五元宵节。

② 赛灯：这里指元宵节的龙灯比赛。

③ 士女：旧指男女或未婚男女；泛指人民、百姓。游观：游逛观览。

一七九、田土肥美〔一〕

十六日〔二〕，予往西南山中视察，得平谷于石涪①彭水之间〔三〕，广袤②百余里，高峰四面，入口仅有三道。其中田土肥美，气候和煦③，予决计于此驻大本营，东联鄂湘，南通黔滇，颇得左右指臂④之势。遂商请⑤于秦土司，土司尚踌躇，实恐喧宾夺主也。公亮力言于其兄，谓：“石王岂池中物⑥，彼宁恋恋于我西南中弹丸⑦耶？彼将屯其军粮，为窥⑧成都计，吾优礼之，他日⑨得志，吾产业自可长保。否则亦无力抵拒，何为不推心置腹⑩，徒伤感情？”土司始悟，予愿以金二万购其地，土司不肯受，且愿助予招募。予大喜，规画营垒，昕夕⑪不暇，前途有无穷希望。

【校记】

〔一〕此标题许指岩本作“得平谷地驻大本营”。

〔二〕十六日：经纬本、会文堂本、大华本、普天本作“正月十六日”。

〔三〕平谷于石涪彭水之间：许指岩本、钱书侯本、经纬本、普天本作“平谷于石砫彭水之间”。

【注释】

① 石涪：石砫、涪陵地区。

② 广袤：广阔的意思，形容大地、天空、草原、湖泊等。广，从东到西的长度；袤，从南到北的长度。

③ 和煦：温暖的阳光。

④ 指臂：手指与臂膀。比喻得力的助手。

⑤ 商请：协商。

⑥ 池中物：比喻凡庸渺小、拘限狭隘、无所作为的人。

⑦ 弹丸：弹丸之地。比喻狭窄的地方。

⑧ 窥：窥视。这里有“觊觎”之意。

⑨ 他日：指将来；来日，将来的某一天或某一时期。

⑩ 推心置腹：把赤诚的心交给人家。比喻真心待人。出自《后汉书·光武帝本纪》。

⑪ 昕夕：朝暮。谓终日。

一八〇、大兵来攻〔一〕

十七日〔二〕，诸土司渐有报牍①至，谓：“兵械②已齐，何日出发？请以符③为信，并附彼中符式〔三〕。”予大喜，亦告以募兵大略④。又谍报骆督得劫银警耗⑤，已派大兵由重庆来。予既胸有成竹⑥，即亦不畏,即移居西南山谷中[四],督视⑦营垒工程,期三日内完全成立。虽雨不停工,众皆奋迅⑧。

【校记】

〔一〕此标题许指岩本有“诸土司援兵来会”、“满兵自重庆来”两个小标题。

〔二〕十七日:经纬本、会文堂本、大华本、普天本作“正月十七日”。

〔三〕并附彼中符式:会文堂本作“正附彼中符式”。

〔四〕即移居西南山谷中:普天本作“即移居西南山兰谷中”,多一“兰”字。

【注释】

① 报牍:情报。

② 兵械:兵器。

③ 符:兵符,调兵的印信。

④ 大略:大概的情况。

⑤ 警耗:犹警报。关于情况紧急的音信。

⑥ 胸有成竹:原意是画竹子以前,心里已经有了竹子的形象。后用以比喻办事以前,已经有全面的设想和安排。成,现成。

⑦ 督视:监视;督察。

⑧ 奋迅:指精神振奋,行动迅速。

一八一、往涪陵

十八日[一],予往涪陵,晤①其土司贡某,略视军实②,共宴极饮③。午后策骑返营,夜治军书甚劳④。

【校记】

〔一〕十八日:经纬本、会文堂本、大华本、普天本作“正月十八日”。

【注释】

① 晤：会晤。

② 略视：大概看了一下。军实：军队的实际情况。

③ 极饮：痛饮。

④ 甚劳：极端疲劳。

一八二、土司背约助满〔一〕

十九日〔二〕，南山平谷营垒大致告成①，设关隘②三，以旧部分镇③之。午后，闻满虏先锋队已至，予令三隘戒严，且增筑瞭望台④，斥堠⑤森严，无瑕可击⑥。满虏颇束手⑦，乃暗中使人告石砫〔三〕土司，谓："尔世奉正朔⑧，今何得⑨助发匪，听其与官军反抗？尔若自悔前非⑩，立驱该逆⑪出境，则非特⑫无罪，且愿以金万两犒⑬君部下。否则即日进兵攻城，凡庇逆⑭之人，咸⑮杀无赦，尔其图之⑯。"秦氏得书，令公亮为介⑰，以书檄示予，且求速击退匪兵，石砫兵⑱愿从之。予语使者："居停⑲之惠，未之敢忘。今欲待满虏之敝⑳而后猛击之，故暂取守势。君若能许予同心协力，定必效犬马之劳，以保全贵管辖境为己任，幸勿见疑。"使者去，予度㉑秦氏性怯而贪，或将为虏所劫持，不得不阴自㉒设防，以杜叵测㉓。是夕，阴戒㉔军中，设伏于隘口，又移精锐入南隅㉕，而新募兵当三隘之衢㉖，布置甫定，时已三鼓。忽三隘口同时有兵来袭，势甚汹猛㉗，守兵皆为所掳㉘，而北隘又有重兵突击，路径颇稔㉙，若有人为之指导者。予登瞭望台燃烽烛㉚之，认其旗皆石砫戍兵，抚膺㉛而叹曰："果不出吾所料。幸已有备，今坐视其入吾瓮㉜中矣。"未几，敌军尽入隘，予乃麾精兵骤起〔四〕㉝，围攻甚猛，敌军知中计，亟向隘口奔逃，隘狭不能即出，而隘外伏兵四出，夜出不辨多寡，敌军愈惶怖㉞，投崖坠谷而死者盈千累㉟万矣。比天晓，敌军已歼。是役也，已去敌之半〔五〕㊱，其外屯驻者闻之，亟引退渡江而去。于是"畏石家军㊲如虎"。不敢复来。

【校记】

〔一〕此标题许指岩本有“南山平谷营垒告成”、“三隘戒严”、“设伏隘口”、“石砫土司背约助满兵”、“满兵大败”五个小标题。

〔二〕十九日:经纬本、会文堂本、大华本、普天本作“正月十九日”。

〔三〕石砫:会文堂本、大华本、普天本皆作“石柱”。

〔四〕予乃麾精兵骤起:会文堂本、普天本作“予麾乃精兵骤起”。

〔五〕已去敌之半:许指岩本、钱书侯本、经纬本、会文堂本、大华本、普天本作“已去敌军之半”。

【注释】

① 告成:完成。

② 关隘:在交通要道设立的防御设施。

③ 镇:镇守。

④ 瞭望台:这里指瞭望敌情的高台。

⑤ 斥堠:古代的侦察兵,一般由行动敏捷的军士担任,是一个相当重要的兵种。

⑥ 无瑕可击:完美无缺,无可指责。瑕,玉上面的斑点。比喻缺点。

⑦ 束手:无计可施。

⑧ 正朔:即正统。一个王朝统治、代表中国的合法性与唯一性。这里指清政府。

⑨ 何得:怎么能。

⑩ 前非:楚囚的过错。

⑪ 该逆:这里指石达开及其部队。

⑫ 非特:非但;不但。

⑬ 犒:犒赏。

⑭ 庇逆:这里指包庇石达开。

⑮ 咸:都。

⑯ 图之：考虑这件事（这里指驱逐太平军）。

⑰ 介：中介。

⑱ 石砫兵：石砫土司的军队。

⑲ 居停：寄居的处所。

⑳ 敝：疲惫。

㉑ 度：揣测。

㉒ 阴自：暗自，背地里。

㉓ 杜：杜绝。叵测：不可度量；不可推测。

㉔ 戒：防备。

㉕ 南隅：南面的角落。

㉖ 衢：四通八达的大路。

㉗ 汹猛：强大猛烈。

㉘ 掳：俘获。

㉙ 稔：熟悉。

㉚ 烛：这里指点燃烽火。

㉛ 膺：胸。

㉜ 入吾瓮：这里指入我圈套之意。

㉝ 麾：古代指挥军队的旗子。这里指手下的士兵。骤起：突起。

㉞ 惶怖：惶恐，害怕。

㉟ 盈：超过。累：累计。

㊱ 去敌之半：这里指杀敌超过一半。

㊲ 石家军：这里指石达开的军队。

一八三、土司秦氏谢罪〔一〕

二十日〔二〕，予晨起调查败兵，知石砫人多死〔三〕，予取得证据，与秦氏论曲直①。秦氏引咎自责②，遣公亮抵营中谢罪③，谓："实为满虏所逼，而奸人误我，今函首负荆④，请释前嫌。"予视之，一小吏某之首也。知其草潦塞责[⑤]，乃要以石砫城内，尽易翼府卫兵。秦氏仅司民治[⑥]，军事不得过问，秦氏允之。订约既定，予乃使健儿杨慕业为石砫防军统领[⑦]，以卫城池。（以下残缺[〔四〕]）

【校记】

〔一〕此标题许指岩本作“石砫土司秦氏谢罪”。

〔二〕二十日：经纬本、会文堂本、大华本、普天本作“正月二十日”。

〔三〕知石砫人多死：许指岩本、钱书侯本、经纬本、大华本、普天本作“知石砫人多死者”，多一“者”字。

〔四〕以下残缺：会文堂本、大华本、普天本作“自正月廿一以下残缺至九月廿四日”。

【注释】

① 曲直：指是非；善恶。

② 引咎自责：主动承担错误的责任并作自我批评。咎，罪责。

③ 谢罪：向人认错，请求原谅。谢，道歉。

④ 函首：用匣子装盛人头。负荆：出自《史记·廉颇蔺相如列传》。后来用“负荆”表示认错赔礼。

⑤ 草潦：马虎，不认真。塞责：做事不认真，敷衍了事。

⑥ 司：管理。民治：这里指有关百姓的管理问题。

⑦ 统领：这里指军事领导。

一八四、张士敬献地图[〔一〕]

廿五日（按：此或为十二年九月廿五日）[〔二〕]，赵如龙与杨绍东入帐辞行，谓：“古蔺一带，人情强悍[①]，且性极狡轻[②]，不如乘便袭据[③]其地。若但要言盟誓[④]，恐无益[⑤]也。”予以志在服人，目光尽注全蜀[⑥]，不欲以区区占据为事。故谓：“夷性虽狡，然我辈处事仗信义[⑦]，不可自背前言[⑧]，仍宜以联盟出兵为是[⑨]。”（按：此时石王驻泸县[10]，仍往来赤水间，正联结川南诸土司〔三〕，欲向宁远袭成都。）赵、杨唯唯，予又授以机密数语而退，大旨谓："满虏无信，我辈结盟，亲于兄弟，且可保全祖宗创业，幸勿观望。"云云。赵、杨既去，予乃出张士敬所献之地图，与士敬详论途径起讫[11]，（按：此即宁远山中捷径。）并召士敬所介之樵夫入问。樵夫言："宁远城外三十里入山，北行五十里人径[12]已绝，只有鸟道羊肠匍匐蛇行[13]，攀藤凿石以度。约又七十里，出山谷间，仅二十余里，即至成都南门外矣！此径亘古[14]榛芜，未通人迹，但旁近五十里内，或有峒蛮[15]出没其间，户口无稽[16]，族类不繁[17]。若行兵[18]携机械，仅足制其死命〔四〕[19]，当不能为害。"予闻言，怦然心动，乃选军中健儿敢冒险者二人，曰邓飞，曰强捷，从樵夫更往探之。裹粮赢藤[20]，即日起程，约自成都寄一函为信。是晚，杨慕业又遣使赍金一万一千余到泸，予即日按发口粮，不扰民间一草一木。商民感颂太平天国之德，高出满虏万万[21]，此亦一好景象也。

【校记】

〔一〕此标题许指岩本有"赵杨往古蔺游说联兵"、"文士张士敬献地图"、"樵夫言宁远山中捷径"、"两健儿探险"、"杨慕业解饷金"五个小标题。

〔二〕廿五日：许指岩本作"按：此为十年九月廿五日，即清同治元年九月廿五日"；钱书侯本作"按：此为十年九月廿五日"；经纬本、会文堂本、大华本、普天本作"按：此为太平天国十年九月廿五日"。

〔三〕正联结川南诸土司：普天本作"正联结川南际土司"。

〔四〕仅足制其死命：经纬本、普天本作"尽足制其死命"。

【注释】

① 强悍：强横勇猛。

② 狡轻：轻佻而狡诈。

③ 乘便：趁便，顺便。袭据：亦作"袭踞"。出其不意地攻占。

④ 要言:约定的内容或条款。盟誓:盟约。

⑤ 无益:没有好处。

⑥ 全蜀:整个四川。

⑦ 信义:信用和道义。

⑧ 前言:前面承诺的话。

⑨ 是:正确。

⑩ 石王:这里指石达开。泸县:地名,四川省泸州市下辖县,位于四川盆地南部。

⑪ 起讫:开始和终结。起,开始;讫,结束、截止。

⑫ 人径:人走的小路。

⑬ 鸟道:比喻险峻的山路,只有飞鸟可以通行。羊肠:喻指狭窄曲折的小路。匍匐:指爬行。蛇行:像蛇一样曲折地前行。

⑭ 亘古:自古以来;整个古代。

⑮ 峒蛮:又作蛮峒、洞蛮、蛮洞。峒(洞)乃唐代所设羁縻州的县以下行政区划,也用来专指今侗族之先民;也有人认为,以上之峒蛮(蛮峒)皆指今土家族先民。

⑯ 无稽:无法核查。

⑰ 不繁:不多,不繁盛。

⑱ 行兵:行军。

⑲ 制其死命:使其遭受死亡的命运。

⑳ 裹粮:携带粮食。羸藤:用藤担着。羸,担。

㉑ 万万:极大的数目;表示程度很大。

一八五、气殊虎虎〔一〕

二十六日〔二〕,大风骤寒①,霜气弥天②,木叶③尽脱,已是初冬景象。予自入川以来,刚及一年,初谓功可立就④,不意满臣骆氏多谋,经历轇轕⑤,往往为之破坏。涪陵大战,更挫锐气,(按:涪陵战事在阙简[6]中〔三〕，未详其战况，然于此可证石氏经历险阻，非一次矣。）于今稍得活动〔四〕[7]，不知前途运命如何？坐困[8]三月，髀肉[9]生矣，若得宁远间道暗渡〔五〕[10]，立成邓艾之奇功[11]。如天之福[12]，或得仿武侯[13]法治蜀，以遂予生平之愿，则亦可无他求也。晚与四姑娘谈抄径[14]袭蜀事，气殊虎虎[15]。

【校记】

〔一〕此标题许指岩本作“石氏抚髀感叹之语”。

〔二〕二十六日：经纬本、会文堂本、大华本、普天本作“九月二十六日”。

〔三〕按：涪陵战事在阙简中：许指岩本、钱书侯本、经纬本、会文堂本、大华本、普天本作“按：此事在阙简中”。

〔四〕于今稍得活动：会文堂本、普天本作“今于稍得活动”。

〔五〕若得宁远间道暗渡：普天本作“若得宁远间暗渡”，少一“道”字。

【注释】

① 骤寒：突然变冷。骤，突然。

② 弥天：满天。弥，满。

③ 木叶：树叶。

④ 立就：很快就完成了。

⑤ 轇轕：交错；杂乱。这里是指骆秉章具有丰富的政治、军事经验。

⑥ 阙简：这里指简略的军事简报。阙：残缺；不完善。

⑦ 活动：这里指轻松一下。

⑧ 坐困：谓陷敌于困境。

⑨ 髀肉：慨叹久处安逸，想要有所作为。这是石达开的感叹之词。

⑩ 暗渡：不知不觉地过去。

⑪ 邓艾之奇功：邓艾是三国时期魏国名将，因为偷渡阴平，灭亡蜀汉，立下了盖世奇功。这里指邓艾偷渡的著名奇袭战例。

⑫ 如天之福：形容福气特别大。

⑬ 武侯：这里指诸葛亮。蜀汉政权建立后，诸葛亮依法治蜀，取得了很大的成就。

⑭ 抄径：抄小路。

⑮ 气：气势。殊：特别。虎虎：形容气势旺盛、威武。

一八六、古宋土司来迎〔一〕

二十七日〔二〕，予往纳溪①，乘筏泛清水河，抵②古宋土司，因张士敬之绍介〔三〕，土司遣使来迎。土司古姓，年五十左右，体干③颇伟举，性亦伉爽④，纵谈天下事甚相得⑤。且熟于南中⑥地理，彼言由川边抄⑦入成都，宜由嘉定泛大渡河抵汉源⑧，直趋雅安〔四〕⑨、邛崃⑩、新津⑪，以达成都西门。绕道数百里，虽迂折⑫，而满官不加防御，如入无人之境，可以为所欲为。又犍为⑬、峨边⑭等一带土司，皆吾辈世为姻娅⑮，可通道无阻，不须劳兵伤财也。予服其慷慨，而胸有成竹，以宁远先人之言为主，不敢举以告，盖鉴于涪陵前事，（按：此在缺简中，想必土司漏言〔五〕⑯，致误军机。）不得不守缄默⑰，但漫应⑱之而已〔六〕。古土司又言："川军虽善攻击，而轻躁⑲不能坚守，若骤以兵临成都，唾手⑳可下也。"予亟服㉑有见，盖骆氏自谓蜀都天府㉒，非历巫夔㉓，度剑阁㉔，断不能飞入奥区㉕，故长于攻人昧于守已㉖。予之必求宁远小径以抄出其背㉗者，即以此故。古土司能洞见症结㉘，奇矣〔七〕！英雄所见略同，殆与予有夙缘㉙也，酬酢欢甚。是夕，予下榻古土司私宅中，山林奇秀，别有洞天㉚，有武侯㉛铜鼓等古物，碑碣㉜颇多，剔藓㉝读之，正饶古趣，南面王不与易㉞也。

【校记】

〔一〕此标题许指岩本有"往纳溪乘筏渡清水河"、"古宋土司遣使来迎”、“抄袭小径”、“宿古土司私宅中”四个小标题。

〔二〕二十七日：经纬本、会文堂本、大华本、普天本作“九月二十七日”。

〔三〕因张士敬之绍介：大华本、普天本作“因张士敬之介绍”。

〔四〕直趋雅安：大华本、会文堂本、普天本作“直趋鸦安”。

〔五〕想必土司漏言：钱书侯本、经纬本、会文堂本、大华本、普天本作“殆必土司漏言”。

〔六〕但漫应之而已：经纬本作“但漫应之无已”。

〔七〕奇矣：许指岩本、钱书侯本、经纬本、会文堂本、大华本、普天本作“奇哉”。

【注释】

① 纳溪：地名，隶属于今四川省泸州市，位于四川盆地南部、长江之南、永宁河下游两岸。

② 抵：抵达。

③ 体干：身体；身材。

④ 伉爽：刚直豪爽。

⑤ 相得：互相投合，相处得很好。

⑥ 南中：地名，包括今云南、贵州和四川西南部。

⑦ 抄：抄近路。嘉定：地名，即四川嘉定府，地处四川省中部偏南。包括今乐山市、峨眉山市、洪雅县等地。

⑧ 泛：漂浮。这里指渡过。汉源：地名，位于四川西部偏南，属今雅安市。

⑨ 雅安：地名，四川省地级市，位于四川盆地西缘、邛崃山东麓，东靠成都、西连甘孜、南界凉山、北接阿坝。

⑩ 邛崃：地名，隶属今四川省成都市，位于成都平原西部。

⑪ 新津：地名，今成都市下辖县，位于四川盆地西部。东接双流区、南濒彭山区、西临邛崃市、北靠大邑县和崇州市。

⑫ 迂折：迂回曲折。

⑬ 犍为:地名,隶属今四川乐山,位于川西平原西南边缘。北邻乐山市,东连宜宾、自贡,西南毗邻沐川。

⑭ 峨边:地名,隶属于今四川乐山,地处四川盆地与云贵高原的过渡地带。

⑮ 姻娅:亲家和连襟,泛指姻亲。

⑯ 漏言:泄漏情况,引申为失言。

⑰ 缄默:闭口不说话。

⑱ 漫应:随便答应。

⑲ 轻躁:轻率浮躁。

⑳ 唾手:在自己手掌中吐口水,比喻事情容易办成。

㉑ 亟服:非常佩服。

㉒ 蜀都:成都。天府:成都的别称。

㉓ 巫夔:巫峡和夔门,这里是指通往成都的重要路径。

㉔ 剑阁:地名,隶属今四川省广元市,地处四川盆地北部边缘,川、陕、甘三省结合部。

㉕ 奥区:腹地;深处。

㉖ 昧于守己:自己不擅长防守。昧,不明白。

㉗ 背:后路。

㉘ 洞见:指明察;清楚地看到。症结:比喻问题的关键所在。

㉙ 夙缘:前生的因缘;命中注定的缘分。夙,素有的,旧有的;缘,因由,缘由。

㉚ 别有洞天:指洞中另有一个天地,形容风景奇特或艺术创作引人入胜。

㉛ 武侯:即诸葛亮,他去世后被封为“武乡侯”,世称武侯。

㉜ 碑碣:古代把长方形的碑石称碑,圆顶形的称碣。后多不分,碑碣成为各种形制的碑石的统称。

㉝ 剔藓:这里指剔除碑碣上面的苔藓。

㉞ 南面王:古代以坐北朝南为尊位,帝王、诸侯见群臣,皆面南

而坐。指面向南称王称侯。也泛指居尊位或官位。易:交换。

一八七、过叙水抵赤水〔一〕

二十八日〔二〕,予由古宋过叙永[①],抵赤水。赤水土司曰龙氏,汉唐时即据此地,俨然世家[②]。时赵如龙、杨绍东已由古蔺至此,相见大悦。古蔺亦有使者偕来[③],各愿助兵饷若干,但期早日脱建虏羁绊〔三〕[④],还我大汉衣冠[⑤]。赵又出古蔺土司蔺氏手书,读之,佶屈聱牙[⑥],奇奥[⑦]有味,犹是周秦[⑧]文字。予乃敬谢使者,作手书答之,且订约言。夜宿龙土司宅中,沈沈如王居[⑨],夜滴漏[⑩]以纪时刻,列庭燎[⑪]以供游宴,如入古代宫阙,令人生觚稜五云[⑫]之想,怀古悲今,勃不可已[⑬]。

二十九日,予偕赵、杨返自赤水,至晚,仍宿古宋。古土司已整兵五百,送予归纳溪,闻隔江方多满虏,予乃弃泸县走江安,至叙州[⑭]对岸,探叙城无重兵,遂突攻之,满官逃,商民迎降[⑮]。

【校记】

〔一〕此标题许指岩本有"古蔺土司蔺氏手书"、"走江安攻叙州"两个小标题。

〔二〕二十八日:经纬本、会文堂本、大华本、普天本作"九月二十八日"。

〔三〕但期早日脱建虏羁绊:经纬本、会文堂本、大华本、普天本作"但期早日脱满虏羁绊"。

【注释】

① 叙永:地名,隶属今四川省泸州市,位于四川盆地和云贵高原过渡地带的中低山区。

② 俨然:很像。世家:世世代代相沿的大姓氏大家族。

③ 偕来:一起前来。

④ 羁绊:控制,束缚。

⑤ 大汉衣冠：这里指恢复以汉族为主体的政权。

⑥ 佶屈聱牙：形容文章艰涩，读起来不顺口。

⑦ 奇奥：奇妙深奥。

⑧ 周秦：周朝和秦朝。

⑨ 沈沈：通“沉沉”，深邃的样子。这里形容土司的住宅豪华宽敞。王居：藩王的第宅。

⑩ 滴漏：漏壶，古代的一种计时器。

⑪ 庭燎：古代庭中照明的火炬。

⑫ 觚稜：亦作“觚棱”。宫阙上转角处的瓦脊成方角棱瓣之形。亦借指宫阙。五云：指五色瑞云，多作吉祥的征兆。

⑬ 勃：旺盛，兴起。已：停止。

⑭ 叙州：地名，隶属于今宜宾市，位于四川盆地南缘，长江上游，金沙江、岷江下游，川滇两省结合部。

⑮ 迎降：迎接并投降对方。

一八八、通令抽税〔一〕

十月初一日，予在叙州搜讨军实①，满官仓库席卷殆尽②。予念不日各土司之军云集，而予辎重粮币，不及三万金。曷以济事③，乃出令通商抽税〔二〕④，闻隔江多盗匪，立出兵往剿之。

【校记】

〔一〕此标题许指岩本作“在叙州出令通商抽税”。

〔二〕乃出令通商抽税：钱书侯本、经纬本、会文堂本、大华本、普天本作“乃出令通商税抽”。

【注释】

① 军实：这里指军事物资。

② 殆尽：几乎没有。

③ 曷：怎么，为什么。济事：成事。

④ 抽税：这里指征税。

一八九、民间争献金币〔一〕

初二日〔二〕，剿①盗兵大捷，虏获②赃金数万，民间欢声雷动，争献金币，不期而集万余金，饷项稍觉可恃③。检点军额④，实数尚存二千三百余人，石砫杨继业处尚有千人可调⑤，各土司兵合助之亦二千余人，约总数五千人，已可敷用⑥。是日，古蔺、叙永兵至，予阅之，似多不遵⑦纪律，未可用。拟训练选汰⑧，其劣者遣还⑨，仅得兵百余人〔三〕，厚其饷⑩，编入本军，甘苦与共。

【校记】

〔一〕此标题许指岩本作"获得巨饷"；钱书侯本作"骤得巨饷"。

〔二〕初二日：经纬本、会文堂本、大华本、普天本作"十月初二日"。

〔三〕仅得兵百余人：普天本作"仅得兵五百余人"。

【注释】

① 剿：清剿。

② 虏获：俘虏敌人，缴获牲畜、财物等。

③ 可恃：可以依靠。

④ 军额：士兵员额。

⑤ 调：这里指调动。

⑥ 敷用：这里指勉强可用。

⑦ 不遵：不遵守。

⑧ 选汰：选择淘汰。

⑨ 遣还：即遣返，送回原来的地方。

⑩ 厚其饷：这里指给较高的待遇。

一九〇、募集士兵〔一〕

初三日〔二〕，古宋①、赤水、长宁②、庆符③等土司兵皆至。亦经选汰④，得三百余人。午后，又得筠连⑤兵二百人，皆可一战者。赵如龙复往屏山⑥等处请援，得兵饷若干，又收获⑦江中盗匪百余人。

【校记】

〔一〕许指岩本无此标题。

〔二〕初三日：经纬本、会文堂本、大华本、普天本作“十月初三日”。

【注释】

① 古宋：地名，隶属今四川省宜宾市，位于四川盆地南缘，川滇黔结合部。

② 长宁：地名，隶属今四川省宜宾市，位于四川盆地南缘。

③ 庆符：地名，隶属今宜宾市。

④ 选汰：选拔淘汰。

⑤ 筠连：地名，今四川省宜宾市下辖县，位于四川盆地南缘，云贵高原北部川滇结合部。

⑥ 屏山：地名，今宜宾市下辖县。因县东有宝屏山，山如屏障而得名，其地处岷江下游。

⑦ 收获：这里指收编。

一九一、骆氏治军勤而苛刻吝啬〔一〕

初四日〔二〕，开西教场，大施训练①。予历述经验②，并晓以救国大义，众兵多感泣③者。是晚，得樵夫所偕探径两健儿专使来书，言：“已至成都，愿结此间志士④为内应，仍令樵夫原径驰回，为诸军向导。”时哉不可失，予大喜。使者言：“从资州⑤、内江⑥来，民多怨满军滋扰⑦者〔三〕，其情大可利用。”予乃询其成都现状，谓：“骆氏治军甚勤，而苛刻吝啬，其下多好杀⑧，若大王至，定卜箪食壶浆⑨以迎也。”予心知其谀⑩，心动欲炽〔四〕⑪。噫！此尚予短⑫，当力戒之。或为他日处功成名立地耳。

【校记】

〔一〕此标题许指岩本有“得樵夫所偕探径健儿来书”、“骆氏罪状”两个小标题；钱书侯本作“骆氏罪状”。

〔二〕初四日：经纬本、会文堂本、大华本、普天本作“十月初四日”。

〔三〕民多怨满军滋扰者：普天本作“仍多怨满军滋扰者”。

〔四〕心动欲炽：许指岩本、钱书侯本、经纬本、会文堂本、大华本、普天本作“然心动欲炽”，多一“然”字。

【注释】

① 大施：特别施加。

② 经验：这里指石达开参加太平天国起义的经验。

③ 感泣：感动哭泣。

④ 志士：这里指与石达开一样反抗清朝的人。

⑤ 资州：四川古地名，包括今简阳、资阳、资中等地。

⑥ 内江：地名，位于四川盆地东南部、沱江下游中段，东汉建县，曾称汉安、中江。

⑦ 滋扰：制造事端，扰乱。

⑧ 好杀：喜欢滥杀无辜。

⑨ 箪食壶浆：百姓用箪盛饭，用壶盛汤来欢迎。形容军队受到百姓的拥护。箪，本意指古代盛饭的圆形竹器，名词作动词，用箪来盛、舀；食，食物；浆，汤。

⑩ 谀：奉承。

⑪ 炽：热烈旺盛。

⑫ 短：短处，不足。

一九二、分兵两路〔一〕

初五日〔二〕，予戎装成行，分两路，先遣赵如龙领兵三千人取道犍为，渡江由三峨山入雅州①、彭山②，为至成都后之援兵。予自率二千余人入宁远，以五百人为先锋，凿山开道，以千人护中坚③，五百人运辎重。衣服粮饷，皆作单骑轻装，备④隘道悬崖之险。部署既定，期⑤明日出发，约赵至彭山后，飞袭成都南门外待令〔三〕。是晚，赵即出屯十里外，山中土司来观者颇众⑥。

【校记】

〔一〕此标题许指岩本有“分兵两路”、“率二千余人入宁远境”两个小标题。

〔二〕初五日：经纬本、会文堂本、大华本、普天本作“十月初五日”。

〔三〕飞袭成都南门外待令：许指岩本、钱书侯本、经纬本、会文堂本、大华本、普天本作“飞袭贲成都南门外待令”，多一“贲”字。

【注释】

① 三峨：四川峨眉山有大峨、中峨、小峨三峰，故称“三峨”。雅州：地名，今雅安。

② 彭山：地名，隶属于今四川省眉山市。

③ 中坚：指军队中最精锐的部分。

④ 备：防备，准备。

⑤ 期：以……为期。

⑥ 颇众：非常多。

一九三、 祭旗不祥〔一〕

初六日〔二〕，予行祭旗①礼，忽大风吹折旗杆，陶记室以为："不祥"。请改道缓行。张士敬谓："竿以竹成②，竹折为二成个③，天意示个个可成也。今入山须单骑，非个个而何？行也无害。"予志亦已决，遂传令成行。逾午，饭④千佛岩〔三〕，予率轻骑先趋，夜宿荣县⑤城外，城中空洞萧条，盖甫经兵燹，市廛迄未恢复，又碉堡⑥为满兵所毁，诸夷皆恨如切齿⑦。予广慰⑧土人，皆感泣。

【校记】

〔一〕此标题许指岩本有"祭旗不祥"、"饭于千佛岩，夜宿荣县城外"两个小标题。

〔二〕初六日：经纬本、会文堂本、大华本、普天本作"十月初六日"。

〔三〕饭千佛岩：许指岩本、经纬本、会文堂本、大华本、普天本作"饭于千佛岩"，多一"于"字。

【注释】

① 祭旗：古代一种迷信的做法：军队在出征之前，杀死某活物，以该活物祭祀神灵，以求得神灵的庇佑。

② 竹成：用竹子做成。

③ 二成个：竹，由两个"个"字组成，故有此说。

④ 饭：做动词用，吃饭。

⑤ 荣县：地名，隶属于今四川省自贡市。

⑥ 碉堡：这里指当时城里设置的防御性堡垒。

⑦ 诸夷：这里指当地的各少数民族。切齿：牙齿互相磨切，表示极端愤怒。

⑧ 广慰：广泛宽慰。

一九四、威远土司索金〔一〕

初七日〔二〕，抵威远土司①。樵夫言："此地前年繁盛②，为川南夷人互市③之所。后经溃兵掳掠④，商旅皆裹足不前⑤矣！"予太息⑥久之〔三〕，使人晓谕秋毫无犯⑦之意，令士绅出见。一绅宋姓，自言："明⑧以来世为地主，自军兴⑨而后，供应浩繁⑩，又经蹂躏，今已贫困。地方无主⑪，方拱手⑫愿满官来治，而满官知贫瘠⑬无一肯至者。今将军能惠然⑭肯来，愿奉为主。"予婉辞谢之，且言："予成功后，当复汝职位。"宋绅索金⑮，予给以二百金，感谢而去。愿出二人为乡导，言："中途飞鸟山⑯旁，有倮人⑰及么明诸土司，犷悍⑱不可理喻，幸勿抚以恩德〔四〕，彼等不知感戴⑲也。"予唯唯。

【校记】

〔一〕此标题许指岩本有"威远土司宋姓索金"、"石氏给以二百金"、"倮人犷悍"三个小标题。

〔二〕初七日：经纬本、会文堂本、大华本、普天本作"十月初七日"。

〔三〕予太息久之：大华本作"予太息之"，少一"久"字。

〔四〕幸勿抚以恩德：许指岩本、经纬本、会文堂本、普天本作"幸毋抚以恩德"。

【注释】

① 威远土司：这里指威远土司的住地。威远，地名，隶属今四川省内江市。

② 繁盛：这里指经济繁荣。

③ 互市：指民族或国家之间的贸易活动。

④ 掳掠：抢劫，劫夺。掳，把人抢走。

⑤ 裹足不前：停步不前，好像脚被缠住了一样。裹，缠。

⑥ 太息:叹息。

⑦ 晓谕:告知(旧指上级对下级)。

⑧ 明:这里指明朝。

⑨ 军兴:这里指清军与太平军之间的战争。

⑩ 浩繁:指浩大,繁多,繁重。

⑪ 地方无主:这里指因战乱没有地方官来治理这个地方。

⑫ 拱手:两手抱拳,以示恭敬。

⑬ 贫瘠:这里指当地经济落后。

⑭ 惠然:用作欢迎客人来临的客气话。

⑮ 索金:索要钱财。

⑯ 飞鸟山:山名,在今四川巫山县西南。据,《寰宇记》卷一四八"夔州巫山县"条记载:飞鸟山在县西南六十里。言山高,鸟飞不能越。

⑰ 倮人:旧指彝族。

⑱ 犷悍:粗野强悍。

⑲ 感戴:感恩戴德。

一九五、人人呼饥〔一〕

初八日〔二〕,入谷口,初尚有小径可行,渐盘折入高磴[①],兵皆鱼贯[②]缓行,执杖自卫。予命四姑娘等制绳为小兜,以两兵舁[③]之,一步一喘息,至稍平坦处,则拾薪燃煮[④],作饭共食。分辎重为十小队,随兵并进,而最后一大队,去先锋[⑤]甚远。予以为小队所赍[⑥]衣食,足敷出山之用,亦不复计及矣。乃锐身[⑦]前进,忽见高山插云[⑧],峰峭[⑨]无路。樵夫曰:"此所谓飞鸟山,宜攀藤蹑足[⑩]而上,前呼后应,以防失伴[⑪]。山腰有岩洞,昏黑不辨面目者几里余,低处须蛇行,燃炬[⑫]而入,风吹炬息不必怖[⑬],但扪地[⑭]向前。久之,自见日光,稍平坦,又盘旋而上矣。"如其言,果出洞,亦不能辨人数之多寡也。予忽忆辎重大队在后,此安可行,欲折回觅之,而人数前后衔接,不能自由来往,则令各坐峰下以待之。天色已暮,燃火自卫,迟至夜深,辎重队终不至。人人呼饥,幸所赍尚有余粮,掬[15]而食之尽。狼嗥虎啸[16],心骨皆惊。予虽胆壮,至此亦悚然[17]矣。

【校记】

〔一〕此标题许指岩本有“入谷口”、“行经飞鸟山”、“蛇行入岩洞”、“人人呼饥”四个小标题。

〔二〕初八日:经纬本、会文堂本、大华本、普天本作“十月初八日”。

【注释】

① 盘折:回环曲折。磴:石头台阶。

② 鱼贯:游鱼先后接续。比喻一个挨一个地依序进行。

③ 舁:共同抬东西。

④ 拾薪燃煮:这里指拾柴做饭。

⑤ 去:距离。先锋:这里指先头部队。

⑥ 赍:怀抱着,带着。

⑦ 锐身:犹挺身。谓勇于承担风险。

⑧ 插云:耸入云端。

⑨ 峰峭:山峰又高又陡。

⑩ 蹑足:放轻脚步走。

⑪ 失伴:这里指出现危险而失去伙伴。

⑫ 燃炬:点燃火炬。

⑬ 怖:恐怖,害怕。

⑭ 扪地:这里指因山洞黑暗,摸着地爬行。扪,摸。

⑮ 掬:捧出,拿出。

⑯ 狼嗥虎啸:狼和虎的叫声。这里指各种野兽的叫声。

⑰ 悚然:形容害怕的样子。

一九六、野人三五〔一〕

初九日〔二〕，拂晓①欲行，忽有野人三五②，裸体奇形③，仅有寸褐护下部④，手执石制之槌状器械，见人即扑⑤。予命燃枪⑥猛击，矢石⑦俱下，尽毙之。未几⑧，复来⑨数人，又毙之。自是愈来愈多，前队多有为击伤，或死者。予知此等野人，皆为求食或器物而来，不可理论⑩。乃命以食物、衣服掷与之，果争先夺取，不复来扰人。予等始奔驰⑪，越过约数里〔三〕，检点所失⑫，已数日粮⑬，衣服亦不资⑭。四姑娘谓予曰："父王以粮物解围，诚⑮为不得已之计。然辎重在后〔四〕，不知何时可来，而前途尚远，非二三日所能达⑯，屈指⑰计所持粮食〔五〕，三日必尽。山峦四障⑱，寒流⑲逼人，无衣何以自卫。既饥且寒，势难出险，进退两难，则奈何？"予闻之亦甚悔孟浪⑳，然深思熟计㉑，与其返而仍为野人所困㉒，不如前进，或可期早达。一出谷口，便饶生计㉓矣。四姑娘等亦决议有进无退，乃鼓勇㉔疾行，予晓众人以利害忠义大纲㉕，众咸感奋，节啬㉖粮食，或遇野果采食之，晚则燃薪以自卫。

幸樵夫为导㉗，知薪蒸㉘所在，命伊导兵士樵苏㉙，用当不匮，捕获野味亦助飧〔六〕㉚。

【校记】

〔一〕此标题许指岩本有"野人来夺粮物"、"粮食将尽"、"鼓勇疾行"、"采食野果"四个小标题。

〔二〕初九日：经纬本、会文堂本、大华本、普天本作"十月初九日"。

〔三〕越过约数里：会文堂本作"过约数里"，少一"越"字。

〔四〕然辎重在后：大华本作"然辎重来后"，疑误。

〔五〕屈指计所持粮食：大华本作"屈指所持粮食"，少一"计"字。

〔六〕“幸樵夫为导”一段，底本无，许指岩本、钱书侯本、经纬本、会文堂本、大华本、普天本均有，今据此几本补入。

【注释】

① 拂晓：天刚亮。

② 野人：这里指当地的彝族和其他少数民族。三五：这里是三五成群的意思。

③ 奇形：这里指形态怪异。

④ 寸褐：短的粗布衣服。下部：这里指裤裆部分。

⑤ 扑：扑上来。

⑥ 燃枪：这里是指一种点燃火药发射子弹的火枪。

⑦ 矢石：箭和石头。

⑧ 未几：不一会儿。

⑨ 复来：又来。

⑩ 理论：辩论是非；争论；讲理。

⑪ 奔驰：这里指快速行走。

⑫ 失：这里指损失掉的东西。

⑬ 数日粮：这里指损失了数日的口粮。

⑭ 不资：这里指物资缺乏。

⑮ 诚：确实是。

⑯ 达：到达。

⑰ 屈指：弯着指头计数。

⑱ 四障：四面都是屏障。形容所处的位置极为险恶，如同屏障一样包围。

⑲ 寒流：这里指山间寒气形成的气流。

⑳ 孟浪：鲁莽；轻率；不着边际。

㉑ 深思熟计：深入地思考，周密地谋划。

㉒ 困：这里指被野人围困。

㉓ 生计：这里指生路。

㉔ 鼓勇：鼓足勇气。

㉕ 大纲：总纲，要点。

㉖ 节啬：节省，节约。

㉗ 导：向导，引导。

㉘ 薪蒸：薪柴。

㉙ 樵苏：采薪与取草。

㉚ 不匮：不竭；不缺乏。匮，缺乏。飧：晚饭，亦泛指熟食，饭食。

一九七、行深涧中〔一〕

初十日〔二〕，雨，行深涧中，各物渍湿[①]，杯薪不能燃〔三〕。至晚，雨止，始于岩洞中燃薪[②]，众皆称庆[③]。

【校记】

〔一〕许指岩本与此标题相同。

〔二〕初十日：经纬本、会文堂本、大华本、普天本作“十月初十日”。

〔三〕底本无此句，今据许指岩本、钱书侯本、经纬本、会文堂本、大华本、普天本补。

【注释】

① 渍湿：湿漉漉。

② 燃薪：这里指烧柴取暖。

③ 称庆：这里指欢呼的意思。

一九八、蛮人劫物〔一〕

十一日〔二〕，行斜坡，盘旋而下，似有村落，众以为出险[①]矣。樵夫谓：“如此峰者，升降[②]矣尚需三次，约五日而毕[③]。如持物缓行，人多牵率④，则需七日未可知。但此村落间多蛮人⑤，系某土司所管辖，闻常索人财物，不与则强劫⑥。吾辈樵夫无长物⑦，故彼等⑧不注意。若公等负载行李，要宜慎之。或先通知官长⑨，使彼等受约束何如？”予以其言有理，商之张士敬，以士敬通蛮语⑩也。士敬谓：“此为么明土司，长官羽姓，性贪而狡，婪索无厌⑪，且距此尚有一日程，始达治所⑫。如能衔枚疾走⑬，掩过⑭村庄，或即少给财物，犹属值得，盖恐多事滋扰⑮也。”予曰：“善！”乃令军士卷甲束装⑯，疾趋而行。忽有一蛮妇挈两小儿嬉⑰树间，遥见⑱之，惊呼动众，争来追视。予用士敬言，稍稍⑲掷以食物，果亦不复缠绕⑳。傍晚，众皆疲甚，有触峦瘴㉑而病者，水溪多毒；饮之辄吐泄不止，旋㉒毙命，死伤且枕藉㉓。予大惧，命择巅轩敞地㉔，设帐屯驻㉕，以资休养。

【校记】

〔一〕此标题许指岩本有“行斜坡而下”、“蛮人劫物”、“么明土司羽姓性贪狡”、“军士触瘴气多病”四个小标题。

〔二〕十一日：经纬本、会文堂本、大华本、普天本作“十月十一日”。

【注释】

① 出险：这里指走出危险境地。

② 升降：这里指上下盘旋行走。

③ 毕：结束，完成。

④ 牵率：牵拉。

⑤ 蛮人：这里指当地的少数民族。

⑥ 强劫：强行夺取。

⑦ 长物：原指多余的东西，后来也指像样的东西。

⑧ 彼等：那些人。这里指那些少数民族的掠夺者。

⑨ 官长：这里指当地少数民族首领。

⑩ 蛮语：这里指当地少数民族的语言。

⑪ 娄索：凭借权势向人索取财物。无厌：不满足。

⑫ 治所：地方政府驻地。包括省治、府治、州治、县治等。

⑬ 疾走：快速通过。

⑭ 掩过：遮盖过去。

⑮ 滋扰：制造事端进行扰乱。

⑯ 卷甲：卷起铠甲。形容轻装疾进。束装：指收拾行装。

⑰ 嬉：嬉戏，嬉闹。

⑱ 遥见：远远看见。

⑲ 稍稍：这里指少量的。

⑳ 缠绕：这里指纠缠。

㉑ 峦瘴：这里指山间的瘴气。

㉒ 旋：不久。

㉓ 枕藉：横七竖八地倒在一起。

㉔ 巅轩：山顶的屋子。敞地：宽敞的地方。

㉕ 屯驻：军队驻扎。

一九九、休兵三日〔一〕

十二日〔二〕，众屯飞鸟山之扪星岭①，中有平磴②，四围老树密箐③，天然屏障，高爽④宜人。予决计命军士休养三日，出所携药饵⑤，抚循⑥慰问，众皆感泣。除业已死亡者外，尚有扶病⑦者三百余人，完全健康者五百余人，总计已不满千人。盖十已去⑧其六矣，予心滋感⑨，涕泣语军士，引为己咎⑩，但业已至此，非出虎口，亦无他术⑪可以自救，但望诸兄弟为天所佑，日有起色。

【校记】

〔一〕此标题许指岩本有“屯飞鸟山之扪星岭”、“休兵三日”两个小标题。

〔二〕十二日：经纬本、会文堂本、大华本、普天本作“十月十二日”。

【注释】

① 屯:这里指驻扎。扪星岭:山岭名,在飞鸟山上。

② 平磴:这里指平坦的石阶。

③ 密箐:茂密的竹林。

④ 高爽:天高气爽。

⑤ 药饵:这里泛指药物。

⑥ 抚循:安抚,慰问。

⑦ 扶病:指带病,抱病。

⑧ 去:除去,去掉。这里指非战斗减员。

⑨ 滋慼:增加了很多悲伤。滋,增加;慼,悲伤。

⑩ 己咎:自己的过错。咎,过失,过错。

⑪ 他术:其他的办法。

二〇〇、返觅辎重队〔一〕

十三日〔二〕,予见众受高爽之气,精神略已回复。但裹粮垂尽[①],辎重不来,饥寒交迫,状极可惨。因议使健儿苗凤二人,先出界口,与赵如龙会于彭山,令其设法援救。予使健儿丁宣二人返出飞鸟山,寻觅辎重,挟与俱来。四人领命分道驰去,予与病众[②]惟有坐待消息。是日,四姑娘与其女及马生咸[③]身热头痛,病似伤寒,予益焦灼[④],欲自往觅辎重,为陶等劝阻。

【校记】

〔一〕此标题许指岩本作"使丁宣二人返觅辎重"。

〔二〕十三日:经纬本、会文堂本、大华本、普天本作"十月十三日"。

【注释】

① 裹粮:携带的干粮。垂尽:将尽。

② 病众:生病的众人。

③ 咸:都。

④ 焦灼:指心情急切,焦虑不安,非常急躁。

二〇一、么明土司诡计〔一〕

十四日〔二〕,晨起,予方踟蹰[①]各帐间,抚问军士疾苦。忽报有数蛮人来求见,云:"系么明土司所遣。"予乃命之入,其人衣冠诡异[②],然外服翎顶[③],仍遵满虏制[④]也。询其来意,言语啁哳不可通〔三〕[⑤],张士敬译其大旨,谓:"慕[⑥]王大名,愿求一见。"问:"何以知吾名?"则言:"君之友所荐。"问:"友为谁?"似系古蔺等土司。但彼不肯明言,予乃商榷再四,令士敬偕之往,两健儿为之副。既行,陶记室谓:"此行殊非佳事,观彼神情,惟贿可免,否则必有恶战,吾兵方病,奈何?"予亦嗟叹。

【校记】

〔一〕此标题许指岩本有"么明土司诡计"、"张士敬代表往"两个小标题。

〔二〕十四日:经纬本、会文堂本、大华本、普天本作"十月十四日"。

〔三〕言语啁哳不可通:普天本作"言语啁啾不可通"。

【注释】

① 踟蹰:徘徊,犹豫。

② 衣冠诡异:这里指穿戴的衣帽与当时的衣帽不一样。

③ 翎顶:清代官帽上的翎子和顶子的并称。

④ 制:这里指清代的官服制度。

⑤ 啁哳:声音繁杂而细碎。不可通:这里指听不懂当地的方言。

⑥ 慕:仰慕。

二〇二、伏兵齐起〔一〕

十五日〔二〕，日方①午中，么明果又有使者来，言："张先生不能代表主公②，且长官甚念主公丰采，务请屈驾③。"言词甚卑④。陶记室谓予曰："此所谓币重言甘，诱我也。不如不往，而设防以自卫。俟⑤丁宜觅得辎重，即成行矣！"予念张士敬忠诚〔三〕，予与土司交际⑥亦已多〔四〕，予或可说之，使为己助⑦，何必畏首畏尾⑧，以启⑨人疑。予若不往，张必遭害，而此间又非战地⑩，坐以待绝⑪，岂计之得哉？予乃决排陶议，选健儿六人随行，内事命四姑娘主持〔五〕，外事命陶主持。立从使者下山，曲折度岭，绝非予等来路⑫。约自午逾申⑬，遥见有雉堞出丛莽⑭间，碉堡隐现，知目的地已至。少顷，入城闉⑮，有兜舆⑯俟于城隅。乃舍骑而登，健儿六人为卫，抵一衙署。甫入⑰，则见一官服满虏服⑱，拱候⑲阶下，左右兵卫森严〔六〕，缠首赤衣⑳，如妖兵㉑状。约五六十人，官即肃予㉒下舆，入宾室㉓，室制奇异，然建筑坚朴㉔，古物也。官自叙："姓名为羽腾霄，世居川南，镇此穷山㉕，罕见豪杰。今闻大王过境，曷胜㉖荣幸。"言时，目动口肆㉗，信非善类㉘。颇感陶君之言，然不得已，试一斗智。予乃陈："太平天国救民伐罪之大旨，婉劝㉙伊当弃邪归正，助成大功，同膺㉚爵赏。"羽极言钦佩，且述满官欺害之罪，似㉛出诚恳。末乃言："僻壤㉜穷困，兵饷早无所出，大王若能泽及枯鲋㉝，自当宣力㉞麾下。"予乃许以："归当筹措㉟赍上，今仓猝成行，未携犒敬㊱，幸恕其不恭㊲。"羽闻无贿㊳，忽色变不语，既而谓："屈驾劳苦，要当水酒洗尘㊴，幸勿见鄙㊵。"予谦逊欲起辞去，羽再四固留㊶。予瞥见重门㊷已闭，数兵士邀健儿入他室授飧㊸，正相争执，忽羽已不见。予乃拔佩刀指挥健儿曰："速斩关㊹出〔七〕。"健儿皆拔刀夺门，突闻笳㊺声一鸣，两庑㊻伏兵齐起，攒㊼向予身射击。予方猛杀守门兵，两健儿急挟予跃起，飞登屋巅㊽，疾逾㊾数重，跃而下，已署后㊿矣。见马厩51，即夺三马，加鞭疾驰，伏兵紧追之。至城下，则予兵数百人严阵以待，盖陶记室计也。见予出，鼓噪[52]而迎，与伏兵大战。城门闭，予乃下令收兵，仅取守势[53]，盖不欲多杀，以结怨也。城上人大呼谢罪[54]，声言求和，愿赍金帛[55]偿军用。予乃要[56]以三事〔八〕：一，馈[57]粮百石，不须金帛；二，还张参军及四健儿；三，羽长官须亲来谢罪。城上人一一答允[58]，期明日遵行，予遂宿帐中。

【校记】

〔一〕此标题许指岩本有“石氏慨然入险”、“羽土司自叙履历”、“羽土司索贿”、“伏兵齐起”、“由么明出险”、“么明土司求和与之订约三条”六个小标题。

〔二〕十五日：经纬本、会文堂本、大华本、普天本作“十月十五日”。

〔三〕予念张士敬忠诚：许指岩本、钱书侯本、经纬本、会文堂本、大华本、普天本作“予念张士敬与予鱼水有年”。

〔四〕予与土司交际亦已多：许指岩本、钱书侯本、经纬本、会文堂本、大华本、普天本作“土司交际亦已多”，少“予与”二字。

〔五〕内事命四姑娘主持：普天本作“内事命持”，少“四姑娘主”四字。

〔六〕左右兵卫森严：大华本作“左右卫森严”，少一“兵”字。

〔七〕速斩关出：普天本作“速斩门出”。

〔八〕予乃要以三事：普天本作“予乃以三事”，少一“要”字。

【注释】

① 方：正是，正在。

② 张先生：这里指张士敬。主公：这里指石达开。

③ 屈驾：敬辞，委屈大驾。

④ 卑：谦卑。

⑤ 俟：等待。

⑥ 交际:这里指打交道。

⑦ 已助:帮助自己。

⑧ 畏首畏尾:前也怕,后也怕。形容胆子小,疑虑重重。

⑨ 启:招致。

⑩ 战地:这里指开战的地方。

⑪ 坐以待绝:坐着等待陷入绝境,形容在极端困难中,不积极想办法找出路。

⑫ 绝非予等来路:这里是说去见土司的路和原来的路不一样。

⑬ 自午逾申:从中午到过了下午申时。申,下午的三点到五点。

⑭ 雉堞:又称齿墙、垛墙、战墙,有锯齿状垛墙的城墙。可用作守御者掩护之用。丛莽:草丛与树丛。

⑮ 城闉:城门。

⑯ 兜舆:一种小轿子。

⑰ 甫入:这里指刚一进入。

⑱ 满虏服:这里指清朝官员的服装。

⑲ 拱候:拱手候立着。

⑳ 缠首赤衣:裹着头,穿着红色衣服。

㉑ 妖兵:这里指清兵。

㉒ 肃予:恭敬地请我。

㉓ 宾室:这里指会客厅。

㉔ 坚朴:结实而质朴。

㉕ 镇:镇守。穷山:这里指土司对自己治下地方的谦称。

㉖ 曷胜:何胜,用反问语气表示不胜。

㉗ 目动口肆:指神色不安,语调失常。

㉘ 善类:好人。

㉙ 婉劝:委婉劝告。

㉚ 膺:接受。

㉛ 似:好像是。

㉜ 僻壤:偏僻的地方。

㉝ 枯鲋:枯水中的鲫鱼。鲋,鲫鱼。这里是土司的谦称。

㉞ 宣力:效力;尽力。

㉟ 筹措:设法弄到(款项、粮食等)。

㊱ 犒敬:犒劳孝敬。

㊲ 不恭:这里指没礼貌。

㊳ 无贿:这里指没有送礼。

㊴ 洗尘:亦称"接风",指设宴欢迎远道而来的客人。

㊵ 见鄙:看不起,瞧不上。

㊶ 固留:强留。

㊷ 重门:这里指屋内的门。

㊸ 授飧:这里指请吃饭。

㊹ 斩关:砍断门闩,攻破城门,夺取关隘。形容军队作战勇敢,势不可挡。

㊺ 笳:一种少数民族乐器,类似笛子。

㊻ 庑:古代正房对面和两侧的屋子。

㊼ 攒:聚拢,凑集。

㊽ 屋巅:这里指房屋的顶部。

㊾ 疾逾:快速越过。

㊿ 署后:这里指衙署的后面。

51 马厩:马圈。

52 鼓噪:擂鼓,呐喊。

53 守势:防守的阵势。

54 谢罪:赔罪,道歉。

55 金帛:黄金和丝绸。泛指钱物。

56 要:约言。以明誓的方式就某事作出庄严的承诺或表示某种决心。

57 馈:赠送。

㊳ 答允：答应，应允。

二〇三、还扪星岭〔一〕

十六日〔二〕，羽土司遣使谢罪，赠粮五十石〔三〕①。张士敬及三健儿皆还，惟一健儿被创死②，羽愿赔偿金五百，予责③以二千金，卒以千五百金结约④。予急欲还门星岭，乃以张士敬代之。既归，四姑娘稍愈⑤，互相庆慰⑥。惟探道及觅辎重之健儿终无耗⑦，甚以为异⑧。是夜，陶记室与予论〔四〕："驻屯此间，甚为危险，盖此道秘密，乘满官之所不备。若旷日持久⑨，又与羽土司构衅⑩，安知彼不报告于成都？则两面夹攻，吾等处绝地⑪矣！"予为憬然⑫。既而曰："予得粮百石，计已敷⑬出谷之用，明日收取既完，即可立疾⑭成行。满兵虽来，此间道隘⑮不可战，彼必退取守势。吾急攻之，尚可及也。"因亟下令收⑯么明城下之兵，使返岭〔五〕，夜闻风声狂吼，因思陶言，颇悸慄⑰。（以下缺〔六〕）

【校记】

〔一〕此标题许指岩本有"还扪星岭"、"陶记室料清兵来袭将成夹攻之势"两个小标题。

〔二〕十六日：经纬本、会文堂本、大华本、普天本作"十月十六日"。

〔三〕赠粮五十石：经纬本、会文堂本、大华本、普天本作"赠粮记百石"。

〔四〕陶记室与予论：经纬本、会文堂本、大华本、普天本作"陶记室与予议"。

〔五〕使返岭：经纬本、会文堂本、大华本、普天本作"使返岭"。

〔六〕以下缺：经纬本、会文堂本、大华本、普天本作"自十月十七日以下缺，至翌年四月十八日"。

【注释】

① 石：市制容量单位，十斗为一石。

② 创死：受到损伤而死。

③ 责：要求。

④ 结约：结束赔偿这件事。

⑤ 稍愈：这里指病情稍微好转。

⑥ 庆慰：庆贺慰问。

⑦ 无耗：没有消息。

⑧ 异：惊异。

⑨ 旷日持久：指耗费时日。旷，拖延得太久，荒废、耽搁。

⑩ 构衅：构成衅隙；结怨。

⑪ 绝地：极险恶的地方。

⑫ 憬然：醒悟的样子。憬，醒悟。

⑬ 敷：够，足。

⑭ 立疾：立刻，马上。

⑮ 道隘：这里指道路狭窄。

⑯ 收：召回。

⑰ 悸慄：惊慌恐惧。

二〇四、病愈游山〔一〕

十九日（按：此系太平天国十一年四月十九日〔二〕），晨，予病初愈，与四姑娘承兜舆[①]游帐后山中，颇晓幽胜[②]，至午膳时始归。赵如龙自峨边来，云："已募得健卒[③]五百人，饷银二千余两。杨绍东方往乐山，与峨眉某巨豪[④]接洽，当必得所得。"赵又言："入成都之道，如何如何。"予曰："天若助予得蜀，早已成功，今屡遭顿挫[⑤]（按：指飞乌山中事发慨），命也〔三〕。吾必入卫藏[⑥]，如虬髯公之为扶余王亦足矣[⑦]！今但使收拾余众，合以新附[⑧]之兵得三千人，可以济事[⑨]。惟君与绍东从予久，幸急图之[10]，他非所望也！”赵唯唯。嗟乎！黄陆已逝，健儿数十人，今存者仅六七耳。一事无成，两鬓且霜[11]，天之扼[12]我，可谓甚矣！赵既去，予乃与四姑娘下棋消遣。

【校记】

〔一〕此标题许指岩本有“病愈游山”、“决向卫藏”、“与四姑娘下棋消遣”三个小标题。

〔二〕此系太平天国十一年四月十九日：许指岩本在此句之后补“即同治二年”。

〔三〕命也：普天本为“得也”。

【注释】

① 兜舆：本指一种小轿子，这里名词作动词，意为坐着小轿子。

② 幽胜：幽静的胜地。

③ 健卒：健壮的军卒。

④ 巨豪：土豪巨富。

⑤ 顿挫：坎坷；挫折。

⑥ 卫藏：旧时西藏的别称。藏区分为卫藏、康藏和安多。其中卫藏又分为前藏、后藏和阿里。石达开的意思是：如果不能占据成都，可先进入川南外围或荒僻的卫藏，然后再进一步围攻成都，最后占据成都。

⑦ “如虬髯公”一句：虬髯公，即虬髯客，风尘三侠之一，本名张仲坚。据说他原是扬州首富张季龄之子，出生时父嫌其丑欲杀之。获救从师于昆仑奴，艺成后欲起兵图天下，见李世民后自愧气度不如，认定天下将归李世民。有意于红拂（隋臣杨素家伎），得知红拂嫁于李靖（唐开国大将）后，三人结为兄妹，虬髯客将全部家产赠与李靖夫妇以帮助李世民统一天下，自己黯然离开。后为扶余国主。

⑧ 新附：刚刚归附。

⑨ 济事：成事。

⑩ 图之：图谋这件事。这里指入蜀之事。

⑪ 霜：这里指白发如霜。

⑫ 扼：用力掐住。

二〇五、得杨绍东书〔一〕

二十日〔二〕，杨绍东书来言："战退满兵数千人，降[①]其余者千余，招募得壮健者六千人，已复[②]乐山堡垒十余日矣。王如欲得成都，可由此道着手[③]，如疾行无阻，不过七日可达，决不至再蹈前辙[④]。"云云。予乃以对赵语告之，谓："予非不能与骆氏战，但多杀以逞[⑤]，终非吾之初愿。故仍以人弃我取为心[⑥]，蜀西卫藏，外险而内腴[⑦]，地广而民懦[⑧]，争之者寡，吾誓必以为菟裘[⑨]矣！"吾知此书去，杨未必以为然[⑩]，但吾行吾志，何必舍己从人。彼辈雄心，亦须天助，否则徒作大言[⑪]，终成画饼，亦复奚益[⑫]？晚与四姑娘论人生不能解脱之苦，谓入藏后，当求上乘[⑬]。

【校记】

〔一〕此标题许指岩本有"石氏以人弃我取为心"、"石氏自知之明"两个小标题；钱书侯本无标题。

〔二〕二十日：经纬本、会文堂本、大华本、普天本作"四月二十日"。

【注释】

① 降：名词作动词用，使……投降。

② 复：这里指收复。

③ 着手：开始做；动手。

④ 再蹈前辙：再次踏上先前车轮辗过的痕迹。比喻不吸取教训，再次犯以前的错误。蹈，踏上；前辙，先前车轮辗过的痕迹。

⑤ 以逞：实现某种愿望，使自己称心如意。

⑥ 为心:为中心。

⑦ 外险:外部险要。内腴:内部物产丰富。

⑧ 民懦:老百姓懦弱。这里指老百姓容易统治、管理。

⑨ 菟裘:地名,在今山东省泗水县。据《左传·隐公十一年》记载:“羽父请杀桓公,以求大宰。公曰:‘为其少故也,吾将授之矣。’使营菟裘,吾将老焉。”后遂以称告老退隐的居处。

⑩ 以为然:以为正确。

⑪ 徒作大言:白白地说空话。

⑫ 奚益:有什么好处?

⑬ 上乘:佛教指大乘。指最好的意思。

二〇六、忽悟尘垢累人〔一〕

二十一日〔二〕,晨起。予连日感念,又因病后修养,忽悟尘垢累人①,深耽禅悦②,乃立志持诵诸经卷以自忏悔。每日静坐修持③若干时为常课,俟病体少健,即当起程入藏,兵事④但付赵、杨。予意“为得卫藏一片土,供予香火,以尽天年⑤,他复何求哉?”或言:“予年未五十,何忽感衰念⑥,抑知不然,予治事早〔三〕,起兵西粤⑦,转战江汉⑧,十余年戎马倥偬,阅历既多。觉悟自渐贯彻,人生梦幻泡影⑨,帝王将相,于我何有?徒造杀孽⑩耳〔四〕!不如乘此收拾,涵养⑪身心,较自乐矣!”

二十二日〔五〕,予入山刹中盘桓⑫终日,与僧人对坐蒲团⑬,身世洞明⑭,病体顿健,得益良不浅也。

二十三日〔六〕,赵、杨均有书问病,予答以:“已愈。即日常离马边,进驻峨边,涉大渡河,由汉源出泸定〔七〕,再探打箭炉⑮消息如何?则大事成矣。”是晚,命四姑娘等束装成行,马边土司骆某,性怯懦。然从予颇诚恳,愿以全境奉予,军饷供给惟所欲,予亦倾心与之结纳〔八〕,颇水乳⑯也。

【校记】

〔一〕此标题许指岩本有"石氏忽悟佛性"、"入山刹终日"、"探打箭炉消息"三个小标题;二十一日、二十二日、二十三日的日记,在底本中合为一篇,标题作"忽悟尘垢累人"。

〔二〕二十一日:经纬本、会文堂本、大华本、普天本作"四月二十一日"。

〔三〕予治事早:许指岩本、钱书侯本、经纬本、会文堂本、大华本、普天本作"予更事早"。

〔四〕徒造杀孽耳:大华本作"造杀孽耳",少一"徒"字。

〔五〕二十二日:经纬本、会文堂本、大华本、普天本作"四月二十二日"。

〔六〕二十三日:经纬本、会文堂本、大华本、普天本作"四月二十三日"。

〔七〕由汉源出泸定:大华本作"由汉源出泸定箭炉",多"箭炉"二字。

〔八〕予亦倾心与之结纳:普天本作"予亦倾心结纳",少"与之"二字。

【注释】

① 尘垢:尘埃和污垢,比喻细微不足道的事物,也指尘世。累人:使人精神或身体疲惫;被囚禁的人。

② 深耽:深深地沉浸于其中。禅悦:佛教语。谓入于禅定,使心神怡悦。

③ 修持:持戒修行。

④ 兵事:这里指军事上的事情。

⑤ 天年:天赋的年寿,自然寿命。

⑥ 衰念:悲伤的意念。

⑦ 西粤:原指广东西部,这里指广西桂平,因在广东西部,故有此说。

⑧ 江汉：长江和汉水流域，这是石达开与清军作战的主战场。

⑨ 梦幻泡影：佛教用语，认为世界上的事物都像梦境、幻术、水泡和影子一样空虚。比喻空虚而容易破灭的幻想。

⑩ 杀孽：大规模屠杀的罪孽。

⑪ 涵养：滋润养育。

⑫ 刹：这里指当地的古庙。盘桓：徘徊、逗留。

⑬ 蒲团：以蒲草编织而成的圆形、扁平的座垫。又称圆座。乃修行人坐禅及跪拜时所用之物。

⑭ 洞明：透彻地了解。

⑮ 打箭炉：康定的别称。

⑯ 水乳：水和乳极易融合，比喻情意融洽无间。

二〇七、向西出发〔一〕

二十四日〔二〕，予举马边①、大凉②、雷波③三土司之兵约二千人，由马边向西出发，从者有张士敬、马生、四姑娘及健儿七人，（按：此不记及陶大猷名〔三〕，殆死于飞鸟山之变矣。）予本以好生之德④为心，此行尤愿不杀一人〔四〕，安抵边外，向佛国⑤进行，从此脱离是非界矣〔五〕！晚抵峨边，赵如龙相见甚欢。因言："满兵有人传说，骆氏因石砫、南山及赤水、宁远山中诸役，吾辈虽败，而残局犹存。且满虏丧师甚多。"谓："非聚歼⑥不足泄愤。恐不日有大队来泸雅⑦间，与吾军决一死战也。"予谓："我无与彼虏争蜀之心〔六〕，皎如天日⑧，今当疾趋川边，但得与诸土司联络，轻骑通过，彼必以为业既⑨驱逐出境，战衅亦自当不复启⑩矣！"赵言："愚计吾王率兵急渡河，由汉源出泸关，不过三日程。吾与绍东断后，率土司兵徐徐⑪出境，满兵若至，吾二人尚能与之一战，吾王请勿虑也。"予以为然，因此重兵付赵，予决自率轻骑三百人，辎重百余西行。

【校记】

〔一〕此标题许指岩本有“举马边、大凉、雷波三土司之兵西征”、“晚抵峨边”、“满兵将大队南下”三个小标题。

〔二〕二十四日：经纬本、会文堂本、大华本、普天本作“四月二十四日”。

〔三〕此不记及陶大猷名：许指岩本作“此记不及陶记室名”。

〔四〕此行尤愿不杀一人：经纬本、会文堂本、大华本、普天本作“上行尤愿不杀一人”。

〔五〕从此脱离是非界矣：许指岩本、钱书侯本、会文堂本、大华本、普天本作“从此脱离是非世界矣”，多一“世”字。

〔六〕我无与彼虏争蜀之心：会文堂本作“我无与彼辈争蜀之心”。

【注释】

① 马边：地名，地处今四川省乐山市、宜宾市、凉山彝族自治州结合部。

② 大凉：泛指大凉山地区。

③ 雷波：地名，位于四川省西南边缘、凉山彝族自治州东部、金沙江下游北岸，隶属于四川省凉山彝族自治州。

④ 好生之德：有爱惜生灵，不事杀戮的品德。好生，爱惜生灵。

⑤ 佛国：这里指西藏。因西藏全民信仰佛教，故称为佛国。

⑥ 聚歼：把敌人包围起来彻底消灭。

⑦ 泸雅：泸州、雅安。

⑧ 皎如天日：明亮的如同太阳一样。皎，洁白明亮的意思。

⑨ 业既：已经。

⑩ 战衅：引起战争的事端。启：开启。

⑪ 徐徐：慢慢地。

二〇八、避雨凉山寺〔一〕

二十五日〔二〕，晨装①疾驰，天忽大雨，因避入凉山寺中〔三〕。寺有老僧，亦西粤人也。奇②其貌，问所历，笑而不答。久之，觉其声音笑貌确曾相识。研询③所自，乃天王族叔④洪氏德真也。东杨之役⑤，知天国将乱，舍弃富贵出家于九华山⑥，辗转至此。予心大动，因亦萌⑦出家之想。德真笑曰："君将来自亦此道中人⑧，但尚有三七日劫数⑨未了。今吾不欲与子多谈，记取水浸三峰⑩，是子再来日⑪耳。"予不解所谓，但求禅床⑫一宿，德真不答，予亦不去。忽从者来报盗匪劫辎重，轻骑围攻不敌，须催峨边援师来，方可解围。予不得已，策骑归营，寺门阖⑬矣。及予归，盗匪已击退，惟辎重损失颇多，轻骑犹狂追未回。予忽感想匪害扰民，不可不除，亟驰檄峨边调兵，务剿盗使肃清，以惠⑭行旅。是夜，轻骑陆续归，夺回辎重之半。但言："盗窟⑮深远，且有衙署⑯，势力颇大，非剿除不可。"又言："吾辈入衙搜索，迄无一人，其出没诚有令人可惊者。"

【校记】

〔一〕此标题许指岩本有"避雨凉山古寺"、"遇洪德真"、"盗匪劫辎重"、"援兵剿盗"四个小标题。

〔二〕二十五日：经纬本、会文堂本、大华本、普天本作"四月二十五日"。

〔三〕因避入凉山寺中：钱书侯本、经纬本、会文堂本、大华本、普天本作"因避入凉山古寺中"，多一"古"字。

【注释】

① 晨装：这里指便装。

② 奇：以……为奇。

③ 研询：仔细询问；盘问。

④ 天王族叔：洪秀全同族叔叔。

⑤ 东杨之役：这里指平定东王杨秀清之乱的战役。

⑥ 九华山：即安徽九华山。

⑦ 萌：萌生，产生。

⑧ 此道中人：这里指出家为僧。

⑨ 三七日：佛教用语，即二十一天，这里指时间不长。劫数：指漫长的时间，后亦指命中注定的厄运；大难；大限。

⑩ 水浸三峰：大水淹没了三座山峰。这里有宿命之意，暗含石达开后来的大渡河遇难之事。

⑪ 再来日：这里是宿命的说法，指重生之日。

⑫ 禅床：一种坐禅用的床。

⑬ 阖：关闭之意。

⑭ 惠：给人好处。

⑮ 盗窟：这里指盗匪的巢穴。

⑯ 衙署：这里指盗匪的指挥之所。

二〇九、土司有背盟意〔一〕

二十六日〔二〕，赵部黄某率兵五百人至，轻骑导之入山。傍晚，奏凯而回，谓盗窟已犁扫①，俘百余人。诘其渠魁②，则亦一土司也〔三〕。据云："受满虏伪札③，来山中探吾辈军事，并非劫盗。"予闻言大骇④，因云："此消息大不佳，必满兵已至前站，而诸土司受贿背盟⑤矣。否则此间土司，何至甘庇⑥劫盗，与吾辈为难？"乃专使檄赵如龙速至，并亟檄杨绍东出兵大渡河边，掩护前军，逮⑦既渡，然后与战。是夜，仍驻凉山，但古寺门不启，德真终不得见，觅乡导不可得。

【校记】

〔一〕此标题许指岩本作"土司有背盟之兆"。

〔二〕二十六日：经纬本、会文堂本、大华本、普天本作"四月二十六日”。

〔三〕则亦一土司也：普天本作“则亦一土司”，少一“也”字。

【注释】

① 犁扫：“犁庭扫穴”之略语。

② 诘：询问。渠魁：这里指匪首。

③ 伪札：假的书信。

④ 大骇：非常吃惊。

⑤ 背盟：违背盟约。

⑥ 甘庇：甘心庇护。

⑦ 逮：等到。

二一〇、抵紫打地〔一〕

二十七日〔二〕，予率轻骑前进。自谓：“大渡河必西向行，午后尚不至。问士敬，则已不至所往①矣！大疑。检②地图凉山西北三十里，即大渡河。今行且五十里，不见何也？知必迷途③。”乃择一地屯驻，以待赵如龙军，疾驰十里，见有碉堡牲畜，问其地名曰紫打，亦小土司也。入谒④焉，土司张姓，颇足恭⑤有礼，画碉外地以顿吾军，供给粮食殊丰⑥。予感其惠，因问大渡河远近，张言：“此间西行即雪山，迤⑦北为大渡河，一日可达，请安心住宿，勿亟亟⑧也。”又言：“王部下兵已至否？”予云：“即至。”张云：“吾当遣乡导，从使者催速⑨。”予谢其殷恳⑩，果令使者从之行，夜宿碉楼中。

【校记】

〔一〕此标题许指岩本有“张士敬迷途”、“紫打土司毒计”、“夜宿碉楼中”三个小标题；钱书俟本作“紫打土司毒计”。

〔二〕二十七日：经纬本、会文堂本、大华本、普天本作“四月二十七日”。

【注释】

① 不至所往:不知道去了哪里。

② 检:查看。

③ 迷途:迷路。

④ 入谒:这里指进去拜访。

⑤ 足恭:非常恭敬。

⑥ 殊丰:特别丰裕。

⑦ 迤:往;向。

⑧ 亟亟:急忙;急迫。

⑨ 催速:使赶快进行某事或使某事的进程加快。

⑩ 殷恳:殷切诚恳。

二一一、土司倒戈〔一〕

二十八日〔二〕,天未曙①,忽报有大队兵至,予以为赵军也。令探之,则诸土司合军②,声言:"欲请予至其军中。"予大骇③。盖土司向④多恭顺,兵至,必入谒帐中,今盛气⑤召予,一反常态,必有变⑥。方欲遣使探问,忽谍者言:"土司军后有满兵某帅旗帜,何也?"予跃起⑦曰:"事败矣!赵军不来,而土司皆倒戈⑧,吾殆死于此矣!"命但取守势⑨,坚壁不动,相持以待赵军。或尚有万一转胜之希望。

二十九日〔三〕,赵军仍不至,土司军不复能耐⑩,直扑前队,予令死士奋勇抵御〔四〕,全军尚未动。然予军亦千人,而诸土司及满兵数在二万以外,向予作垓心之围,予军遂樵汲⑪不通。

【校记】

〔一〕此标题许指岩本有"诸土司合军倒戈击石氏"、"土司军后满兵旗帜"两个小标题;二十八日、二十九日日记合在了一起。

〔二〕二十八日:经纬本、会文堂本、大华本、普天本作"四月二十八日"。

〔三〕二十九日：经纬本、会文堂本、大华本、普天本作“四月二十九日”。

〔四〕予令死士奋勇抵御：经纬本、会文堂本、大华本、普天本作“予令兵士奋勇抵御”。

【注释】

① 曙：天刚亮。

② 合军：这里指土司的联合军队。

③ 大骇：非常吃惊。

④ 向：一直，一向。

⑤ 盛气：指骄傲蛮横的态度。

⑥ 有变：这里指土司对待石达开的态度有了明显的变化。

⑦ 跃起：这里指心情非常着急。

⑧ 倒戈：投降敌人，反过来打自己人。

⑨ 守势：固守的阵势。

⑩ 能耐：指本事；技能。

⑪ 樵汲：打柴汲水。

二一二、夜诵金经〔一〕

三十日〔二〕，予在围中①，士卒恩义〔三〕②，皆誓死相持，兀然③不溃。顾时有创伤而死者，计已去十之三④。予亦被创⑤，四姑娘等自炊衅⑥以饷军士。粮且尽，外围益急，予枕戈夜诵金经⑦。

【校记】

〔一〕此标题许指岩本作“两军相持”。

〔二〕三十日：经纬本、会文堂本、大华本、普天本作“四月三十日”。

〔三〕士卒恩义：许指岩本、钱书侯本、经纬本、会文堂本、大华本、普天本作“士卒感予恩义”，多“感予”二字。

【注释】

① 围中：包围之中。

② 恩义：这里指注重恩情道义。

③ 兀然：突兀的样子。

④ 十之三：十分之三。

⑤ 被创：这里指受到创伤。

⑥ 炊衅：这里指烧火做饭。

⑦ 金经：即《金刚经》。

二一三、绍东来援〔一〕

五月初一日，外军攻围益急，满兵旗帜，照耀耳目[①]。诸土司骄悍[②]之态，不可向迩[③]，不知何负于彼等[④]，甘心跖犬吠尧[⑤]也。忽围外炮声甚殷[⑥]，诸土司旗帜颇有靡乱[⑦]者，忽报外围有兵突至，予心知赵军来矣。乃奋臂[⑧]提刀，大呼突围，身先士卒，冒矢[⑨]北走。无何，与外军遇，则杨绍东军也，相见悲喜[⑩]。问赵如龙安在？则云：“已趋大渡河，期约勿误，想为满兵所截击，今不知所在。予等且向老鸦漩[⑪]退守，大渡河有满虏土司合军甚盛，未可往也。”予从之，是夜，烽火接天，刁斗[⑫]声不绝，予军虽惫甚，犹强自支持。绍东提兵夜袭满营，溃[⑬]其一角，始获西进。

【校记】

〔一〕此标题许指岩本有“外军攻围益急”、“杨绍东军来援”、“退走老鸦漩”三个小标题。

【注释】

① 照耀耳目：这里指土司的旗帜众多，令人眼花缭乱。

② 骄悍：骄横凶悍。

③ 向迩：靠近；接近。

④ 彼等：这里指土司那些人。

⑤ 跖犬吠尧：跖的犬向尧狂吠。跖，春秋末期农民起义领袖，历史上被称为“盗跖”。比喻各为其主。语出《战国策·齐策》。

⑥ 甚殷：形容数量非常多。

⑦ 靡乱：动乱。

⑧ 奋臂：振臂而起。

⑨ 冒矢：这里指冒着敌方射来的箭。

⑩ 悲喜：这里是悲喜交加的意思。

⑪ 老鸦漩：地名，在今四川省石棉县。关于这个地名的来源，说法不一。一说是大渡河在这里突然转弯，洪波冲击两岸石壁，形成许多巨大的漩涡，不仅船筏难行，善泅者难以横越，老鸦也只能在这里盘旋，不敢下水猎取食物。另一说是因为这里是南桠河与大渡河会合之处，南桠河在冕宁县境内称为“勒丫河”，在石棉县境内称为“南桠河”。这里也是石达开最后的败亡之地。

⑫ 刁斗：古代军中白天用作炊具，夜间用来警戒报时。

⑬ 溃：这里指击溃之意。

二一四、绍东获胜〔一〕

初二日〔二〕，绍东奋勇前进，杀满兵数百人。予之暮气[①]，诚不及此生力军[②]矣！惜为予所误，虽获胜，而敌兵甚众，一时难得收束[③]，赵军又不知所在，问所俘土人，知大渡河边仅十里耳。

初三日〔三〕，予乃率残兵向大渡河，绍东断后，忽见溃兵纷纷向西狂窜[④]。询之，知即从赵之土司兵也。知赵亦大败，生死未卜[⑤]，此次迷途失期[⑥]，致为满兵截断，一蹶不可复振[⑦]矣！哀哉！

【校记】

〔一〕此标题许指岩本作“绍东又获胜”；初二日、初三日日记合在了一起。

〔二〕初二日:经纬本、会文堂本、大华本、普天本作“五月初二日”。

〔三〕初三日:经纬本、会文堂本、大华本、普天本作“五月初三日”。

【注释】

① 暮气:这里是石达开的自嘲,认为自己已经老了。

② 生力军:这里指杨绍东等太平军年轻将领。

③ 收束:指结束;收尾。

④ 狂窜:慌慌张张地逃跑。

⑤ 生死未卜:是生还是死仍未确定。

⑥ 失期:超过了限定的日期;误期。

⑦ 一蹶:跌了一跤。这里指受到重挫。复振:再次振作起来。

二一五、 觅渡不得〔一〕

初四日〔二〕,疾驰至一处。大河前横①,水势泛滥②,旁有高山插天③,去路已绝。予欲环河④觅渡,不可得,而后路追兵已追,因率军士奋力御之⑤。绍东亦血战,敌兵稍却⑥。予乃欲求竹木编筏以渡,然上流水来湍急⑦,筏少不足以济事⑧。夜屯河边,但闻风声水声,怵人心目⑨,予不能寐。

【校记】

〔一〕此标题许指岩本有“大渡河水溢不得渡”、“夜屯河边”两个小标题。

〔二〕初四日:经纬本、会文堂本、大华本、普天本作“五月初四日”。

【注释】

① 前横:即横在前面。

② 泛滥:这里是指河水暴涨。

③ 插天:插入天际。这里形容山峰很高。

④ 河:这里是指大渡河。

⑤ 御之:这里指抵御清军。

⑥ 稍却:这里是指在石达开的反击下,清军稍稍后退。

⑦ 湍急:水流急速。

⑧ 济事:做到;办到;成事。

⑨ 怵人:让人害怕。心目:内心或视觉方面的感受。

二一六、又是端午自戕被阻〔一〕

初五日〔二〕,残兵扶伤哭死①,惨状满目,逆计②不可复振。乃谓四姑娘等曰:“予自西粤起义〔三〕,血战二十年〔四〕③,不幸遭奸人陷害,国事颠危④,始走西陲⑤,以求一隅⑥自立之地。尔等⑦忠诚优秀,从予来此绝域⑧,不获少展所长〔五〕,皆予一人之过也。今日之事,必不能免。我死,尔辈从杨将军冒死东归⑨,求一干净土为良民,吾目瞑⑩矣!”语毕,即欲自裁⑪,众号泣持之⑫,谓:“赵将军尚未至,而我军尚有千人,安知不转败为胜?万勿遽毁初志⑬。”予乃掷刃⑭太息,然实已知大势已去⑮,满兵索吾急,非自缚以献⑯,即五百人同死耳!四姑娘等均相视无语。

【校记】

〔一〕此标题许指岩本有“端午节”、“石王欲自戕,为众人所阻”两个小标题。

〔二〕初五日:经纬本、会文堂本、大华本、普天本作“五月初五日”;在“初五日”之后,许指岩本、钱书侯本、经纬本、会文堂本、大华本、普天本有“是日又为端午节矣”。

〔三〕予自西粤起义：经纬本、会文堂本、大华本、普天本作“予自粤西起义”。

〔四〕血战二十年：按：这一句疑为“血战十二年”之误，从1851年石达开随洪秀全金田起义，至1863年在大渡河覆亡，时间正好为十二年，底本及其他诸本皆有误。

〔五〕不获少展所长：会文堂本作“不获少展所负”。

【注释】

① 扶伤哭死：扶着受伤的，哭泣战死的，形容伤亡惨重。

② 逆计：预计。

③ 二十年：这里是指从1851年开始与清军作战，至1863年的十多年间，二十年是虚指，形容时间较长，并非实数。

④ 颠危：陷于颠困艰危的境遇。

⑤ 西陲：这里指西南边陲地区。

⑥ 一隅：一块小地方。

⑦ 尔等：这里指四姑娘、杨绍东等人。

⑧ 绝域：与外界隔绝的地方。

⑨ 东归：这里指希望能够回到天京。

⑩ 目瞑：即瞑目。指死亡。

⑪ 自裁：自杀；自尽。

⑫ 持之：这里指石达开手下的人相继阻止他的自杀行为。

⑬ 遽毁：突然毁掉。初志：当初推翻清朝的志向。

⑭ 刃：这里指石达开自杀的刀。

⑮ 大势已去：这里指兵败大渡河的局面已不可挽回。

⑯ 自缚以献：自己把自己捆绑起来，献给清军，意为主动与清军谈判，以换取四姑娘等人生路。

文　告

各安生业论〔一〕

真天命太平天国电师[1]，左军主将翼王石[2]，为训谕各县良民[3]，各安生业[4]，勿受妖惑[5]，惊慌迁徙[6]事。照得天父天兄[7]大开天恩〔二〕，亲命真主天王宰治[8]天下。又命东王及北王辅佐朝纲[9]，业已建都天京[10]，现下四海归心[11]，万邦向化[12]。今特命本主将前来安徽，抚恤黎庶[13]，援救生灵。你等良民〔三〕，生逢其时，何其大幸！

滋因四海尚有漏网残妖[14]，未尽诛灭，业[15]经特派大员，统兵四出搜捕妖魔[16]。诚恐你等惑于谣言，擅自迁徙，纵有点点[17]残妖，窜入该境。你等即遵本主将前次颁行训谕，一体严拿，解至安徽，自有重赏。为此特行训谕你等良民，须要敬天识主，认实东王，那时自有天父看顾[18]也。切不可妄听浮言[19]，须知一经迁徙抛弃祖业[20]，或丧身命，其害不可胜言[21]，统俟天父大显权能[22]，将四海残妖诛尽，自享永福于无穷〔四〕。你等各宜凛遵[23]，毋负本主将训诲殷殷[24]之意〔五〕。切切[25]，毋违[26]训谕。年月日[27]。【选自《太平天国野史》[28]】

【校记】

〔一〕许指岩本名为《石达开日记》，故不载石达开的诗、文等内容；其他诸本皆载有此篇，经纬本、会文堂本、大华本、普天本将这篇训谕放在了《石达开全集》中“训谕”的第二篇。

〔二〕经纬本、会文堂本、大华本作“大开天恩”；普天本作“大开恩”，少一“天”字。

〔三〕你等良民：普天本作“尔等良民”。

〔四〕自享永福于无穷：经纬本、会文堂本、大华本、普天本作“自享永福于无穷也”，多一“也”字。

〔五〕毋负本主将训诲殷殷之意：经纬本、会文堂本、普天本作“毋负本主将训诲殷殷之意也”，多一“也”字。

【注释】

① 真天命太平天国电师：这是当时太平天国通电时的一种格式。真天命，这里是指合法之意。电师，通电晓谕各师。

② 左军：石达开的军中职位。翼王石：翼王石达开。

③ 训谕：亦作“训喻”。犹训诲；开导。良民：这里指守法的百姓。

④ 生业：谋生的职业。

⑤ 妖惑：这里指清政府的宣传。

⑥ 迁徙：迁移；搬家。

⑦ 天父天兄：洪秀全模仿基督教创立拜上帝会，称上帝为天父，自谓与耶稣同为上帝之子，因称耶稣为天兄。

⑧ 天王：洪秀全。宰治：掌管；治理。

⑨ 朝纲：指朝廷的法纪。

⑩ 天京：即今南京。太平天国定都南京后，将南京改称“天京”。

⑪ 归心：归化，顺服。

⑫ 万邦：泛指众多的国家。向化：归服。

⑬ 抚恤：安抚体恤。黎庶：庶民百姓。

⑭ 漏网残妖：这里指漏网的、没有被抓住的清朝官吏。

⑮ 业：已经。

⑯ 妖魔：太平天国将领对清朝官员的称呼。

⑰ 点点：少量的。

⑱ 看顾：照看，关心照顾。

⑲ 浮言：不实之词。

⑳ 祖业：这里指祖上留下的产业。

㉑ 不可胜言：说也说不过来。形容非常多或到达极点。

㉒ 统俟：一起等到。权能：权力与职能。

㉓ 宜：应该。凛遵：严格遵循。

㉔ 殷殷：形容殷切。

㉕ 切切：用在布告、条令等结尾，表示再三告诫。

㉖ 毋违：这里指不要违背石达开的训谕。

㉗ 年月日：这里是指石达开发表训谕的时间。下同。

㉘《太平天国野史》：凌善清著，山东友谊出版社2000年版。

训谕曾天养〔一〕①

真天命太平天国电师，左军主将翼王石，为训谕秋官②，又正丞相曾天养。弟〔二〕知悉：缘于六月二十四日〔三〕，接闻③弟等具回禀报〔四〕，兄已备悉④。惟禀称妖魔作怪〔五〕⑤，难以取胜，恐岳州⑥城池难守等情。兄已将此情由禀奏东王殿下，俟奉到诰谕⑦，再行谕知。

弟等在外⑧，俱要事事灵变⑨，加意提防。如若岳州城池十分难守，弟等可即退赴下游⑩，坚筑营盘⑪，静候东王诰谕遵行，毋得旷误⑫。统候天父大开天恩，大显权能⑬，任那妖四面飞〔六〕⑭，总难逃我天父天兄手段过也。时时⑮将此道理，讲与众兵士听，不可使有别意⑯也。为此特行训谕⑰，谕到亟宜⑱凛遵毋违。特谕。年月日。

【选自《太平天国野史》】

【校记】

〔一〕经纬本、会文堂本、大华本、普天本将这篇训谕放在《石达开全集》中“训谕”的第一篇。

〔二〕按:从年龄上来看,石达开比曾天养小 36 岁,这里的“弟”应是石达开自称,而从上下文意思来看,“弟”又似指曾天养,今存疑。

〔三〕缘于六月二十四日:经纬本、普天本作“缘于七月二十四日”。

〔四〕接闻弟等具回禀报:钱书侯本、经纬本、会文堂本、大华本、普天本作“接阅弟等具回禀报”。

〔五〕惟禀称妖魔作怪:钱书侯本、经纬本、会文堂本、大华本、普天本作“惟禀称妖魔十分作怪”,多“十分”二字。

〔六〕任那妖四面飞:钱书侯本、经纬本、会文堂本、大华本、普天本作“任那妖魔一面飞”,多一“魔”字;“四”作“一”字。

【注释】

① 曾天养(1795—1854),广西桂平人,太平天国将领。参加金田起义时,他已五十多岁,历任御林侍卫、指挥、点检、秋官又正丞相。1854 年 7 月,曾天养在安徽城陵矶之战中牺牲。

② 秋官:《周礼》六官之一,掌刑狱。这里的秋官是曾天养的官职。弟:这是石达开的自称,因石达开比曾天养小 36 岁,故自称为弟。

③ 接闻:接到闻报、消息。

④ 备悉:完全知悉。

⑤ 妖魔作怪:这里指清军与太平军的激烈战斗。

⑥ 岳州:地名,即今湖南岳阳。时太平军从广西进入湖南,与清军在此激战。

⑦ 诰谕:告示。

⑧ 弟等在外:时石达开在长沙与清军作战,故称“在外”。

⑨ 灵变：善于随机应变。

⑩ 下游：这里指长江下游。

⑪ 营盘：兵营的旧称。

⑫ 旷误：疏忽；耽误。

⑬ 权能：权力与职能。

⑭ 四面飞：这里指清军肆无忌惮地横行。

⑮ 时时：经常。

⑯ 别意：其他的想法。

⑰ 特行训谕：特意告诉。这里有强调之意。

⑱ 亟宜：应该赶快（处理、办理）。

攻湘赣檄文〔一〕

前部都督、第二天将、复汉将军石①，谨奉大汉千岁洪意②，以大义布告天下③：

盖闻归仁就义④，千古有必顺之人心⑤；返本还源⑥，百年无不回之国运⑦。自昔皇汉⑧不幸，胡虏纷张⑨。本夜郎自大⑩之心，东方入寇⑪；窃天子乃文之号⑫，南面称尊⑬。阳借靖乱之名⑭，阴售并吞之计。而乃蛮夷大长⑮，既窃帝号⑯以自娱；种族相仇⑰，覆杀民生⑱以示武。扬州十日⑲，飞毒雨而漫天⑳；嘉定三屠㉑，匝腥风㉒于遍地。两王入粤㉓，三将封藩㉔，屠万姓于沟壑之中〔二〕，屈贰臣㉕于宫阙之下。若宋度欷歔于南浙㉖，故秦泥不封于西函㉗。呜呼！明祚㉘从此亡矣！国民宁不衰乎？

递其守成之世㉙，筹其永保之方。牢笼㉚汉人，荣㉛以官爵〔三〕。伈伣㉜之辈，雍乾㉝以还。入仕途而锐气销㉞，颂恩泽而仇心泯㉟。罹㊱于万劫，经又百年㊲，然试问张广泗何以见诛㊳？柴大纪何以被杀㊴？非我族类，视为仇雠㊵。稍开嫌隙之端㊶，即召死亡之祸。若夫狱兴文字，以严刑惨杀儒林㊷；法重捐抽，借虚衔网罗商贾㊸。关税营私以奉上，漕粮[44]变本以欺民。斯为甚矣[45]，尚忍言哉[46]！

洪公奉汉威灵[47]，悯民水火[48]。睹狼枭[49]之满地，作牛马于他人。用是崛起草茅[50]，纵横粤桂[51]。早卧薪以尝胆，爰破釜以沉舟[52]。忍令上国衣冠[53]，沦于夷狄[54]；相率中原豪杰[55]，还我河山。自起义金田，树威桂郡[56]。山岳为之动摇，风云为之丕变[57]。英雄电逝[58]，若晨风之拂北林[59]；士庶星归[60]，甚涓流之赴东海〔四〕[61]。一举而乌兰泰死[62]，再举而赛尚阿奔〔五〕[63]。固知雨露无私，不生异类[64]；自令天人合应，共拯同胞。

今广西已定，士气方扬〔六〕[65]。军兵则铁骑千群[66]，将校则旌旗五色。特奋长驱[67]，分征不顺[68]。中临而长江可断[69]，北望而幽云自卷[70]。凡尔官吏，爰及军民，受天命者[71]为奇人，当思归汉；识时务为俊杰，胡可违天[72]？所有归顺之良民，即是轩辕[73]之肖子；如其死命助胡[74]，甘心拒汉[75]，天兵一到，玉石俱焚[76]。本天将号令严明，赏罚不苟[77]。若或扰乱商场，破坏法纪，轻置鞭笞之典[78]，重贻斧钺[79]之诛。各自深思，毋贻后悔。如律令！【选自《太平天国野史》】

【校记】

〔一〕此标题在钱书侯本作《攻湖南檄文》；在经纬本、会文堂本、大华本、普天本作《布告天下檄》。

〔二〕屠万姓于沟壑之中：普天本作“屠万姓于壑沟之中”；经纬本、会文堂本、大华本作“沟万姓于屠壑之中”。

〔三〕荣以官爵：经纬本、大华本、普天本作“荣之官爵”。

〔四〕甚涓流之赴东海：大华本作“其涓流之赴东海”。

〔五〕一举而乌兰泰死，再举而赛尚阿奔：经纬本、会文堂本、大华本无此二句。

〔六〕士气方扬：经纬本、大华本、普天本作“士气力扬”。

【注释】

① 前部都督、第二天将、复汉将军石：这些都是石达开在太平

天国时的官职。

② 大汉千岁:这里指洪秀全,时洪秀全已称天王,故称“千岁”。洪意:洪秀全之意。

③ 大义:这里指推翻清廷的要旨。布告天下:当时的一种告示之语,意为“昭告天下”。

④ 盖:发语词,无实际意义。归仁:出自《论语·颜渊》“一日克己复礼,天下归仁焉”之略语。儒家指约束自己,使每件事都归于“礼”(“礼”为西周之礼)。“克己复礼”是达到仁的境界的修养方法。就义:是指为正义事业而被敌人残杀。

⑤ 顺之人心:这里指符合社会潮流和民心。

⑥ 返本还源:这里指追溯到华夏正统政权建立之始。

⑦ 百年无不回之国运:这里指自 1840 年鸦片战争以来,中国再也回不到所谓的“康乾盛世”了。

⑧ 皇汉:这里指以汉族为主体的帝制皇权。

⑨ 胡虏:这里指清统治者。纷张:扩充势力。

⑩ 夜郎自大:比喻骄傲无知的肤浅自负或自大行为。语出《史记·西南夷列传》。

⑪ 东方入寇:这里指清统治者,因其祖居东北,故有此说。

⑫ 窃天子乃文之号:这里指清统治者取代明朝。

⑬ 南面称尊:这里指清统治者称帝之事。

⑭ 阳借靖乱之名:这里指清统治者表面上借平定明末李自成起义之名,而实际却乘乱占领北京城,建立了清朝。

⑮ 蛮夷大长:这里指清统治者建立清朝后,势力逐渐强大。

⑯ 窃帝号:这里指清统治者取代了明朝。

⑰ 种族相仇:这里指清与汉族之间的仇杀。

⑱ 覆:同“复”,重复。民生:民众。

⑲ 扬州十日:又称扬州屠城。是指史可法率领扬州人民阻挡清军南侵守卫战失败之后,清军对扬州城内民众展开的屠杀。屠杀

共持续十日,故名“扬州十日”。

⑳ 漫天:弥漫整个天空。

㉑ 嘉定三屠:南明弘光元年(1645 年,清顺治二年),清军攻破嘉定后,三次对城中平民进行大屠杀,前后约杀了十万人,史称“嘉定三屠”。

㉒ 匝:遍地。腥风:这里指清统治者镇压百姓的恐怖气氛。

㉓ 两王入粤:顺治七年(1650)11 月 24 日,平南王尚可喜、靖南王耿继茂指挥清军围困广州近十个月,经过惨烈的战斗,广州城被攻破。这场屠城,斩“兵民七十万余”,是广州历史上遭遇最严重的屠城暴行。

㉔ 三将封藩:这里指平西王吴三桂、靖南王耿精忠、平南王尚可喜因镇压明军有功,被封为藩王。

㉕ 贰臣:指在前一个朝代做官,投降后一个朝代又做官的人。后泛指叛逆者。贰,变节,背叛。

㉖ 宋度欷歔于南浙:这里是对南宋灭亡的感叹。度,估计,揣测。欷歔,感慨,叹息。南浙,即浙江南部,元军攻袭南宋时,当时的皇室是从南浙逃亡,故有此说。

㉗ 秦泥不封于西函:这里是说像隗嚣这样的人,即使凭借函谷关天险也照样失败。秦泥,秦汉时期一种官印的印迹,古代缄封简牍钤有印章以防私拆的信验物,也代表了一种权力。西函,函谷关以西的地方。隗嚣(? —33),王莽新朝末年地方割据军阀,东汉建立后,曾想联合公孙述作乱,意图进军关中。建武九年(33),汉光武帝平定陇右,隗嚣郁郁而终。

㉘ 明祚:明朝的国运。

㉙ 递:顺次。守成之世:守祖业的时代。这里指清嘉庆时期的平庸之世。

㉚ 牢笼:关鸟兽的器具。比喻约束、限制人的事物或骗人的圈套;也指约束,限制。

㉛ 荣:名词作动词使用,以……为荣。

㉜ 伈伣:“伈伈伣伣”的略语,小心害怕或低声下气的样子。伈,小心恐惧的样子;伣,眼睛不敢睁大的样子。

㉝ 雍乾:雍正、乾隆。这里是说康熙、乾隆继续实行文字狱,读书人都变得小心翼翼起来。

㉞ 入仕途而锐气销:这里是说在清政府的高压之下,读书人一旦进入仕途之后,原有的一点锐气都消磨掉了。

㉟ 仇心泯:这里指汉族知识分子原有的对清廷的仇视之心泯灭了。

㊱ 罹:遭受苦难或不幸,引申为忧患,苦难。

㊲ 百年:这里指雍正、乾隆时期到金田起义这段时间。

㊳ 张广泗何以见诛:张广泗(? —1749),清雍正、乾隆时名将。从雍正四年(1726)起,他追随鄂尔泰征讨苗疆,屡立战功。乾隆十二年(1747)三月转任川陕总督,经略平定大小金川军务。因进剿金川的事务久无进展,又遭到讷亲、岳钟琪的弹劾,被革职解京。乾隆帝亲自审讯,张广泗拒不服罪,最后以失误军机罪处斩。

㊴ 柴大纪何以被杀:柴大纪(1730—1788),字肇修,号东山,浙江江山人。乾隆二十八年(1763)中武进士,历任福建福宁镇提标左营守备、福建海坛镇总兵等职。朝廷先后赠柴大纪“壮健巴图鲁”名号,升福建陆路提督,又改一等义勇伯。乾隆五十一年(1786),台湾林爽文响应天地会起义,柴大纪驻守嘉义进行镇压。后受到乾隆宠臣福康安弹劾,柴大纪以纵弛贪黩、贻误军机罪被夺职、逮问,押送京师。五十三年(1788)七月,柴大纪被斩首示众,其子发伊犁为奴。

㊵ 仇雠:仇人,冤家对头。

㊶ 嫌隙:因彼此不满或猜疑而产生的恶感。端:开始。狱兴文字:这里指清朝镇压知识分子、屡屡大兴文字狱之事。

㊷ 儒林:这里指读书人、知识分子。

㊸ 虚衔:这里指罗织罪名。网罗商贾:这里指对商贾的严酷剥

削。关税营私:这里指清朝统治者用关税谋取私利。

㊹ 漕粮:清朝由东南地区将粮食漕运京师。

㊺ 甚矣:过分。

㊻ 尚忍言哉:难道不忍心把悲惨情形说出口吗?

㊼ 洪公:洪秀全。奉汉威灵:奉大汉的神灵威力。

㊽ 水火:这里指老百姓所受到的灾难和痛苦。

㊾ 狼枭:两种凶猛的动物豺狼与鸱鸮,这里指清朝统治者。

㊿ 用是崛起草茅:这里指太平天国起义者,他们都是普通百姓。

51 纵横粤桂:这里指太平天国起义后,首先占领了广东和广西。

52 爰:用在句首或句中,起调节语气的作用。破釜以沉舟:即“破釜沉舟”。

53 上国衣冠:《周易·系辞下》:“黄帝、尧、舜垂衣裳而天下治。”华夏乃衣冠上国,礼仪之邦。秦汉以降,“衣冠”即用来指称华夏之服。衣冠很早便成为华夏民族难以释怀的情结,清朝因剃发易服令一度断绝华夏衣冠,故有此说。

54 沦于夷狄:这里指被清朝统治者所统治。夷狄,这里指清朝统治者。

55 中原豪杰:这里指有志推翻清统治的豪杰之士。

56 树威桂郡:太平天国起义后,首先在广西永安(今广西蒙山)建制,洪秀全称天王,杨秀清等人也分别封王,形成了太平天国的政治领导结构。

57 丕变:大变。

58 英雄电逝:这里指太平天国起义后,行动迅速,给清朝统治者以迅猛的打击。

59 晨风:这里指太平天国起义。北林:这里指清朝统治者。

60 士庶:知识分子和老百姓。星归:如群星归于太阳。这里指太平天国起义后受到百姓的拥护。

㉑ 甚:更,更有。涓流之赴东海:溪流归于大海。这里指老百姓投奔太平军。

㉒ 乌兰泰死:乌兰泰(? —1852),清将,满洲正红旗人,字远芳。道光二十七年(1847)擢广州副都统,咸丰元年(1851)春,奉命帮办广西军务,领兵入桂。5 月,先后在武宣、象州等地与太平军作战。次年 4 月上旬,在桂林与太平军作战时,被太平军击伤,退至阳朔而死。

㉓ 赛尚阿奔:赛尚阿(1794—1875),字鹤汀,身历晚清六朝(乾、嘉、道、咸、同、光)的蒙古族大臣。晚年两次以钦差大臣身份至湖南围剿太平军,失败被革职查办。

㉔ 异类:这里指清统治者。

㉕ 方扬:正在昂扬向上。

㉖ 铁骑千群:这里形容太平军兵强马壮,人数众多。

㉗ 长驱:迅速地向很远的目的地行进。

㉘ 不顺:这里指不顺从太平天国的人,亦即清统治者。

㉙ 中临而长江可断:这里是指太平军声势浩大,站在长江中游(武汉)可截断江水。

㉚ 北望而幽云自卷:这里是说太平军的威势可以让清统治者感受到巨大的威胁。幽,幽州,北京的旧称。

㉛ 受天命者:这里指接受太平天国理念的人。奇人:在能力上杰出或引人注目的人。

㉜ 违天:违背太平天国之意。

㉝ 轩辕:即黄帝,古华夏部落联盟首领,中国远古时代华夏民族的共主。

㉞ 胡:这里指清朝统治者。

㉟ 汉:这里指太平天国。

㊱ 玉石俱焚:美玉和石头一起烧毁了,比喻好的和坏的一同毁掉。

⑦ 不苟：指不随便、不马虎。

⑱ 典：标准；法则。

⑲ 贻：留下。斧钺：古代酷刑的一种，用斧子劈开头颅，使人致死。

檄告招贤文〔一〕

为招集贤才，兴汉灭满，以伸大义事：照得胡虏腥膻[1]，岂容长污汉家之土？人民敌忾[2]，何难尽洗夷尘之羞〔二〕[3]。慨自朱家之大纲不振[4]，白山之小丑[5]无良。三桂求援[6]，以揖外盗。八旗乘衅[7]，以入中邦[8]。遂尔窃据我土地，毁变我冠裳〔三〕[9]，改易我制服[10]，败坏我伦常[11]。削发剃鬓[12]，污我尧舜禹汤之貌[13]；卖官鬻爵，屈我伊周孔孟[14]之徒。逼堂堂大国之英雄豪杰，俯首而拜夷人为君；合赫赫中原之子女玉帛，腆颜而惟胡虏是贡[15]。为耻已甚，流祸无穷。有人气者，理应切齿；怀公愤者，益当痛心。

兹幸我真主[16]代天除暴，翼王罚罪[17]救民。求贤若渴，待士如宾。凡多才多艺之俦[18]，乃文乃武之侣[19]，断不吝惜爵赏，从未埋没贤才。倘使兵卒尽力，何惧鞑子[20]难诛。江南腾有王气[21]，浙东岂无名贤？我国适当戊午之年[22]，光复浙省。尔庶示夙抱未伸之志，曷出茅庐[23]。为此特行晓谕，仰尔士民，一体共知。

拱手事夷，是吾耻也〔四〕。甘心忘汉，于心安乎？文天祥决不降虏[24]，岳武穆誓必诛金[25]。前哲堪羡，后辈当兴。从此龙起南阳[26]，共挽红羊之劫[27]；定教鹿逐[28]北虏，惊散赤狗之群[29]。绥我士子，驱彼旗丁。胡妖既洗夫闽浙，义师再捣夫幽燕。又况尔省素称胜地，代产名流。三江毓秀[30]，八川[31]佑灵。我愧无能，未兴雕龙于八斗[32]；人当有待，盍庆司马之三升[33]。请抒宏愿，援救苍生。

天下事尚可有为，个中人又何疑焉？若复甘心自弃，裹足不前，试思臣事胡种，何以对我汉人。倘其恢复旧业，大丈夫共快鼎革之心。勉建新猷[34]，小将军[35]敢歼咸丰之首。吴越王[36]尚有生气，钱塘江涤尽胡虏〔五〕，勋业壮河山之色〔六〕，岂不休哉！姓名争史册之光，何其盛也！特此布告，咸使闻知。(原注：太平七年【1857】，时在浙江。)【选自《太平天国野史》】

【校记】

〔一〕此标题在经纬本、会文堂本、大华本、普天本作《招集贤才檄》。

〔二〕何难尽洗夷尘之羞：经纬本、会文堂本、大华本、普天本作“何勿尽洗夷尘之羞”。

〔三〕毁变我冠裳：钱书侯本、会文堂本、大华本、普天本作“毁乱我冠裳”。

〔四〕是吾耻也：经纬本、会文堂本、大华本、普天本作“是否耻也”。

〔五〕钱塘江涤尽胡虏：会文堂本、大华本、普天本作“钱塘江涤尽胡尘”。

〔六〕勋业壮河山之色：经纬本作“业勋壮河山之色”。

【注释】

① 腥膻：又腥又膻的气味。这里指入侵的清统治者，因满族原是游牧民族，故有此说。

② 敌忾：抵抗所愤恨的敌人。

③ 夷尘之羞：这里指汉族被清统治者侵扰之后带来的羞辱。

④ 朱家：这里指明朝。因明朝的皇帝姓朱，故称朱家。大纲不振：这里指明朝国势日颓的局面。

⑤ 白山之小丑：这里指清统治者，因其崛起于长白山，故有此说。

⑥ 三桂求援：这里指吴三桂在受到李自成农民起义军的打击后，向关外的清军求援之事。

⑦ 八旗：这里指清八旗军队。乘衅：利用机会，趁空子。

⑧ 中邦:这里指明朝。

⑨ 毁变:毁坏和改变。冠裳:帽子和衣服。

⑩ 制服:制度和礼仪。

⑪ 伦常:中国封建社会的伦理道德。封建时代称君臣、父子、夫妇、兄弟、朋友五种关系为五伦,认为这种尊卑、长幼的关系是不可改变的常道。

⑫ 削发剃鬓:这里指清统治者按照其习俗,对汉族老百姓施行“留头不留发”的残酷政策。

⑬ 尧舜禹汤之貌:这里指中国人的标准相貌。尧、舜、禹、汤,均为中国古代的圣君,为中国人的精神楷模。

⑭ 伊周孔孟:伊尹、周公、孔子、孟子,均为中国古代的政治家、思想家,他们的思想对后世影响很大。

⑮ 腆颜:厚颜。贡:敬贡,这里指臣服。

⑯ 真主:这里指洪秀全。

⑰ 翼王:这里指石达开的自称。罚罪:惩罚有罪的人。

⑱ 俦:等,辈。

⑲ 侣:结为伴侣。

⑳ 鞑子:这里是对清统治者的蔑称。

㉑ 王气:旧指象征帝王运数的祥瑞之气。

㉒ 戊午之年:指1858年。

㉓ 茅庐:指用茅草盖的屋,泛指草屋。这里指贤士未出名时的居所。

㉔ 文天祥决不降虏:这里指文天祥被元军俘获后,绝不投降之事。虏,这里指元军。

㉕ 岳武穆誓必诛金:岳飞发誓要诛杀金兵。武穆,岳飞的谥号。金,这里指金兵。

㉖ 龙起南阳:指诸葛亮从隐居南阳的茅庐出山,最后辅佐刘备成就一番霸业之事。龙,指诸葛亮,号“卧龙先生”。南阳,诸葛亮的

隐居之地。

㉗ 红羊之劫：古代的谶纬之说，代指国难。古人以为丙午、丁未是容易发生灾祸的年份。以天干“丙”、“丁”和地支“午”在阴阳五行里都属火，为红色，而“未”这个地支在生肖上是羊，每六十年出现一次的“丙午丁未之厄”便被称为“红羊劫”。太平天国起义虽然并未发生在这两个年份，但由于领导者洪秀全与杨秀清的姓氏为“洪、杨”，亦被附会为“红羊劫”。

㉘ 鹿逐：比喻群雄争夺天下。语出《汉书·蒯通传》：“秦失其鹿，天下共逐之。”

㉙ 赤狗之群：这里指清朝统治者的帮凶。赤狗，熛怒之神，是古代谶纬家所谓五帝之一，即南方之神，司夏天。

㉚ 三江：指太湖附近的松江、钱塘江、浦阳江。毓秀：山川秀美，人才辈出。

㉛ 八川：这里指浙江省境内的八条河流。

㉜ 雕龙：雕镂龙纹。比喻善于修饰文辞或刻意雕琢文字。八斗：南朝诗人谢灵运称颂曹植时用的比喻。这里比喻文才高超的人。

㉝ 司马之三升：建兴十年(234)，蜀、魏两军对峙于渭水边数月，其间蜀军将领多次挑战，可魏军拒不出战。诸葛亮派使者前去打探虚实，来到魏营后，司马懿问起使者孔明近日的饮食情况，一天要吃多少米？使者直接回答说三四升。等使者走后不久，司马懿对属下说，对面的诸葛孔明恐怕活不了多久了。

㉞ 新猷：新的谋略。指建功立业。

㉟ 小将军：这里是石达开的自称，因当时石达开年仅二十多岁，故自称小将军。

㊱ 吴越王：这里指春秋时吴王阖闾和越王勾践，他们都曾为自己国家的复兴做出了较大贡献。

开职凭〔一〕

真天命太平天国圣神电通军主将翼王石，为颁给职凭①事：照得勋绩大彰②，杰士之名垂不朽。荣光普被③，天朝之恩播无穷。缘予钺秉征诛④，凡汝抱才文武，立志顶天⑤，雄心为国，有能者在所按材授职〔二〕⑥，有功者在所论绩酬庸⑦。

兹尔杨福广一名，合行封赏恩丞相⑧职衔，以示天恩之厚〔三〕，用昭德懋功⑨懋之荣。爰给职凭，畀⑩付收执〔四〕。尚期益奋之志〔五〕，丕展才猷⑪。建殊勋超乎麟阁⑫，邀显爵列于鸳班⑬，则予于汝有厚望焉，是为执照⑭。右仰恩丞相杨福广官收执。太平天国壬戌十二年⑮月日〔六〕。【选自《掌故丛编》⑯第一辑】

【校记】

〔一〕此标题在经纬本、会文堂本、大华本、普天本作《杨福广职凭》。

〔二〕有能者在所按材授职：经纬本、会文堂本作"有能在所按材授职"，少一"者"字。

〔三〕以示天恩之厚：经纬本、普天本作"以示天恩王恩之厚"，多"王恩"二字；钱书侯本、会文堂本、大华本作"以示天恩主恩之厚"，多"主恩"二字。

〔四〕畀付收执：经纬本、会文堂本、大华本作"畁付收执"。

〔五〕尚期益奋之志：钱书侯本、会文堂本作"尚期益奋心志"。

〔六〕太平天国壬戌十二年月日：经纬本、会文堂本、大华本、普天本作"太平天国年月日"，少"壬戌十二"四字。

【注释】

① 职凭：类似于职业介绍信，作为官员身份的凭证。

② 勋绩：特别大的功绩。大彰：大力表彰。

③ 普被:普遍照受到。

④ 缘:由于。钺:古代兵器,像大斧。秉:拿着。征:征伐,讨伐。诛:杀戮,杀死。

⑤ 立志顶天:这里指志向远大。

⑥ 按材授职:按照各种人才的标准授予官职。

⑦ 酬庸:酬劳的意思。

⑧ 赏恩丞相:是太平天国的一种荣誉官衔,有名称而无权无印。赏恩丞相不承载丞相职能,取名丞相是因其为百姓最熟悉、最向往的臣子官位。设立赏恩丞相,有效满足了底层民众的做官梦想。

⑨ 昭德:指美德。懋功:功劳、功绩盛大之意。懋,盛大。

⑩ 畀:给予。

⑪ 丕展:大展。才猷:才能谋略。

⑫ 殊勋:丰功伟绩。麟阁:"麒麟阁"的略称,汉朝阁名,汉武帝所建,里面供奉功臣的画像。

⑬ 显爵:显贵的爵位。鸳班:指朝班。

⑭ 执照:一般指官府所发的文字凭证。

⑮ 太平天国壬戌十二年:1862 年。

⑯《掌故丛编》:中华书局 1990 年版。

训谕军民布告[一]

为沥[①]剖血诚,谆谕[②]众军民:自恨无才智,天国愧荷恩[③]。
惟天照贞志[④],区区一片心;上可对皇天,下可质[⑤]古人。
去岁遭祸乱[⑥],狼狈赶回京[⑦];自谓此愚忠,定蒙圣君明[⑧]。
乃事有不然,诏旨降频仍[⑨];重重生疑忌,一笔难尽陈[⑩]。
用是自奋励[⑪],出师再表真[⑫];力酬上帝徒[⑬],勉报主恩仁。
精忠若金石,历久见真诚。惟期[⑭]妖灭尽,予志复归林[⑮]。

为此行谆谕〔二〕，遍告众军民：依然守本分，照旧[16]建功名。

或随本主将，亦足表元勋[17]；一统太平日[18]，各邀天恩仁〔三〕[19]。

【录自《太平天国野史》】

【校记】

〔一〕这是石达开离开天京后，向天朝军民诏告自己离京原委的告示。这个告示有两个版本，对比之下有不少出入。此文收录于底本，除普天本之外，钱书侯本、经纬本、会文堂本、大华本均不载此文，今据《太平天国野史》补出。此文还有第二个版本，兹录于下：

为沥剖血陈，谆谕众军民：自愧无才智，天恩愧荷深。

惟矢忠贞志，区区一片心；上可对皇天，下可质世人。

去岁遭祸乱，狼狈回天京，自谓此愚衷，定蒙圣鉴明。

乃事有不然，诏旨降频仍；重重生疑忌，一笔难尽陈。

疑多将图害，百喙难分清；惟是用奋勉，出师再表真。

力酬上帝使，勉报主恩仁；惟期成功后，予志复归林。

为此行谆谕，谆谕众军民：依然守本分，各自立功名。

或随本主将，亦一样立勋；一统太平日，各邀天恩荣。

两个版本发现时间、地区不同，应该是同一告示的初稿和定稿。关于哪份是初稿？哪份是修改稿？史式先生根据张贴时间的先后、用词平仄的考究等考证，做出前文是修改后的定稿、后文是初稿的结论，这个观点是有说服力的。除了一些用词上的差异外，两稿中有三处特别值得注意的差异。(1) 初稿中"疑多将图害，百喙难分清"，在修改稿中被删除。(2) 修改稿中另加了"精忠若金石，历久见真诚"一句。(3) 初稿中的"各自立功名"在修改稿中被改成了"照旧建功名"。石达开做这三处修改时的心情，实在值得仔细体会。史式先生认为，初稿中"疑多将图害，百喙难分清"两句，显然是石达开在极度愤懑的情绪下写出的。太平天国的内讧虽然已是公开的秘密，但到底还算是秘密，初稿如果把这个秘密完全公开出来，可能长他人志气，灭自己威风，产生不好的政治影响。冷静下来的石达开为了顾全大局，在修改时删掉了这两句，另加了“精忠若金石，历久见真诚”两句。而按同样的思路，“各自立功名”使人产生一种错觉，让人觉得，太平天国各支队伍是否已经各自为政，各自为战，不复一个整体。而改为“照旧建功名”就好得多，不论继续留在当地还是跟随石达开出征，都是为太平天国出力立功，都是为了共同的目标而奋斗。（参见史式《试探百余年来对石达开评价变化无常的原因》，《广西社会科学》1987 年第 2 期）

〔二〕为此行谆谕：普天本作“于此行谆谕”。

〔三〕各邀天恩仁：普天本作“各邀天赐恩”。

【注释】

① 沥：液体一滴一滴地落下。

② 谆谕：谆谆告诫。

③ 荷恩：蒙受恩惠。

④ 贞志：坚贞的心志。

⑤ 质：辨别，责问。

⑥ 祸乱：这里指天京之变。

⑦ 回京：这里指石达开回到天京。

⑧ 圣君：这里指洪秀全。明：明鉴，明察。

⑨ 频仍：次数较多。

⑩ 尽陈：详细陈述。

⑪ 奋励：激励；振奋。

⑫ 表真：表达真情。

⑬ 上帝徒：这里指参加拜上帝会的信徒。

⑭ 期：期望。

⑮ 归林：归隐山林。这里指成功后退隐。

⑯ 照旧：仍旧。

⑰ 元勋：首功；大功。

⑱ 太平日：这里指统一全国。

⑲ 仁：仁德。

太平天国翼王石达开告涪州城内四民训谕

真天命太平天国圣神电通军主将翼王石

为训谕涪州城内四民人等知悉：

照得爱民者宁捐身[①]以救民，必不忍伤民而为己；知几[②]者每先事而见己，必不致昧己以徇人[③]。

兹本主将统兵莅此，查尔涪城妖兵无几，团练为多。究其故，总是该胡官[④]等自料兵微，逃则畏罪，守则惧死，是以生设诡计，惑[⑤]以众志成城，抗我王师[⑥]。徒为螳臂当车，安得不败？劳穷民苦磨筋骨[⑦]，名为各保身家；耗[⑧]富户捐纳金钱，实则共危性命。

今者大军渡江，城亡旦夕。际此时候，伊为胡官，即当出城决一死战，胜则不独前程可保，即尔百姓身家亦得护持；如已败绩，伊为胡官者，死之应当；必先饬[⑨]尔民等，纳款投降，免遭惨戮；或令预为迁居，保全众命。似此方为尔等父母之官，妖胡爱民之将。目下大兵压境，退守城中，徒作楚囚对泣[⑩]，竟束手无策。而乃化民屋为灰烬，恶焰熏天；委巷市于祝融[⑪]，炎光照地。致苍生无托足[⑫]之区，赤子[⑬]有破家之叹。无心失火，为官者尚奔救恐迟；有意延烧，抚民者何凶残至此？伤心惨目，我见犹怜；饮泣吞声，人孰无恨？嗟夫！尔民受胡妖笼络，身为伊[⑭]死，家被他焚。如此之仇，直觉不共戴天；虽生啖[⑮]其肉，不足雪其恨。尔等犹不自省悟，反在城效死[⑯]勿去，何愚之甚也！

本主将立心复夏[⑰]，致意安民，欲即破厥[⑱]城池，为民雪恨，窃恐玉石俱焚，致众含冤。尔四民等痛无家之可归，愧有仇而不报。诚能效沛子弟[⑲]，杀酷令以归降，自当妥为安抚，不致一枝无栖，并严约束士兵，秋毫无犯。即伊爪牙其众，下手殊难，尚自家室同谋，抽身[⑳]

独早；或城郭[21]以图全，妖民自别；或渡河以待抚，良莠攸[22]分。网开三面，用命者大可逃生；仁止一心，体德[23]者自能造福。倘其执迷不悟，如野鬼之守孤坟，终必后悔已迟，思猎犬而逐狡兔。特此训谕，切切凛遵[24]。

太平天国壬戌十二年[25]二月十四日

【校记】

这篇文告不见于底本。但却是太平天国后期发布的著名文告之一，此文告一作《翼王石达开告涪州城内四民训谕》《训涪州民谕》《四川涪陵翼王训谕碑》，也是体现石达开一贯之爱民思想的一篇重要文献。文告发布于太平天国壬戌十二年二月十四日，即1862年3月22日。当时石达开率领的远征军势如破竹，锐不可当，在强渡乌江后，兵锋直指涪州城下，清军乌江沿岸二百里防线一夜之间全部瓦解，而涪州清军守官因怕百姓帮助太平军，及取材修筑城墙，竟不顾城外百姓的死活，下令放火将城外民房尽数烧光，用这些民房的砖石修墙筑垒。石达开抵达城外时，大火尚未熄灭，百姓流离失所，惨不忍睹，乃义愤填膺，写就了这篇文告，命人射入城中。

训谕陈述了太平军恢复华夏、吊民伐罪的宗旨，痛斥地方官的残暴与无能，号召百姓起来共抗暴政。除了充分体现了石达开的爱民思想外，这篇告示还有一个显著特点，就是没有涉及宗教，全文不带“天父”、“天兄”字样，与以往的太平天国布告不一样，这也是本文告与其他太平天国同类文书的一个重大不同点。

该文告发布后，许多百姓响应训谕号召，投身太平军。告示原件被当地百姓冒死保存下来，中华人民共和国成立后捐献给人民政府。后作为一级文物，珍藏于北京的中国国家博物馆。

【注释】

① 照得：照会之意。捐身：牺牲生命。

② 知几：有预见，看出事物发生变化的隐微征兆。

③ 昧己:违背自己的良心干坏事。徇人:依从他人;曲从他人。

④ 胡官:清军军官。

⑤ 惑:诱惑,蛊惑。

⑥ 王师:这里指石达开的军队。

⑦ 磨筋骨:这里指受尽剥削。

⑧ 耗:减损,消费。

⑨ 饬:整顿,使整齐。

⑩ 楚囚对泣:原指被俘到晋国的楚国人,后泛指处于困境、无计可施的人。比喻在情况困难、无法可想时相对发愁。语出《晋书·王导传》。

⑪ 巷市:街巷城市。祝融:三皇五帝时夏官火正的官名,被后世祭祀为火神灶神。这里指火灾。

⑫ 托足:立足之地。

⑬ 赤子:儿童。

⑭ 伊:他;这里指清统治者。

⑮ 啖:吃或给人吃。

⑯ 效死:卖力而不顾生命。

⑰ 复夏:恢复以华夏汉族为主体的统治。

⑱ 厥:其他的,那个的。

⑲ 沛子弟:沛县子弟;指当年追随刘邦参加反秦起义的沛县子弟,他们在刘邦的带领下,杀了县令,组成了刘邦早期的人事班底。

⑳ 抽身:这里指从被清军占领的城中脱离出来。

㉑ 郭:城外围着城的墙。

㉒ 攸:所。

㉓ 体德:指先天的德行。

㉔ 凛遵:严格遵循。

㉕ 太平天国壬戌十二年:1862 年。

太平天国翼王石达开招募兵壮告示

天命太平天国圣神电通军主将翼王石为招募兵壮，出力报效事：

照得冲锋破敌，固力强可必得胜；斩将搴旗[①]，而年富足以取功。缘本主将匡扶真主[②]，诛满夷之僭窃[③]，整中华之纲常，解士庶之倒悬[④]，拯英雄之困顿。志士抱不平，均愿讲武[⑤]；穷人原无告，共乐从戎。编为行伍[⑥]，英锐非夸，立就功名，忠勇无比。虽今教练以成材，实由自奋而致此。试观英雄以事夷而羞，甘屈志于泉石[⑦]；豪杰因勤王[⑧]不遇，犹隐逸于蓬门[⑨]。未获吐气扬眉，未能攀龙附凤。复见几许少年，多属终身飘荡[⑩]；若非勇士，仍然闭世闲游。为轻振作二字，遂废事业于千年；非流而忘归，亦出乎无奈。又有替佣工，终衣食之莫给[⑪]；抑或微本贸易，获利息之几何？然与其食居拮据于草野[⑫]，曷若[⑬]投军报效于王朝？果能自拔归来，决不能求全责备。片长薄技[⑭]，定录用无遗；俗子凡夫，岂有遴选不及？愿从征者，各须放胆[⑮]，图树绩[⑯]者，切勿隳心[⑰]。现今处处均有聚义，可惜徒为乌合[⑱]；人人皆欲奋兴[⑲]，堪怜未遇龙飞[⑳]。本主将大开军门，广罗武士，收纳不拒万千，招募无论什佰。先教以止齐[㉑]之节，复列于戎行[㉒]之间。待之同如手足，用之以作干城。先登为勇，于疆场标无名之敌；后殿[㉓]为功，在朝廷邀破格[㉔]之赏。尚需群雄，相率前来；纵然一人，何妨独至。称戈比干[㉕]，乃少壮之事；得爵受禄，亦忠勇所无难。慎勿落魄自甘[㉖]，仍然裹足；当知见才不弃，尽可宽心。特此谕告，咸使闻之。

太平天国壬戌十二年。

【校记】

这篇告示不见于底本，发布于1862年石达开转战川黔滇各地之时，虽是召兵告示，但却是一份带有政治宣言意味的告示，对了解石达开远征军后期的信仰、宗旨等有很大帮助。

首先，告示阐明了太平军的宗旨是“整中华之纲常，解士庶之倒悬”，从内容而言，前者是推翻清朝统治，后者是救民于水火。

其次，这篇告示的用词十分考究，“诛满夷之僭窃”，说明太平军针对的是清朝统治者“窃华夏神器而自居”的行为，而不是满族人这个群体。

第三，文章前半部分针对的是贫苦百姓和有志之士；后半部分则是针对各地义军。告示指出，人民生活痛苦的主要原因是阶级压迫以及民族压迫。因此号召生活无依的贫苦百姓、隐身林泉的有志之士，以及胸无大志的各路义军，共同参加到太平军的革命事业中来。

第四，特别值得一提的是，这篇对立国用兵的宗旨及招募人才的标准说得面面俱到、张贴于三省各地的告示，全文无一处涉及“上帝”、“天父”、“天兄”等宗教用语，因而与《太平天国翼王石达开告涪州城内四民训谕》一样，可以作为石达开远征军后期已完全放弃宗教迷信，转以“驱逐鞑虏，解民倒悬”为宗旨及号召的重要佐证。

【注释】

① 搴旗：拔取敌方旗帜。

② 匡扶：匡正扶持。真主：这里指洪秀全。

③ 僭窃：越分窃取。

④ 士庶：士人和普通百姓。亦泛指人民、百姓。倒悬：头向下、脚向上悬挂着，比喻极其艰难、危险的困境。常用在民意、军事、政治等方面重大变化上。

⑤ 讲武：讲习武事。

⑥ 行伍：泛指军队。古代兵制，五人为伍，二十五人为行。

⑦ 泉石：指山水。

⑧ 勤王：尽力于王事。

⑨ 蓬门：以蓬草为门。指贫寒之家。

⑩ 飘荡:这里指漂浮不定,成为无业游民。

⑪ 莫给:不能自给自足。

⑫ 拮据:比喻经济窘迫。草野:喻指民众中间、乡间。

⑬ 曷若:何如。用反问的语气表示不如。

⑭ 片长:比喻微小。薄技:很低的技能。

⑮ 放胆:放心大胆。

⑯ 树绩:建立功绩。

⑰ 隳心:犹言灰心丧气。

⑱ 乌合:形容人群没有严密组织而临时凑合,如群乌暂时聚合。指暂时凑合的一群人。

⑲ 奋兴:振奋;兴奋。

⑳ 龙飞:龙起飞;这里比喻太平天国运动兴起。

㉑ 止齐:整顿队伍,使行列整齐。

㉒ 戎行:指军旅之事。

㉓ 后殿:行军时居于队尾者。

㉔ 破格:突破常规;不拘成格。

㉕ 干:盾,古代抵御刀枪的兵器。

㉖ 自甘:自己心甘情愿。

书 牍

报天王书〔一〕

臣本淡泊，无志功名。徒以受陛下之知①，不敢不效驱驰〔二〕。溯②举义旗之初，我侪兄弟同胞，敌忾激昂奚如③？叨天之福④，攻取金陵，根据粗具⑤。方期枕戈待旦，闻鸡起舞，扫待尽之虏，奏统一之功⑥。何意外侮未平，萧墙祸起⑦。操戈执矛，自攻自杀。日寻不已，喋血一家⑧。臣实泣血椎心，不忍再见〔三〕。虽蒙天王圣明，昭雪冤抑。然从此元气大伤，十年未可即复。且此党彼群⑨，寻仇未已。门户水火，意见益深。臣若再入是非之门〔四〕⑩，鸡肋不足供人之刀俎也。

嗟乎！臣有老母〔五〕，年已古稀，惨被菹醢；妻子无辜〔六〕，并为鲸鲵。东望国门，心碎已久，尚复何颜生入哉！要之，臣虽西奔，仍为天朝勠力，苟得于川滇黔湘之间，扬天朝之旌帜，而宣太平之威德。则身虽万里，心犹咫尺。凡此区区，即所以报天王之德于无穷也。西陲待罪，无任主臣⑪。【选自《太平天国野史》】

【校记】

〔一〕关于《报天王书》，在《石达开日记》第五十一篇中有记录，名为《覆天王书》，内容与此篇有多处文字上的差异，但内容大体相同。

〔二〕不敢不效驱驰：许指岩本作"不敢不效驱驷"；经纬本、会文堂本、大华本、普天本作"不敢不效驰驱"。

〔三〕不忍再见：会文堂本作"不忍得见"。

〔四〕臣若再入是非之门：经纬本、大华本、普天本作"臣者再入是非之门"。

〔五〕臣有老母：经纬本、会文堂本、大华本、普天本作"臣老母"，少一"有"字。

〔六〕妻子无辜：普天本作"妻号无辜"。

【注释】

① 知：这里指知遇之恩。

② 溯：本义为逆着水流的方向走、逆水而行；后引申为追求根源或回想，比喻回首往事、探寻渊源。

③ 奚如：如何，怎样。

④ 叨天之福：受到上天恩赐的特别幸福。叨，受到（好处）；沾。天，上天，老天。引申为"好处"的意思。

⑤ 粗具：这里指初步形成了太平天国的规模。

⑥ 统一之功：这里指推翻清廷，建立统一的太平天国。

⑦ 萧墙祸起：意思是指祸乱发生在家里；比喻内部发生祸乱；也比喻身边的人带来灾祸。语出《论语・季氏》。

⑧ 喋血一家：这里指在"天京事变"中石达开一家被杀之事。

⑨ 此党彼群：这里指太平天国内部的各种势力。

⑩ 是非之门：这里指太平天国内部的各种势力纷争。

⑪ 主臣：主人的臣子。这里是石达开的自称。

附录一：天王赐石达开书〔一〕

朕无辅弼[①]，惟子才德兼备，且忠诚出于天性[②]，必能巩固天朝，共享万世无疆之福。今仇雠已诛，整理方亟，王其无复介意〔二〕，速还京就正揆席，朝夕启沃，以成朕功。

【校记】

〔一〕关于《天王赐石达开书》，《石达开日记》第五十篇有记载，相关的注释也在该篇之下；钱书侯本无此篇内容。

〔二〕王其无复介意：经纬本、会文堂本、大华本、普天本作“王其勿复介意”。

【注释】

① 辅弼：辅佐的人。

② 天性：自然的本性。

复曾国藩书

涤生大帅足下[①]：

仆与足下，各从事于疆场，已成敌国。忽于戎马仓皇之际，得大君子[②]赐以教言，得毋慕羊祜[③]之风，不以仆为不肖，故以陆抗[④]相待耶？今谨以区区之意，用陈左右。

夫仆一庸材耳〔一〕，汉族英雄，云龙风虎，如仆者乌足[⑤]以当大君子之过颂？然足下以一时之胜负，即为天意，则谬矣！汉高履险被危，方成大业；刘备[⑥]艰难奔走，始定偏安[⑦]。苟其初亦诿[⑧]以为天意，谁与造后来之事业？又试问两年之间[⑨]，洪王收复天下之半〔二〕[⑩]，挥军北下〔三〕[⑪]，淮扬底定[⑫]，此则天意又何在乎？

历来开国元勋，皆舍命勠力[⑬]，西南二王[⑭]之死，亦常矣〔四〕！且凡足下之意，有为仆所不解者，岂草茅下士[五]，遂不足以图大事哉？秦楚[15]虽雄，而天命所归，乃在泗上屠狗之辈[16]。蒙古[17]岂弱[六]？而大业所就，即在皇觉寺之僧徒[18]，此足下所知也。

足下固曾读中国古圣贤书者[七]，春秋夷夏之辨[19]，当亦熟闻之矣！自昔王猛辅秦[20]，犹未至彰明寇晋[21]。许衡灭宋，死后犹不欲请谥立碑[22]。盖内疚神明，不无惭德[23]。而足下喜勋名，乐战事，犹或可为。若以虏廷七叶[24]相传，颂为正统[25]，此则仆所深为诧异者，诚以不料足下竟有此言也。

辱承锦注[26]，欲以名器相假[27]，然则足下固爱我而犹未知我也。曩者兵抵三湘，直趋鄂岳，足下高楼广榭，巍然无恙，凡鸟[28]过门，未敢留刺[29]。今幸赐教言，且惭且感。仆不知如反其道以施之，设仆等所事不成，若他日足下辱过敝庐，会能再动今日之爱情否耶？既蒙错爱，谨以函谢。今当西征，席不暇暖，无从把晤[30]，谨附俚词[31]五首，以尘清听[32]。足下观之，当笑曰："孺子其自负[33]哉！"（【选自《石达开诗钞》】；俚词五首，另见后面石达开诗）

【校记】

〔一〕夫仆一庸材耳：经纬本、会文堂本、大华本、普天本作"夫仆一腐材耳"。

〔二〕洪王收复天下之半：经纬本、会文堂本、大华本作"天王收复天下之半"。

〔三〕挥军北下：经纬本、会文堂本、大华本、普天本作"挥军北上"。

〔四〕亦常矣：大华本作"亦当矣"。

〔五〕岂草茅下士：会文堂本、大华本、普天本作"岂草茅之士"，从文意来看，这种说法是正确的。

〔六〕蒙古岂弱：钱书侯本、经纬本、会文堂本、大华本、普天本作"蒙古一弱"。

〔七〕足下固曾读中国古圣贤书者：经纬本、会文堂本、大华本、普天本作“足下固曾读圣贤书者”,少“中国古”三字。

【注释】

① 涤生:曾国藩的字。足下:是对对方的尊称。

② 大君子:这里是对曾国藩的尊称。

③ 羊祜:(221—278),魏晋时期军事家、文学家。

④ 陆抗:(226—274),三国时期吴国名将,吴国丞相陆逊次子。陆抗击退晋将羊祜进攻,是吴国的中流砥柱。这里石达开自比陆抗,而把曾国藩比喻成羊祜。

⑤ 乌足:用于反诘询问,相当于“哪里值得”、“哪里能够”、“何足”。

⑥ 刘备:即汉昭烈帝刘备(161—223),221—223年在位,字玄德,蜀汉开国皇帝、政治家。

⑦ 偏安:这里指刘备最初以弱小势力,后通过个人努力,终于退守成都,保留了原来的汉室部分主权。

⑧ 初:当初。这里指金田起义伊始。诿:把责任推给别人。

⑨ 两年之间:这里指从1851年金田起义至1853年占领南京的时间。

⑩ 收复天下之半:这里指太平天国定都天京之后,进行了北伐和西征,占领了半个中国。

⑪ 挥军北下:这里指太平军的北伐。

⑫ 淮扬:这里指江浙一带。底定:平定;安定。

⑬ 勠力:齐心合力。

⑭ 西南二王:这里指太平天国西王萧朝贵和南王冯云山。

⑮ 秦楚:秦国和楚国,“战国七雄”中的两个大国。

⑯ 泗上:孔子在泗上讲学授徒,后常以“泗上”指学术之乡。屠狗之辈:这里指刘邦及其手下的樊哙,他们都出身于社会下层,后来借秦末社会动荡而起兵反秦,建立了汉朝。

⑰ 蒙古:这里指由蒙古人建立的元朝。

⑱ 皇觉寺之僧徒:这里指朱元璋,朱元璋在参加郭子兴起义军之前,曾在皇觉寺出家为僧。

⑲ 春秋夷夏之辨:春秋时期把文明国家称为夏,把野蛮民族称为夷。孔子认为,如果蛮族占领了中原,但蛮族懂得了廉耻礼义孝悌忠信,这里依然是夏。如果夏人失去了廉耻礼义孝悌忠信这些,那么中原也成了夷。蛮夷和中原的分别不在地区,而在道德。

⑳ 王猛辅秦:这里指王猛辅佐苻坚治理前秦之事。王猛系汉族,出身寒微。苻坚登基前,与王猛志同道合,掌政后即以王猛为中书侍郎等要职。王猛辅佐其进行政治、经济和文化诸方面改革,为前秦统一北方奠定了基础。临终时还嘱苻坚不要以东晋为敌,警惕内部鲜卑、西羌贵族的复国野心,但苻坚未能听取王猛的建议,终致亡国。

㉑ 彰明:本意为昭示,引申为明显。寇晋:这里指苻坚进攻东晋,在"淝水之战"中,苻坚贸然轻进,最后被东晋打败。

㉒ "许衡灭宋"一句:许衡(1209—1281),字仲平,号鲁斋。金末元初理学家、教育家。曾应忽必烈之召出任京兆提学,授国子祭酒,提出了很多有关国计民生的建议。因是汉族,仕于元朝,心中惭愧,死后不请皇帝赐予谥号,也不要求为自己立碑。

㉓ 惭德:因言行有缺失而内愧于心。

㉔ 虏廷:清廷。七叶:七代,七世。这里指顺治、康熙、雍正、乾隆、嘉庆、道光、咸丰七代清朝皇帝。

㉕ 正统:旧指汉族一系相承、统一全国的封建王朝。

㉖ 锦注:敬称他人对自己的挂念关注。

㉗ 名器:喻国家的栋梁。相假:互相借用。

㉘ 凡鸟:繁体"鳳"字拆开为繁体"凡"、"鸟"两个字,隐喻杰出的人才。

㉙ 留刺:留下名片。这里指拜谒。

㉚ 把晤:握手晤面。

㉛ 俚词：指民间的、通俗的、粗俗的词。这里是石达开对自己诗作的谦称。

㉜ 以尘：以此污染您的耳朵。尘，污染。清听：请人听取的敬词。

㉝ 孺子：年轻人。这里指石达开。自负：自认为了不起。

附录二：曾国藩原书〔一〕

大清礼部侍郎，节制湖广、江西军务①曾国藩，书候天国翼王麾下②：

某闻识时务③者，呼为俊杰。今将军以盖世④之雄，举兵⑤湘、桂，为天下倡⑥；奇略⑦雄才，纵横万里⑧，宁不伟欤⑨！然时世不可不审⑩也〔二〕。当洪秀全奋袂之初⑪，广西一举，湖南震动。进踞武昌，下临吴会⑫，声势之雄，亘古⑬未尝有也。然以区区⑭长沙，且不能下；使南北隔截⑮，声气难通。故冯逵殒命于全州〔三〕⑯，萧王亡身于湘郡⑰，曾天养失事于汉口⑱，杨秀清受困于武昌⑲。以至盛之时，而不免于险难，则天意亦可知矣。

历朝开创，皆君臣一德⑳，以图大事。乃事功未竟㉑，杀戮相仍㉒，君王以苟安延旦夕㉓，贵胄㉔以私愤忌功臣。以建大功行大志㉕，如将军者，且不安其身㉖，此则将军所知矣。夫范增失意于鸿门㉗，姜维殉身于蜀道㉘，此非智勇之缺乏，则以其所遇者非人㉙也。寻将军去就之故㉚，则以恃才智而昧时机㉛；遂至沉迷猖獗㉜，而有今日耳。

国朝㉝七叶相传，号为正统；深仁厚泽㉞，礼士尊贤。如将军者，一登庙堂㉟之上，方过冀北而群马皆空㊱。英雄世用㊲，只求建白㊳，将军宁不知作退一步想耶？彼秀全以草茅下士〔四〕，铤而走险㊴，穷蹙一隅㊵，行将焉往？将军穷而他徙㊶，倘再不得志，甚非吾所敢言也。弟忝主军戎㊷，实专征伐㊸，将军或失志迷途㊹，或回开觉岸㊺，实在今日，唯将军图之㊻。

【校记】

〔一〕《曾国藩原书》一作《曾国藩致石达开书》,底本、钱书侯本无此书信,今据经纬本、会文堂本、大华本、普天本增入。

〔二〕然时世不可不审也:经纬本、会文堂本、大华本、普天本作“然时势不可不审也”。

〔三〕故冯逵殒命于全州:经纬本、会文堂本、大华本、普天本作“故冯逵损分据全州”。

〔四〕彼秀全以草茅下士:经纬本、会文堂本、大华本、普天本作“彼秀全以草茅之士”。

【注释】

① 大清礼部侍郎,节制湖广、江西军务:这是曾国藩当时的官衔。

② 书候:写信问候。麾下:敬辞,称将帅。

③ 识时务:能认清形势,了解时代潮流。后用作通权达变之意。

④ 盖世:才能、功绩等高出当代之上。

⑤ 举兵:出兵;起兵。

⑥ 倡:带头发动;首先提出。

⑦ 奇略:奇谋,奇策。

⑧ 万里:这里指太平军从广西经湖南、湖北,一直打到南京的距离。

⑨ 宁不伟欤:难道不是很伟大吗?

⑩ 审:知道。

⑪ 奋袂之初:这里指金田起义。奋袂,感情激动,把袖子一甩,准备行动的样子。

⑫ 吴会:这里泛指江浙地区。

⑬ 亘古:整个古代;终古。

⑭ 区区:(数量)少;(人或事物)不重要。

⑮ 隔截:隔断。声气:消息。

⑯ 冯逵殒命于全州:这里指攻打全州时,太平军将领冯逵战死之事。冯逵,生卒年不详。

⑰ 萧王亡身于湘郡:这里指萧朝贵在攻打长沙中炮牺牲之事。萧王,即萧朝贵,时封西王。

⑱ 曾天养失事于汉口:这里指曾天养在攻打汉口时,于城陵矶牺牲之事。

⑲ 杨秀清受困于武昌:这里指杨秀清在带领太平军进攻天京时,在武昌与清军激战,曾一度陷入困境之事。

⑳ 一德:指一心一意。

㉑ 竟:完成。

㉒ 杀戮:这里指天京事变时相互残杀之事。相仍:相持续。

㉓ 君王:这里指洪秀全。旦夕:即早与晚,比喻短时间内。

㉔ 贵胄:贵族的后代。

㉕ 行大志:这里指实现远大的志向。

㉖ 不安其身:这里指无处安身之意。

㉗ 范增失意于鸿门:这里指在鸿门宴之后,项羽没有采纳范增暗杀刘邦的建议,从此与项羽分道扬镳之事。范增,项羽的主要谋士。

㉘ 姜维殉身于蜀道:这里指诸葛亮去世后,刘禅投魏,姜维希望凭自己的力量复兴蜀汉,于是便假意投降魏将钟会,后与钟会一同被魏军所杀。姜维(202—264),字伯约,三国时蜀汉名将,官至大将军。

㉙ 所遇者非人:这里指范增、姜维都没有遇到明主,因而未能成就一番事业。

㉚ 去就之故:这里指石达开离开天京之事。

㉛ 昧:不明白。时机:这里指机会。

㉜ 沉迷:深深地迷恋。猖獗:凶恶而放肆。

㉝ 国朝:这里指清朝。

㉞ 深仁厚泽：指深厚的仁爱和恩惠。

㉟ 庙堂：指朝廷。这里指在朝廷做官。

㊱ 过冀北而群马皆空：这里指石达开如果来朝廷做官，其他朝臣则黯然失色。冀北，河北北部，这里指清廷。

㊲ 英雄：这里指石达开。世用：为世所用。

㊳ 建白：提出建议或陈述主张。

㊴ 铤而走险：指无路可走时采取冒险行为。

㊵ 穷蹙：窘迫；困厄。一隅：一个角落。

㊶ 他徙：往其他地方迁徙。这里指逃跑。

㊷ 忝：有愧于，常用作谦辞。主：主持。军戎：军队；军事。

㊸ 专：专门。征伐：讨伐；出兵攻打。

㊹ 失志迷途：迷失志向和前途。

㊺ 回开：回头看。觉岸：佛教语。由迷惘而到觉悟的境界。

㊻ 图之：谋划这件事。

附录三：招石逆降书四千言[一]（李元度）

统领平江水陆全军李元度，谨寓书于石君达开足下：

盖闻神器不可冒假[①]，大业不可力争。昧顺逆者受诛戮，识时务者为俊杰。自洪秀全、杨秀清、肖朝贵、冯云山、韦昌辉与足下称乱[②]以来，计八九载矣，荼毒生灵，不下数百万矣。顺逆之理，姑置弗论，足下亦将失祸福成败存亡之故，猛然省悟，运画而熟计之乎？足下已成骑虎之势，虽有悔悟之心，无自由达，此足下苦衷也。然有绝好机会转祸为福，不特救生灵，保九族，并可垂名竹帛[③]，成正反之奇功。机不可失，时不再来，足下其亦知之否[二]？

今且不以空言劝足下，先将尔等所以取败之由，与我圣朝[④]超越前古，万万无可抗逆之处，一一详陈。如足下祖宗有灵，则愿听鄙言勿忽。

从古草窃倡乱[⑤]，如汉末黄巾[⑥]，唐末黄巢[⑦]，元末徐寿辉、张士诚、陈友谅[⑧]，明末李自成、张献忠辈，皆称主昏国乱，天命已去，人心已离，乃故乘机起事，然且不旋踵而殄灭之。其故何也？天道好生恶杀，凡为贼首，理必先亡。至若重熙累洽[⑨]之世，朝不失政，民不离心，从未有凭空发难，妄肆杀戮如尔等者。以尔等之气焰，视黄、陈、张、李百不逮一[⑩]，又萧、杨、洪、韦之现报具在[⑪]，足下尚俨然得意乎？其谬一也。

自古布衣得天下，惟汉高祖、明太祖，后世之乱贼皆欲妄拟二君。不知彼值秦元运终之候，为天生之真主，而又有陈、项、张、陈[⑫]辈为之先驱，且皆五六载即成帝业。尔等倡乱已九载，发难端于圣明之朝[⑬]，身置祸罟[⑭]于所踞之郡县，又日败月蹙[⑮]，党羽绝灭过半，岂今尚在梦中乎？其谬二也。

尔等伪示每以夷夏界[⑯]之，毋论舜生东夷[⑰]，文王生西夷[⑱]，古有明训。且尔等所奉乃英夷天主教，不相矛盾乎？英夷之俗，生女为重，生男反嫁人，举国皆杂种，无一宗真血脉。尔等甘从其教，肯相率为杂种乎？且天主教有兄弟而无父子君臣，以妻为妹，以母为大妹，败灭伦常，真无人理，中国能行其道乎？尔等窃发之由，或因前次英夷背叛[⑲]时，中国有给还洋银之事，遂疑官军不振，相率作逆。岂知英夷志在贸易，原无窥窃之意，朝廷以大度容之，迨后求进城，即严拒之矣。去年(英夷)在粤滋事[⑳]，即尽杀而痛惩之，且烧尽洋行十三家，勒赔国税二十万矣。真夷鬼尚不能猖獗[㉑]，假夷鬼独能成大事耶？其谬三也。

治历明时[㉒]，闰余成岁[㉓]，始自羲皇[㉔]舜帝载在《尚书》。月望[㉕]则圆，月晦则昃〔三〕[㉖]，昭然共见〔四〕。尔等妄欲更之，弦望朔晦，一概颠倒，是昭逆天道。所改干支子、好、寅、荣、戌、开等字[㉗]，所说天父下凡及六日造成山河等语，皆丑怪荒诞，从古未有。其谬四也。

孔孟之道，与天地无终极，今欲以耶稣之教，历孔孟而卷其席，此乃古今未有之奇变。既为天地所不容，即为人心所不服，以此愚天下而新其耳目，黄巾等贼作何结局乎？其谬五也。

先圣[28]为万世师，今各处祠庙〔五〕，亦皆有功德于民，载在祀典[29]，尤圣帝明王所重。尔等皆一律毁灭，无识者反以神无显报，疑尔等有自来也。不知天正厚其恶而降之罚耳。群恶之贯盈未极，鬼时亦有蒙垢之时，俟其力尽而弊之，将报愈迟而祸愈酷。尔等如此猖狂，荼毒生灵，毁灭神像，不知纪极，富贵渺不可得，冤孽积不能解，萧、杨、洪、韦既伏天诛，足下能安枕而卧乎？其谬六也。

凡此皆彰明昭著，然犹以事或有之。请再以势言之：天下十八省，合奉天十有九省[30]，而又有蒙古四十八部，西藏回疆，皆隶我朝版图。尔等所踞，在江南惟江宁[31]一城，在安徽惟安庆一城，在江西吉安、抚州、建昌三城外，即非尔等所有。此皆九年之首尾，伪示动称万国来同，岂不可丑？此广狭之万不敌也。

自官军克扬州、镇江、瓜州[32]，而金陵之贼困；克袁州、瑞、临[33]，而吉安之贼困。现在金陵、安庆、九江、吉安皆合长围，粮尽援绝，如鸟之在笼，不能飞出，尔等所恃者坚守耳〔六〕，我军以长围围之，粮纵多，围至一年半载，誓必净尽。请观武汉、镇江及瑞、临守城之贼，皆痛剿殆尽，人岂为尔等守乎？此强弱之万不敌也。

尔等北犯之众，渡黄河有十余万，竟至只轮不返。且起事以来，踞武汉而不能取荆襄，踞扬州而不能得淮徐，踞岳州而不能图巴蜀，踞常澧[34]而不能窥贵云。已破湘潭矣，不能溯江而通两广之屯巢，而为塔军门[35]三千二百人所败。已破邵武[36]矣，不能乘势窥闽浙之要郡，而为团丁数千人所歼。此事机之多梗也。

（尔等）自克金陵，即志得意满，淫纵骄奢，兼以猜嫌忌刻，杨逆谋杀洪逆，反为韦逆诛其全家。足下为杨逆复仇而绝韦逆，洪逆更深恨之，几至祸起萧墙，自相鱼肉。此种奇变，足下自思，当亦寒心。然非足下所自主也，恶贯既盈，天必假手以正其罪也。尔等如此猜忌，党羽亦肯信乎？现在裹胁之众，愁怨日甚，思逃者十之七八，独足下梦梦乎？此根本之先拔也。

尔等起事之初，以假仁假义愚天下，禁掳掠、禁奸淫、禁杀戮〔七〕，人亦颇多为所愚，故所过郡县迎附者有之，犒献者有之，愿先向导者有之。此不过掩耳盗铃，其势必不能行也。不掳掠则衣食无所得，衣食无所得则一切皆无所得，天下有甘受饥寒之贼乎？裹胁者皆无赖之徒，能保其不奸淫乎？既掳掠，复奸淫，能不杀戮乎？尔等知其如此，假取一二尤甚者杀之，以愚黔首，而仍阴恣其所为，百姓皆已看破而恨之矣。从前百姓畏贼，数十人可以横行乡间，今则处处团练[37]，人人怨愤，一县可得数十万人，步步皆荆棘矣。尔等亦人也，非有三头六臂可以吓人，百姓窥见尔等伎俩，而屡遭荼毒，财物被掳，房屋被毁，妻女被淫，童稚被掠，其权充乡官者，苦于诛求无厌，刑辱难堪，有不伤心切齿群起而攻之乎？是今日之民情，与前大不同也。

尔等在广西时，所取亡命，憨[38]不畏死〔八〕，其时承平日久，官军多未经战阵，是以当之辄糜[39]，遂肆然谓天下无人。今则历练既久，精锐过前百倍矣。我湖南兵尤称义勇，援江援鄂，隶曾部堂[40]麾下，水陆数百万，身经数百战，饷足固战，饷不足亦战，此乃国家恩德所为，非可强而致也。即如仆所部之平江营[41]，五载以来，杀贼不下二万，足下所深知也。足下先在广西，精锐聚于一处，今散于数处，势分则力薄，日久则气衰，后来远不如初，又见死伤过多，曾天养、罗大纲[42]被戮，莫不灰心解体，各路官军又复蒸蒸日上，久战不疲。是今日之军情，又与前大不同也。以事若彼，以势若此，足下试平心察之，可有一语不确否？

凡举大事，在识时势，足下若起事于汉、唐、元、明之末造，或尚有冀，今值我朝圣明全盛之日，妄发此难，则万非其时矣。且足下亦知圣朝超越前古者，固大有在乎？

自古得天下者，三代以下汉、明为正，然亭长、寺僧于前朝[43]究有君臣之义，国朝则龙兴东土[44]，与明为敌国，迨明运告终，中原无主，吴三桂苦请入关定鼎[45]，葬明帝[46]以殊礼，褒忠节于诸臣，唐虞[47]以来,未有若斯之盛,得统之正,此其一。

我朝疆域,中国既大一统,又合以东三省,及内外蒙古、西藏、回疆,纵横五万余里,滇、黔、楚、粤、川、陕改土归流[48]之郡县以百余计,外此如俄罗斯、琉球[49]、日本、朝鲜、安南[50]、吕宋诸国[51]莫不奉正朔,献宝琛〔九〕[52],遣子入侍[53],为开辟以来所未有,幅员之广,此其一。

圣祖仁皇帝[54]临御六十一年,高宗纯皇帝[55]临御六十年,禅授之后,更三载而后升遐[56],享年之永,一朝可越五代而更过之。自殷中宗[57]后,无能比者。享国之长,此其一。

自古宦臣,至汉、唐、明而极。汉之十常侍[58],唐之门生天子[59],明之九千岁[60],及吕武[61]诸后,外此不可以枚举。我朝宫闱肃穆,内官[62]不过六品,如斜封墨敕[63]、廷杖[64]诸弊政,一扫而空之。家法之善,此其一。

康熙初,吴、耿、尚[65]三逆作乱,天下几失其半,圣祖不动声色,以次削平。此外平张噶尔[66]、平青海[67]、平大小金川[68]、平靳镇[69]、平台湾[70]、平西藏[71]、平回疆[72]、平川楚教匪[73],天戈所指〔十〕,皆不劳而定。武功之盛,此其一。

前代人主多耽安乐,明时至二十余岁不见大臣[74]。我朝列圣相承,无日不视朝,文官知县以上,武官守备[75]以上,一一过目,辇毂[76]之下,纤悉必闻,万里而遥,威严咫尺,所谓礼乐征伐[77]自天子出也。政法之隆,此其一。

康熙、雍正、乾隆普免天下全租七次[78],分别蠲免[79]者不胜数。今皇上圣听渊穆,芟夷大难,虽用兵八载,而田不增赋,户不抽丁,恩泽之入人至深且久,以故贼踞城池〔十一〕,城地外即非贼有,贼去立刻反正。被掳之处,粮即完纳,贼虽狂肆以威之,不能也。人心之固,此其一。

以如是深仁厚泽,而欲以悖理失势违时之举,执金鼓而抗戎行,是自取灭亡也。至死不悟,岂不哀哉!虽然,足下骑虎之势,则亦有不能中止之苦。闻足下系贵平〔十二〕[80]富户,为杨逆[81]迫胁,出于万不得已，且性慈不好杀戮，去年十月内犹放出老稚二千余人〔十三〕。即此一端，必当转祸为福。仆是以不惜苦心，抉摘根由，愿足下急急回头。如果以鄙言为是，祈即速复一信。

目下瑞、临已复，九江、吉安不啻釜鱼阱兽。足下能将抚、建之地，纳土投诚〔十四〕，传知吉安，亦早投降，免遭屠戮，仆当会同官钦差暨督抚，立即奏闻，加足下二三品之官；足下得力将士，亦从升赏。倘有假意，雷殛[82]天诛。仆天生忠信待人，断不屑为欺诈之事。且足下独不闻江南提督张副帅，即当日之张嘉祥[83]乎？彼自广西投诚，今已官至一品，名满天下矣〔十五〕。又不闻福建世袭海澄公黄梧[84]、靖海侯施琅[85]，乃海寇郑成功部将乎？识时反正，公侯茅土[86]二百余年矣。孰得孰失，何去何从，足下自择之耳。

足下既以洪逆为仇，此刻金陵受困，不日可破。若足下解散江西党羽，复着精锐赴江南，共擒洪逆，上报圣朝，下洗夙愤[87]，封侯直指顾间耳。倘仍徘徊歧路，眷恋穷城，即抚、建非可割据之区，江、皖更无立足之地，将欲窜回西粤，而赣、宁不可飞越，兼之处处团练，羽党亦纷纷解体，彼时麾下之士，必有献足下之首以取名者。言念及此，毛发悚然。

夫定大计，在识时务。足下离家多年，一事无成，苟一失势，即匹夫耳。广东兵力正盛，广西得湖南援兵，已克平、柳、思、浔[88]各府。前有劲敌，后无归路，吾见足下之束手受缚，岂俟赘陈乎？昔项羽以拔山盖世之雄，被汉军围逼，尚有乌江之刎。此无他，失势故也。仆为足下再四思维，进退殊无善策，惟有献城投顺一着，立地见效，不但保宗族，兼可建奇功，足下能猛然省悟否耶？

闻足下颇有为善之资，而恰值千载一时之会，是以推陈相告，谚云："苦口是良药。"惟足下裁夺，即赐回音是幸！次青[89]李元度百拜。

（【录自李圭《金陵兵事汇略》】；传达开得此书后，迟之又久，乃以大幅纸书一"一"字复之云。）

【校记】

〔一〕此标题经纬本、会文堂本、大华本、普天本作《李元度致翼王书》;钱书侯本无此篇内容。此篇以经纬本为底本。

〔二〕足下其亦知之否:普天本作"足下亦知之否",少一"其"字。

〔三〕月晦则昃:会文堂本、普天本作"月晦则缺";大华本作"月晦则亏"。

〔四〕昭然共见:会文堂本作"晤然共见"。

〔五〕今各处祠庙:普天本作"今各处祧庙"。

〔六〕尔等所恃者坚守耳:会文堂本作"尔等所恃者监守耳"。

〔七〕禁杀戮:会文堂本、大华本作"禁杀榖"。

〔八〕悫不畏死:大华本作"坚不畏死"。

〔九〕献宝琛:普天本作"献书琛";大华本作"献画琛"。

〔十〕天戈所指:会文堂本作"大戈所指"。

〔十一〕以故贼踞城池:普天本作"以故贼踞城石池",多一"石"字。

〔十二〕闻足下系贵平:按:石达开系广西贵港人,诸本皆作"贵平",系误。

〔十三〕去年十月内犹放出老稚二千余人:普天本作"去年十月内犹放出老幼二千余人"。

〔十四〕纳土投诚:会文堂本、大华本、普天本作"纳士投诚"。

〔十五〕名满天下矣:普天本作"名满天下",少一"矣"字。

【注释】

① 神器:帝王的印玺,借指帝位、国家权力。冒假:非分的想象。

② 称乱:这里指太平天国起义。

③ 垂名竹帛:比喻好名声永远流传。

④ 圣朝:这里指清朝。

⑤ 草窃:掠夺;盗窃。倡乱:造反,带头作乱。

⑥ 汉末黄巾：这里指公元184年张角领导的黄巾大起义。

⑦ 唐末黄巢：这里指唐末的黄巢农民起义。

⑧ 元末徐寿辉、张士诚、陈友谅：这些人都是元末起义的领袖。

⑨ 重熙累洽：指国家接连几代太平安乐。熙，光明；洽，谐和。

⑩ 黄、陈、张、李：这里指黄巢、陈友谅、张士诚、李自成。百不逮一：不到百分之一。

⑪ 萧、杨、洪、韦：这里指萧朝贵、杨秀清、洪秀全、韦昌辉。现报：现世的报应。具在：都在。

⑫ 陈、项、张、陈：这里指陈胜、项羽、张士诚、陈友谅。

⑬ 圣明之朝：这里指清朝。

⑭ 祸罟：灾祸的罗网。

⑮ 日败月蹙：形容不断地在收缩。蹙，收缩。

⑯ 界：划界。

⑰ 东夷：先秦时代中原王朝对中原以东各部落的称呼。

⑱ 文王生西夷：这里指周文王出生于西北地区的部落。文，周文王。

⑲ 前次英夷背叛：这里指鸦片战争时，英国逼迫清政府签订《中英南京条约》之事。

⑳ 在粤滋事：这里指咸丰八年(1858)英法军队突入广州衙门，掳走两广总督叶名琛之事。

㉑ 真夷鬼尚不能猖獗：真正的外夷尚且不能猖獗。这里是李元度为打击石达开说的话，与历史事实不符。

㉒ 治历明时：整治历法以明四时之序。这里是指顺从天地之革。

㉓ 闰余成岁：地球绕太阳一周需约365又四分之一天，是实际上的一年；而阴历十二个月，大月三十天，小月二十九天，全年却只有354天或355天，实际上差十多天不够一年，所以每过数年就要多加一个月(闰)，以补足前几年欠缺之数。

㉔ 羲皇:即伏羲氏,华夏民族人文始祖之一。

㉕ 月望:旧历每月十五日。

㉖ 月晦:多指农历每月的最后一日。昃:太阳西斜。

㉗ 所改干支子、好、寅、荣、戌、开等字:这一句及下一句都是洪秀全在建立太平天国后标榜的“创新”之举。

㉘ 先圣:这里指孔子。

㉙ 祀典:记载祭祀仪礼的典籍。

㉚ 天下十八省,合奉天十有九省:这里指当时清朝的行政区划。

㉛ 江宁:即南京。

㉜ 瓜州:这里指扬州的瓜州镇。

㉝ 袁州、瑞、临:这里均为江西地名。袁州,今宜春市袁州区;瑞,今江西省高安市;临,临川,今抚州市临川区。

㉞ 常澧:地名,在今常德市境内。

㉟ 塔军门:即塔齐布(1817—1855),字智亭,湘军名将。

㊱ 邵武:即今福建省南平市下辖县级市。

㊲ 团练:宋代至民国初年于正规军之外就地选取丁壮加以训练的地主武装。

㊳ 愍:哀怜,忧愁。

㊴ 糜:粉碎,捣烂。

㊵ 曾部堂:这里指曾国藩。部堂,清代各部尚书、侍郎之称。各省总督例兼兵部尚书衔者,也称部堂。

㊶ 平江营:这里指李元度所率领的清军。李元度因是湖南平江人,故把他带领的部队称为“平江营”。

㊷ 曾天养、罗大纲:二人均为太平军将领,在与清军作战中牺牲。

㊸ 亭长、寺僧:这里指刘邦、朱元璋。前朝:这里分别指秦朝、元朝。

㊹ 东土:这里指满族崛起的东北地区。

㊺ 定鼎:新王朝定都建国的意思。

㊻ 明帝:这里指崇祯皇帝。他在清军攻入紫禁城时,于景山自缢身亡。

㊼ 唐虞:唐尧与虞舜的并称。亦指尧与舜的时代,古人以为太平盛世。

㊽ 改土归流:明清两代在西南一些少数民族地区废除土司制,实行流官制的一种政治措施。

㊾ 琉球:原为清朝藩属国,后割让给日本,即今冲绳。

㊿ 安南:越南的古称。

51 吕宋诸国:这里指菲律宾一带的清朝藩属国。

52 献宝琛:进献珍宝。

53 遣子入侍:这里指外藩的国君为了表示对清王朝的臣服,把自己的儿子送到清朝为质。

54 圣祖仁皇帝:这里指康熙帝,他在位六十一年。

55 高宗纯皇帝:这里指乾隆帝。

56 升遐:帝王死去的婉辞。

57 殷中宗:商朝的国君,传说他在位七十五年。

58 十常侍:东汉(25—220)灵帝时操纵政权的张让、赵忠、夏恽、郭胜、孙璋、毕岚、栗嵩、段珪、高望、张恭、韩悝、宋典等十二个宦官。他们都任职中常侍,是中国历史上著名的宦官。

59 唐之门生天子:中唐以后,帝位多由宦官决定,宦官视皇帝为门生,故称门生天子。

60 明之九千岁:这里指明朝大太监魏忠贤,他专断朝政,自称九千岁。

61 吕武:这里指吕后、武则天。

62 内官:这里指宦官。

63 斜封墨敕:唐中宗时,权宠用事,常用皇帝直接颁下敕书,斜封付中书,任命官吏。时人称所授之官为斜封官。韦皇后、安乐公主和武氏近亲结成一个政治集团控制朝政,卖官鬻爵,只要交三十万钱,就给予皇帝的墨敕,斜封副中书,称为"斜封官"。

⑭ 廷杖:在朝廷上行杖打人,是对朝中官吏实行的一种惩罚。家法:这里指清廷内部的法规法则。

⑮ 吴、耿、尚:这里指吴三桂、耿精忠、尚可喜。

⑯ 张噶尔:新疆伊斯兰教白山派首领,道光六年(1826),他利用南疆各族人民的反清情绪,集众叛乱,两年后(1828)兵败被擒,解至北京处死。

⑰ 平青海:这里指雍正初年平定青海罗卜藏丹津之乱。

⑱ 平大小金川:这里指 1746 年、1771 年剿灭大小金川的两次叛乱。

⑲ 平靳镇:这里指同治年间平定的西北少数民族的叛乱。

⑳ 平台湾:这里指乾隆年间于 1787 年平定台湾林文爽起义。

㉑ 平西藏:这里指乾隆年间于 1788 年、1791 年两次对廓尔喀用兵,平定他们的叛乱之事。

㉒ 平回疆:这里指 1858 年平定新疆回部叛乱,维护了西北地区的领土完整之事。

㉓ 平川楚教匪:这里指平定四川、湖北地区的白莲教起义。

㉔ "前代人主"一句:指明世宗嘉靖皇帝和明神宗万历皇帝,他们都是二十多年不理朝政。

㉕ 守备:明清两朝的城市镇守武官,管理营务粮饷,清初为四五品。

㉖ 辇毂:皇帝的车舆。代指皇帝。

㉗ 礼乐征伐:旧指国家大事。

㉘ 普免天下全租七次:这里指康、雍、乾三朝七次减免天下赋税之事。

㉙ 蠲免:免除租税、罚款、劳役等。

㉚ 贵平:这里指石达开的家乡。石达开的家乡应是贵港,这里

所记有误。

㉛ 杨逆：这里指杨秀清。

㉜ 雷殛：雷打。

㉝ 张嘉祥：即张国梁(1823—1860)。年轻时为凶犯，后被清廷招降，曾迭破太平军。

㉞ 黄梧：原为郑成功部下，后叛降清，封为“海澄公”。黄梧因提出“迁海令”，颇受康熙赏识。

㉟ 施琅(1621—1696)：字尊侯，号琢公。施琅早年是郑成功的部将，投降清朝后，参与收复台湾并获得大胜，上疏在台湾屯兵镇守、设府管理。因功授靖海将军，封靖海侯。

㊱ 茅土：指王、侯的封爵。古代天子分封王、侯时，用代表方位的五色土筑坛，按封地所在方向取一色土，包以白茅而授之，作为受封者得以有国建社的表征。

㊲ 夙愤：平素的愤怒。这里指石达开一家惨遭杀戮之事。

㊳ 平、柳、思、浔：这里指平州、柳州、思州、浔州等府，位于今广西、贵州等地。

㊴ 次青：李元度的字。

致汤贻汾书

天国翼王石达开书，致清将军汤公麾下：以将军勇冠三军[①]，才不世出[②]，徒以功名心重，转昧[③]时机，遂至顺逆不分[④]，沉迷至此。盖仰望[⑤]之余，不禁叹惜之矣！满人踞我中原，二百余年[⑥]，此皆我汉人所痛心疾首者也。天王奋起义师，识时务者方冀光复旧物[⑦]，还我神州。故凡我人民，罔不归命[⑧]。将军为以悍鸷[⑨]之性，以驰驱就命[⑩]于他人，抑亦惑[⑪]矣。今两湖[⑫]既定，举兵东征，望风披靡。区区宿松[⑬]，何忧不下？独思将军威[⑭]以治兵，仁以爱民，宿松生灵十万，其性命方便于将军之手。本王亦何忍极其兵力[⑮]，以负将军爱民之

盛德耶？将军神勇高义[16]，宁不知所以自处？舍民命以成名，吾知将军之不为也，伏为思之。【录自《石达开诗钞》】

【校记】

按：此文仅见于底本，不见于其他诸本。汤贻汾(1778—1853)，字若仪，号雨生、琴隐道人，晚号粥翁，武进(今江苏常州)人。清代武官、诗人、画家。以祖、父荫袭云骑尉，授扬州三江营守备。擢浙江抚标中军参将、乐清协副将。晚年寓居南京，筑琴隐园。太平军攻破金陵时，汤贻汾投池殉清，谥忠愍。著有《琴隐园诗集》、《琴隐园词集》、杂剧《逍遥巾》等。此书为石达开于进军天京途中，在攻打宿松县时写给汤贻汾的。在信中，石达开从"大义"的角度劝说汤贻汾不要为清廷卖命，要从宿松十万百姓的身家性命来考虑，放弃无畏的抵抗。这封信当时的效果如何已不得而知，但从汤贻汾最后的结局来看，石达开的劝降并无结果。后世有人怀疑这封信是伪作，今留此存疑。

【注释】

① 勇冠三军：指勇敢或勇猛是全军第一。冠，位居第一；三军，军队的统称。

② 才不世出：不是每代都有的人才。指世所稀有的人才。

③ 昧：糊涂，不明白。

④ 顺逆不分：这里指不能分清当时的政治形势。

⑤ 仰望：仰面向上看，或是抬头向上看。也常用来表达对某人或某事的敬慕、敬仰和向往之情。

⑥ 二百余年：这里指从1644年清军入关至当时的时间。

⑦ 光复旧物：这里指光复以汉族为主体的政权。

⑧ 罔不：没有不。归命：归顺；投诚。

⑨ 悍鸷：凶猛暴戾。悍，勇猛，勇敢；鸷，凶猛的鸟。

⑩ 就命：这里是"听从命令"之意。

⑪ 惑：疑惑，疑虑。

⑫ 两湖:这里指湖南和湖北。

⑬ 宿松:地名,今安徽宿松县。时石达开率太平军将与汤贻汾的军队在宿松作战。

⑭ 戚:亲近,亲密。

⑮ 极其兵力:这里指拿出全部兵力。

⑯ 高义:高尚的品德或崇高的正义感。

与唐友耕书

窃[①]思求荣而事二主,忠臣不为;舍命以全[②]三军,义士必作[③]。缘达生逢季世[④],身事天朝,添非谄士[⑤],不善媚君,因谗谮而出朝,以致东奔西逐;欲建白于当时,不惮旰食宵衣。只以命薄时乖[⑥],故尔事拂人谋,矢忠贞以报国,功竟难成;待平定而归林[⑦],愿终莫遂。转觉驰驱天下,徒然劳及军民;且叹战斗场中,每致伤连鸡犬。带甲经年[⑧],人无宁岁,运筹终日,身少闲时,天耶?人耶?劳终无益;时乎?运乎?穷竟不通[⑨]。阅历十余年,已觉备尝艰苦;统兵数万众,徒为奔走焦劳[⑩]。每思避迹山林,遂我素志[⑪],韬光泉石[⑫],卸余仔肩;无如骑虎难下,事不如心,岂知逐鹿空劳,天弗从愿。达开思天命如此,人将奈何?大丈夫既不能开疆报国,奚[⑬]爱一生;死若可以安境全军,何唯一死!达(开)闻阁下仁德普天,信义遍地,爰修斯书,特以奉闻。阁下如能依书附奏清主,宏施大度,胞与为怀,格外原情,宥我将士,赦免杀戮,禁止欺凌,按官授职,量才擢用。愿为民者,散之为民;愿为军者,聚之成军,推恩[⑭]以待。布德而绥[⑮],则达开愿一人而自刎,全三军以投安;然达开舍身果得安吾全军,捐躯犹稍可仰对我主,虽斧钺之交加,死亦无伤;任身首之分裂,义亦无辱。唯是阁下为清大臣,肩蜀重任[⑯],志果推诚纳众,心实以信服人,不蓄诈虞,能依请约,即冀飞缄[⑰]先覆,并望贵驾遥临[⑱],以便调停,庶免贻误。否则阁下迟以有待,我军久驻无粮,即是三千之师,优足略地争城；况数万之众，岂能束手待毙乎？特此寄书，唯希垂鉴[19]。

【校记】

按：此文仅见于底本，不见于其他诸本中。唐友耕（1839—1882），字泽波，一说字宅坡，号帽顶，云南大关厅（今云南省大观县翠华镇）人，晚清将领。同治元年（1862）3 月，石达开围涪州（今重庆涪陵），唐友耕由青神水路赴援解围，升总兵。7 月，授四川重庆镇总兵，破太平军于长宁。8 月，又破太平军于江津白沙镇。同治二年（1863）6 月，于大渡河擒获石达开解往成都，记名补提督缺，驻防江津、綦江。

从这封书信的内容来看，应是石达开写于被擒的前夕。石达开从“忠义”角度，劝谕唐友耕能够放自己及部下一条生路。因已走投无路，石达开希望以自己的投诚，来换取部下的性命。唐友耕是清军中著名的悍将，他不会对石达开及其部下的处境心生怜悯，这封书信并没有起到实质性的作用。

此文在其他诸本中无存，有人怀疑为伪作。今从研究的角度收录于此，暂存疑。

【注释】

① 窃：谦词，称自己。

② 全：保全。

③ 作：作为。

④ 季世：末世。

⑤ 谄士：谄媚之士。

⑥ 乖：不顺。

⑦ 归林：归隐林间。

⑧ 经年：经过一年或若干年。

⑨ 通：通达。

⑩ 焦劳：焦虑烦劳。

⑪ 素志:平生的志向。

⑫ 韬光:韬光养晦。泉石:指山水。

⑬ 奚:怎么;为什么。

⑭ 推恩:施恩惠于他人。

⑮ 绥:安抚;使平定。

⑯ 肩蜀重任:肩上担负着蜀中大任。

⑰ 飞缄:指疾速传送文书。

⑱ 遥临:贵宾或好友远道光临。

⑲ 垂鉴:犹言俯察。

与土司王应元书

真天命太平天国圣神电通军主将翼王石,为训谕松林地总领王千户贤台[①]知悉:缘予恭奉天命,亲统雄师,辅佐圣主[②],恢复大夏[③]。路径由兹[④],非取斯土[⑤]。贤台不知师来之意,竟而抗拒,姑无足怪[⑥]。幸尔(我)两边,兵未损折,情有可原。统望[⑦]贤台,罢兵让路,敦义[⑧]讲和,免至战斗互杀,俾[⑨]我师之早行,亦尔民之早定也。如允让道罢兵,不特[⑩]我师所来尔境,不犯秋毫[⑪],而且许赠良马二匹、白金千两与贤台,为犒军之资。他年天国一统之后,定有加封贤台也。倘贤台竟称兵[⑫]抗拒,予则加选三千虎贲[⑬],不得已暂渡小河[⑭],将尔一方痛剿,鸡犬不留,房屋烧尽,那时悔之晚矣!本主将上体天心,下恤民命[⑮],与其相杀,莫如和好。为此谕到之时,限午时即回文,以决攻取,不得延迟,致误机宜,特此训谕。太平天国癸开十三年[⑯]四月二十三日谕。

【校记】

按:此文仅见于底本,不见于其他诸本中。王应元,生卒年不详,为咸丰、同治年间四川冕宁地区的土司。大渡河一带,正是王应元的地盘。在这封书信中,石达开向王应元许以物质利益,希望王应元能够网开一面,放自己及其部下一条生路。但骆秉章给予王应元的好处更多,在利益的诱惑下,且出于地方土司的本性,王应元不但拒绝给予石达开以帮助,而且协助清军追剿石达开,最后酿成了石达开的人生悲剧。

此文在其他诸本中无存,有人怀疑为伪作。今从研究的角度收录于此,暂存疑。

【注释】

① 松林:地名,位于大渡河边,时为该地土司王应元所据。贤台:旧时书信用语,表示对人的尊称。

② 圣主:这里指洪秀全。

③ 大夏:这里指以华夏为主体的汉族政权。

④ 兹:这里,指王应元的地盘。

⑤ 斯土:这片领土。

⑥ 无足怪:没有什么值得奇怪的。

⑦ 统望:总的希望。

⑧ 敦义:厚道而且讲究信义。

⑨ 俾:使(达到某种效果)。

⑩ 不特:不仅;不但。

⑪ 秋毫:秋天鸟兽身上新长的细毛,后用来比喻细微的事物。

⑫ 称兵:指兴兵,采取军事行动。

⑬ 虎贲:军中骁楚者,勇士。贲,同"奔",意思是像虎一样勇猛有力。

⑭ 小河:这里指大渡河。

⑮ 恤:体恤。民命:老百姓的生命。

⑯ 癸开十三年:1863 年。

诗　歌

在太平天国的领袖中，除早期牺牲的冯云山之外，真正能文的大概只有两个人：一是以政治家闻名的洪仁玕，另一个就是石达开。石达开不仅是太平天国一流的军事家与政治家，且能诗，这在太平天国人物中是仅有的一位。石达开在十四年的戎马倥偬中，忙于领兵作战，无暇吟诗作赋。只能在偶然的闲暇中以诗文言志，所以没有多少作品留传下来。虽然作品不多，但都是他的真实生活所感。以真诗极少而伪诗甚多闻名于世的，在中国文学史上，恐怕也只有石达开一人。流传于世的翼王遗诗，有的是清末革命党人借以激发民气，激励民众勇于投身革命而作；有的是失意文人借翼王之名浇自己心中块垒而作。他们虽立场不同，所作亦非真品，却是历史的折射，反映出在太平天国之后近一个世纪中，石达开在民众、特别是知识分子心目中的地位及影响力。

本集共收录诗二十九首，并附翼王府臣张遂谋等六首。或谓石达开诗除庆远府诗刻一首外，其他多系别人伪造。确否，不敢全信。兹将散见于各书所载之石达开诗录后，至于真伪，俟史家考证。

一、五言绝句四首

怀蓝子廉(录《石达开诗钞》)

羡子山居好,秋生桂树幽。
终年事戎马[①],吾瘁[②]几时休?

【校记】

这首诗似为伪作。在太平天国后期,由于内讧等原因,石达开虽有功成归林之想,但不会说“吾瘁几时休”之类的话。石达开有一些文人之气,也遇到过一些挫折,但按其性格来看,他立场坚定,不太可能写出这样低沉的诗句来。

这首诗除底本外,钱书侯本、经纬本、会文堂本、大华本、普天本均有收录,并且内容与底本相同。蓝子廉,其人其事不详,从诗歌内容来看,应是石达开发小或挚友。

【注释】

① 戎马:军马,借指军事、战争。

② 瘁:疾病;劳累。

途中感怀(录《石达开诗钞》)

道路自栖栖[①],尘埃障眼迷。
飘零鸿雁侣[②],顾影有余悽[③]。

【校记】

这首诗似为伪作。从内容和句法来看,这首诗的首二句与《道路》诗首二句,末二句与《极目》末二句重复,缺乏石达开的文学素养。

这首诗除底本外，在经纬本、会文堂本、大华本、普天本中排在第十首。

【注释】

① 栖栖：孤寂零落的样子。

② 鸿雁侣：鸿雁，一种水禽，因是一雄一雌生活在一起，被认为是纯洁爱情的象征。鸿雁侣则被比喻为不弃不离的朋友。

③ 悽：悲伤；悲痛。

杂诗两首（录《说元室述闻》）

（一）拾得一科第[①]，当年亦等闲。
文章身后事[②]，一卷莫名山[③]。

（二）并起逐秦鹿，捷足先得之。
□□□□□，望断汉旌旗。

【校记】

这首诗似为伪作。诗中所述的内容，与石达开身世不合，今录存于此，谨供参考。

这两首诗底本与钱书侯本、经纬本、会文堂本、大华本、普天本内容完全一样；但在排序上，底本与钱书侯本相同，经纬本、会文堂本、大华本、普天本则把（一）和（二）的顺序颠倒了过来。

【注释】

① 科第：指科举考试，因科举考试分科录取，每科按成绩排列等第。

② 身后事：死后之事。

③ 名山：借指著书立说。

二、五言古风五首

我伤朝内祸（录《太平天国野史》）

我伤朝内祸①，嗟哉心中悲。
忆昔诸豪流〔一〕，并逐秦鹿②驰〔二〕。

三户必亡秦③，秦运朝露危。
相与建大策，用以张四维④。

日月丽中天，重光会有时。
天意讵易侧〔三〕，人事真难知。

一朝杯酒间，白刃集殿帏。
老夫自何辜，谁料丁乱离。

城中少人行，鸡犬无安栖。
涧涧⑤血中路，宫禁失光晖。

云浮黑惨淡，酸风⑥向面吹。
已矣复何言，去去将安归？

【校记】

按：关于此诗，有两点可疑之处。一是“一朝杯酒间”的提法，与太平天国法制抵触，太平天国是禁酒的，所以不能有饮酒的说法；二是天京事变时，石达开才三十五六岁，充其量算是中年人，又岂能自称老夫？

〔一〕诸豪流：普天本作“诸豪杰”。

〔二〕并逐秦鹿驰：普天本作“并逐秦暴政”。

〔三〕天意讵易侧：经纬本、会文堂本、大华本作“天志讵易侧”。

【注释】

① 内祸：这里指太平天国内部杨秀清、韦昌辉之乱。由于内部的互相残杀，太平天国的元气大伤，从此开始走上下坡路。

② 秦鹿：指秦国的帝位。鹿，喻帝位。

③ 三户必亡秦：为“楚虽三户，亡秦必楚”典故的略语。意为即使楚国只剩三个氏族，也能灭掉秦国。比喻即使弱小，团结一致也能成功。这句话代表了一种情绪化的坚定信念。

④ 张四维：强调礼义的作用。四维，管子把礼、义、廉、耻视为“国之四维”，作为为人处世的基本准则。

⑤ 洞洞：混合在一起。

⑥ 酸风：指刺人的寒风。

哭天王被难（录《石达开诗钞》）

槃槃管乐[①]才，当世岂易睹。
天生洪夫子[〔一〕②]，救民出水火。
仗剑从军行，顾盼自雄武。
海内皆昆弟，相将一臂助。
正盼王师来，宿耻尽洗吐。
何图天不禄[③]，投身喂豺虎。
骓[④]兮忽不逝，中原白日暮。
血肉何狼藉，白骨披道路[⑤]。
所恐长城坏[⑥]，何人挽天步[⑦]。
予怀塞不解，青川惨无语。
华夏正多难，临风涕如注。

【校记】

按:这首诗当为伪作,原因有二:一是石达开死于 1863 年 6 月 26 日,而洪秀全死于 1864 年 6 月 1 日。石达开比洪秀全早死一年,岂能哭洪秀全被难?二是从石达开的个性来看,对洪秀全绝不会称为洪夫子。当然还有另外一种可能,就是石达开其实并没有死,而真的像民间传说的那样隐遁他乡,在听说洪秀全去世后作此诗以示怀念。从这个角度而言,这首诗也许是石达开之作。

〔一〕天生洪夫子:经纬本、会文堂本、大华本、普天本作“天王洪夫子”。

【注释】

① 桀桀:多指才能出众。管乐:管仲和乐毅的合称。管仲为春秋时齐国的名相,乐毅为战国时燕国的名将,二人皆有治国安邦之才。

② 洪夫子:这里指洪秀全。

③ 不禄:古代对士之死的讳称。意为不再享俸禄。

④ 骓:这里指项羽当年所骑的乌骓马。这一句引用垓下之战时项羽的故事,感叹命运之不济。

⑤ 白骨披道路:这里指太平军和清军作战的激烈,死人很多。

⑥ 长城坏:这里指太平天国的颓势。

⑦ 天步:这里指太平天国的命运。

马上口占(录《说元室述闻》)

苍天意茫茫,群生[①]何太苦。
大江横我前,临流曷能渡。
惜哉无舟楫,浮云西北顾。
到耳多哭声,中原白日暮。

【校记】

这首诗底本与钱书侯本、经纬本、会文堂本、大华本、普天本的内容完全相同。

【注释】

① 群生：老百姓。

寄友人（录《石达开诗钞》）

分手千里别，□□□□□。
□□□□□，相思人渐老。
远望登高邱〔一〕，天涯拾芳草。
秋风起衡湘，□□□□□。
□□□□□，万物皆枯燥。
安得鲁阳戈①，转瞬回温燠②。
鸿雁何飘飘，东南西北间。
恨我无双翼，□□□□□。
□□□□□，千里含烦冤。
关河怅远隔，安得相往还。
贵复忽忘贱，劝君日加餐。
君子道义全，勿忧气数单。
梦寐有倪端，岁月感回旋。
长恐岁朝白，觌面③终无颜〔二〕。
写此悃款④情，涕落为奔端。

【校记】

这首诗共有三十句，但其中六句缺遗。诗中的“友人”具体是谁，已无法考证。此诗与曹植的诗风相近，较为婉约，不像是石达开之作。今录于此，谨供参考。

〔一〕远望登高邱：经纬本、会文堂本、大华本、普天本作“远希登高邱”。

〔二〕 觌面终无颜：经纬本、会文堂本、大华本作“觌面终无口”；钱书侯本作“觌面终无缘”。

【注释】

① 鲁阳戈：“鲁阳挥戈”之略语，意思是力挽危局。语出《淮南子·览冥训》：鲁阳公与韩构难，战酣日暮，援戈而㧑之，日为之反三舍。

② 温燠：意同“温奥”，温暖。

③ 觌面：见面；当面。

④ 悃款：诚挚。

乱离复乱离（录《石达开诗钞》）

乱离复乱离，到处心魂惊。
飘风不崇朝[①]，长夜终有明。
峨眉怨谣诼[②]，切切诉平生。
百草忽不芳，为闻鹈鴂[③]鸣。
君王信谗言，为闻苍蝇声。
静思三太息，衫袖涕纵横。
人生宜室家，谁无妻子情！

【校记】

这首诗底本与钱书侯本、经纬本、会文堂本、大华本、普天本的内容完全相同。然从内容上来看，这首诗写得凄凄惶惶，悲悲切切，多有哀怨之声，不似出于青年英雄石达开之手。

【注释】

① 崇朝：从天亮到早饭时。有时喻时间短暂，犹言一个早晨。亦指整天。崇，通“终”。

② 峨眉：疑似“娥眉”，弯而长的眉毛，特指年轻女性的眉毛。

这里指进谗言的人。谣诼：造谣诽谤。

③ 鹈鴂：鸟名。即杜鹃。

三、五言律诗六首

别南王冯云山（录《石达开诗钞》）

相处日既久，分离别绪长。
蛟鼋①横地起〔一〕，鸾鹗②刺天翔〔二〕。
意气凌千里〔三〕，威声撼八方。
□□□□□，含笑□□□。

【校记】

这首诗似为伪作，从历史史实来看，冯云山在湖南蓑衣渡牺牲，为石达开所目睹，自无离别之言。今录存于此，谨供参考。

〔一〕蛟鼋横地起：普天本作“心龟桥地起”；经纬本、会文堂本、大华本作“心龟横地起”。

〔二〕鸾鹗刺天翔：普天本作“鹗鹗刺天翔”。

〔三〕意气凌千里：普天本作“息气凌万里”。

【注释】

① 蛟鼋：蛟龙与大鳖。泛指水族。

② 鸾：传说凤凰一类的鸟。鹗：大嘴的鸟。特指鱼鹰。

望家山感作（录《石达开诗钞》）

家山望不见，茅草促离忧。
风雨连朝夕，杨花扑酒楼。
关山憎客梦①，驿路②暗离愁。
怅怅③安所逝，暮云西北浮。

【校记】

这首诗似为伪作，石达开家乡在广西贵港，而诗中所望家乡的方向与石达开家乡的方向不对。

【注释】

① 客梦：这里指游子之梦。

② 驿路：驿道；大道。

③ 怅怅：形容因不如意而感到不痛快。

道路（录《石达开诗钞》）

对影意凄凄〔一〕①，尘埃眼欲迷。
荒江魑魅②啸，古木杜鹃啼。
□□山无语，孤行日渐西。
飞鸿无伴侣，道路自栖栖③。

【校记】

这首诗似为伪作。石达开为人豪放洒脱，从诗中的内容来看情调与石达开真诗迥异。又，太平天国文书避用"鬼"等字，诗中"荒江魑魅啸"，与太平天国文书格式不符，故认为是伪作。

〔一〕对影意凄凄：经纬本作"对影自凄凄"。

【注释】

① 凄凄：形容寒凉。

② 魑魅：古代神话传说中的山神，也指山林中害人的鬼怪。

③ 栖栖：孤寂零落。

极目（录《说元室述闻》）

极目楚氛恶，狂风著意吹。
荒凉唐日月，惨淡汉旌旗〔一〕。
北地①春花笑，南朝②秋叶悲〔二〕。

漂零鸿雁侣，顾影有余思〔三〕。

【校记】

这首诗似为伪作，石达开为太平天国领袖，自始至终对太平天国充满坚定的信念。虽曾处境艰苦，数度处于危难之中，但他不会写出“北地春花笑，南朝秋叶悲”这样长清廷志气灭自己威风的句子。今录存于此，谨供参考。

〔一〕惨淡汉旌旗：钱书侯本、经纬本、会文堂本、大华本、普天本作“黯淡汉旌旗”。

〔二〕南朝秋叶悲：钱书侯本、经纬本、会文堂本、大华本、普天本作“南朝秋叶垂”。

〔三〕漂零鸿雁侣，顾影有余思：钱书侯本、经纬本、会文堂本、大华本、普天本作“楼头景萧瑟，客子怕吟诗”。

【注释】

① 北地：指清廷。

② 南朝：言太平天国。

入川题壁（录《梵天卢丛录》）

大盗亦有道，诗书所不屑。
黄金若粪土，肝胆硬如铁。
策马渡悬崖，弯弓射胡月〔一〕①。
人头作酒杯，饮近仇雠②血。

【校记】

这是流传最广的石达开的一首诗，也是最有争议的一首诗，被认为是伪作。认为这首诗是伪作的理由如下：一、以“太平天国正朔”自居的“真天命太平天国通军主将”是否会公开自称“大盗”？二、此诗既是题壁，题于何处？三、为何不见任何文献提及？以石达开广西宜州题壁诗展现出的文字功力，此诗不太像他的手笔，连格律诗基本的对仗要求都达不到。今姑且存录于此，谨供参考。此标题在经纬本、会文堂本、大华本、普天本作《题壁》。

〔一〕弯弓射胡月：普天本作“弯弓举胡月”。

【注释】

① 胡月：胡地之月，匈奴之月。这里指清统治者。

② 仇雠：仇人，冤家对头。

庆远刻诗一首（录《太平天国史考证集》）

原序：太平天国庚申十年[①]，驻师庆远[②]，时于季春，予以政暇，偕诸大员巡视芳郊，山川竞秀，草木争妍，登兹古洞，诗列琳琅[③]，韵著风雅。旋见粉墙刘青云句[④]，寓意高超，出词英俊，颇有斥佛息邪[⑤]之概，予甚嘉之，爰命将其诗句勘石[⑥]，以为世迷仙佛者警[⑦]，予与诸员亦就原韵立赋数章，俱刊诸石，以志[⑧]游览云。

挺身登峻岭[⑨]，举目照遥空。
毁佛崇天帝[⑩]，移民复古风。
临军称将勇，玩洞羡诗雄[⑪]。
剑气冲星斗，文光射日虹[⑫]。

【校记】

此诗一作《白龙洞题壁》，除底本之外，其他诸本均不收载。这首诗应该是石达开诗中最真实的一首。咸丰九年(1859)，石达开在湖南宝庆败给了清军，被迫进入广西庆远休整了八个月。闲暇之余，石达开与部属登上北山，游览了著名的白龙洞。庆远府山清水秀，有“小桂林”之称。登临之中，石达开诗兴大发，遂赋诗一首。石达开麾下的几位部将也纷纷唱和。这些诗均刻在白龙洞石壁上。石达开领军离开后，当地一个庙祝为了避免翼王的题诗为清军所毁，故意在石壁下烧火做饭，石壁很快被烟熏黑，这才将石达开的题诗保存至今。1905年，辛亥革命先驱之一的张鱼书在庆远北山白龙洞游览时，无意在石壁上看到一些被烟熏黑的字。用水洗净墙壁，发现上面的题诗。诗刻高108厘米，宽145厘米。刻石平滑，诗文为楷书，清秀工整，刻工精湛。太平天国失败后，几乎所有的文字资料都遭清政府损毁。而石达开白龙洞题壁，是迄今为止发现的唯一一块太平天国诗文石刻。

【注释】

① 太平天国庚申十年：1860年。

② 庆远：地名，位于广西宜州。

③ 琳琅：精美的玉石，比喻美好珍贵的东西。

④ 粉墙：用白灰粉刷过的墙。刘青云原作为：异境从天辟，登临眼界空。万家遥带雨，一水怒号风。古佛形容怪，奇人气象雄。回看腰下剑，飞去作长虹。

⑤ 斥佛息邪：排斥佛教，停止邪教的传播。

⑥ 勘石：刻石。

⑦ 警：警醒。

⑧ 志：文字记录。

⑨ 峻岭：高大的山岭。这里指宜州郊外的白龙山。

⑩ 天帝：这里指基督教中的上帝。

⑪ 诗雄：杰出的诗人。

⑫ 日虹：即虹。

附录四：部下和诗十首

元宰张遂谋敬和

岩洞[1]高千丈，登临万象[2]空。
尊王崇正道[3]，斥佛挽颓风。

举目河山壮，横腰剑佩雄。
旌旗红耀日，将士气如虹。

【校记】

张遂谋以下的这些诗均为对石达开的应和之作。《太平天国野史》记载：张遂谋，殿左二十九检点（检点，太平天国官职之一，共有三十六个等级，张遂谋列第二十九）。元宰，又作元辅，是石达开军中的第二号人物。据史料：张遂谋，广西平南人，生卒年不详。张遂谋生而近视，人呼“张瞎子”，是最早参加太平天国起义的一批人。进军至天京后，被封为殿左二十九检点，驻守安徽舒城县。次年，从翼王西征湖北。天京事变时，翼王与张遂谋缒城出走安庆。因张遂谋沉稳多谋，被石达开倚为心腹，咸丰九年(1859)春，翼王军队攻入湖南；九月初四日，克广西庆远府。翼王开府城中，因诸将之请，量设官爵，封遂谋元宰，位诸将上，翼王之下，一人而已。在广西期间，因生存艰难，诸将多有离心离德之意，独遂谋矢志不移，有言降清及北归者辄叱之。次年四月，石达开弃庆远，张遂谋不知所终。

石达开写下《白龙洞题壁》这首诗之后，作为石达开麾下第一得力干将，张遂谋遂作和诗，诗中的观点也与石达开诗相同。除底本之外，钱书侯本、经纬本、会文堂本、大华本、普天本均不收载此诗。以下的和诗亦是如此。

【注释】

① 岩洞：这里指白龙洞。

② 万象：宇宙间的一切景象。

③ 尊王：这里指尊崇洪秀全。正道：这里指太平天国信奉的基督教。

地台右宰辅石蔡亲敬和

从龙欣遂愿[①],附凤[②]又翔空。
整旅同时雨,还乡咏大风[③]。
虚无嗤[④]佛老,运会[⑤]属英雄。
贵制[⑥]诗精妙,挥毫气如虹。

【校记】

和诗者石蔡亲其人其事各种史料均无记载。宰辅,次于元宰。天台、地台宰辅是仿效太平天国初期的天官、地官宰相。

在这首诗中,石蔡亲极尽恭维之能事,也表明了自己的心志,即想依附石达开开创一片新天地。

【注释】

① 从龙:旧以龙为君象,指随从帝王或领袖创业。遂愿:实现愿望。

② 附凤:追随有权势的人物。这里指追随石达开。

③ 大风:原指刘邦平定英布之乱后回到沛县家乡时所唱的《大风歌》。这里是指将来太平天国取得天下后凯旋回乡。

④ 嗤:嘲笑。

⑤ 运会:时运际会;时势。

⑥ 贵制:这里是对石达开诗作的敬称。

户部大中丞肖寿璜敬和

胜地因人著,悬崖接太空。
偶留名士句[①],竟感大王[②]风。
长啸千山应,高吟万古雄。
遥瞻挥翰处,无际亘青虹。

【校记】

肖寿璜，生卒年不详。从石达开与清军作战的记载中，可以看出肖寿璜担负重要军职，立下了不少战功。大中丞，似是翼殿高级文官，高于尚书。尚书是太平天国各王麾下的高级文官，天京事变前即为此制；然大中丞为太平天国未有，应是翼殿仿古官名御史中丞而设。离开天京之后，石达开发明一套不甚高明的翼殿官爵来安慰属下，许多官爵没有恰当的解释。

肖寿璜的这首诗也是对石达开诗作的奉和之作，并无实际意义，但有一定的气势。

【注释】

① 名士句：这里指刘青云的诗句。名士，这里指刘青云。

② 大王：这里指石达开。

礼部大中丞周竹歧敬和

春深花映谷，羽满鹄[①]腾空。
电扫龙吟雨，云飞虎笑风。
看山双眼大，报国一心雄。
惨此民情恶[②]，烽烟蔽碧虹[③]。

【校记】

周竹歧，一名锡龄，江西人。天京事变前后，周竹歧投入石达开麾下。周竹歧精熟典籍，通晓诗文，深受石达开器重。攻克庆远府后，翼王开府城中，竹歧以功迁翼殿礼部大中丞。1864 年被刘坤一诱捕，以极刑处死于贵县。

这首诗是周竹歧对石达开诗作的奉和之作，抒发了自己的理想，并对百姓之苦表达了同情之心。

【注释】

① 羽满：羽毛丰满。鹄：天鹅。

② 民情恶：这里指老百姓处境疾苦。

③ 碧虹：泛指彩虹。

兵部大中丞李遇隆敬和

佛老原荒诞，无仙洞亦空。
草忻[①]沾化雨，琴快谱薰风[②]。
人杰山增色，才高笔逞雄。
碑铭[③]留万古，钩画映晴虹。

【校记】

李遇隆，生卒年不详，他是从翼殿尚书晋升为大中丞的。

这首诗是李遇隆对石达开诗作的奉和之作，通笔为李遇隆对石达开的溢美之词，并无实际意义。

【注释】

① 忻：同“欣”。心喜；高兴。引申为生长茂盛。

② 薰风：和暖的风。

③ 碑铭：这里指石达开的石刻题诗。

吏部尚书孔之昭敬和

侍驾游佳胜[①]，梯云蹑半空。
岭头欣就日，洞口喜迎风。
斥佛刘诗[②]壮，从龙国士雄。
乘时施化雨，万姓仰霓虹。

【校记】

孔之昭，生卒年不详。从太平天国的一些相关记载，可知他是石达开手下的高官，并一直追随石达开到广西。

这首诗是孔之昭对石达开诗作的奉和之作，无甚实际内容。

【注释】

① 侍驾:伴随君王车乘出行。这里指陪同石达开游白龙洞。佳胜:这里指白龙洞风景区。

② 刘诗:这里指刘青云的原诗。

户部尚书李岚谷敬和

诗与境俱古,眼同天并空。
振衣[1]心向日,提剑腋生风。
德布王恩荡[2],威扬士气雄。
漫言[3]归路险,绝壑架长虹[4]。

【校记】

李岚谷(1830—1863),广西鹿寨县中渡镇人(一说是江西人)。李岚谷少年时入私塾读书,善诗文,喜交游。1852年,李岚谷在全州参加太平军,编入天官副丞相石祥祯部。他屡屡参与军机,献计立功,被石祥祯荐于石达开,成为石达开的幕僚。天京内讧后,石达开率领数万人离京南下,行军途中李岚谷被封为"精忠大司马"。

1859年,攻克广西庆远府后,李岚谷协助石达开设官抚民,以为持久之计。岚谷夙善诗文,经常出游城周胜景。秋日的一天,李岚谷至北山白龙洞,目睹壁间前人诗作,乃赋七言古风一阙。回来后,李岚谷将此事告诉石达开。次岁季春,翼王偕岚谷及元宰张遂谋、地台右宰辅石蔡亲、户部大中丞萧寿璜、礼部大中丞周竹歧、兵部大中丞李遇隆、吏部尚书孔之昭、礼部尚书陈宝森、精忠大柱国朱衣点等同往,步前人楚南刘青云原韵,各赋五言律诗一首,既成,遣工勒石洞壁。可以说,白龙洞题诗是由李岚谷发起,才有了石达开及其诸部下的题作。

也有人认为,天国将帅极少能诗者,题在白龙洞石壁上的诸诗,笔气仿佛,或皆岚谷一人所为。但石达开素善儒士,麾下周竹歧、朱衣点等皆有文名,位列辅佐而不谙文字者如赖裕新、李寿晖、傅忠信等皆不在奉和诗之内，从这个角度而言，白龙洞奉和石达开之作，当系各人亲笔。

1860 年 4 月 29 日，翼王弃庆远走忻城，李岚谷事迹，渐不为世所闻。

另有《鹿寨县志》记载：1863 年 6 月，李岚谷在苏州协助慕王谭绍光守城，纳王部永宽等人叛投李鸿章，李岚谷被活捉，囚送清军大营，惨遭杀害。

这首诗是李岚谷对石达开诗作的奉和之作，韵律和谐，格律工整，是这些和诗中的上乘之作。

【注释】

① 振衣：抖衣去尘，整衣。

② 荡：扩散出去。

③ 漫言：莫言；别说。

④ 绝壑：深谷。长虹：这里指长桥。

礼部尚书陈宝森敬和

古洞龙飞去，凭崖一望空。
名山多妙境，隐士有高风。
地本因人胜，王真命世雄①。
从知游览处，掷剑化飞虹。

【校记】

陈宝森，生卒年不详，其人其事已不可考。

这首诗是陈宝森对石达开诗作的奉和之作，没有太多的实际意义。

【注释】

① 世雄：世代称雄。

工部大中丞吕玉衡敬和

灵境[1]何年凿，幽深万象空。
余闻发豪兴[2]，欲往临清风。
龙卧今应醒，人奇句亦雄。
大呼拔长剑，天外断飞虹。

【校记】

吕玉衡，生卒年不详，其人其事已不可考。

这首诗是吕玉衡对石达开诗作的奉和之作，诗中洋溢着一种豪迈的志向，是和诗中比较有个性的一首。

【注释】

① 灵境：庄严妙土，吉祥福地。多指寺庙所在的名山胜境。也指风景名胜之地。

② 豪兴：好的兴致；浓厚的兴趣。

精忠大柱国朱衣点敬和

登临古峭壁，梵刹盘[1]虚空。
佛灭余花鸟，诗敲振谷风。
从龙心已遂，逐鹿志尤雄。
指点东关外[2]，长桥卧玉虹。

【校记】

朱衣点（1817—1863），湖南宁乡人。原名汤汉槎，字期训，乳名玄八，后从母姓朱，更名衣点。朱衣点曾中太平天国进士，隶属于石达开部。他五短身材，负责守卫南京仪凤门，给洪宣娇当过马夫。在追随石达开到达广西庆远府后，又与吉庆元、童容海等脱离石达开"万里回朝"。1861年在江西与李秀成会合，封孝天义。1863年在进攻常熟时兵败自刎。

朱衣点是太平天国将领中文化水平较高的一位,这首诗虽然是对石达开诗作的奉和之作,但全诗意境开阔,志存高远,具有抒情言志的鲜明特色。

【注释】

① 梵刹:佛寺。盘:回旋,回绕,屈曲。

② 关外:山海关之外。这里泛指清朝治下的地区。

附录五:楚南刘云清原韵

异境[1]从天辟,登临眼界空。
万家遥带雨,一水怒号风[2]。
古佛形容[3]怪,奇人气象雄。
回看腰上剑,飞去作长虹。

【校记】

刘云清,湖南人,生卒年不详,约生活于清中期之前。其《题白龙洞石壁》诗,对白龙洞景物做了浪漫的描述,充满了奇异的想象,诗中也倾吐了个人的抱负。正是这首诗引起了李岚谷的注意;也正是李岚谷向石达开报告白龙洞的题诗,才引出石达开率众将游白龙洞并题诗之事。从这个角度来说,刘云清的这首诗便具有了非凡的意义。

【注释】

① 异境:这里指奇异的境界。

② 号风:大风。

③ 形容:形体容貌。

四、七言绝句十四首

寄邵阳石龙轩居士〔一〕（录先舅父邓启桢公《石达开诗文钞》）

立马衡南敞醉眦①，阵云如墨雨如丝。
河山剑气刀光下，正是男儿立志时〔二〕。
百业无成两鬓霜，半生戎马早荒唐②。
朝廷毕竟江南小，我为燕云哭石骧〔三〕。
地入三湘气势豪，川黔迤逦岳云高。
亡秦三户人安在？腰下长鸣七宝刀③。
龙山④四十八雄峰，铁壁铜墙面面同。
此间会有龙蛇⑤在〔四〕，百万鲸鲵拜下风。
盾头磨墨写微词，碧血青燐近入诗。
不尽生灵同一哭，此心宜有故人⑥知〔五〕⑦。

【校记】

〔一〕除底本外，仅钱书侯本收载此诗，经纬本、会文堂本、大华本、普天本皆不载此诗。

〔二〕“河山”二句：钱书侯本作“河山百折川黔胀，横入湖湘有异思”。

〔三〕“百业”四句：钱书侯本作“北望中原血战场，连天烛火壮熊湘。亡秦漫笑惟三户，我哭当年何五郎”。

〔四〕此间会有龙蛇在：钱书侯本作“此间会有龙蛇住”。

〔五〕“盾头”四句：钱书侯本作“墨光摇盾照微词，铁马金戈正急时。亿万生灵齐一哭，此心唯有故人知”。

【注释】

① 衡南：衡阳之南。醉眦：这里指醉眼。眦，指上下眼睑的接

合处,靠近鼻子的叫内眦,靠近两鬓的叫外眦。通称眼角。

② 荒唐:这里有荒废之意。

③ 七宝刀:镶嵌着七种宝石的刀。泛指武器。

④ 龙山:为宝庆巨镇,龙轩居士居其麓。

⑤ 龙蛇:指非常的人物。

⑥ 故人:这里指石龙轩居士。

⑦ 本诗之末署曰:“龙轩宗先生有道,侍石达开专足顿首致叩。乙未秋望后三日。”

感怀两首〔一〕(录《石达开日记》)

狐鼠纵横惯噬人,无端冲破一家春①。
夜阑②试向城头望,何处妖星巨若轮③。

行行才过古昭关④,千古同嗟奸与顽。
泪洒九泉⑤收不得,白云谁望太行山。

【校记】

〔一〕这首诗见于许指岩辑录《石达开日记》,有人疑为伪作。从诗的内容来看,太平天国称清军为妖,“妖星巨若轮”说法不当。今附于此,聊供参考。

【注释】

① 一家春:这里指作者的理想世界。

② 夜阑:夜深。

③ 若轮:这里指太平天国将士。

④ 昭关:地名,位于安徽含山以北。春秋时,伍子胥为逃避楚平王的迫害,曾路过此关。

⑤ 九泉:犹黄泉。地下深处。

再答曾国藩〔一〕（录《石达开诗钞》）

支撑天柱①费辛艰，垓下雌雄决一韩②。
试看欃枪③天上扫〔二〕，夜深惨淡斗牛④寒。

【校记】

〔一〕这首诗被认为是伪作，从诗的内容来看，太平天国敌天，不应说"支撑天柱费辛艰"。又诗中石达开自比韩信，尤觉不伦不类。

〔二〕试看欃枪天上扫：钱书侯本、经纬本、会文堂本、大华本作"试看搀枪天上扫"。

【注释】

① 天柱：古代神话中的支天之柱。这里比喻负重任者。

② 垓下：古地名，位于安徽灵璧境内，是楚汉相争最后决战之地。公元前 202 年，楚汉相争垓下，刘邦一举摧毁项羽。垓下战役奠定了汉王朝 400 多年历史。韩：韩信。他是垓下之战的具体策划者。后因刘邦猜忌功臣，韩信被杀。

③ 欃枪：彗星的别名。古人认为是凶星，主不吉。这里比喻邪恶势力。

④ 斗牛：星宿名。斗宿，二十八宿之一。俗称南斗，共六星。牛宿，星宿名。二十八宿之一，玄武七宿的第二宿。有星六颗。又称牵牛。

入剑门〔一〕（录《说元室述闻》）

抛撇妻孥戴覆盆①，含冤难复叩天阍②。
宝刀骏马休输却，好领雄师入剑门〔二〕。

【校记】

〔一〕这首诗被认为是伪诗，从时间和地理上看，石达开当时不可能从剑门关入川。

〔二〕好领雄师入剑门：钱书侯本作“好领英师入剑门”。

【注释】

① 覆盆：原指阳光照不到覆盆之下。后因以喻社会黑暗或无处申诉的沉冤。

② 天阍：帝王宫殿的门。

宝剑（录《说元室述闻》）

床头忽起老龙吟①，郁郁②书生杀贼心。
已到穷途犹结客③，风尘④相赠值千金。

【校记】

这首诗的底本与钱书侯本、经纬本、会文堂本、大华本、普天本完全相同。该诗似为伪诗，从内容和语气来看，石达开不会自称“书生”，也不会说“已到穷途”，这种说法不符合石达开的性格和气质。

【注释】

① 龙吟：形容声音深沉或细碎。这里指宝剑发出的声音。

② 郁郁：形容忧伤苦闷。

③ 结客：这里指结识意气相投的人。

④ 风尘：比喻纷乱的社会或漂泊江湖的境况。

失题（录《梵天庐丛录》）

吴山①立马十年豪，撑柱青天一杵高〔一〕。
今日雄心销欲尽，夕阳红上赫连刀②。

【校记】

〔一〕撑柱青天一杵高：经纬本、会文堂本、大华本、普天本作“撑柱青天一杆高”。

【注释】

① 吴山：山名，在浙江杭州市西湖东南。山势绵亘起伏，左带钱塘江，右瞰西湖，为杭州名胜。石达开离开天京出走后，曾在此战斗、生活过一段时间。

② 赫连：匈奴姓氏之一。赫连刀：原指匈奴部落携带的锋利宝刀。后泛指少数民族随身携带的腰刀。

致曾国藩五首（录《太平天国野史》）

曾摘芹香入泮宫[1]，更探桂蕊[2]趁秋风。
少年落拓云中鹤[3]，陈迹飘零雪里鸿[4]。
声价敢云空冀北[5]，文章今已遍江东[6]。
儒林[7]异代应知我，只合名山一卷终[8]。

不策天人在庙堂[9]，生惭名位掩[10]文章。
清时将相无传例[11]，末造乾坤[12]有主张。
况复仕途多幻境[13]，几多苦海少欢场。
何如著作千秋业[14]，宇宙还留一瓣香[15]。

扬鞭慷慨莅中原，不为仇雠不为恩。
只觉苍天昏瞶瞶，欲凭赤手拯元元。
三年揽辔悲羸马[16]，万众梯山似病猿。
我志未酬人已苦，东南到处有啼痕[17]。

若个将才同卫霍[18]，几人佐命等萧曹[19]。
男儿欲画麒麟阁，早夜当娴虎豹韬。
满眼河山增历数，到头功业属英豪。
每看一代风云会，济济从龙毕竟高。

大帝勋华多美颂[20]，皇王家世尽鸿濛[21]。
贾人居货移神鼎[22]，亭长还乡唱大风[23]。
起自匹夫方见异，遇非天子不为隆。
醴泉芝草无根脉[24]，刘裕当年田舍翁[25]。

【注释】

① 泮官：古代的国家高等学校。因学校前有半圆形的池，名泮水；科举时代生员入学称入泮。这里是说石达开曾经取得功名，进入了生员之列。

② 桂蕊：桂花之蕊，这里指桂花开放。由于桂花开花在秋季，时为科举乡试考试之时，故代指科举考试。这一句是说自己曾在秋季参加过乡试。

③ 落拓：贫困失意；这里是说年轻时仕途失意。云中鹤：即白鹤，别名西伯利亚鹤、黑袖鹤，为大型涉禽。这里比喻人格高尚得像云中白鹤。

④ 陈迹：风尘仆仆的痕迹。陈，同“尘”。雪里鸿：留下雪泥里的鸿鹄爪痕。

⑤ 冀北：冀州以北的人。这里指京城的达官贵人。

⑥ 江东：长江南岸一带。

⑦ 儒林：知识界。

⑧ 名山一卷终：名字也只能有一卷藏于名山之中。

⑨ 不策：不可估量。天人：非凡的人才。庙堂：朝廷。指在朝廷供职，这里是指曾国藩。

⑩ 生惭：惭愧。名位：名誉地位。掩：掩盖。

⑪ 清时：清平世道。无传例：没有留传业迹的先例。

⑫ 末造乾坤：乾坤未定。这里指王朝交替之时。

⑬ 幻境：变幻莫测的场所。

⑭ 千秋业：这里指著书立传之千古事业。

⑮ 一瓣香：上香祭奠，即永远留给人们敬仰。

⑯ 辔：辔头，驾驭牲口的嚼子和缰绳。羸马：病马。

⑰ 啼痕：斑斑泪痕。这里是说太平天国因内讧迭起，最终招致失败。

⑱ 卫霍：卫青和霍去病。他们都是汉朝的名将、军事家，在抗击匈奴的战争中为国家立下了赫赫战功。

⑲ 佐命：辅佐皇上。萧曹：汉代的萧何和曹参，二人均为汉初功臣，辅佐刘邦建立了汉朝。

⑳ 勋华：尧舜的并称。勋，放勋，尧名；华，重华，舜名。美颂：这里指做出了重大贡献，受到人们的赞颂。

㉑ 鸿濛：混沌；浑噩。

㉒ 贾人居货：这里指商人做生意囤积货物，以奇货可居获利。神鼎：这里是借指新的政权。

㉓ 亭长：这里指刘邦。刘邦未做皇帝之前，原为一小小亭长。唱大风：刘邦做皇帝后荣归故里，高唱“大风起兮云飞扬”之壮歌。

㉔ 醴泉：甘美的泉水。芝草：香郁的芝兰。根脉：根源和脉络。

㉕ 田舍翁：农民。这里是说南朝刘裕当年灭晋建宋，他其实是种田人出身。

题旅店壁间（录《石达开诗钞》）

半壁江山叹式微[①]，□□□□□□□。
□□□□□□□，□□□□□□□。
前日欢歌今日哭，南人消瘦北人[②]肥。
□□□□□□急，回首沧桑事已非。

【校记】

这首诗似为伪作，因内容残缺，仅从题目来看，石达开早年家境尚可；金田起义后，一直担任太平天国高层职务，他是不可能居于旅店的。今录存于此，谨供参考。

这首诗仅存不完整的四句，底本与许指岩本、经纬本、会文堂本、大华本、普天本的内容完全一致。

【注释】

① 半壁江山：这里指太平天国占据的东南地区。式微：指事物由兴盛而衰落。

② 南人：这里指太平天国。北人：这里指清政府。

驻军大定与苗胞欢聚即席赋诗

千颗明珠一瓮[①]收，君王到此也低头[②]。
五岳抱住擎天柱[③]，吸尽黄河水倒流[④]。

【校记】

按：这首诗不见于各种《石达开全集》的版本，今据贵州民俗学家顾朴光《石达开在黔〈遗诗〉考》论文补出，该文发表在《贵州文史丛刊》1990 年第 3 期。

1862 年 5 月，石达开大军由贵州怀仁向叙永进军，途经黔西、大定一带时，当地苗族百姓以欢迎最尊贵的客人的仪式迎接石达开大军。石达开和太平军将士与苗民一同载歌载舞，开怀畅饮。席间，石达开即兴赋了这首诗。

此诗真伪尚有争议，罗尔纲先生认为是石达开原作，而太平天国史专家简又文、史式则认为既不能断言为真，亦不能断言为伪。校注者以为这首诗应该是石达开原作。如石达开部的行军路线、当地民俗等均符合外，更重要的还是这首诗所表现出来的磅礴气概。全诗紧扣“饮酒”一事，其胸襟、胆识、气魄、志向，非寻常文人所能伪托，只有气吞山河的英雄才能具备。石达开这首诗，记与苗民欢宴之事，言的却是自己的鸿鹄之志。全诗充满了积极向上的精神，实在是不多见。

后来，罗尔纲先生在其所编《太平天国诗文选》(中华书局 1960 年版)收录了此诗，并为它加上《驻军大定与苗胞欢聚即席赋诗》的诗题。

【注释】

① 明珠:这里形容美酒。瓮:这里指具有苗族特色的酒瓮。

② 君王:这里指石达开。低头:这里指低头饮酒。

③ 五岳:这里指五根手指。抱住:这里是指以极度夸张的手法与大家一起饮酒时用手扶着通心杆的姿态。擎天柱:这里指喝酒的通心杆(吸管)。

④ 水倒流:这里是写酒尽兴浓的情况。

对　联

天京翼王府对联（一）

翼戴著鸿猷[①]，合四海之人民齐归掌握[②]；

王威驰骏誉[③]，率万方之黎庶尽入版图[④]。

【校记】

这是石达开在天京翼王府题的一副对联。普天本收载此联，底本与钱书侯本、经纬本、会文堂本、大华本均未收此联。上下联的首字嵌“翼王”二字，体现了石达开高超的对联撰著水平，同时也借联言志，抒发了石达开想统一全国的壮志。

【注释】

① 翼戴：辅佐拥戴。鸿猷：鸿业；大业。

② 掌握：拥有，控制。

③ 驰：传播，传扬。骏誉：美誉。骏，通“俊”。

④ 万方：指万国，各地诸侯；各地方。黎庶：众民，民众。版图：

这里指太平天国控制的领土范围。

天京翼王府对联（二）

翼德威明①，鄙阿瞒②如小儿，能视豫州③同骨肉；

王陵④忠义，弃项羽如敝屣⑤，独知刘季⑥是英雄。

【校记】

这是石达开在天京翼王府题的一副对联。普天本收载此联，底本与钱书侯本、经纬本、会文堂本、大华本均未收此联。上下联的首字嵌“翼王”二字，而内容则与前一副对联不同，这副对联表现了石达开的人格和志向，同时也展现了他的心胸和气魄，是抒情言志联中的上品之作。

【注释】

① 翼德：三国时期蜀汉名将张飞（？—221），字益德，幽州涿郡（今河北省保定市涿州市）人，为刘备“桃园结义”的三弟。威明：威武贤明。

② 阿瞒：即魏武帝曹操（155—220），字孟德，小名阿瞒，谥号武皇帝（魏武帝），沛国谯县（今安徽亳州）人。东汉末年杰出的政治家、军事家、文学家、书法家，曹魏政权的奠基人。

③ 豫州：指刘备（161—223），字玄德，东汉末年幽州涿郡涿县（今河北省保定市涿州市）人，三国时期蜀汉开国皇帝，谥号昭烈皇帝。刘备曾任豫州刺史，因称刘豫州。

④ 王陵：西汉初年大臣，生年不详，泗水郡沛县（今江苏沛县）人。王陵出身沛县豪族，被刘邦以兄礼相待。刘邦攻陷咸阳后，他集众占据南阳，坐观楚汉之争。其母身陷项羽营中，力促王陵归汉，绝然伏剑自杀，为楚军所烹煮。王陵归顺刘邦后，封安国侯。相国曹参去世后，王陵升任右丞相，与陈平一同执政。吕后元年（前187），被夺取实权，

辞职闭门不出。吕后八年(前180)去世,谥号武侯。

⑤ 项羽(前232—前202):名籍,字羽,秦末下相(今江苏宿迁)人,楚国名将项燕之孙。项羽早年跟随叔父项梁在吴中(今江苏苏州)起义,秦亡后称西楚霸王。公元前202年,项羽兵败垓下(今安徽灵璧南),突围至乌江(今安徽和县乌江镇)边时,自刎而死。敝屣:破旧的鞋,比喻没有价值的东西。

⑥ 刘季:汉朝开国皇帝刘邦(前256—前195)的字。刘邦是中国历史上杰出的政治家、战略家和军事指挥家,对汉族的发展以及中国的统一做出了一定贡献。

石达开为某戏班题联

不论场地,可家可国可天下[①];

寻常人物,能文能武能圣神[②]。

【校记】

1859年8月,石达开率军回师广西时,兴业县某戏班演剧以迎翼王,翼王即席撰写了这副对联。此联不见于底本及其他诸本,今据《荆棘丛谈》辑录。联语意味隽永,至今仍被人传诵。

【注释】

① 可家可国可天下:这里是指舞台场地虽小,可演家庭、国家、天下之事。

② 能文能武能圣神:这里是说舞台上的演员可以扮演文臣武将和圣贤神仙各类人物。

石达开为剃头店所撰对联

磨砺以须[1],问天下头颅几许?

及锋而试,看老夫[2]手段如何。

【校记】

金田起义之前,冯云山在广西桂平开了一家剃头店,作为发动金田起义的联络点。在剃头店的大门上,冯云山题写了"磨砺以须,天下头颅皆可剃;及锋而试,世间妙手等闲看"的对联,石达开看后,认为文辞俱佳,但气势不足,遂改成上面的内容。这副对联表面赞美剃头匠的手艺,其实是表达了自己的政治抱负。底本与其他诸本没有收录此联,今据何满子《剃光头发微》一文辑录。

【注释】

① 磨砺以须:磨快刀子等待。比喻做好准备,等待时机。砺,磨刀石。

② 老夫:这里是石达开自称。

附录六:有关石达开的几则相关记载

太平天国败亡后,有关翼王石达开的故事,散见各书甚多,兹选辑数则录后,其中记载不实、或与事实相悖之处,均加按语,以供读者参考。

一、罗惇曧《太平天国战纪》

达开于咸丰七年背秀全而行,众百万。比至川界,散殆尽,仅二三万。至苗境隘口,苗人索万金,始放行。达开以路险不敢战,卒与之。既度关,苗人伐木塞其归路,大山壁立,崎岖修阻,苗人间道[1]告川督骆秉章，截击之，败退无路。复前突击，兵已饿二日，不任战[②]。达开曰："吾一人自赴敌军，尔等可免死。"

乃张黄盖，服黄袍，从数人，乘白马而出〔一〕。清军将击之，达开曰："吾求见尔制军[③]，速为我报。"秉章纳之，达开入，长揖不拜。秉章曰："尔欲降乎？"达开曰："吾来乞死，兼为士卒请命[④]，九泉当拜公赐。"秉章曰："吾成汝志[⑤]。"

乃杀达开，而资遣其士卒，不戮一人。

按〔二〕：文中所称苗人，实为倮㑩人之误称，今以少数民族称之。苗人在贵州较多，在西康颇少。石达开行军经过之越嶲、冕宁等地，除汉人外，大多为倮人。倮人自称倮苏，人称之为倮㑩。文末所谓资遣其士卒，不戮一人之说，不确，参阅薛福成记及暗语便知。编者识。

【校记】

按：这一部分内容节选自罗惇曧《太平天国战记》。钱书侯本无此篇内容；经纬本、会文堂本、大华本、普天本选取内容相同。罗惇曧（1872—1924），字孝遹，号以行，又号瘿庵，晚号瘿公。广东顺德大良人，晚清名士。有《龙马姻缘》《金锁记》等作品传世。其他著述有《太平天国战记》《庚子国变记》《中日兵事本末》等十余种。《太平天国战记》全书约三万字，记录了太平天国一些史事，对研究太平天国历史具有一定的参考作用。该书虽有一些野史的成分，但也保留了太平天国的一些史料，今摘录于此，仅供参考。

〔一〕乘白马而出：经纬本、大华本、普天本作"乘百马而出"。

〔二〕按：这是原文中的"按"，表达了罗惇曧的个人观点。

【注释】

① 间道：偏僻的或抄近的小路。

② 任战：指善于作战。

③ 制军：明、清时期总督的称呼。

④ 请命：代人请求保全性命或解除疾苦。

⑤ 成汝志：这里指以石达开之死来换取其部下性命之事。

二、薛福成书《石达开就擒事》

粤贼石达开与洪秀全〔一〕、杨秀清同起浔州①之金田，伪称翼王。逾岭涉湖，乘胜循江而下，攻陷金陵。旋叛秀全不与通，纠党踞江西八府，与曾文正相持连年。既乃突入浙江，由福建、江西以扰湖南，声势震荡。巡抚花县骆文忠公调宿将，与力角于洞庭〔二〕、衡山之南，仅驱出境。达开乃还踞广西诸郡，仍绕湖南北，径窥四川边境，退入滇黔之交，奔突万余里，蹂躏百数城。厥性惯走边地，避害蹈瑕，每为官军所蹙，则匿伏山中〔三〕，倏伺形便，飘然远飏②。（按〔四〕：参观日记〔五〕：则知石氏固别有怀抱，非必以是为奇能也。人各有志，世俗乌得而知之?）自谓生长岭峤③，善陟奇险，蹑幽径④，（阅某君笔记：谓石居广西贵县，家富饶，曾读书为博士弟子员⑤）恣其出没，使官军震眩失措，莫之能防，然亦卒以此擒灭。

同治二年三月，由云南犯四川，使其先锋赖裕新⑥率贼万余，由宁远冒险深入。裕新败死，余众穷日夜力兼行，飘忽如风雨，阑入陕西，欲引官军追之北上，俾南路空虚，达开遂自率大队，渡金沙江，将北窥大渡河。大渡河为西南巨堑〔六〕，贼由越嶲⑦、冕宁大小两路而来，必走安庆坝及万工汛⑧，缘河二百余里，有渡口十三处。若西绕土司辖境，皆仄径，可北越松林小河，由上游泸定桥及化林坪径渡，入薄天全⑨、雅州。

是时，骆文忠公总督四川，长沙刘蓉⑩为布政使，综理营务，赞画军谋。侦知松林地诸土司受贼赂，将让路〔七〕，骆公乃调总兵唐友耕一军，专防安庆坝至万工汛，檄知府蔡步钟〔八〕⑪率雅州劲勇驰往助之。檄诸军陆续驰扼雅州、荥经及化林坪，以张声援。檄松林地土千户王应元率所部土兵〔九〕驻守松林小河。檄邛部土司岭承恩⑫统夷兵截断越嶲大路，逼贼使入土司境，伺贼入险，即抄其后路，使不得退。先重赉岭承恩、王应元夷兵土兵〔十〕，并许获贼财物悉赏之。

布置既定，达开率众可四万，绕越嶲、冕宁前进。知越嶲诸要隘严兵以待，果由小径趋王应元所辖之紫打地。其旁两山壁立，隘口险仄，易进难退。前阻大渡河，左阻松林河，右阻老鸦漩河。达开以土司之纳其赇⑬也〔十一〕，夷然⑭信之，长驱入险。是时大渡河北岸尚无官兵，达开使其下造船筏速渡，渡者已万余人。会日暮，忽传令撤还南岸，谓其下曰："我生平行军谨慎，今师渡河未及半，倘官军卒至，此危道也，不如俟明日毕渡。"

迟明⑮，遣贼探视，忽见大渡河及松林河水陡高数丈。达开谓："山水暴发〔十二〕，一二日可平也，当少俟之〔十三〕。"越二日，水势稍平，忽见官军已到北岸，用枪炮隔水击贼，有死者。达开欲退出险，遣其党回视隘口，则土司已断千年古木六大干，偃⑯于地以塞路，且有夷兵把守。欲索两旁小径，则皆千仞绝壁，无可攀跻〔十四〕⑰。贼众游弋大渡河、松林河南岸，昼夜伺间冲突，皆被官兵、土兵击退〔十五〕，死亡者万余人。岭承恩由后路抄入，攻夺马鞍山贼营，绝其粮道。夷兵或三五为辈，伏险狙击，或至山巅陨木石杀贼〔十六〕。官兵亦不时渡河雕剿⑱。

达开进退无路，约书于矢⑲，隔河射入王应元营，啖以重利〔十七〕⑳，求让路，应元不应。复以利诱岭承恩，承恩攻之益急。达开徇㉑于众曰："吾起兵以来十四年矣，跋险阻，济江湖，如履平地。虽时遭艰难，亦常疲而复奋〔十八〕，转败为攻，若有天佑。今不幸受土司诳，陷入绝地，重烦诸君血战出险，毋徒手受缚，为天下笑，则诸君之赐厚矣。"因泣稽颡㉒，众皆泣稽颡。尅日㉓加造行筏，誓于死中求生。

夏四月癸巳㉔夜，达开尽斩乡导二百余人祭旗，悉众分扑大渡河、松林河，每数十人乘一筏，人以挡牌蔽身，皆披发衔刀，挺矛直立〔十九〕，众筏同时齐奋，为官兵、土兵枪炮所击，悉随惊湍飘没，浮尸如群鹜蔽流而下。达开在围中匝月，糗粮[25]既罄〔二十〕，杀马而食，既啖桑叶草根皆尽。官兵与承恩、应元四面兜剿〔二十一〕[26]，直入紫打地，尽毁贼巢〔二十二〕。达开丧其辎重，率余党七八千人，奔至老鸦漩河，复为夷兵所阻。妻妾五人携其二子，自沉于河。达开望见官军竖投诚免死大旗，乃携一子及伪宰辅三人，与其余党呼曰："石达开降！"岭承恩等羁之营中，讯其余党之旄倪[27]及胁从者逾四千人，分途遣散。其积年老贼二千余人，唐友耕派营分驻弹压。

五月，丙午朔，达开等五人过河，至唐友耕营中。越二日，解达成都。明日，官军夜以火箭为号，会合夷兵围击伪官二百余人，悍贼二千余人歼焉。达开到成都对簿[28]，有司讯其前后抗官军事甚悉，口若悬河，应答不穷，自称年三十三〔二十三〕，于当时诸将负盛名者，皆加贬辞。谓曾文正公虽不以善战名，而能识拔贤将，规画精严，无间可寻，大帅如此，实起事以来所未觏[29]也〔二十四〕。乙卯，磔[30]达开于成都市〔二十五〕。

是役也，达开不自入绝地，则不得灭；即入绝地，而无夷兵四面扼剿，亦不得灭。然使诸土司中，始无得贿纵贼之人，以达开之审于行军，亦决不肯竟入绝地也。知土司之隐情而善用之，则视乎当事者之筹略矣。至贼众临渡而山水忽发，又似天意灭贼云。

按〔二十六〕：达开初到大渡河边，北岸实尚未有官兵，而骆文忠公奏疏，谓唐友耕一军已驻北岸，似为将士请奖张本，不得不声明其防河得力，因稍移数日以迁就之。当时外省军报，大都如此，亦疆吏与将帅不得已之办法也。达开之众，半渡撤回，系唐友耕亲告余弟季懹者，余追忆而书之。其他月日与地名人名，则仍考骆公奏疏，以免讹舛云。

石达开《阻大渡河》诗〔二十七〕一首：

苍天意茫茫，群生何太苦。大江横我前，临流曷能渡。

异哉无舟辑，浮云西北顾。到处哭声多，中原白骨露。

按〔二十八〕：石达开率众抵嶲县[31]属河道紫打地（即安顺场），兵临大渡河时，对岸并无清兵。骆秉章奏报先调唐友耕军驻防，乃为奏请奖张本。薛记谓达开军半渡撤回，亦不可信。实则达开军为水所阻，致误戎机。

余闻故老传言，达开爱妃某知入绝地，劝改图并仰药[32]死，以绝其念，尸骨葬紫打地后山。又妻妾五人亦持幼二子，裹帛投河以殉[33]。迨后越嶲营参将杨应刚亲谒石达开，劝牺牲一己，保全全众。达开英雄气概，视死如归，毅然许之。立携宰辅曾仕和、黄再忠、韦普成及幼子定忠等至凉桥会应刚，转入唐军，槛送[34]成都。惟清将阳纳阴攻[35]，达开出发富林甫一日，其众在大树堡者，即全被歼灭。达开以一死赎全军性命之愿，竟不获偿。夫屠戮投降，世所诟病[36]。骆秉章及其下属，有惭德焉。编者识。

【校记】

〔一〕粤贼石达开与洪秀全：经纬本、会文堂本、大华本、普天本作“粤贼石达开洪秀全”，少一“与”字。

〔二〕与力角于洞庭：经纬本、会文堂本、大华本、普天本作“与力角我洞庭”。

〔三〕则匿伏山中：经纬本、会文堂本、大华本、普天本作“则蹲伏山中”。

〔四〕按：这里的“按”，是编者所按。

〔五〕参观日记：这里的“日记”，是指《石达开日记》。

〔六〕大渡河为西南巨堑：经纬本、会文堂本、大华本、普天本作“大渡河为西南巨险”。

〔七〕将让路：会文堂本作“将让渡”。

〔八〕檄知府蔡步钟：普天本作“檄知府蔡步铁”。

〔九〕檄松林地土千户王应元率所部土兵：会文堂本作“檄松林地土千户王应元率所部士兵”，疑误。

〔十〕王应元夷兵土兵：大华本作“王应元夷兵士兵”，疑误。

〔十一〕达开以土司之纳其赇也：经纬本、会文堂本、大华本、普天本作“达开以土司之纳其贿也”。

〔十二〕山水暴发：普天本作“山水暗发”。

〔十三〕当少俟之：经纬本、会文堂本、普天本作“当少待之”。

〔十四〕无可攀跻：经纬本、会文堂本、大华本、普天本作“无可扰跻”。

〔十五〕皆被官兵、土兵击退：经纬本、会文堂本、普天本作“皆被官、土兵击退”，少一“兵”字。

〔十六〕或至山巅陨木石杀贼：经纬本、会文堂本、大华本、普天本作“或自山巅陨木石死贼”。

〔十七〕啖以重利：经纬本、会文堂本、大华本作“许以重利”。

〔十八〕亦常疲而复奋：经纬本、会文堂本、大华本作“亦常疲而后奋”。

〔十九〕挺矛直立：经纬本、会文堂本、大华本、普天本作“挺直立”，少一“矛”字。

〔二十〕糗粮既罄：经纬本、会文堂本、大华本、普天本作“食粮既罄”。

〔二十一〕应元四面兜剿：经纬本、会文堂本、大华本、普天本作“应元四面围击”。

〔二十二〕尽毁贼巢：经纬本、会文堂本、大华本、普天本作“尽毁其巢”。

〔二十三〕自称年三十三：会文堂本、普天本作“自称年四十三”。

〔二十四〕实起事以来所未觏也：经纬本、会文堂本、大华本、普天本作“实起事以来所未睹也”。

〔二十五〕磔达开于成都市：普天本作“戮达开于市”；经纬本、会文堂本、大华本作“磔达开于市”。

〔二十六〕“按”这一段：底本并无此段内容，但经纬本、会文堂本、大华本、普天本均载此段，且内容完全一致，今收录于此，以供参考。

〔二十七〕石达开《阻大渡河》诗：这首诗并不见于底本和其他诸本，但有个别民间流传版本，今附于此，谨供参考。

〔二十八〕"按"以下两段：这两段仅底本所存，不见于其他诸本，应是底本作者王成圣所编辑，今录于此，谨供参考。

【注释】

① 浔州：地名，今广西桂平。

② 远飏：逃窜远地。

③ 岭峤：五岭的别称。

④ 蹑：放轻(脚步)。幽径：小路。

⑤ 博士弟子员：明清时期对县学生员的称谓。

⑥ 赖裕新：生年不详，别名赖剥皮、赖割鼻，广西浔州人，太平天国将领。历任天台左宰辅、大军略等职。1857 年石达开受洪秀全猜忌被迫离京，赖裕新追随石达开万里远征。1863 年赖裕新在四川白沙沟一役中战死。

⑦ 越巂：三国时期郡名，今为四川越西。地处四川省西南部、凉山彝族自治州北部。

⑧ 安庆坝：亦作安靖坝。即今四川石棉县西北大渡河东岸安靖。万工汛：地名，在大渡河附近。

⑨ 薄：靠近。天全：地名，隶属于四川省雅安市。

⑩ 刘蓉：湖南湘乡人，湘军将领，字孟蓉，生于 1816 年。1862 年石达开率太平军由滇、黔入川时，他奉命赴前敌督战，石兵败大渡河，自投清营，由他槛送成都，将石杀害。后为张宗禹西捻军大败于陕西灞桥，被革职归故里。1873 年去世。著有《养晦堂诗文集》十四卷及《思辨录疑集》等。

⑪ 蔡步钟：字则玉，号监泉，城关人，生于 1831 年。1863 年春，石达开率部至云南边境从米粮坝渡江急进，蔡步钟与总兵唐友耕率军驰防大渡河。石达开落入蔡步钟圈套兵败。不久蔡任云南按察

使,1869 年去世,时 39 岁。

⑫ 岭承恩:生年不详,清时大凉山彝族土司。1863 年,石达开率部过境时,奉命率土兵袭击,生俘石达开于大渡河畔紫打地。后被清廷赏土游击世职。1894 年去世。

⑬ 赇:贿赂。

⑭ 夷然:平静镇定的样子。

⑮ 迟明:天快亮的时候。

⑯ 偃:仰面倒下,放倒。

⑰ 攀跻:犹攀登。

⑱ 雕剿:以应变出奇之计进行讨伐。

⑲ 约书于矢:约定把书信绑在箭头上发射过去。

⑳ 啖以重利:用优厚的利益和好处引诱或收买人。啖,吃,引诱;重,大、厚;利,利益、好处。

㉑ 徇:对众宣示。

㉒ 稽颡:古代一种跪拜礼,屈膝下拜,以额触地,表示极度的虔诚。

㉓ 尅日:约定或限定日期。

㉔ 癸巳:为干支之一,顺序为第三十个,这里指三十日。

㉕ 糗粮:干粮。

㉖ 兜剿:围剿。

㉗ 旄倪:老人和幼儿。

㉘ 对簿:指受审问。

㉙ 觏:遇见。

㉚ 磔:古代一种分裂肢体的酷刑。

㉛ 嶲县:古地名,位于四川省西昌市。

㉜ 仰药:服毒药。

㉝ 殉:殉难,殉节。

㉞ 槛送:用囚车押送。

㉟ 阳纳阴攻：表面上接纳，暗地里进攻。

㊱ 诟病：解释为侮辱，后引申为指责或嘲骂。

三、仓山旧主琐闻

《仓山旧主琐闻》[①]编云：石达开被磔于成都，见诸骆秉章奏报〔一〕。或云："其实石固未死也〔二〕。"数年前浙人李君〔三〕，游幕蜀中。一日，雇舟有所往〔四〕，将解缆矣，突有一老者请附载〔五〕。李君见其鹤发童颜，发眉甚伟，许之。老者既登舟〔六〕，谓舟子曰："顷刻当有大风起，勿解缆矣。"舟子亦老于事者，仰视天空，所知言不谬。谈次，狂飙陡作，走石飞沙，历一时许，始息。

少焉，云散月明，命酒共酌。老者饮甚豪[②]，酒半酣，推篷眺望，喟然叹息曰："风月依然，而江山安在？"李心疑之，叩其姓名〔七〕。老者慨然曰："世外人[③]何必以真姓名告人，必欲实告，恐致骇怪耳！"李遂不敢再诘〔八〕。而老者已酣然伏几，鼻息雷鸣矣。

破晓，欠伸而起曰〔九〕："老夫行将告别，同舟之谊，极荷[④]高情，后如有缘，当图再会〔十〕。"遂举足登岸，其行如风，瞬息已远〔十一〕。

李既送客，比返舟，则一伞遗焉。防其复来携取〔十二〕，为之移置，则重不可举，异之，视伞柄，系坚铁铸成，傍有"羽翼王府"四小字，始恍然则为翼王也〔十三〕。（按：此亦未足证必为翼王，或其旧部耳。）

【校记】

〔一〕《仓山旧主琐闻》编云：经纬本、会文堂本、大华本、普天本无。

〔二〕"或云"一句：经纬本、会文堂本、大华本、普天本无。

〔三〕数年前浙人李君：经纬本、会文堂本、大华本、普天本作"光绪间浙人李某"。

〔四〕雇舟有所往：经纬本、会文堂本、大华本、普天本作"雇舟往他处"。

〔五〕突有一老者请附载：经纬本、会文堂本、大华本、普天本作“突有一老者至”。

〔六〕老者既登舟，谓舟子曰：经纬本、会文堂本、大华本、普天本作“既下舟，老者谓舟子曰”。

〔七〕叩其姓名：经纬本、会文堂本、大华本、普天本作“叩姓氏”。

〔八〕李遂不敢再诘：经纬本、会文堂本、大华本、普天本作“李遂不敢穷诘”。

〔九〕欠伸而起曰：经纬本、会文堂本、大华本、普天本作“欠伸谓李曰”。

〔十〕当图再会：经纬本、会文堂本、大华本、普天本作“尚当再会”。

〔十一〕瞬息已远：经纬本、会文堂本、大华本、普天本作“瞬焉已远”。

〔十二〕防其复来携取：经纬本、会文堂本、大华本、普天本作“意其来取”。

〔十三〕始恍然则为翼王也：经纬本、会文堂本、大华本、普天本作“始恍然知为翼王石达开也”。

【注释】

① 仓山旧主琐闻：为清末民初袁祖志编著的一部反映清朝轶事的一部书。袁祖志（1827—1898），字翔甫，号枚孙，别署仓山旧主、杨柳楼台主等。浙江杭州人。清代大诗人袁枚之孙。袁祖志出任过县令、同知等一类官职，曾任《新报》主编，擅长诗文。

② 甚豪：这里指酒量大。

③ 世外人：指超脱世俗之人。

④ 极荷：非常感谢。

四、近人《红桃花馆笔记》

大渡河之役(原记为大凌河。当系笔误),争传石达开已死,川督骆秉章以此获上赏。其实达开固未死也,友人王朴庵[①]尝言其祖王昭峰先生游幕蜀中。一日,假归,雇舟至宜昌,已放棹[②]矣。突有老者立河滨,高声呼:"大风将至,船不可开。"舟子仰视天空,知所言非妄,急舣舟[③]近岸。先生出舱,见老者自言:"亦欲往宜昌,如许附舟,实感高谊。"先生唯唯。谈次[④],风大起,舟簸荡甚,至晚始息,舟乃行。既而设酒共酌,酒酣,老者忽推窗四顾,高声叹曰:"风月如故,江山安在?"叹毕,唏嘘不已。先生始见老者,已异非常人,至此更苦苦展问。老者笑曰:"仆与子邂逅同舟,缘即非浅,何必以世外之姓名相告哉?"先生不敢再问。既而行抵宜昌,老者与先生作别曰:"前承告询姓名,不即告者,恐致疑恐耳。兹者相别在即,实告君,予即翼王石达开也。"言毕,如风而逝,瞬息即杳,先生怅然久之。(按:此记与前篇大同小异,可知此言流传甚遍。各家记载多及之。)

【校记】

此文仅见于底本,其他诸本无载,应是编者王成圣为方便读者了解石达开轶事收集而成,今录于此,谨供参考。红桃花馆笔记:一部记载有关清代轶事的书。

【注释】

① 王朴庵(1915—2005):自贡市自流井人,曾任四川巴中奇章中学校长。

② 放棹:划桨。这里指开船。

③ 舣舟:停船靠岸,或者把船停好,类似泊车。舣,停船靠岸。

④ 谈次:指言谈之际。

五、天南遁叟《记四姑娘事》

四姑娘①者，桂阳②韩氏女也。名宝英，父一老贡生。宝英生而聪慧，三岁，父授以唐人诗，琅琅上口。七岁能吟咏〔一〕，乡里称女神童。（按〔二〕：此记籍贯地址与日记不合，不知王紫诠从何处得来。）十四岁而洪杨之军起，湘桂之间，遂为战场。两军而外，复有无数土寇窃发其间。当时流离荼毒之苦，有不可胜言者。

韩氏一家，仓皇出走，不幸与土寇遇，尽殒于兵。宝英匿草间，亦被执，将迫以行，而翼王师至，遽抢之归〔三〕。宝英稽首马前〔四〕，慷慨陈家难，声泪俱下，并述土寇根株，乞为剿除以安乡里〔五〕。翼王大感动，使偏将率千人掩土寇于山中，悉俘之，使宝英自辨其仇，屠戮以祭〔六〕。更令具棺椁，殡殓其父母兄嫂，使三百人作土工，半日而冢成。

宝英感激〔七〕，愿委身事王。王不可曰："吾戎马中人也，兵以义动，若自犯之，所部必有缘为口实者〔八〕，非所以两全也。（按：此亦与日记语意异。）无已，其以父称而留军中〔九〕，候他日择婿可乎〔十〕？"宝英敬诺，于是为王义女，行四，称四姑娘。

四姑娘为王掌文书，敏捷无匹，每军书旁午，四姑娘中坐踞案，运三寸不律如风，左右几二，各一书生伺焉。四姑娘手写而口左右授，三牍并成，顷刻千言，文不加点。翼王平时颇以文事自诩，至是亦深叹不及也。

翼王自金陵不得于当权者而出走，独四姑娘以治军书，故从之，故翼王家人皆及于韦氏之难，独四姑娘免焉。（按：此记得四姑娘在东杨之难前，日记在出走后，王紫诠当是得之传闻，宜据日记更正。）

上饶马监生，（此与日记合。）贫极无聊，入翼王军中，人极朴诚，然小楷以外无他长。惟貌似翼王，非观其气宇，几难辨也〔十一〕。四姑娘一日语翼王〔十二〕，愿嫁马生。翼王笑曰："此腐儒何能为？而赏识之耶？吾军中不乏文武材士，属以军中仓猝，不暇议婚嫁。若何不早言，欲选婿奚难者，而必此人耶？”四姑娘曰：“父言如是，然儿意有在，父他日或知之耳。”翼王亦不更诘，即下嫁焉。马生始愿不及此，斯时惊喜以外〔十三〕，别无他言。夫妇仍为翼王治军书如故。年余，四姑娘生一女。

翼王将入蜀，赂土司为声援。四姑娘闻之，谏曰：“夷性反复，恐不足恃。且蜀道至险，进退不易，锺邓之功，未可幸也〔十四〕。”翼王曰：“是言吾亦知之，特以穷年用兵，胜败得失，从无完局。近来朝廷于我，猜忌既深，而君臣自相疑阻，恐非佳事。吾与其从彼偕亡〔十五〕，不如别树一帜，冀一逞〔十六〕。（按：此与日记吻合，紫诠曾在太平军中，故所闻较确。）吾闻蜀西卫藏〔十七〕，外险可守，内沃可富。又地广辟而民良懦，倘能据之，何灭扶余国主。今并力疾走，过城不攻，不过一月，泸雅之隘，皆为我有。敌兵虽至，庸有及哉！”同时诸将亦多进谏者，翼王皆不听，遂入蜀。

初战颇利，（按：此指石砫赤水等处而言。参见日记。）已而入险，土司果背约，相持紫打地。（按：此与日记末段事同。）翼王所部，不悉途径，首尾被截，翼王犹力战，溃围走老鸦漩，（按：此不言大渡河，检图，老鸦漩在大渡河西南，地点固相近也。）从者方二千人〔十八〕。满军合土司三万余〔十九〕，急围之。翼王度不支，谓四姑娘曰〔二十〕：“不从汝言，今果困也。”将自戕，左右急持之。（按：日记绝笔于此，后事固不可书，且亦无示官军之理。）四姑娘顾谓马生曰：“王平日厚待吾侪，将何所为？宁至今日，犹自惜身命耶〔二十一〕？”马生方踌躇。怒曰〔二十二〕：“咄③，庸奴！尚恋恋妻孥耶？”时手中抱儿，立投阶下，呱呱一声，已碎首矣。马生大错愕〔二十三〕，顾见四姑娘以刃自陷其喉，犹咽其将断之声曰：“速振④衣冠，与王更易。”马始悟，从王入帐后。少顷，军中传呼王以众降满矣。实则王已偕心腹数人，变马生服遁去〔二十四〕。

王既脱，走入邛雅山中，欲收集所部，图再举。闻马及军中健将数人，皆为清殪⑤。余众溃散，不可复合。王叹曰："事败矣，奈何？"峨眉山有老衲⑥，年九十余。王来〔二十五〕，迎门而候，王讶其前知，与语悉契合〔二十六〕，同时从王披剃者五人。衲云："翼王是维摩⑦后身，而四姑娘则散花天女⑧也。"（按：前两记皆不言王为僧，惟是篇与日记末段悟禅之语旨相合，互证参观，则为僧之说，较可信也。）

按：《石达开日记》载，得四姑娘在杨韦之难离京出走以后。右记在杨韦之难前，不确。又《仓山旧主琐闻》编记，登舟老者似石达开，《红桃花馆笔记》则肯定言之，但不言为僧，右记明言翼王兵败，使马生德良伪饰就逮，而自遁入山中为僧。惟观薛福成纪谓：石达开在成都狱中对簿，口若悬河，应答不穷。以马生"人极诚朴，小楷以外无他长"，何能当之？故为僧之说，未必可信，此盖后世怜爱翼王忠义，讳言其败死，相互附会为之，然亦足证达开入人之深也。

编者识〔二十七〕。

【校记】

本文作者天南遁叟，为清末思想家、政论家王韬（1828—1897）的号。王韬为苏州人，字紫诠。

〔一〕七岁能吟咏：经纬本、会文堂本、大华本、普天本作"七岁解吟咏"。

〔二〕按：此为王韬所按，是为读者了解史实而作。下同。

〔三〕遽抢之归：会文堂本、大华本、普天本作"遽舍之去"。从上下文意来看，底本疑误。

〔四〕宝英稽首马前：会文堂本、大华本、普天本作"宝英稽首王马前"。

〔五〕乞为剿除以安乡里：会文堂本、大华本、普天本作"乞剿为除以安乡里"。

〔六〕屠戮以祭：会文堂本、大华本、普天本作"而后屠戮之以祭"，多"而后"、"之"三字。

〔七〕宝英感激：经纬本、会文堂本、大华本、普天本作"宝英感恩"。

〔八〕所部必有缘为口实者：经纬本、会文堂本、大华本、普天本作“所部必有因缘为口实者”。

〔九〕其以父称而留军中：经纬本、会文堂本、大华本、普天本作“其以父女称而留军中”，多一“女”字，底本疑误。

〔十〕候他日择婿可乎：经纬本、会文堂本、大华本、普天本作“俟他日择婿可乎”。

〔十一〕几难辨也：经纬本、大华本、普天本作“不能辨也”。

〔十二〕四姑娘一日语翼王：经纬本、大华本、普天本作“四姑娘一日告翼王”。

〔十三〕斯时惊喜以外：经纬本、大华本、普天本作“斯时惊喜外”，少一“以”字。

〔十四〕未可幸也：经纬本、会文堂本、大华本、普天本作“不可幸也”。

〔十五〕吾与其从彼偕亡：经纬本、会文堂本、大华本、普天本作“吾与为从彼偕亡”。

〔十六〕冀一逞：经纬本、会文堂本、大华本、普天本作“冀获一逞”，多一“获”字。

〔十七〕吾闻蜀西卫藏：经纬本、会文堂本、大华本、普天本作“吾闻蜀西藏卫”。

〔十八〕从者方二千人：经纬本、会文堂本、大华本、普天本作“从者才二千人”。

〔十九〕满军合土司三万余：经纬本、会文堂本、大华本、普天本作“清军令土司军三万余”。

〔二十〕谓四姑娘曰：经纬本、会文堂本、大华本、普天本作“诏四姑娘曰”。

〔二十一〕犹自惜身命耶：经纬本、会文堂本、大华本、普天本作“自惜身命耶”，少一“犹”字。

〔二十二〕怒曰：经纬本、会文堂本、大华本、普天本作“四姑娘曰”。

〔二十三〕马生大错愕：经纬本、会文堂本、大华本、普天本作“马大错愕”，少一“生”字。

〔二十四〕变马生服遁去：经纬本、会文堂本、大华本、普天本作“变服遁去”，少“马生”二字。

〔二十五〕王来：经纬本、会文堂本、大华本、普天本作“王之来”，多一“之”字。

〔二十六〕与语悉契合：经纬本、会文堂本、大华本、普天本作“与语大契合”。

〔二十七〕编者识：以上这一段，为编者王成圣所加。其他诸本无此内容。

【注释】

① 四姑娘：即下文中的韩宝英。

② 桂阳：地名，隶属于今湖南省郴州市。

③ 咄：这里指怒吼声。

④ 振：这里指整理。

⑤ 殪：杀死。

⑥ 老衲：年老的僧人。亦为老僧自称。

⑦ 维摩：维摩诘的省称。

⑧ 散花天女：佛经故事里的人物。散花天女是管理天界花圃的神女，手中花篮装满天界的奇花异草。

六、薛福成书石达开就擒事

达开被解送成都应讯时，“口若悬河，应答不穷，自称年三十三岁”。各书记载石达开年龄多因袭之。惟《太平天国野史》记石达开死时年四十三岁，黄大受著《中国近代史》[①]赞同是说，兹录黄著翼王死年正误原文如下：

各书都说翼王死时三十三岁，全系根据薛福成《书石达开就擒事》所述，独《太平天国野史》记载石达开死时四十三岁。永安起事时，以翼王年最幼，但其余六人都在三十岁以上，翼王如照死时三十三岁算，当时只有二十岁，自然最小。但照四十三岁计算，当时只三十岁，也是七人中最年幼者，所以不能以其在七人中年最幼小，而定为二十岁。他家里同辈兄弟有十五人之多，他参加上帝教时竟献出了家产十多万金入伙。如果那时是一个不及二十岁的少年，上有伯叔六人，中有兄弟多人，怎能由他做主！洪仁玕二三十岁，便因为年轻，连到广西传教的工作都没有参加，只让洪、冯二人前往。何况开国封王，彼时又无战功，怎能即封二十岁的石达开做翼王？所以彼时翼王当有三十岁，故死时四十三岁之说正确。陈玉成立有大功，也只有在二十四岁时封王，是封王中最年轻的一位。如果翼王二十岁封王，为何从无人提到他青年的事情？何以众人对他特别崇拜佩服？这些都反证翼王封王时就有三十岁。死时自述三十四岁，必系四十三岁之误。罗尔纲先生的《太平天国史丛考》，有一篇石达开曾祖母墓碑跋，便可以看到石家人丁的繁盛。这墓碑是一八四〇年（道光二十年）立的，达开一辈有兄弟十六人，下一辈也有男丁二十一人，当时达开的年龄可然不止十岁。跋里说洪秀全访达开时，因为罗先生承认翼王死时是三十三岁，所以便说是在达开十六七岁的时候，洪秀全那时已是三十四五岁了，未必和一个十六七岁的少年，谈得上这么伟大的开国计划，如果说是二十六七岁的话，和三十四五岁的洪秀全相晤[②]，谈得投契[③]倒是自然的事情。所以翼王死时，应以四十三岁为真确。

【校记】

本文为编者就石达开去世时的年龄所做的考证。今辑录于此，谨供参考。

【注释】

①《中国近代史》：黄大受著《中国近代史纲要》，台湾大中国图书公司 1970 年出版，收录维新变法等珍贵史料。

② 相晤：相见会谈。

③ 投契：意气或见解相合。

七、徐珂《清稗类钞》

粤寇石达开初为诸生[①]，以财雄一方。慕游侠，好结纳，顾不择人。门下食客繁，多两粤无赖子[一]。惟日与健儿数十辈驰马、骑射、击剑、舞槊以为乐。

距所居十余里有一山，当孔道，剧盗某窃踞之，杀人越货[二]，过客无幸免者。有闽商挟重赀出此，闻之，忧惧不知所出。夙耳达开名，因往谒，备陈所苦，乞庇护。达开许之，留闽商于家，将为择健者卫送度岭。盗魁大怒，率其党百余人登达开门，谋篡取之。

达开闻盗至，即开门延入，语之曰："壮士之所欲，货财耳。第念闽客挟赀离乡井，走万里外以谋什一利，亦良苦。今壮士欲攘为己有，彼丧其赀，胡以东归？惟有蹈沟壑[②]死耳。仆不忍，故敢为缓颊[③]。"因问闽客所携金几何，曰："五千[三]。"则自启其箧，出五千金[四]，陈诸几，谓曰："聊备不腆[④]，敬以为献，代客请命。倘矜而宥[⑤]之，仆不啻身受其赐矣。"

盗与其党相顾愕眙[⑥]，太息曰："人言石先生重义轻财，岂不信哉？吾侪所为，殆非人。今重违公命，客第就道，无他虑，然所惠实不敢受，请辞。"达开大悦，治酒，为闽客祖饯[⑦]，兼觞群盗。酒既酣[五]，倾吐胸臆[六]，恨相见晚[七]。酒罢，客辞去，盗亦辞，达开仍以前金予之，盗却再三，受其半。

盗既归[八]，感甚，思有以报之。侦达开生日，因持金玉锦绣之属往为寿。达开宴客三日，盗亦在座。有不慊[⑧]于达开者，密报邑令，谓达开藏盗于家，恐不免为地方害。令亦涎达开富，谋所以鱼肉[⑨]之者，立率众往。座客尚未散，即并达开与盗擒之，置诸狱。达开与杨秀清故莫逆[⑩]，秀清闻变，即以众往劫出之，旋从洪秀全起事而为寇[⑪]矣。

又载〔九〕:道光中,石达开游衡阳,以拳术教授弟子数百人。其拳术高曰“弓箭装⑫”,低曰“悬狮装”,九面应敌。每决斗,矗立敌前,骈五指⑬蔽其眼,即反跳百步外,俟敌踵至,疾转踢其腹脐下;如敌劲,则数转环踢之,敌随足飞起,跌出数丈外,甚有跌出数十丈外者,曰“连环鸳鸯步”。少林寺、武当山两派⑭所无也。

教授于古寺中,前幢有丰碑,高二丈,厚三尺。一日,石将远去,酒后,言:“吾门以陈邦森⑮为最能,应一较艺,吾身紧贴碑,任汝击三拳,吾还击汝,亦如之。”邦森拳石,石腹软如绵,邦森拳如著碑,拳启而腹平。石还击邦森,邦森知不可敌,侧身避,石拳下,碑裂为数段。

按〔十〕:《清稗类钞》中,作者以时代及立场不同,竟称达开为寇。但读其记载,可见达开未从洪秀全革命起事前,即英勇侠义,豪迈不羁。余观清将当日所上封事⑯,往往丑诋天国君臣,独与达开则词意之间,仿佛若致深惜,良以有也。

【校记】

本文选自《清稗类钞》,徐珂著。徐珂(1869—1928),字仲可,浙江杭县(今杭州市)人。光绪年间(1889)举人。后任商务印书馆编辑。参加南社。曾担任袁世凯在天津小站练兵时的幕僚,不久离去。还编有《历代白话诗选》、《古今词选集评》等。

〔一〕门下食客繁,多两粤无赖子:会文堂本、大华本、普天本作“门下食客恒多两粤无赖子”。

〔二〕杀人越货:会文堂本、大华本、普天本作“数杀人越货”,多一“数”字。

〔三〕五千:经纬本、会文堂本、大华本、普天本作“二千”。

〔四〕则自启其箧,出五千金:经纬本、会文堂本、大华本、普天本作“乃自启箧出金如数”。

〔五〕酒既酣:经纬本、会文堂本、大华本、普天本作“酒酣耳熟”。

〔六〕倾吐胸臆:经纬本、会文堂本、大华本、普天本作“各吐胸臆”。

〔七〕恨相见晚:经纬本、会文堂本、大华本、普天本作“大有恨相见晚之慨”。

〔八〕盗既归:这一段内容仅见于底本,不见于其他诸本。

〔九〕又载:这一段与下一段底本与其他诸本均载,主题相同,但内容略有出入。

〔十〕按:此“按”为编者所加,今辑录于此,谨供参考。

【注释】

① 诸生:古代经考试录取而进入中央、府、州、县各级学校,包括太学学习的生员。

② 蹈沟壑:跳到沟壑里去。这里指死亡。

③ 缓颊:为人求情或婉言劝解。

④ 不腆:谦辞。犹言不丰厚。

⑤ 宥:宽恕;原谅。

⑥ 愕眙:亦作“愕怡”,惊视。

⑦ 祖饯:为古代饯行的一种隆重仪式,祭路神后,在路上设宴为人送行。

⑧ 不慊:心中不满。

⑨ 鱼肉:这里是对石达开的比喻,意思是想把石达开作为鱼肉一样吞噬。

⑩ 莫逆:指两人意气相投,交往密切友好。

⑪ 旋:不久。为寇:这里指发动金田起义。

⑫ 弓箭装:石达开发明的一种格斗术;下一句的“悬狮装”亦是。

⑬ 骈五指:把五指的指头排列整齐。

⑭ 少林寺、武当山两派:这里指中国两大著名武林派别少林派和武当派。

⑮ 陈邦森:石达开所收的武林弟子,生卒年及其人其事不详。

⑯ 封事:密封的奏章。古时臣下上书奏事,防有泄漏,用皂囊封缄,故称。

附录七：石达开传

石达开，广西桂平人（一云广东和平人，寄籍[①]广西）。幼读书有大志，尝应省试举孝廉，喜言兵，邃于孙吴[②]之学。

道咸[③]间，两广群盗纷起，洪秀全、杨秀清等集教民创设保良攻匪会，隐图革命。达开闻之，投袂而起曰："此正英雄得志之时也。"遂走谒秀全，悉毁其家以助饷，与秀全等结为四十兄弟。

道光三十年，秀全起事于金田，进屯大黄江，趋大黎，达开举室从之。迨克永安[④]，建国号[⑤]，叙功臣，天王授达开左将军主将，封翼王。

达开身材高大，面黑高颧，善战多奇计。太平军自永安趋湖南攻长沙，破岳州、汉阳、武昌，经皖省而下金陵，与清军大小数百战，独达开所部未尝挫，清军称之曰"石敢当[⑥]"，所至争避之。

太平二年春，天王定都金陵，命改上江考棚为翼王府，侍从仪制视北王。

先是天王破安庆，弃之不守，径取金陵。定都后，复命胡以晃攻安庆，四月辛丑克之。皖省民情顽悍，以太平宗教法制之不相习也，多抗命。八月，天王命达开赴安庆一带安民。达开既至安庆，以诚意相要结，择乡里之有声望者为乡官，缉盗贼，严军旅，使各其业。更督民造粮册，按亩输钱米。于乡里之豪暴者抑制之，无告者赈恤之。立榷关于星桥，以铁索巨筏，横截江面，阻行舟征其税。军用裕而百姓安之，颂声大起，达开亦以之自负。东王杨秀清忌之，十一月，以燕王秦日纲代达开，命还京襄理朝政。

太平三年八月，清军水、陆自岳州下窥视武汉，复命达开督师援之。至芜湖，闻武汉已陷，达开退守安庆，遣军分屯孔垅驿、小池口，以援九江。

十二月，清曾国藩攻九江，命部将罗泽南攻梅花洲。达开自至九江御之，大破国藩，杀清参将童添云。甲寅[7]，复大败罗泽南于梅花洲。国藩命萧捷三率领水师越湖口，攻姑塘。达开以小舟烧其坐营，捷三陷于鄱阳湖不能返。乙未[8]，达开复以小艇夜袭营，夺国藩坐。国藩遑急，自投于水，左右救之，掉小舟遁入泽南营，终身耻之。

太平四年[9]正月，清军围浔州，达开击却之。十月，达开克新昌、瑞州、临江、安福、分宜、万载、袁州、吉安，进攻南昌。清将周凤山解九江围，率劲旅数万人援之。时达开兵才数千人，余兵尽分赴旁邑，诸将皆言当弃南昌避之，达开曰："彼知我虚而迫我，我正可以疑兵击而走之，何患也?"乃张灯火于山谷间为疑兵，率敢死士乘夜袭之于樟树。清军素惮达开名，又不意其众也，不战而溃。达开以数十骑逐之，全军大奔不能止。凤山走南昌，国藩亦遁归省城。于是江西八府、五十余县皆下，百姓皆献粮、册，输钱米，纳款于军前。不下者，惟南昌、广信、饶州、赣州、南安五郡。天王嘉之，益以皖、赣诸事付达开。金陵上游，遂恃之为长城矣。

太平五年五月，清向荣军溃于金陵，天京无围师，东王杨秀清阴有自立意，北王韦昌辉以计杀秀清，醢而烹之，夷其族。达开自洪江闻变，趋归，责昌辉曰："吾侪以救世起义，八载于兹。方期兄弟同心，讨灭妖逆，底定天下。不幸杨氏骄横悍，中道毁盟，不得已而除之；方宜哀矜勿喜，奈何多杀以逞，食肉为快乎?"韦昌不悦，斥之曰："子亦党于杨逆乎?"阴召其党，欲并图达开。达开驰归，告其亲属曰："吾不可留矣。"星夜缒城奔宁国。昌辉闻达开遁，顿足曰："我虽不欲仇石氏，石氏必仇我，怨不可解矣。"遂围翼王府，杀达开母亲、妻、子女，并其党数十人。达开愤怒，欲悉收皖赣之兵围天京。天王惧，复与东、翼二府之余党谋杀昌辉，夷其族，传首宁国，以谢达开，甘言召达开回。

达开既至，群议如秀清辅朝政。而天王以杨、韦跋扈故，终疏远达开。达开危惧不自安，遂还安徽，思自皖而鄂以入川，为自全计。

太平六年十一月，达开由抚、饶趋吉安，众号十万。清曾国荃拒之于吉水。七年正月，达开军于河口镇，命部将率兵二万窥浙江，清将福兴遁守广丰。二月，达开破广丰以入浙，掠江山，围衢州，西克常山、开化，南克遂昌、松阳。三月，克处州，与温州一条隔，烽火相望，民团复处处助之，全浙大震。清廷命李续宾攻九江，曾国藩、李元度援浙。达开围衢州三阅月，掘地道五，不克，会粮尽，解围入福建，清将周天受、晏瑞书等蹑之，浙江郡县复陷于前。

十月，达开闻九江、抚州、吉安相继失陷，复还师入江西，南破信丰，北掠景德镇，遂自信丰攻南安，窥赣州，会曾国藩遣萧启江、张运兰等分兵援之。

太平八年正月，达开自江西入湖南，清总兵刘培元、彭定泰拒之，败绩。二月，达开克宜章、兴宁、郴州、桂阳，人马行六昼夜不绝。时湖南兵饷皆竭于远征，腹地空虚，省城大震。清抚骆秉章昕夕草檄告州郡，一月内援师集者四万人。三月，达开趋新田、宁远，围永州，不克。

六月，围宝庆，连营百余里，清援军大至，达开不欲战，谋解围入黔蜀。会其军多广西人，思归乡里，遂由新宁城县山径，间关趋广西，逼桂林。清将刘长佑、萧启江蹑之，至兴安，达开已西过义宁，侵黔边，闻追军至，列阵大榕江遏之。达开连败不得志，乃破庆远，走湖南。

九年正月，达开自湖南蓝山、桂阳入广东，掠乐昌、仁化、南雄，克清远，入英德、阳山。

四月，达开军庆远，命部将朱洪新、余忠抚分率后旗，自广西西隆渡红江入黔，掠兴义、贞丰、归化，破广顺、永宁、修文，复略安顺、安平，所至苗人蜂起应之。黔省残破殆半，清廷命田兴恕援之。会忠抚专横，为其部下所杀，其军遂破独山，掠平浪，走广西融县入湖南，已溃散不复成军矣。

先是，达开分兵前后左右中五旗，右后两旗，众各四五万，犹称劲旅。至是后旗遮败，达开复命张志功率左旗出灵川，攻桂林。清廷以巨金诱志功，志公遽投清，全旗复噪溃。达开愤甚，自率数万人破武缘，转迁江、南宁，走忻城，掠兴业，破北流、太平，清将刘坤一率楚军追之。

九月，达开掠宾州、上林、宣化，趋绥宁县城，复入湖南。清将刘长佑督全州军数万，扼之于武冈、新宁间，达开走东安、道州、零陵，入广西浔州。

十年五月，蒋益澧攻浔州，达开部将余明善率万人投清军；而朱洪新复战殁于桐梓，全军覆焉，于是达开军不复振矣。

达开自愤懑出京，率其部众驰驱湖广闽浙，行踪飘忽，声势振荡，清援军之追之者，常数十万人。迨右后二旗败，所得郡县，相继复失，达开反踉跄崎岖阻险，疲于奔命，因之益锐意入黔蜀。

时曾国荃围安庆，太平军战不利，天王以达开深得皖民心，召之还京。达开报以书，略谓：

> 臣本淡泊，无志功名。徒以受陛下之知，不敢不效驱驰。溯举义旗之初，我侪兄弟同胞，敌忾激昂奚如？叨天之福，攻取金陵，根据粗具。方期枕戈待旦，闻鸡起舞，扫待尽之虏，奏统一之功。何意外侮未平，萧墙祸起。操戈执矛，自攻自杀，日寻不已，喋血一家。臣实泣血椎心，不忍再见。虽蒙天王圣明，昭雪冤抑。然从此元气大伤，十年未可即复。且此党彼群，寻仇未已。门户水火，意见益深。臣若再入是非之门，鸡肋不足供人之刀俎也。
>
> 嗟乎！臣有老母，年已古稀，惨被菹醢；妻子无辜，并为鲸鲵。东望国门，心碎已久，尚复何颜生入哉！要之，臣虽西奔，仍为天朝勠力，苟得于川滇黔湘之间，扬天朝之旌帜，而宣太平之威德。则身虽万里，心犹咫尺。凡此区区，即所以报天王之德于无穷也。西陲待罪，无任主臣。

卒不赴。

十一年闰八月，达开自綦江大举入黔，分三旗，旗各四万人。达开与部将赖裕新、李复猷分率之，出桐梓、遵义。清兵追之，达开由普安入滇中。

十月，复道镇雄入四川，破筠联、宜宾、高县。清骆秉章屯兵于叙州之横江遏之。达开与之战，败绩，复还入滇。

十二年二月，达开令部将率轻骑入汉中，破兴安，秉章分兵援之。达开复自滇入川，先命赖裕新率中旗出宁远，李复猷率右旗趋黔境，自率前旗四五万众，由米粮坝渡金沙江。

会裕新战殁于宁远，中旗被围，三月，达开自宁远援之。自恃生长岭峤，善陟奇险，蹑幽径；闻宁远乱山中有间道，久塞榛芜，由之北行出山，即在城都南门外，可袭而取也。乃率其众趋之，误入邛部土司，与在后之辎重相失。复侦得越嶲大路，有汉夷兵，仍由小道至紫打地。将过大渡河，前队结筏已济矣，日垂暮，达开惧清军来袭，复令济者返西岸，期明日毕渡。是野暴雨，大渡水溢数丈，而东岸清军忽至，列戍河岸。达开粮罄路穷，乃射书于对岸清军，约让路，许以重利；复使使土司岭承恩，乞缓兵，皆不得。乃杀乡导二百人，愤怒出营，命乱流而渡；水湍急，登筏者辄溺，乃止。达开久处绝地，益困惫，无所得食，日杀马煮桑叶为粮。

四月，岭承恩侦太平军已气衰，无复有斗志，率汉夷兵蹙之。达开部溃散，乃奔老鸦漩，众犹七八千。夷兵前阻，军械多失。妻妾五人，抱幼子环达开而泣。达开曰："散耳！我家已破于天京，诸子年长者皆骈首就戮，此呱呱者更可所恋哉？"挥之使各散。五人者皆相率抱幼子自沉于河。裨将之从弱者百余人。达开饮泣不能抑，慨然谓部众曰："战亦死，降亦死，均一死也，不如其战矣！"遂率死士数十人，突土司营，杀夷兵千余人，力屈被缚。

岭承恩槛送于成都，骆秉章、刘蓉讯之。达开箕坐[10]，侃侃而谈，自称年四十三，于当时清将之负名者，皆加贬辞，惟谓曾国藩虽不以善战名，而能识拔贤将，规划精严，自是健者。又于狱中述其平生事迹，及天王起事以来与清军相持始终胜败得失之由，为日记四册，语颇核要。秉章乃上其事于清廷，得旨命戮达开于成都市。

达开于太平朝初起诸王中，号为爱人，所至有仁义名，附者颇众。有能倔者，尝挟册至金陵上天王，不能用。达开与之语，奇之，告天王曰："能倔，奇才也，若用之，天下不足平矣！"天王终犹豫不能决，达开太息，赠以巨金遣之。倔感知遇，遂终身不仕于清廷。

达开工文辞，喜吟咏。在江西与曾国藩相持连年，每窘国藩，国藩雅重之。尝以书招达开降，达开报之以书云：

曾摘芹香入泮宫，更探桂蕊趁秋风。
少年落拓云中鹤，尘迹飘零雪里鸿。
声价敢云空冀北，文章今已遍江东。
儒林异代应知我，只合名山一卷终。

不策天人在庙堂，生渐名位掩文章。
清时将相无传例，末造乾坤有主张。
况复仕途皆幻境，几多苦海少欢场。
何如著作千秋业，宇宙还留一瓣香。

扬鞭慷慨莅中原，不为仇雠不为恩。
只觉苍天昏聩聩，欲凭赤手拯元元。
三年揽辔悲羸马，万众梯山似病猿。
我志未酬人已苦，东南到处有啼痕。

若个将才同卫霍，几人佐命等萧曹。
男儿欲画麒麟阁，早夜当娴虎豹韬。
满眼河山增历数，到头功业属英豪。
每看一代风云会，济济从龙毕竟高。

大帝勋华多美颂，皇王家世尽鸿濛。
贾人居货移神鼎，亭长还乡唱大风。
起自匹夫方见异，遇非天子不为隆。
醴泉芝草无根脉，刘裕当年田舍翁。

国藩览之，为之赞叹不置。

在天京时，又尝于翼王府前立大匾，自题六字其上曰："了不得，不得了。"过者莫解。秀清问之，达开笑曰："此意甚明，成则了不得，不成则不得了耳。"秀清默然。其旷达玩世如此。

（录凌善清《太平天国野史》）

【校记】

此传记据经纬本、会文堂本、大华本、普天本校改。

【注释】

① 寄籍：指长期离开本籍，居住外地，附于外地的籍贯（区别于"原籍"）。

② 孙吴：为春秋战国时期著名的军事家孙武和吴起的合称。后泛指军事学。

③ 道咸：这里指道光、咸丰年间。

④ 永安：地名，在今广西蒙山县。

⑤ 建国号：这里指洪秀全在永安建国号"太平天国"。

⑥ 石敢当：旧时宅院外或街衢巷口的小石碑。因碑上刻"石敢当"字样，故名之。作为民间驱邪、禳解方法之一。此风俗始盛于唐代。这里以石敢当来比喻石达开。

⑦ 甲寅：1854 年。

⑧ 乙未：1859 年。

⑨ 太平四年：1854 年。

⑩ 箕坐：两腿张开坐着，形如簸箕。

附录八：石达开供状

据石达开供，系广西贵县人，祖辈由广东和平县移来贵县居住。现年四十三岁。父石昌奎与母亲均已早故；并无兄弟。娶妻王氏，生有子女，均在南京被害。后来妻妾五人，幼孩二人，均在河边投水身死，只存这亲生一子石定忠，年五岁。

达开自幼读书未成，耕种为业。道光二十九年，因本县土人赶逐客人，无家可归，同洪秀全、杨秀清、韦昌辉、萧朝贵、冯云山共六人聚众起事，共推洪秀全为首。洪秀全为广东省人，现年五十余岁。初时不过万人，后来人多。

（道光）三十年，先踞永安①州城，后由永安窜出，围攻桂林省城②。解围后，（咸丰）二年三月，走全州出省。四月至湖南道州③，七月围攻长沙省城，萧朝贵被官兵用炮轰死。十月解围，窜岳州④，破湖北省城，达开住抚院衙署。不几日，即由武昌下江西九江府。有曾发春领前队破安庆省城，曾发春已死。三年，直抵金陵，从北门挖地道，用地雷轰陷城垣。进城时，乱军戕害文武官员，辨不清楚。

达开起事⑤即称王，与洪秀全等同住江南省城。杨秀清平日性情高傲，韦昌辉屡受其辱。七年⑥，达开领众在湖北，闻有内乱之信，韦昌辉请洪秀全诛杨秀清，洪秀全不许，转加杨秀清伪号。韦昌辉不服，便将杨秀清杀死。达开返回金陵，要与他们排解。洪秀全心疑，要杀韦昌辉；达开见事机不好，走到安徽，妻室儿女留在金陵，均被韦昌辉所杀。达开复由安徽回金陵，洪秀全即将韦昌辉杀了；有谋害达开之意，旋即逃出金陵。

七年，从安徽至江西、浙江、福建。八年，复回南安过年；九年，到湖南桂阳、祁阳等县，围攻宝庆府城两月有余，赖剥皮⑦失营盘三座，不能得手。是年回广西，走桂林、庆远至宾州，因伙众三江两湖人多，各有思归之念，不能管束，将大队散回。达开在南宁府没有多人，想要隐居山林，因到处悬赏严拿，无地藏身；十一年，复聚数万人出广西，由湖南会同、泸溪、龙山至湖北来凤。

达开久想占踞四川省，同治元年由利川入川，到石砫、涪州，有二十多万人，后来沿途裹胁，人数更多。头队唐姓、杨姓攻破长宁，不能深入，绕道贵州遵义、云南昭通，想从横江过河，令头队由屏山县入，令李复猷扎云南副官村；又令赖剥皮分股绕入宁远府，使官兵不能兼顾；约在米粮坝交界地方，与中旗会齐先进。

达开因横江败后，率众绕至米粮坝，知前队与赖剥皮已由宁远大路前进。李复猷自副官村败退后，欲由贵州边界绕入川境。达开即率众渡金江，经宁远，恐大路有官兵拦阻，改走西边小路，只要抢过大渡河，即可安心前进。不料走至紫打地土司地方，探看上下河岸皆有官兵，河水忽涨，那些夷人三面时来抢掳。造船扎筏，抢渡几次均被北岸官兵击沉，伤了一万多人。后来食尽，死亡无数。

达开正欲投河自尽，因想真心投诚，或可侥幸免死；达开想救众人，俱令弃械投诚。达开率领黄再忠等三人，并儿子石定忠过河到唐总兵营内。其尚未渡河众人，不知如何下落。金陵、安徽头目出来多年，不知现是何人。陕西汉中头目，并不通问。李复猷深知调度，曾交三万人给他管带，现在是否尚在云南或在贵州，未得确信。所供是实。

（据《骆文忠公奏稿》卷六）

【校记】

此文据经纬本、会文堂本、大华本、普天本校改。

【注释】

① 永安：即今广西蒙山县。清代称“永安州”。

② 桂林省城：即今广西桂林。清代桂林为广西省首府。

③ 道州：即今湖南省道县。

④ 岳州：今湖南省岳阳市。

⑤ 起事：这里指太平天国起义。

⑥ 七年：这里指咸丰七年，即 1857 年。

⑦ 赖剥皮：即赖裕新（？—1863），石达开手下得力干将。

附录九：李秀成供状

东王令严，军民畏。东王自己威风张扬[①]，不知自忌[②]，一朝之大，是首一人。韦昌辉与石达开、秦日昌是大齐一心[③]，在家计议起首共事之人，后东王威逼太过，此三人积怒于心，口顺而心不息。少怒积多，聚成患害，积怒仇深，东、北、翼三人不和。北、翼二人同心，一怒于东，后被北王将东王杀害。原是北王与翼王二人密议，独杀东王一人，因东王、天王实信，权太重，要逼天王封其万岁。那时权柄皆在东王一人手上，不得不封，逼天王亲到东王府封其万岁。北、翼两王不服，密议杀东一人，杀其兄弟三人，除此以外，俱不得多杀。后北王杀东王之后，尽将东王统下亲戚属员文武大小男妇尽行杀净，是以翼王怒之。

后翼王在湖北洪山，知到京城害杀许多之人，在湖北洪山营中，同曾锦兼、张瑞谋狼狈赶回京都，计及免杀之事。不意北王顿起他心，又要将翼王杀害。后翼王得悉此事，吊城由小南门而出，走上皖省，计议报仇。

此时北王将翼王全家杀了。后移洪山之军下救宁国[④]。北王在朝，不分清白，乱杀文武大小男女，势逼太甚。各众内外，并合朝同心，将北王杀之，人心乃定。后将北王首级解至宁国，翼王亲看，果是不差。

后翼王回京，合朝同举翼王提理政务，众人欢悦。主[⑤]有不乐之心，专用安、福两王。安王即是王长兄洪仁发，福王即王次兄洪仁达。王用二人，朝中之人甚不欢悦。此人又无才情，又无算计，一味古执，认实天情，与我天王一样之意见不差，押制翼王。是以翼王与安、福王三人结怨被忌，押制出京。今而远征未肯回者，因此之由也。

【校记】

此文多被认为是伪作。今录存于此，谨供参考。

【注释】

① 威风张扬：这里指杨秀清排场过大，喜欢张扬。

② 自忌：自我克制。

③ 大齐一心：特别心齐。

④ 宁国：今安徽宁国。

⑤ 主：这里指洪秀全。

附录十：广西贵港翼王亭简介及诗文选录

据民国《贵县志》记载："翼王亭在县东中山公园，民国二十三年创建。白副总司令崇禧，黄主席旭初，拨款五千元为建筑费，县人沈锡琳设计制图，李总司令宗仁，黄主席旭初皆赐匾额。""发起人国民革命军第四集团军副司令白崇禧、贵县县长欧仰羲、贵县修志局局长龚政、修志局副局长黄澄波、贵县县政府秘书侯季卿、贵县修志局编纂主任梁桂硕、修志局副编纂主任梁岵庐"共七人作《创建先烈石达开纪念碑并翼王亭缘起》。1935 年 7 月，举行翼王亭落成典礼。翼王亭由沈锡琳（美国康奈尔大学土木工程硕士）设计，高 8 米，八角重檐，绿瓦朱柱，角悬铜铃，周绕栏杆。李宗仁题额"还我河山"。省主席黄旭初题写"翼王亭"。白崇禧亲临落成礼，作《翼王亭记》，并书联"忍令上国衣冠，沦于夷狄；相率中原豪杰，还我河山"（出自石达开声讨清廷的檄文）。国民党元老于右任书联"田畴历史卢龙塞，锦里馨香丞相祠"。有报刊借翼王亭建成的新闻报道，发出了"际兹国步艰难，外侮日亟，安得抢民族主义之豪杰若翼王者，起而力挽狂澜哉”的抗战呐喊之声。

相关的诗文如下：

梁岵庐《翼王亭书事八绝句》

比修县志兼崇先烈，斯亭既成，海内称美。爰志绵绝之，聊作燕谈[①]之，助巴人下里[②]斯无取焉。

汉帜方张虏焰高，红巾几辈属英曹。
龙山掘尽先人冢[③]，故宅沈貍[④]余野蒿。

自注：翼王，龙山人，义旗既举，清吏毁其祖墓。

百年方志[⑤]犹书寇，五世曾玄尚有碑。
里饭荒崖谁省识，夕阳无语野风吹。

自注：比因修志得石氏祖墓诸碑于石马山中。

萧窗风雨精灵出，小苑羶椎[⑥]翠墨斑。
剑阁苍茫竟何处，杜鹃花发偏家山。

自注：龙山多杜鹃，诸碑致志局竟日摩挲。

星风摩挲字数行，漫漫尘海此中藏。
芜园欲植冬青树，长薮[⑦]人豪一瓣香。

自注：初得石氏诸遗刻，人鲜措意[⑧]，拟醵金筑亭于志局前庭保藏之。

曾植稚松树树青，湖风吹雨晚溟溟。
争墩[⑨]地下知谁子，挂眼[⑩]何时见此亭。

自注：甲戌[⑪]寒食相定亭址，同人各手植稚松以资点缀，而松俱不生，亭址旧为古冢，故云。

不缘官帑⑫资名胜，只作丹青壁上观。

百日鸠工⑬几风雨，寂无人处一盘桓。

自注：当道拨公帑五千元以资建筑时，公园草创，寂焉无人，斯亭落成或游者遂多。

叠石程功傍水湄，天留片碣贮深悲。

谁知椎凿辛勤甚，不厌书丹⑭别有诗。

自注：亭后别筑石座，嵌石氏诸石刻，并镌胡汉民先生手书四绝句填刻，未竟为顽童所㔁⑮略失厥真。

胜将羽翼说天朝，碧树丰碑入望遥。

独倚亭栏玩秋色，闲愁吹上木兰桡⑯。

自注：石氏纪念碑高二丈有余，与亭遥相峙，亦岵庐等所创建也，亭临东湖风景幽倩，时见游舫。

【校记】

梁岵庐(1891—1969)，曾用名梁又铭、梁传鼎，号古山翁。广西贵县(今贵港市)人。民国时期曾任贵县修志局副编纂主任、广西大学教授。抗战胜利后曾任广西通志馆编纂、广西省文献委员会委员、广西通志馆副馆长。新中国成立后任广西文史研究馆副馆长、自治区(省)政协第一至第三届委员。

【注释】

① 燕谈：闲谈。

② 巴人下里：即下里巴人。原指战国时代楚国民间流行的一种歌曲。这里比喻通俗的文学艺术。

③ 先人冢：这里指石达开的祖坟。

④ 沈狸：老狐狸。沈，通“沉”，这里指年长。

⑤ 百年方志：这里指作者参与编纂的《贵县志》，时间跨度达百年。

⑥ 羶椎:这里指破旧家具发出的味道。

⑦ 薂:莲子。

⑧ 鲜:少。措意:留意,在意。

⑨ 墩:土堆。

⑩ 挂眼:留意,重视。

⑪ 甲戌:1934 年。

⑫ 官帑:国库;国库里的钱。

⑬ 鸠工:召集工匠。

⑭ 书丹:指用朱砂直接将文字刻在碑石上。

⑮ 嬲:讨厌的行为。

⑯ 桡:桨,楫。

龚政《访翼王石达开故居记》

翼王石达开,贵县人也。其或谓粤人,或谓籍桂平者,殆未深究。而清代官书既诬蔑颠倒[①],以希旨今之编天国史者复袭其谬[②]是可怪矣。兹以重修县志欲证其事以传翼王,则不惮博访周咨[③],半载以来,犹疑信参半焉!偕友人诣奇石游,父老之所谓翼王故居者而凭眺焉,故居在那帮山之阳,距奇石三十余里,冈峦叠卫,陵阜陂陀[④]。低陷者为田畝[⑤],斜者为畲,可数顷,颓垣十数壁屹然犹存。

野草业杂芜没几不可辨窥,其内则荒畦积潦[⑥],瓜蔓缭墙而出。累累然若不胜其披离繁茁者,予喜得其故居址,摄影友人周豹臣止之曰:"故居非此也,左乃是。"询其故曰:"此为吾从兄兆奇旧宅。"兆奇乃翼王中表[⑦],故居久圮,兆奇以亲谊故,卜而居之,无何家以索,或告以甥宅舅居,古人所忌惑之。

遂徙去左行数武[⑧],得门石二,甚巨,及圆柱石一,豹臣谓翼王故居即此,审之则故址或隐或现,不相连缀,环顾四周,松杉森森,乃小陇畔也。远瞩则万山遥峙,又觉其形势之雄也。豹臣导而前曰:"此其庭,除此其堂庑,言次若不尽其追思也者吁!翼王蓄发歃盟其于斯乎？其当年痛汉族之陵夷[9]、愤胡虏之寇虐[10]，欲吞之以忠义之气，其亦盘郁于斯乎？”予摄影已逾小溪，循山坳行百有余步，即兆奇新宅而憩焉！

兆奇子出迎客，求兆奇不知处。有顷，兆奇返，睹客众，讶甚。予以故，乃悦。兆奇年已耄[11]，面臞[12]而神爽，扣以翼王轶事津津[13]而谈，曰：“翼王自出兵六乌，未尝归故居，惟王叔昌茂于太平四年回寻其媳，媳已改嫁胡某，胡匿之，昌茂怒将临以兵，胡恐乃归之，昌茂遂挈赴金陵云。”予闻而疑之，盖旧志[14]载翼王弟石镇吉，四年回奇石，查取家口，翼王妻已改嫁，得其十岁子而去云云。旧志所言如此，而兆奇之说又如彼，且昌茂之名无考，惑甚，辞出赴六屈村豹臣之宴。行里许乃至，席将撤，而乡人卢某适得碑石于山陬[15]，舁至察之，赫然“翼王曾祖妣[16]黄氏”墓碑也。石氏世系详载碑阳昌茂之名，果斑斑[17]可考。而镇吉之名反阙如焉，九年石镇吉攻桂林，《临桂志》谓镇吉，达开之养子也，非弟也。证以此碑不载，其名可信，予且喜且惊喜，兆奇之言可证，足订旧志之讹，而又惊夫得此碑之适然也。予既得此碑，借以考知翼王之世系而撰其传，窃幸此行不虚也。

民国二十二年八月二十七日记。

【校记】

龚政(1887—1952)，号雨庭，广西贵县(今贵港)人。1909年龚政东渡日本，就读于明治大学。在日期间，龚政参加了同盟会。毕业回国后，任贵县县立中学校长。民国二年(1913)，任北京政府国会议员，参与制定《中华民国宪法草案》。孙中山发动护法运动后，龚政曾出任广东省造币厂厂长，后任广东省财政厅长。1933年，受贵县县长欧仰羲邀请，龚政出任贵县修志局局长。1934年，民国版的《贵县志》由龚政主纂完成，与光绪版旧县志最大的区别便是增写了石达开的事迹。龚政与修志局同仁深入石达开故里搜寻第一手资料，并在翼王故居旧址题刻了“汉族辉光”四个字，后在奇石乡石马山寻得翼王祖墓残存碑记，解决了石达开籍贯的争议问题。

同年,向广西省政府电请拨款在东湖之滨建立翼王亭、石达开纪念碑。

【注释】

① 颠倒:这里指清政府对石达开的诬蔑不实之词。

② 旨:意义,目的。复袭其谬:沿袭过去的错误。

③ 周咨:多方征求意见。

④ 陵阜:丘陵,坟墓。陂陀:这里指位于高处的池塘。

⑤ 田畝:这里指斜的、不规则的田地。

⑥ 潦:雨水大。

⑦ 中表:也称“中表之亲”,是指自己父亲的姐妹或母亲的兄弟姐妹的子女。

⑧ 数武:不远处,没有多远。

⑨ 陵夷:衰落,衰败。

⑩ 寇虐:残暴之人,谓侵掠残害之行。

⑪ 耄:年老,八九十岁的年纪。

⑫ 臞:瘦。

⑬ 津津:兴味浓厚的样子。

⑭ 旧志:这里指民国《贵县志》。

⑮ 山陬:山脚。

⑯ 曾祖妣:曾祖母。妣,原指母亲,后称已经死去的母亲。

⑰ 斑斑:形容为数众多。

【说明】

该文记录了当时关于石达开祖籍地的争论(贵桂之争及两粤之争),最终以所寻获的石达开曾祖母黄氏墓碑铭文以正本清源。龚政等人于 1933 年 8 月 27 日到那帮村,寻访了石达开故居,他描述石达开故居所处是“万山遥峙”、“形势之雄也”。他还向石达开表亲——兆奇(应是姓周,达开生母姓周)收集了口碑资料,佐证了石达开与石镇吉的关系，更获取了石达开之叔石昌茂（达开父名昌辉）于太平天国四年（1854）回到那帮村之史实——找寻其子镇吉之媳妇，印证镇吉与达开乃同宗兄弟，纠正《临桂县志》所记载的养子关系。

龚政《游翼王祖坟记》

贵县旧志载有“咸丰初年间，县令张汝瀛[①]饬令龙山武举覃安邦发石达开祖墓，碎骨扬灰[②]”之语。吾读县志至此，未尝不蹙然[③]有感，此吾知翼王祖坟被伐之始也；又闻其坟被伐后，邑进士林乃柽葬祖骸于其地，勒石曰：“奇石孕佳城，天使辟开留以待；吉人膺福地，我来卜葬炽而昌。”未几，乃柽罢官，寻病殁。其家以扞此坟之咎，遂舍之。惑于堪舆者，恒言翼王祖坟形峦之佳，以其肖虎者也。是山本土山，而有石墓椁[④]，隆起中虚，前口若桶，位于虎颔下，俗所谓石穴也。其墓前原有联曰：“祖感龙灵垂泽渥[⑤]，孙蒙山毓茁枝[⑥]荣。”泐[⑦]诸诣石砫，亦久毁矣。屡欲寻访其遗迹，然间其坟在山之巅，斗绝[⑧]，登临未易。余游翼王故居归之途次，门人韦振中指石马山，曰：“翼王祖坟在是。”诘旦，遂往游焉。山径迂回，羊肠险峻，侧身猿步，犹感不固。且行且憩，已又攀藤附葛，行八里许，乃至山巅，峰峦奇状，一如传说。是日也，秋高气爽，四面瞻眺，万山在目。寻其碑石，半晌不获。将归，乃于山坂得条石半橛，长尺许，刊三字曰“孙蒙山”。考订为翼王坟之遗物。同游者八人，莫不忻然色喜，又莫不以民族革命之遗迹而重之。夫翼王祖骸，乃嶙嶙白骨耳。彼自长埋，何预人事？而竟遭异族扬灰之毒害何欤？吾愿后之游其地者，不徒为登临之乐，而一致其思焉！

民国二十二年八月二十八日记。

【校记】

这篇文章与前一篇《访翼王石达开故居记》作于同一时期，是有关石达开祖坟最早的记录。

【注释】

① 张汝瀛：生年不详。道光元年（1821）举人，官广西贵县、苍梧知县。咸丰三年（1853），为湖广总督张亮基所荐拔，擢升汉（阳）黄（冈）德（安）道台。同年八月，石达开抵达安庆，命石祥祯、韦俊向湖北机动。九月十一日，石祥祯大破清军，斩杀张汝瀛。

② 碎骨扬灰：死后将骨头挫成灰撒掉。形容罪孽深重或恨之极深。

③ 蹙然：忧愁不悦。

④ 椁：套在棺材外面的大棺材。

⑤ 泽渥：德泽丰厚。

⑥ 毓：生长。茁枝：生长健壮的枝叶。

⑦ 泐：石头依其纹理而裂开。

⑧ 斗绝：陡峭峻险。斗，通“陡”。

附录十一：四川大渡河翼王亭简介及诗文选录

1942年，乐（山）西（昌）公路大渡河铁索桥落成，出于抗日救亡、团结御侮的初衷，当地政府集资修建了这座翼王亭。亭为六柱六角形，精致玲珑。登亭眺望，但见峭壁千仞，铁索凌空，乱石崩云，惊涛裂岸，使人感受到那段悲壮历史的震撼。亭后有石碑，碑文略述翼王身世，亭左有数块残碑。今将重要诗文抄录如下：

于右任《题大渡河翼王亭石室》

大渡河流急且长，梯山万众[①]亦仓皇。
遗民[②]慷慨歌谣里，犹说军前失翼王。

【校记】

于右任（1879—1964），原名伯循，字诱人，以“诱人”谐音“右任”为名；别署“骚心”、“髯翁”，晚号“太平老人”。陕西三原人。政治家、教育家、书法家。于右任是同盟会早期成员，抗战时期任国防最高委员会常委。

在抗日战争最为艰苦的1941年，为了巩固抗战后方，年底，一条由二十多万人参与修筑、三万多人为之伤亡的抗战公路，在四川省与西康省交界的蓑衣岭修通，并与滇缅公路连通。这条被史学家称为“血肉筑成的长路”的抗战公路，便是湮灭于历史尘烟中的乐西公路。

当年奉蒋介石之命负责督修乐西公路的，是时任国民政府军事委员会西昌行辕主任张笃伦。筑路期间，张笃伦因巡视工程进展情况，数次路过石棉县石达开败军处。乐西公路全线通车之时，张笃伦目睹三万筑路民工伤亡的惨烈，联想数万西征的太平军全军覆没的悲壮，于是修建了翼王亭。张笃伦邀请一些民国政要参加竣工典礼，于右任莅临翼王亭后写下了这首诗。

【注释】

① 梯山万众：出自《致曾国藩五首》其三：“万众梯山似病猿”，形容当时石达开太平军被困大渡河时的困境。

② 遗民：这里指劫后余生的百姓。

何应钦《题翼王亭及石室》

风云叱咤聚群英①，文武才兼拥重名②。
半壁江山③复汉土，一腔义愤覆④清兵。
萧蔷变乱⑤倾天国，蜀道驰驱困敌营⑥。
痛饮黄龙辜⑦壮忠，高亭万古纪忠贞⑧。

【校记】

何应钦(1890—1987)，字敬之，贵州义兴。抗战时期，曾任中国战区中国陆军总司令。

何应钦也应邀出席了乐西公路竣工典礼，并为新落成的翼王亭写了这首诗。诗中表达了对石达开及太平天国英雄豪杰的赞誉,对石达开在大渡河的悲剧表示了同情之心。

【注释】

① 群英:这里指太平天国的各位英雄。

② 重名:盛名,很高的名位。

③ 半壁江山:指在敌人入侵后残存或丧失的部分国土。

④ 覆:覆亡。

⑤ 萧蔷变乱:这里指太平天国的内讧。

⑥ "蜀道"一句:指石达开率兵入蜀在大渡河被清军围困之事。

⑦ 痛饮黄龙:原指攻克敌京,置酒高会以祝捷。后泛指为打垮敌人而开怀畅饮。黄龙,即黄龙府,辖地在今吉林一带,为金人的王城。辜:背,负。

⑧ 忠贞:这里指石达开的忠贞气节。

徐永昌《题翼王亭》

太平将帅孰为良[①]?夸道忠王[②]与翼王。

谗嫉[③]竟教豪俊尽,间关邛筰[④]益堪伤。

【校记】

徐永昌(1887—1959),字次宸,山西崞县人。陆军一级上将。1945年代表中国政府于"密苏里"号军舰上接受日本政府投降。

这首诗也是翼王亭落成时所作。诗中赞颂了翼王的功绩并哀伤其败亡之事,言辞慷慨激昂、发人深省。

【注释】

① 良:优秀。

② 忠王:指李秀成。

③ 谗嫉:这里指石达开被韦昌辉谗言嫉妒,从而引起太平天国内讧之事。

④ 间关：形容旅途的艰辛辗转。邛筰：汉时西南夷邛都、筰都两名的并称。约在今四川西昌、汉源一带。后泛指西南边远地区或少数民族。

熊式辉《题翼王亭联》

肝胆照神州，独许名亭[①]留姓氏；

龙蛇[②]起大陆，我从末路拜英雄[③]。

【校记】

熊式辉（1893—1974），字天翼，别署雪松主人。江西安义人。陆军二级上将。对国民政府的治国方略多有贡献。

这副对联为翼王亭落成时所作。上联赞扬了石达开的英雄事迹，下联表达了对石达开的崇敬之心。

【注释】

① 名亭：这里指翼王亭。

② 龙蛇：指非常的人物。

③ 末路：指绝路，没有前途的路。拜：祭拜。英雄：指石达开。

张笃伦《大渡河怀翼王石达开并序》

庚辰、辛巳[①]间，奉总裁[②]命督修川滇西路，数过翼王石达开败军处。俯仰陈迹[③]，悲馈[④]中来，为歌吊[⑤]之。而其地山崖崛起，河流汹涌，辟道造桥，备极劳瘁[⑥]。则又以翼王当日之败，莫非天也。路既成，建亭大渡河滨，所以彰先烈[⑦]而纪工程之艰巨，因刊歌于亭石：

中原未复诸王讧[⑧]，天国空自多龙凤。

翼王仓促出东门，回望秣陵[⑨]心悲痛。

龙盘虎踞郁钟山[⑩]，大好金陵供苟安。

王气沉江[11]秋月暗，胡笳[12]隔水北风寒。
扬鞭洒泪西南去[13]，数万雄兵万里路。
誓忘私怨急公仇[14]，奏凯君臣再相聚。
蜀山险峻湘江深，滇黔毒瘴[15]结层云。
渡泸[16]北入不毛地，雄心直欲吞秦岭。
手扼潼关[17]跨黄河，会师再问燕京[18]鼎。
还矢先王[19]告成功，十三陵畔除榛梗[20]。
洪波忽涨大渡河，阻我北征奈若何？
天昏不见秦淮月，合书惊闻四壁歌。
楚歌四壁非吾惮[21]，斩将追奔吾所惯。
苍天有意误元元，忍驱饥卒拼一战。
剑光寒映江潮起，蛾眉[22]慷慨投春水。
明朝单骑叩胡酋，非战非降是求死。
一死宁求保六军，从容就义古蓉城[23]。
蓉城此日无颜色，江东子弟尽捐生[24]。
才气无双怜项羽，英风异代抗田横[25]。
稗史漫传曾羽化[26]，千秋一例不平鸣。
七十年前古战场，英雄血迹美人香。
青山不为留青冢，废垒[27]鹃声送夕阳。
我来惆怅思先烈，野老[28]泣指云山说。
翼王当日此经过，云马齐飞白如雪。
临河搔首问苍冥[29]，水自东流天不寒。
当诗复汉人心死，贤豪附敌何纷纷。
有亭高筑临江渚[30]，长风浩月自千古。
拭泪碑旁默告王，眼前尽是汉家土。

中华民国三十三年元月　中华民国国民政府军事委员会委员长西昌行辕主任张笃伦

【校记】

张笃伦(1892—1958),字伯常,湖北安陆人。陆军中将。抗战胜利后,任重庆市市长。

在乐西公路竣工典礼上,张笃伦百感交集,于是动议建亭于大渡河畔,并撰写《大渡河怀翼王石达开并序》,镌刻于翼王亭边。

【注释】

① 庚辰、辛巳:指1940年、1941年。

② 总裁:指蒋介石。

③ 陈迹:这里指石达开败军之处。

④ 悲馈:悲催。

⑤ 吊:祭奠死者。

⑥ 劳瘁:因辛劳过度而致身体衰弱。

⑦ 先烈:这里指石达开。

⑧ 诸王讧:这里指洪秀全、韦昌辉、石达开之间的内讧。

⑨ 秣陵:即指今之南京。

⑩ 龙盘虎踞:好像盘绕的龙,蹲伏的虎。特指南京。亦形容地势雄伟险要。盘,曲折环绕;踞,蹲、坐。郁:积聚、凝滞。钟山:又名紫金山,位于南京。这里代指南京。

⑪ 王气沉江:喻指太平天国走向衰落。王气,帝王之气。

⑫ 胡笳:古代北方民族的一种乐器,形似笛子。这里指清朝的军队。

⑬ 西南去:这里指石达开离开天京赴蜀之事。

⑭ 私怨:这里指太平天国内部的矛盾。公仇:这里指太平天国共同的仇人清政府。

⑮ 毒瘴:指有害人体,使人生病的瘴气。

⑯ 泸:泸水,即金沙江。

⑰ 潼关:地名。位于陕西省渭南市潼关县北,北临黄河,南踞山腰。

⑱ 燕京:北京,这里代指清统治者。

⑲ 还矢先王:五代后唐庄宗为父报仇灭后梁后,还矢太庙告慰父亲在天之灵。

⑳ 十三陵:指位于北京的明朝十三个皇帝陵墓。这里代指明朝。榛梗:丛生的杂木。这里代指清朝。

㉑ 惮:害怕。

㉒ 蛾眉:这里指石达开的姬妾。

㉓ 蓉城:成都。

㉔ 江东子弟:这里指石达开的部下。捐生:捐躯,牺牲。

㉕ 抗:对等,匹敌。田横(? —前 202):原为齐国贵族,陈胜、吴广大泽乡起义后,田横与其兄弟三人据齐地为王。汉高祖刘邦统一天下后,田横不肯称臣于汉,刘邦派人招抚,田横与五百部属全部自杀。

㉖ 稗史:野史。羽化:指飞升成仙。

㉗ 废垒:废弃的营垒。

㉘ 野老:乡野老人。

㉙ 苍冥:即苍天。

㉚ 江渚:江中小洲。亦指江边。

刘万抚《太平天国翼王石达开殉难碑》

清同治二年[①]春,太平军翼王石达开率其众由滇来蜀,至冕[②],赂夷以达县属之安顺场,将渡河进窥[③]。而松林地千户王应元者,遽率兵断桥拒之。会河水暴涨,未即渡,川督骆秉章复檄调各军北扼大渡河。王军前失利,于强渡后被击于倮夷[④],卒至进退俱穷,遂因杨应刚[⑤]之劝,毅然偕其宰辅、携其幼子,遥投回龙场之乔白马应刚营。以为屈一己之身,全部众之存。殊甫发富林一夕,而部众尽被歼于大树堡。王及师徒,遂不终志[⑥]。夫论英雄者,不必泥其成败。王以志复汉族,慨然起义,风虎云龙,几覆清室。不幸而中道分崩[⑦],

功败垂成。所谓善始不必善成[8]者矣！尽王之生，行军十余年，纵横数千里，势穷就义，犹顾于部众。所谓见义勇为，爱众亲仁者非耶？又，王被执时，其妃五人持幼子二投河以殉，节烈尤可风。谓非刑之于德有以感之乎？余于癸酉[9]冬，由邛[10]回籍葬亲，莅王殉难处，俯仰追思，徘徊不能去。返蓉后为文以述王，惜为剿匪及就学南京所遗置。抗战军兴，与王之光复民族者，责义攸同。余自戊寅[11]从征鄂北，艰难成命，五载于兹。适乐西公路大渡河桥落成，并建亭以纪王，因为之补记如此。斯亦千古爱国志士，足以兴起后人也欤！

陆军第一百二十五师中将师长刘万抚拜撰

【校记】

刘万抚(1892—1948)，四川越西人。时为国民革命军第一二五师中将师长。

在翼王亭旁，立有太平天国翼王石达开殉难碑，碑文为刘万抚所撰。文中叙述了石达开在大渡河畔的艰难遭遇，对石达开的英雄气节给予了高度的赞扬。作者认为，不能以成败论英雄。石达开虽然兵败大渡河，但其英雄事迹足以感动后人，激起人们的爱国热情。

【注释】

① 同治二年：1863年。

② 冕：即今冕宁县，位于四川省西南部。

③ 进窥：这里指欲进军四川，在蜀中建立太平天国政权。

④ 倮夷：这里指云南的彝族人。

⑤ 杨应刚：时为骆秉章的参将。

⑥ 不终志：没有实现最终的志向。

⑦ 中道分崩：这里指由于太平天国内讧而引起的分裂。

⑧ 善始不必善成：为“善作者不必善成，善始者不必善终”之略语，语出《史记·乐毅列传》。意思是善于开创的不一定善于完成，

开端好的不一定结局好。

⑨ 癸酉:1933年。

⑩ 邛:邛崃。

⑪ 戊寅:1938年。

史式《翼王亭联》

扬鞭而威震六合[①],一世奇勋[②],有如两岸高山,千秋巍巍;

舍命仍不保三军[③],百年遗恨,恰似满河怒水[④],万古滔滔。

【校记】

史式(1922—2015),字执中,安徽全椒人。曾任中国太平天国史研究会顾问、四川省文史研究馆馆员。著有《太平天国词语汇释》、《太平天国史实考》等。

这副对联是作者为翼王亭所题。上联缅怀了石达开的功绩,赞扬了他的业绩永垂不朽;下联对他主动与清军谈判、希望部下得以保全,但最后仍被清军处死之事表示了深深的同情和遗憾。全联感情深沉,在怀念石达开的同时,也对其未能完成的志向与功业流露出惋惜之情。

【注释】

① 六合:指上下和四方,泛指天地或宇宙。

② 奇勋:卓越的功勋。

③ 三军:这里指石达开的部队。

④ 怒水:湍急的水流。

参考文献

《石达开日记》 石达开著　许指岩编著　上海世界书局 1928 年 3 月第 7 版

《石达开全集》 石达开著　钱书侯编辑　景钟书店 1937 年 4 月再版

《石达开全集》 石达开著　重庆经纬书局 1946 年 12 月版

《石达开全集》 石达开著　重庆会文堂书局出版,时间不详

《石达开全集》 石达开著　台湾大华出版社 1967 年 1 月版

《石达开全集》 石达开著　台湾普天出版社 1972 年 1 月再版

《石达开全集》 石达开著　台湾广文书局 1981 年 12 月初版,2002 年第 3 版

《太平军广西首义史》 简又文著　商务印书馆 1946 年版

《太平天国史考证集》 罗尔纲编著　独立出版社 1948 年初版

《清史稿》 赵尔巽等著　中华书局 2015 年版

《石达开传》 张钰钗著　北京时代华文书局 2016 年版

《湘军志・湘军志平议・续湘军志》 王闿运、郭振墉、朱德裳著　岳麓书社 1983 年版

《湘军记》 王定安著 岳麓书社 1983 年版

《太平天国野史》 凌善清著 山东友谊出版社 2000 年版

《太平天国轶闻》 进步书局编译所编辑 韩英编译 山东友谊出版社 2000 年版

《太平天国革命亲历记》［英］吟唎著 王维周译 上海古籍出版社 1985 年版

《一个晚清提督的踪迹史》 蒋蓝著 云南人民出版社 2014 年版

《广西舆地全图》 光绪三十三年广州十七甫澄天阁本

《清实录》 中华书局编 中华书局 1986 年版

《大清会典》 允祹等著 凤凰出版社 2018 年版

《中国历史地图集》 谭其骧主编 中国地图出版社 1982 年版

《曾国藩全集》 岳麓书社 2011 年版

《李鸿章全集》 时代文艺出版社 1998 年版

《养知屋诗文集》 郭嵩焘著 《近代中国史料丛刊(第 19 辑)》影印本 台湾文海出版社 1973 年版

《郭嵩焘全集》 岳麓书社 2018 年版

《郭嵩焘日记》 湖南人民出版社 1982 年版

《湘绮楼诗文集》 王闿运著 岳麓书社 2015 年版

后 记

2018年春，笔者申报了当年的广西壮族自治区社会科学规划研究项目“《石达开全集》校注”。秋天，学校告知我该项目已获得立项，并且是重点项目，项目批准号为18BZS001，项目资助经费为5万元。在经济发达地区，这点资助或许不算什么，但对经济并不算富裕的广西来说，这已是最高的社科资助了。

在后人、特别是在广西人眼中，石达开是一位民族英雄，是广西优秀的儿子，更是一位可歌可泣的太平天国领袖；同时，石达开也是一位失败者，是一位充满悲剧色彩的人物。正是由于这个原因，对石达开的把握，存在一定的难度。

从1851年太平天国爆发至今，已经过去了整整170多年，其间对太平天国的评价，也充满了反复性和矛盾性。但对石达开的评价，却没有太多的争议。然而，对于《石达开日记》以及《石达开全集》的真伪问题，迄今未有一个统一的结论。也正是这个原因，自中华人民共和国成立之后，大陆的出版社没有出版过一本有关《石达开日记》或《石达开全集》的书籍，目前能够看到的是民国时期或台湾地区出版的《石达开日记》或《石达开全集》。而在最近四十年中，无论是大陆还是台湾地区，都没有出版过《石达开日记》或《石达开全集》。

《石达开日记》和《石达开全集》存世少之又少，又有许多以讹传讹的说法，所有这些都为《石达开全集》的校注增加了不少难度。本着抢救性整理广西地方文化遗产的态度，笔者对《石达开全集》做了认真的校注。能够对《石达开全集》进行抢救性的整理、校注，也算是完成了一桩萦绕心中已久的大事，笔者内心感到稍许宽慰。

近年来，笔者与弟子先后完成了广西历史上一些名人的文集、日记等资料的搜集、整理工作，其成果受到好评。就《石达开全集》而言，资料少之又少，笔者只能尽可能从个人收集的有关石达开资料中进行细致筛选，在有限的版本中挑选相对权威的版本进行校注，即便如此还有可能存在一些疏漏之处。当然，也有一些学者指出，《石达开日记》系民国时期为反对清政府统治、鼓吹民主革命而伪造。今暂且把《石达开全集》整理、校注出来，为今后太平天国研究积累一些资料。本着这个宗旨，笔者把石达开的一些相关资料编辑在一起，历时四年，整理、校注。但由于个人水平所限，其中存在的错误恐在所难免，在此期望各位专家学者给予批评指正！倘若能够为太平天国研究提供一些帮助，则笔者深感荣幸！

李寅生

2023年2月10日